VEDA

Esir Şehirde Bir Konak

Ayşe Kulin

Yayın No **517**
Türkçe Edebiyat **144**

Veda
Esir Şehirde Bir Konak
Ayşe Kulin

Kapak tasarım: Utku Lomlu
(Kapakta Fausto Zonaro'nun *Sarayburnu* [Punto del Serraglio] isimli tablosundan yararlanılmıştır.)
Mizanpaj: Bahar Kuru Yerek

1-76. Basım: Ekim 2007-Temmuz 2013
Cep Boyu 1-46. Basım: Temmuz 2008-Aralık 2012
Cep Boyu 47. Basım: Ağustos 2013

ISBN: 978 - 975 - 289 - 509 - 6
Sertifika No: 10905

EVEREST YAYINLARI
Ticarethane Sokak No: 53 Cağaloğlu/İSTANBUL
Tel: (212) 513 34 20-21 Faks: (212) 512 33 76
e-posta: info@everestyayinlari.com
www.everestyayinlari.com
www.twitter.com/everestkitap

Baskı ve Cilt: Melisa Matbaacılık
Matbaa Sertifika No: 12088
Çiftehavuzlar Yolu Acar Sanayi Sitesi No: 8 Bayrampaşa/İstanbul
Tel: (0212) 674 97 23 Faks: (0212) 674 97 29

Everest, Alfa Yayınları'nın tescilli markasıdır.

Büyükdedem Ahmet Reşat Yediç'in aziz hatırasına
ve
bu kitabı yazarken kaybettiğim anneciğim Sitare'ye

Dedem merhum Ahmet Reşat Yediç'in, gurbetten ailesine
yazdığı mektupları günümüz Türkçesine çevirmeyi kabul
ettiği ve özel arşivinde bulunan Dahiliye Nazırı merhum
Ahmet Reşit Rey ile Talat Paşa'nın eşi merhume
Hayriye Hanımefendi'nin hatıratından, ayrıca
kütüphanesindeki çeşitli kitap ve belgelerden
yararlanmamı sağladığı için, değerli arkadaşım
MURAT BARDAKÇI'ya
teşekkür ederim.

VEDA
Esir Şehirde Bir Konak

ESİR ŞEHİRDE BİR KONAK

Kar, mevsimi geçtikten sonra yağdı mıydı, haşmetini kaybederdi. Uzun ve zorlu bir kışın sonunda, çiçeklerin açması beklenirken zamansız gelen kar, İstanbul'u sedef rengi bir masal şehre dönüştüreceğine, çamurlu yolların ve boyası aşınmış ahşap evlerin üzerinde toz şekeri serpiştirilmiş gibi eğreti duruyordu. Ayazdan kızarmış suratı ve donmuş elleriyle, iki atın çektiği faytonu hızla süren arabacı, Beyazıt semtinde, denize inen ikinci sokağın başına gelince dizginlere asıldı. Araba birkaç metre sürüklenip durdu. Ahmet Reşat, yer yer buzlanmış sokakta nalların kaydığını bildiğinden, atlara eziyet olmasın diye sokağın başında inmeyi tercih etmişti. Faytondan atladı, arabacının parasını ödedi, sokağa saptı, serpiştiren karda düşmemek için dikkatli ve yavaş yürüdü. Az sonra sabah ezanı okunacaktı. Reşat Bey, saatler süren ve artık kimsede değil konuşacak, düşünecek hal kalmadığı için yine bir sonuca varamadan sona erdirilen toplantıdan dolayı bitkindi. Sokağın ortalarında, yürüdüğü istikametin sağ tarafını tutan evinin önünde, içeri girmeden bir an durdu. İçinden karısının derin bir uykuda olmasını diledi, çünkü toplantının neden bu saatlere sarktığının hesabını vermeye mecali yoktu. Bahçe kapısı parmaklarını dokundurmasıyla açılıverdi.

"Sabah şerifleriniz hayrolsun efendim," dedi Hüsnü Efendi.

"Bu saatte kapının önünde işin ne Hüsnü Efendi? Beni beklemeyin diye tembih etmedim miydi hepinize?"

"Namaza kalkacaktım zati. Pencereden gördüm geldiğinizi. Yorgunsunuz beyim."

"Olmaz mıyım. Kaç gündür uykuya hasretiz. Allah sonumuzu hayretsin."

"Amin."

Ahmet Reşat, önünden çekilmeyen ve gözlerini gözlerinden ayırmayan kâhyaya anlayışla baktı.

"Kötü bir haber yok, Hüsnü Efendi, her zamanki işler tuttu beni bu saatlere kadar. Git kıl namazını haydi."

Hüsnü önden koşturup konağın kapısını açtı. Ahmet Reşat, eve girer girmez burnuna çarpan keskin lizol kokusundan yüksünerek yüzünü buruşturdu, kapının yakınındaki iskemleye çöküp ayakkabılarını çıkardı, fesini kavukluğa, redingotunu Hüsnü'nün kollarına bırakıp, çoraplarıyla selamlığa girdi. Camın önündeki sedirde bir-iki saat kestirebilme umuduyla, alnı ellerinin üzerinde, yüzükoyun uzandı. Başı çatlarcasına ağrıyordu. Bütün bir gün ve gece boyunca konuşulanları, yaşananları unutarak, gevşemeye çalıştı. Mahir ona, böyle durumlarda, kafasını boşaltıp, içine derin nefesler çekmesini salık vermişti. Derin bir nefes aldı, içinde bir süre tutup yavaşça verdi... Bir daha... Bir daha... Gerçekten de iyi geldi arkadaşının tavsiyesi, gevşedi, esnedi, uykuya kendini bırakmadan önce sırtüstü döndü, sedire uzanırken yere bıraktığı köşe yastığını alıp başının altına koydu, içi geçer gibi oldu. Tam dalmıştı ki, teyzesinin sigaradan çatallaşmış sesiyle irkildi.

"Evinde ağır hastası olan insan bu saate kadar dışarıda kalır mı Reşat Bey oğlum?"

Yattığı yerden toparlanıp otururken söylendi: "Bu saate kadar dışarıda kalmamız keyfimizden değil, teyzanım."

"Ne işiymiş böyle sabahlara kadar?"

"Teyzeciğim, durumları bilmiyor değilsiniz. Niye böyle konuşursunuz?"

"Devlet işi gündüz gözüyle yapılır oğlum. Geceler ibadet ve uyku içindir. Büyükbabalarının da mevkileri seninkinden aşağı değildi ama gece hep evlerinde uyurlardı, Reşat Bey."

"Ne kadar şanslıymışlar ki onların memleketi işgal altında değilmiş, teyzanım."

"Var mı, yok mu bu işgal! Olmuş işte. Olmuşla ölmüşe çare yoktur, oğlum. Ama bak, yeğenin henüz ölmedi. Sen memleketini bırak, Kemalimi düşün biraz da! Dün gece yine sabaha kadar öksürdü. Kan kusması yakındır. Bir hastaneye gitmesi lazım. Hemen bugün."

"İyileşmişti hani? Mübalağa ediyor olmayasınız?"

"Bana inanmıyor musun Reşat? Kaç gecedir öksürüğü mahalleyi tutuyor ama sen burada değilsin ki duyasın! Günlerdir seni yakalamaya çalışıyorum oğlum, Kemal'in şurubu bitmek üzere, kömürümüz de çok az kaldı. Evi doğru dürüst ısıtamıyoruz."

"Şurubu yarın Pera eczanelerinde aratırım. Bizim tarafta baktırttım, bulamadılar. Kömüre gelince, teyze, Saray'da bile kömür sıkıntısı çekiliyor. Odun yakacaksınız."

"Odun da bulunmuyor ki. Halbuki Kemal'in katını iyi ısıtmamız lazım."

"Arka bahçedeki ağaçları kessin bahçıvan."

Ahmet Reşat kalktı sedirden, başında dikilen teyzesinin sırtını okşadı, "Gidip bakayım Kemal'e teyzeciğim," dedi.

"Senin bakman yetmez. Onu al hastaneye götür."

"Biliyorsunuz ki bu imkânsız."

"Nedenmiş?"

"Anında tevkif edilir de ondan. Kemal'in resmi aylarca duvarlarda kaldı, hemen tanırlar."

"Benim torunum vatan haini mi? Hangi biriniz gitti de dondu o bembeyaz cehennemde? Hanginiz savaştı vatanı için? O hain, sen kahramansın, öyle mi?"

"Ben kahraman değilim ama zabıta tarafından da aranmıyorum."

"Onu aratan hükümet düşmedi miydi geçenlerde? İrade mi kaldı mecliste ki bu kadar korkmaktasın?"

"Hükümetler gelir gider ama irade tahtında oturuyor teyzeciğim. Kemalinizin başını isteyen de o zaten. Daha doğrusu onun kayınbiraderi."

"Ben anlamam. Kemal'in bir hastanede müşahade altına alınması lazım."

"Bakın teyzanım, onu benden gizli eve aldınız, hasta hasta sokaklarda kalmasın diye hatırınız için buna göz yumdum. Şimdi de benden ailemi tehlikeye atacak şeyleri istemeyin. Verem de olsa, hastanenin yapabileceği şey, muntazam bakım ve ilaçtır. Kemal'e evde sayenizde iyi bakılıyor. Mehpare gece gündüz demeden başında duruyor. İlaçlarını bulmaya gayret ediyoruz. Bu bahsi burada kapatalım ve bir daha hiç açmayalım. Lütfen teyze!"

"Hain Reşat!"

Kadın hışımla çıktı odadan, merdivenlere doğru yürüdü. Teyzesi gidince Ahmet Reşat sedire çöktü, yeniden ağrımaya başlayan başını ellerinin arasına alıp çaresizlik içinde kalakaldı.

Dermansız dertlerle dört bir yandan kuşatılmıştı Ahmet Reşat. Polisten sakladığı yeğenini tedaviye götüremiyor, konağa yakın dostu Mahir'in dışında doktor çağıramıyordu. Kemal'i evinde sakladığı duyulursa, o saniye sürülürdü. Kimse ne gözünün yaşına, ne de devleti için yıllardır akıttığı emeğe ve vekâleten üstlendiği mevkiye bakardı. Ahmet Reşat, hiç laf anlamayan yaşlı teyzesiyle, çocuklarına verem bulaşacağı korkusundan dırdırı bitip tükenmeyen karısının arasında bunalıyordu. Her iki kadın da değişik nedenlerle Kemal'i hastaneye göndermek istiyorlardı. Kemal evde iyileşemiyordu. Sarıkamış macerası hem bedeninde, hem de ruhunda onulmaz yaralar açmıştı. Ahmet Reşat'ın gözlerinin önünde eriyen yeğeni, siyasi suçluydu. Önce İttihatçılara taraf olduğu, sonra da onlara sırt çevirdiği için, hem İttihatçıların, hem de karşıtlarının nezdinde sapına kadar suçluydu, kerata. Hürriyet âşığı Kemal'in İttihatçılarla arasındaki derin uçurum çabuk açılmıştı ama adını İttihatçıya çıkartmıştı bir kere. Hatta Ahmet Reşat'ın kulağına, çalışma arkadaşlarının aralarında "İttihatçı Kemal"i kısaltarak, "Bizim Reşat'ın it Kemal'i" diye dalga geçtikleri bile çalınmıştı.

Dayısı küçük düşürülmeyi ne kadar hak etmiyorsa, Kemal de "it"liği o kadar hak ediyordu. Liseye başladığı günden itibaren başı beladan kurtulmamıştı. Jön Türklükten Masonluğa dek her türlü belaya bulaşmaya yemin etmiş gibiydi. Eli kalem tutuyor, yazılarını Saray'ın gözünde hiç makbul olmayan dergilerde yayınlatıyor ve muhalif yazarlarla düşüp kalkıyordu.

İttihatçılar memleket idaresini ele geçirdiklerinde, Kemal önce çok memnun olmuş, kısa süre sonra da onlarla fikir ayrılığına düşüp baş düşmanları kesilmişti. O kadar ki, İttihatçılardan uzak kalmak için Sarıkamış'a gönüllü gitmeyi tercih etmişti. Hiç olmazsa, gözünün önünde yapılmakta olan vahim hatalardan uzakta, Ruslarla savaşırdı. Vatanı için faydalı bir şey yapmış olurdu.

Yola çıkarken, o da binlerce asker gibi, nasıl bir cehenneme gitmekte olduğunun farkında değildi. Sarıkamış'a İstanbul'dan gidenler, Haydarpaşa Garı'ndan dualarla, marşlarla, umurla uğurlanmışlardı. Zaferleri için kurbanlar kesilmiş, dualar edilmiş, adaklar adanmış, arkalarından mendiller sallanmıştı.

Uzun sürmemişti işin keyifli ve şerefli yanı. Anadolu'nun bir ucundan öteki ucuna, önce vagonları tıklım tıkış dolu bir trende, sonra da buz gibi havada at arabalarında sürdürülen eziyetli ve uzun bir yolculuk yapmışlardı. Nihayet menzile ulaştıklarında, acı hakikat, beyazlar giyinmiş bir cellat gibi dikilmişti karşılarına. Cehennem, alev kırmızısı ve yakıcı olmalıydı. Oysa, onları bekleyen cehennem, bembeyaz ve dondurucuydu. O kadar dondurucuydu ki, erlerin elleri, ayakları, yüzleri yanıyordu soğuktan. Tıpkı ateşe değmiş gibi, yanık yaraları açılıyordu soğukla temas eden tenlerinde.

Sarıkamış faciasından paçayı kurtarabilenlerin sayısı pek azdı. Kemal'in ölüm haberini bekleyen ev halkı önce esir düştüğü haberini almış, dokuz ay sonra da genç adamı insanlıktan çıkmış bir halde, bahçe kapısına yığılmış halde bulmuşlardı. Kemal'in perişan bedenini yeniden sağlığına kavuşturmak sabır işiydi, aylarca hastanede, bir yıl boyunca evde tedavi etmişlerdi ama ruhunu sağlığa kavuşturmaya sabır da yetmemişti anlaşılan.

Ahmet Reşat, düşüncelerini ve eylemlerini tasvip etmediği yeğenini, Sarıkamış'ta çektiği acılar yüzünden bağışlatmaya çalışmıştı. Allah canını bağışlayıp onu ailesine geri yolladığına göre, acaba Saray da affetmez miydi hatalarından ders almış ve tövbekâr olmuş bu genç adamı? Kemal tahsilliydi. Lisan biliyordu. Dünya görmüşlüğü vardı. Eli kalem tutuyordu. Bir mütercimlik işinde mesela, pekâlâ işe yarayabilirdi. Ahmet Reşat, Saray'daki ilişkilerini ve itibarını kullanarak, yeğeninin paçasını kurtarmayı başarmıştı ama, heyhat!

Kemal, çektiklerinden hiç ders almamış olmalı ki, bu kez de gönlü Millicilere kaymıştı. Dayısı, sadrazama kadar çıkıp, yeğeni adına af dileyip özür beyan ederken, o, *Vakit* ve *Akşam* gazetelerinde hükümet aleyhine atıp tutan yazılar yayımlatıyordu. Saray, imzasını bile değiştirmeye gerek görmeden gazetelerde boy gösteren bu sersem için sonunda tutuklama emri çıkartmıştı.

Ne hali varsa görsün diyerek, yeğenini evden atmıştı Reşat Bey.

Saraylıhanım'ın, torununu tekrar hastalanınca gizlice eve aldığını ve tavan arasındaki hizmetkârlar bölümünde saklamakta olduğunu öğrendiğinde öfkeden deliye dönmüştü. En çok da gerçeği kendinden saklayan karısına kızmıştı. Teyzesinin evdekileri diller dökerek, rüşvetler vererek ve hatta tehditler savurarak nasıl kandırmış olabileceğini tahmin ediyordu ama

Behice'nin bunlara papuç bırakmamasını beklerdi. Karısının gözyaşları dökerek anlattığı gibi, samimi bir acıma hissiyle ve ilerde kendini genç adamın ölümünden sorumlu tutmamak için mi, yoksa padişahın Çerkez asıllı analıklarından birinin vaktiyle teyzesine hediye ettiği o çok değerli elmas broşun sahibi olmak için mi bu kumpasa dahil olduğuna karar verememişti. Çünkü teyzesinin rüşvet vermekte ne kadar becerikli olduğunu da, karısının mücevherata düşkünlüğünü de iyi bilirdi. Her şeye rağmen, vicdanı hasta yeğenini sokağa atmaya elvermemiş, iyileşene kadar çatı katında saklanmasına müsaade etmişti.

Ahmet Reşat'ın, ailesinin diğer fertleriyle de bağları nerdeyse kopma noktasındaydı. Kızlarının yüzünü haftalar var ki göremiyor, karısıyla bir çift laf edecek zamanı bulamıyordu. Ev halkının dertlerine, meselelerine o kadar uzak kalmıştı ki, sanki o konakta değil de başka bir şehirde yaşıyordu. Evine herkes uykudayken dönüyor, kimse uyanmadan, sabahın karanlığında çıkıp işine gidiyordu.

Derin bir iç geçirdi Ahmet Reşat. Bunlar evin içindeki meselelerdi. Ya hiçbir çare bulunamayan memleketin kargaşası, Osmanlı halkının bitmeyen acıları?

Nerdeyse iki yıldır işgal altındaydı şehir. Mondros Ateşkesi'ni İngiltere adına imzalayan Amiral Calthrope, Osmanlıların temsilcisi Rauf Bey'e İstanbul'a asker sokmayacaklarına dair söz vermiş fakat sözünde durmamıştı.

İşgalciler, elli beş parçadan oluşan donanmalarıyla, "Baba, Oğul ve Kutsal Ruh" diye alaya alınan uğursuz üçlünün, yani İttihat ve Terakki'nin liderleri Enver, Talat ve Cemal paşaların gizlice yurtdışına kaçışlarının dokuzuncu gününde gelmişlerdi İstanbul Boğazı'na.

Hiç vakit kaybetmeden karaya asker çıkarmaya başlamışlardı.

Boğaz'da, Anadolu yakasının yukarı bölgelerine Yunan birlikleri yerleşmişti. Haydarpaşa'dan itibaren demiryolu güzergâhını da boylu boyunca İngilizler tutmuştu.

Rumlar ellerinde Yunan bayraklarıyla gemilerin karşısında taşkın sevinç gösterilerinde bulunmuşlardı. Zavallı İstanbullular ayrıca bir de şubat ayında, beyaz atının üzerinde muzaffer bir fatih edasıyla kasıla kasıla, azınlıkların alkışları ve sevinç çığlıkları arasında Cadde-i Kebir'i* baştan başa geçen Fransız komutanının, alayiş ve tantanasına katlanmak zorunda kalmışlardı.

Osmanlı Devleti uzun yıllara yayılan hatalarının bedelini çok ağır şartlarla ödemeye başlamıştı. İstanbul'un Hıristiyan azınlıkları, yüzyılların öcünü almak istercesine işgalcilerle işbirliği yapıyor, Müslümanları her fırsatta ihbar ediyor, yer yer baş gösteren direniş hareketleri, işgalci güçler tarafından hemen cezalan-

* Beyoğlu.

dırılıyor, direnenlere merkez ve karakollarda korkunç işkenceler yapılıyordu. Müslüman İstanbullular, ezik, bitkin ve perişandılar. Çektikleri yetmezmiş gibi, Senegalli askerlerin taşkınlıkları halk arasında abartılarak anlatılıyor, ortalıkta azınlıkların Müslümanlara eza ettikleri ve kadınların peçelerini parçaladıkları rivayetleri dolaşıyor, maneviyatlar da ayrıca perişan ediliyordu.

Bu söylentilerin çoğu safsata olabilirdi ama dayanılması zor gerçekler de vardı. Bazı evler zorla sahiplerinden alınıyor, kibirli ve küstah İngilizler, sadece halkı değil, devletin memurlarını, mebuslarını ve nazırlarını da aşağılamaktan ve hırpalamaktan çekinmiyorlardı. İşgal dönemlerinde arka arkaya sadrazamlık yapan Ali Rıza, Salih Hulusi ve Tevfik paşalar, Ateşkes Antlaşması'nın hükümlerine üstü kapalı da olsa direniş göstermiş oldukları için, İngiliz baskısıyla makamlarından edilmişlerdi. Sıradan halk arasında bile sataşmalar başlamıştı. On beş gün kadar önce, Reşat Bey'in konağına ziyarete gelen akrabaları Dilruba Hanım tramvayda otururken, "Sizler kâfi oturdunuz, kalkiniz hanim, oturma sirasi bizdedir," diye omzunu dürtükleyen bir madama tarafından yerinden kaldırılmış, gözyaşları içinde kendini bir sonraki durakta aşağı atan kadıncağız, Karaköy'den Beyazıt'a yürüyerek gitmişti.

Tüm bunlara rağmen bazıları işgale direnmeye azimliydiler. Ankara'da bir hükümet kurulmuş ve varlığı Avrupa devletlerine resmen ilan edilmişti.

Gerçi İstanbul Hükümeti, Ankara'da kurulan hükümetin başkanı Mustafa Kemal için idam kararı çıkartmış, padişah da bu kararı imzalamıştı ama kimse Ankara'ya gidip Mustafa Kemal'i tutuklamaya cesaret edemiyordu. Hatta kabinedeki pek çok nazır açıkça söylemese bile, Ankara'daki Millicilerin başarısını için için temenni etmekteydiler.

İyi de, hangi silahla, hangi askerle, Allah bilir, diye düşündü Ahmet Reşat. Sekiz yıldan beri bin bir cephede savaşan yorgun, aç ve çıplak askerlerle, bazı maceraperestler sadece İstanbul'u değil, Anadolu'yu da kurtaracaklarını zannediyorlardı. Boşuna bir gayretti bu!

Ahmet Reşat ceketinin ceplerinde tütün tabakasını arayıp da bulamayınca asabileşti, bir küfür savurdu ve odada yapayalnız olduğu halde kızardı. İçinde bulunduğu durum onu değiştirmiş, sinirli, hırçın bir adam yapmıştı. Küfür etme alışkanlığı olmadığı halde, sık sık ağzından kötü laflar fırlıyordu. Sigarayı çoğaltmıştı. Evine döndükten sonra, el ayak çekilmişse, ki artık hep öyle oluyordu, gevşemek için yatmadan önce bir tek atmaya başlamış, nefesi rakı koktuğundan, karısına bir şikâyet sebebi daha yaratmıştı. Yeni alışkanlıklarından kendi de memnun değildi ama öyle günler yaşamaktaydılar ki, öyle çileli, öyle haysiyet kırıcı, dayanması zor günler, insanın katlanabilmesi için çelik gibi sinirlere sahip olması lazımdı. Ne yazık ki memurunun parasını ödeyemeyen bir maliyeyi idare ederken, çelik gibi sinirler dahi kâfi gelmiyordu artık. Osmanlı'nın borcu gırtlaktaydı. Ahmet Reşat her Allah'ın günü bir başka alacaklıya hesap vermek zorunda kalıyordu. Bir yıl önceki mali yılın bütçe açığı, bu yıl iki misli artacağı işaretlerini vermişti. Cihan Harbi mağdurlarının uğradıklarını iddia ettikleri zararlarla, bu miktar çok yakında daha da yükselecekti.

Ahmet Reşat yerinden kalkıp odanın içinde gerinerek dolaştı. Yatak odasına çıkmaya kalksa karısını uyandıracaktı. Kızları da hâlâ uykuda olmalıydılar. Evin tahta merdivenleri, inip çıkanların ayakları altında gıcır gıcır gıcırdardı. Uykusu derin olmayanlar, gece boyunca merdivenlerden kimlerin mutfağa, hamama, taşlığa indiğini kolayca anlayabilirlerdi. Bu durumdan en çok karısı rahatsız olur, "Saraylıhanım kulaklarını dikmiş, hamama inip inmediğimizi dinliyordur yine," diye sızlanırdı. Ama yılların içinde kurtların kemirdiği eskimiş tahtayı, kapı menteşeleri gibi yağlayıp gıcırdamasını engellemeye imkân yoktu ki!

Parmak uçlarına basa basa orta kata çıkmayı düşündü. Orada da dırdırcı teyzesini bulabilme ihtimali karşısında, selamlıkta biraz daha kestirmeye karar verdi. Kemal'in perişan halini görmeden evvel, biraz dinlenip kendine gelmek istiyordu. Ne kadar kızarsa kızsın, elinde büyümüş yeğenini ölümün eşiğinde görmeye dayanmak kolay değildi. Süzülmüş yüzünde gözleri büsbütün iri duran, saz benizli genç adamı her gördüğünde, zaafa kapılarak bütün kabahatlerini bağışlar olmuştu son zamanlarda.

Ahmet Reşat sedire oturup pencereden ön bahçeye baktı. Camın önündeki manolya ağacı, yapraklarında henüz erimemiş kar serpintileriyle hüzünlü bir gelin gibiydi. Az ilerdeki elma ise mart güneşine aldanıp çiçeğe erken durmuş, ani bastıran soğukla don yemişti. Dudaklarına alaycı bir gülümseme gelip yerleşirken, tıpkı bizler gibi, diye düşündü Ahmet Reşat, azıcık ışık görünce hemen sevinen ve sonra da elleri böğründe kalan, enayi elma ağacı!

Onlar da enayi değil miydiler, Kızıl Sultan gitti, hürriyet geliyor diye sevinen, sonra da dövünmeye başlayanlar?

Gelenler gidenleri hep aratıyordu, ne hikmetse!

İttihatçıların elebaşları kaçınca, meydan bu sefer de dini duyguları sömürmeye yatkın Hürriyet ve İtilaf Partisi'nin elebaşlarına kalmıştı. Halkın sıtkının bu partiden de çabuk sıyrılacağı besbelliydi. Ahmet Reşat, Sultan'ın bel bağladığı Hürriyet ve İtilaf Partisi'nin, kendini İngiliz yanlısı ilan etmekle, halkın gözünde her geçen gün biraz daha sevimsizleştiğini görmüyor değildi.

İttihat ve Terakki döneminde sürgüne gönderilen pek çok siyasi suçlu, yeni çıkarılan af nedeniyle geri dönmüş ve şehirde hızla intikamcı bir muhalefet yeşermeye başlamıştı. Yetmezmiş gibi, işte tam da bu sırada, İstanbul'daki Rum ve Ermeni Patrikleri, işgalcilerin sadece İstanbul'u değil, tüm Türkiye'i işgal etmeleri için ellerinden geleni yapmaktaydılar. Emellerine ulaşabilmeleri için memlekette kargaşa olmalıydı. Bu nedenle, Rumlarla Ermeniler, Müslüman halkı kışkırtarak arbede çıkartmak için türlü yollara başvuruyorlardı. Özellikle Rumlar fena halde azmış, şımarmışlardı. O kadar ki, Karaköy'de bir Rum, kendine ait bir kebapçı dükkânını denetlemek isteyen Şehremini* Vekili Cemil Paşa'yı değnekle kovalayabilecek kadar ileri gitmişti.

Bu olayı hatırlayınca Ahmet Reşat'ın başına ensesinden doğru yükselen keskin bir ağrı girdi. Boynunu sağa sola çevirerek gevşemeye çalıştı. En tahammüllü, tevekküllü insanlar için bile yaşananları hazmetmek giderek zorlaşıyordu. İşgalden beri Türkler sabır küpü kesilmişlerdi. Kırk yıllık hemşerilerinin, komşularının taşkınlıklarını görmezliğe gelip ilişkilerini eskisi gibi yürütmeye gayret ediyorlardı. Ahmet Reşat'ın evindeki Bahçıvan Aret Efendi'yle, on beş günde bir dikişe ve ütüye gelen Rum kızı Katina yerlerinde duruyorlardı. Maliye Nezareti'ndeki Yahudi dinine mensup maliye memurları, hiçbir şey olmamışçasına vazifelerine devam etmekteydiler. Kabinedeki Hıristiyan nazırlarla, meclisteki Hıristiyan mebuslar da öyle. Fesatlık düşünenlerin yanı sıra, hiç suçu olmayan Rumlar ve Ermeniler de elbette vardı ve Allahtan Yahudiler Osmanlılara hâlâ sadıktılar. Rum basını açık açık Türk düşmanlığı yaparken, Yahudi gazeteleri, cemaatlerini Türklerin haklarına saygı göstermeye davet ediyordu. Hem de İstanbul'daki Yunan Yüksek Ko-

* Belediye başkanı.

miseri'nin yeni kurulan Rum-Ermeni Federasyonu'na, Yahudileri de katmak için gösterdiği onca çabaya rağmen.

***

Ahmet Reşat bu umutsuz çırpınışın, bu tepetaklak gidişin hem parçası, hem de seyircisiydi. Elinden hiçbir şey gelmiyordu. Erkekler asla ağlamamalıydı ama Reşat Bey gözlerinin yaşarmasına ve sol gözkapağının şiddetle seğirmeye başlamasına engel olamadı.

BEHİCE, MEHPARE ve SARAYLIHANIM

Mehpare elinde içi tülbent dolu tasla, gürültü etmemek için parmaklarının ucuna basa basa merdivenlerden inerken, tuvalete gitmekte olan Behice Hanım'a yakalandı.

Behice'nin üzerinde, İstanbullu gelinlerin düğün gecesinin sabahında giymeyi âdet edindikleri müslin paçalığı vardı. Yılların içinde elbisenin pembesi iyice solmuş, yakasını çevreleyen gül kurusu kurdele ve danteller, yıkanıp ütülenmekten yıpranmıştı ve Behice'nin doğumlardan sonra irileşen göğüsleri, elbisenin düğmelerini zorluyordu.

Genç kadın, gelinliği gibi, paçalığını da sandıkta özenle saklamıştı yıllarca. Birkaç ay önce paçalığı sandıktan çıkarmış, havalandırmış, yıkamış, ütülemişti. Son zamanlarda devlet memurlarının eşlerinin artık yeni giysiler diktirme gücüne sahip olamadıklarından değil, kocasının onu el üstünde tuttuğu, nerdeyse saat başı öpüp kokladığı günleri anımsattığı için de, yeniden giymeye başlamıştı paçalığını. Onu giydiğinde, kendini eski endamına kavuşmuş gibi hissediyordu ve nasıl da özlüyordu, topuzunu çözdüğünde saçlarının kalçalarına kadar şelaleler gibi aktığı ve kocasının onun güzelliğinden başka hiçbir şeye önem vermediği, o uzakta kalan yılları. Reşat Bey'in evine erkenden döndüğü, sabahları işine ayak sürüyerek gittiği, hafta sonlarını karısının koynunda geçirdiği, karısına düşkünlüğünden dolayı diğer akraba kadınların haset duygularını kabarttığı, Saraylıhanım'ı da için için kıskandırdığı yıllar çok gerilerde kalmıştı. Son beş-altı senedir her şey inanılmaz bir hızla değişmişti, hem hayatlarında, hem de memleketlerinde. Artık ne akşamları çaldığı uduna ve söylediği İstanbul şarkılarına kulak veriyordu kocası, ne de altın bukleli kızlarına vakit ayırıyordu. Çok geç saatlerde bir karış suratla giriyordu eve, ona soru sormaya cesaret eden tek kişinin, teyzesinin sorularına kısa yanıtlar vermekle yetiniyor, bulup buluşturularak hazırlanan yemeklerin tadına bile bakmıyor, bir tas çorbayı zor bitirip yatağa giriyor ve sabaha kadar sayıklayarak, çırpınarak kâbuslu uykulara dalıyordu.

Behice yanlış hatırlamıyorsa, kocasındaki ruhi bunalımlar, Kemal'in gencecik yaşında Sarıkamış seferine katılmasıyla başlamıştı. Aslında çetin cevizdi Reşat Bey. Öyle seferberlik ya da savaş sıkıntılarına papuç bırakan takımdan değildi. Enver Paşa Hükümeti, 1914 Eylülü'nde, İngiltere, Fransa ve Rusya'ya harp ilan eylediğinde bile kılı kıpırdamamıştı. Hep savaşmıştı zaten Osmanoğlu, ha bir savaş eksik olmuştu, ha bir fazla! Osmanlılar savaşlara ve savaşların getirdiği zorluklara alışıktılar. Dolayısı ile bu savaşı da tevekkülle karşılamıştı kocası. Nicedir, mağlubiyet haberlerine de alışmışlardı. Ama Kemal'in sonu başından belli bir muharebeye katılması, sonra da esir düştüğünün haberi yıkmıştı kocasını. Yüzü hiç gülmeyen bir koca ve sürekli ağlayan teyzeyle ev yaşanmaz hale gelmişti.

Neyse ki, uzun zamandır duymaya hasret kaldıkları bir zafer haberiyle biraz olsun teselli bulmuşlardı. Çanakkale'de kazanılan zafer, her evde olduğu gibi, onların konağında da bomba gibi patlamıştı. Bayram etmişlerdi. Tatlılar, börekler yapıp konu komşuya göndermişlerdi. Evlerinin içi sabah ziyaretçileriyle dolmuştu, mahalle halkı bayram kutlar gibi birbirini tebrike gitmişti. Ama sevinç uzun sürmemiş, bu zaferle gelen iyimserlik Behice'nin kursağında kalmıştı. Reşat Bey, yine üzülecek bir şeyler bulmuş, "Çanakkale'nin intikamını almak için olsa gerek, İngiltere ve Fransa aralarında gizlice anlaşarak Oniki Ada'yı İtalya'ya vermişler. Bize danışmaya dahi gerek görmeden nasıl yaptılar bunu?" diye tutturmuştu. Yine suratından düşen bin parça olmuştu.

"Ayol, koskoca Bosna Hersek gitti, Balkanlar gitti, Oniki Ada'ya ne diye hayıflanıyorsunuz, ilahi Reşat Bey," diye çıkışmıştı kocasına Behice.

***

İnsan zamanla, acıları, kederleri de kanıksıyordu mutluluğu kanıksadığı gibi. Kader, savaşı gündelik yaşamın bir parçası etmişti sonunda. Savaşa, hatta işgale alışıp yaşama devam etmekten başka çare yoktu. Yeter ki Allah, elindekileri eksik etmesindi. Çaresiz dert, devasız hastalık vermesindi.

Behice, her kadın gibi, her şeyden önce ailesinin, çocuklarının huzur ve emniyet içinde yaşamalarını istiyordu. Çok şükür, varlıklı bir ailenin kızıydı. Oturdukları konağı büyük kızı Leman'ın doğduğu yıl babası hediye etmişti onlara.

İbrahim Bey, annesi doğumda ölen yegâne evladının bir dediğini iki etmezdi. Sırma saçlı, güzel Behicesini, Beypazarı'nda çok varlıklı ve nüfuzlu bir toprak ağasına da verebilirdi ama o, İstanbul'da nesillerdir Saray'a hizmet eden soylu bir Çerkez ailenin oğlunu, bir İstanbul beyefendisini tercih etmişti. Damadı da Enderun'dan yetişme ataları gibi devlet hizmetindeydi. Osmanlı bürokratlarının dermansız hastalığı olan rüşvet illetine tutulmamış, helal süt emmiş bir aileye mensup olmalıydı ki, Saray'a yakın olmasına rağmen büyük servet sahibi değildi. Bu, iyi bir Müslüman olan İbrahim Bey için çok önemli bir husustu. Kızını Reşat Bey'e verirken, bu hususu göz ardı etmemişti. Kamçiriko beylerinden gelen Ahmet Reşat, tıpkı kendisi gibi, bir gönül adamıydı, has Müslüman'dı. Harama ve namahreme asla el uzatmazdı. Asla rüşvet kabul etmezdi. Kızının üstüne asla gül koklamaz, kuma getirmezdi. İşte bu yüzden, İbrahim Bey, kızına ihtiyacının da üstünde maddi yardımını esirgemiyordu. Ama damadının gururunu kırmamak, onu küçük düşürmemek için ne manevralarla, ne bin dereden su getirmelerle, Behice'ye ve torunlarına gizli gizli armağanlar göndermelerle, konağın kilerini Beypazarı'ndan yolladığı erzakla doldurmalarla, evdeki kocakarının bile gönlünü hoş tutmalarla, elini üstünde tutuyordu ailenin.

Derin derin içini çekti Behice. İstanbul'a gelin gelerek, hiç anlamadığı devlet işlerinden bunalan bir kocanın suratını çekmek yerine, Beypazarı'nın sultanı olarak mı kalsaydı diye düşündüğü anlar olmuyor değildi. Çünkü evliliğinin ilk yıllarında âşık olduğu adam gitmiş, yerine önce yeğeninin başına gelenlerden dolayı kederli, işgalden beri de giderek aksileşen, kendinden uzaklaşan bir Reşat gelmişti.

Saraylıhanım'ın Kemal'i gizlice eve alıp tavan arasında saklamaya başlaması da tuz biber ekmişti kocasıyla ilişkilerine. Reşat Bey, Behice'yi bu duruma göz yumduğu için hiç affetmemişti. Ne yapsaydı zavallı Behice? Hastayı kapı önüne mi koyaydı? Şimdi, Kemal'in hastalığının seyri değiştikçe, yaptığına bin pişman olmaktaydı ama artık çok geçti. Ah aptal kadın! Hem kocasıyla arasını açmış, hem de dünyada en çok korktuğu hastalığı evinin içine sokmuştu. Nasıl koruyacaktı bu illetten çocuklarını? Evin dört bir yanını ispirto ile sildiriyor, Mehpare'nin ellerini yıkayıp yıkamadığını sürekli kontrol ediyor, Kemal'in kullandığı tabak, çanağın onlarınkine karışmamasına gayret ediyordu. Titizliği ile nam salmış Saraylıhanım, söz konusu hasta kendi torunu olunca, Kemal'in gönlü kırılmasın diye, tabak çanağının ayrı tutulmasına bile karşı çıkmıştı. Sırf bu yüzden, Kemal'in bulaşıklarını denetim altında tutmak için çıkmaz olmuştu mutfaktan.

Behice, işgal altında bir şehrin sıkıntısını ve yokluğunu çekerken, bir yandan da evdeki fırtınaya göğüs germekten yorgundu. Birkaç aydan beri kocası evine ancak sabaha doğru gelmeye başlamıştı. Üstelik evdeki ender zamanlarını da Kemal'le siyasi münakaşalar yaparak geçiriyordu. Ne tuhaftı şu erkeklerin aralarındaki dayanışma! Yaka silktiği yeğenini, memleket meselelerini konuşurken karısına tercih ediyordu. Oysa az mı emek sarf etmişti kocasının gözüne girmek için. Fransızcasını ilerletmiş, okumadığı mecmua, gazete bırakmamış, okuduklarına dayanarak, Balkan muharebesinin yaraları henüz sarılmadan, ikinci bir harbe girilmesini doğru bulmadığını belirtmiş, yine de yaranamamıştı. Saraylıhanım'dan, "Kızım, nene lazım senin erkek işine burnunu sokarak harp üstüne fikir eylemek," diye azar işitmişti. Reşat Bey ise kendine yâren olarak karısını değil, Kemal'i seçmişti.

Kemal, gençliğinin verdiği heyecanla, dayısının fikirlerine ve görüşlerine karşı çıkardı hep. Nitekim, o Allah'ın cezası Enver Paşa, Ruslara karşı savaş emri çıkardığında, dayısının itirazlarına, Saraylıhanım'ın kendini yerden yere atmasına hiç bakmadan, silah kuşanıp Sarıkamış'a koşmuştu. Deli Çerkez işte! Akıllanmak için Azrail'in nefesini ensesinde hissetmesi şart mıydı? Ona nasihat eden büyüklerini dinlememek, Kemal'e, donduğu için kesilen iki ayak parmağına, zedelenen ciğerlerine, iltihaplanan böbreğine ve yarım kalan aklına mal olmuştu.

Behice'nin Kemal'e meczup gözüyle bakması, Saraylıhanım'ın hiç hoşuna gitmiyordu. Ama sabahlara kadar çırpınan, sayıklayan, en sıcak odalarda dahi hep üşüyen, sürekli mangal başında oturup ateşi seyreden birine de tam akıllı denemezdi herhalde.

Saraylıhanım, torununa toz kondurmazdı. Tüm saraylılar gibi o da kaçıktı biraz. Kaçıklığı saraylı olmasından mı, yoksa Çerkezliğinden mi geliyordu, buna tam karar veremiyordu Behice. Bir kere, aşırı titizdi. Ellerinin derisi, gün boyu defalarca yıkanmaktan pul pul olmuştu. Odasına kimseyi sokmaz, hiçbir şeyini elletmezdi. Annesini küçük yaşta kaybeden Reşat Bey, kendini öz evlatlarından ayırmadan büyüten teyzesine çok hürmet ederdi. Yaşlı kadın oğlunu savaşta, kızını da doğumda kaybettikten sonra, torunu Kemal'le birlikte Reşat Bey'in yanına taşınmış ve evdeki herkese kök söktürmüştü. Reşat Bey'in hatırına, ev halkı Saraylıhanım'a hürmette kusur etmezdi. Behice, kayınvaldesi sayılan yaşlı kadına, içinden gelmediğinden, ne anne, ne de teyze diyebilmişti. Ona ancak bazı duygusal anlarda "valide" ama çoğunlukla "Saraylıhanım" diye hitap ediyor ve kocasının hatırı için kaprislerine boyun eğmeye çalışıyordu. Neyse ki son günlerde, Kemal'in bir hastaneye nakli konusunda, gelin-kaynana ilk kez fikir birliği edebilmişlerdi.

Behice, merdivenden inen Mehpare'nin yolunu kesti. Gözleri bir gece öncesinin uykusuzluğundan mahmur, kocasının eve döndüğünden habersiz olduğu için sesi hırçındı.

"Kemal yine sabahlara kadar öksürdü," dedi endişeyle, "içirdiğin şuruplar bana mısın demedi. Ateşi yüksek mi hâlâ?"

"Gece boyunca alev alev yandı. Tülbentleri soğuk suda ıslatıp ıslatıp alnına, kollarına koydum da, az biraz düşürdüm ateşini. Daldı şimdi."

"Aman, bu tülbentleri hemen kaynatıver, kızım. Kapkacağını da, çamaşırlarını da çok iyi şartla. Ellerini defalarca yıka... Bak, evde küçük çocuklar var, maazallah!! Reşat Bey'e hiç laf anlatamıyorum, olmaz ki böyle, hasta dediğin hastaneye yatar."

"Ben her şeyi şartlıyorum efendim, merak etmeyiniz siz," dedi Mehpare.

Behice Hanım helaya girip kapısını kapatınca, Mehpare rahat bir nefes alarak aşağı kata koştu. Bezleri içine sabun rendelediği kaynar suya batırırken bir yandan da, "Hasta hastanede yatarmış! Evde bunca kişiyiz, bir hastaya mı bakamayacağız," diye söyleniyordu.

Tülbentleri leğene bastırıp leğeni de mangaldaki ateşin üzerine yerleştirdikten sonra, hastası için ballı süt hazırladı. Gümüş tepsinin içine özenle yerleştirdi. Tepsi elinde, yukarı çıkmaya hazırlanırken, bu kez de hışımla mutfağa dalan Büyükhanım'a yakalandı.

"Sabah ezanına kadar öksürdü aslanım. O öksürdü, ben ağladım. Sırtına yakı yapmadın mı?"

"Yaptım efendim. Lakin fayda vermedi. Ateşliydi çok."

"Kan kusuyor mu?"

"Hayır."

"Yemin et."

"Vallahi billahi kusmuyor. Sadece kuru öksürük."

"Mahalle doktorunun bakmasıyla olmaz ki! Hastaneye götürmek lazım. Söyledim Reşat'a ama dinletemedim."

"Hastanede hiç bakamazlar. Üşütürler. Bir bildiği vardır beyfendinin."

"Ne bildiği olacak! Kızıyor Kemalime başına buyruk diye, ondan böyle yapıyor. Hastane şart."

"Orada da yapacakları budur. İlaçlarını zamanında vermek..."

"Çok konuşma Mehpare! Seni niye seçtim ben kardeşlerinin, yeğenlerinin arasından? Terbiyelisin ve itaat etmeyi biliyorsun diye. Torunlarıma iyi bir örnek ol diye. Ev işine koşuşturmak kâfi gelse, bulurdum eli işe yatkın bir Rum veya Ermeni kızı, okuma yazması da olurdu..."

"Benim de var."

"Seni Leman'ın dersine kattım da, o yüzden var. Hocaya senin için ayrı para ödettim."

Mehpare, "Allah razı olsun," dedi ama içinden. "İyiliğinizden değil, size o kadın mecmualarını, en çok da Kemal Bey'in yazılarını okuyuvereyim diye okuma öğrettiniz bana," diye geçirdi.

"Neyse ki boşa çıkarmadın gayretimi. Leman'dan önce söktün okumayı. Akıllısın ama dillisin Mehpare," dedi Saraylıhanım. "Yarın öbür gün kocaya gideceksin. Böyle horoz gibi her lafın altından kalkarsan, kocan tuttuğu gibi geri yollar seni."

"Ben koca istemiyorum efendim."

"Sus. Büyüklerin yanında konuşulmaz. Fikir beyan edilmez. Sadece dinlenir. Söyle bakayım, sabah namazını kıldın mı sen?"

"Vakit bulamadım henüz. Beyime sütünü de içireyim de, sonra kılarım."

"İyi. İbadetini sakın ihmal etme ki Allah bu çırpınmamızın karşılığını versin."

Mehpare'nin incecik bedeni, bir yılan gibi kıvrılarak süzüldü yaşlı kadının yanından. Allah'ın Kemal'i sabah namazı karşılığında iyi edeceğine inansa, başı secdeden kalkmayacaktı. Ama ümitsiz vakaydı Kemal. Sadece ciğerleri olsa iyi, ruhu da yaralıydı. Sarıkamış felaketinden kurtulup evine döndükten sonra, nerdeyse bir yıl boyunca geceleri uyku girmemişti gözlerine. Daldığı uykulardan çığlık çığlığa uyanmış, sabahlara kadar kâbus görmüş, yaz kış ayırmadan, en sıcak günlerde, en sıcak odalarda bile üşümüştü. Zaman içinde kâbusları azalmış, titremesi geçmiş, sokağa çıkar, gazeteye gider gelir olmuştu. Hatta evden bile ayrılmıştı. Bekâr erkeğe ayrı ev gerek, demişti Reşat Bey. Tam iyileşti derlerken, nereden bulduysa, bu melun hastalığa tutulmuş, konağa geri gelmişti. Tüh, tüh! Ağzımdan yel alsın deyip dilini ısırdı Mehpare.

Kemal'in hastalığı için, ciğerleri zayıf düşmüş, zafiyet geçiriyor, demişlerdi doktorlar. Ama ister istemez o kötü ihtimal geliveriyordu insanın aklına. Mehpare, ne zamandır pes etmeden, yorulmak nedir bilmeden ve hiç gocunmadan bakıyordu ona.

Merdivende başka aile fertlerine rastlamamak için acele etti. Sütü hastasına soğutmadan içirmek istiyordu. Odaya girdiğinde, ateş, ter ve ıstırap yüklü bir uzun gecenin ağır kokusu yeniden çarptı yüzüne. Tepsiyi sehpaya bıraktı, yatağa yaklaştı. Derin bir uykuya dalmıştı Kemal. Beyaz yastığın üzerinde sarı bir saz gibi duruyordu ince boynu. Saçları terden alnına yapışmıştı. Onu yaşından büyük gösteren kederli gözleri kapalı olduğundan, zayıf bir çocuk gibiydi yatakta. Ara sıra içini çekiyor, anlaşılmaz bir şeyler söylüyordu. İçi titredi Mehpare'nin. Uyandırmaya kıyamadı hastasını. Sütü, serinde dursun diye pencerenin önüne bırakıp çıkarken, Reşat Bey girdi odaya. Mehpare saygıyla geri çekilip yol verdi.

"Gece hiç uyumamış, öyle mi?" diye sordu, Mehpare'nin üzerine aldığı uzun şalının altındaki gecelik entarisini görmemezliğe gelerek.

"Ateşi vardı efendim."

"Kâbus gördü mü?"

"Yok, kâbuslar kesildi Allahıma şükür. Doktor beyin verdiği şurup iyi geldi. Son zamanlarda çok iyi idi lakin... İşte..."

"Lakin ne?"

"Geçen hafta bir ziyaretçisi geldi, selamlıkta görüştüler. Selamlık soğuk olur, malumunuz. Ben hemen büyük mangalı yakıp götürdüm fakat odadaki rutubeti kıramadı mangal. Orada üşütmüş zahir."

"Kimdi ziyaretçi? Bana niye söylenmedi?"

Mehpare boşboğazlık ettiğine bin pişman, başını öne eğdi: "Bilmiyorum efendim."

"Mehpare, bak kızım, ben evde yokken buraya kimse alınmayacak."

"Buraya değil efendim, selamlığa..."

"Selamlığa da hiç kimseyi almayacaksınız. Hiç kimseyi."

"Kalfaya Kemal Bey'in askerlik arkadaşı olduğunu söylemiş de... Küçükbey pek sıkılıyor ya evde tek başına, büyükhanım müsaade etmiş ziyaretçiye."

"Leman'ın Fransızca ve tarih hocalarının dışında, gelen kişi ben padişahın oğluyum da dese, eve alınmayacak. Anlaşıldı mı kızım?"

"Evet efendim."

"Hadi git odana da giyin. Sabah oldu artık."

Mehpare geri geri giderek çıktı odadan, Reşat Bey'e geceliği ile yakalandığı için utançtan ayakları dolanarak odasına koştu.

Gülfidan Kalfa mutfakta her zamanki gibi tangır tungur sesler çıkartarak kahvaltı hazırlıyordu. Kendi en ufak bir gürültü yaptığında, sözgelimi kaşığı çay bardağında biraz fazla şıngırdattığında hemen yerdi azarı. Büyükhanım, Kafkasya'dan getirttiği kalfaya toz kondurmazdı. Mehpare de Çerkez'di ama İstanbul'da doğmuştu. Bu nedenle, uzaktan akraba oldukları halde, kalfa kadar itibarı yoktu Büyükhanım'ın gözünde. Saraylıhanım evi has Çerkezlerle doldurmuştu. Evde Hıristiyan hizmetçi istemezdi. Sadece Aret Efendi, yaz aylarında haftada üç, kışları ise ayda bir-iki kere bahçe bakımı için uğrardı konağa, bir de Katina ütüye, dikişe gelirdi, gelin hanım için. Ona selam bile vermezdi Büyükhanım. Bu "Saraylıların" hep biraz çatlak olduklarını söylemişlerdi Mehpare'ye, on iki yaşını doldurmadan konağa yollanırken. Kılı kırk yararlar, en ufak şeyin üstünde dururlar, huysuzdurlar, aşırı titizdirler, demişlerdi. Gerçekten de öyle olduklarını kendi gözleriyle görmüştü, kız. Reşat Bey'in teyzesi, dırdırı hiç bitmeyen, evlere şenlik bir kadındı. Gelinini de çoğu kez çileden çıkarırdı. "Hani kayınvalidem olsa, canım yanmayacak. Ama bana sürekli kaynanalık taslayan hanım, kocamın anası bile değil," diye hayıflandığına kaç kere kulak misafiri olmuştu Behice Hanım'ın.

Mehpare odasına girip seccadesini serdi. Abdest almak için havlusunu koluna takıp giriş katındaki hamama yöneldi.

Ahmet Reşat, Kemal'in yatağının ayakucuna ilişip elinin tersiyle boynunu, alnını elleyerek yeğeninin ateşini kontrol etti. Kemal'in ateşi düşmüştü. Alnı, dudaklarının üstü terliydi.

Ona tıpkı şu an olduğu gibi, şefkatle, içi titreyerek baktığı, uyandırmaya korkarak parmak uçlarıyla pembe bebek yanaklarına dokunduğu günden bu yana otuz küsur yıl geçmişti. Kemal'in rahmetli annesi, bebeğini dünyaya getirdikten sonra, kırk gün sürmesi gereken lohusalığını sona erdiremeden, Hakk'a yürümüştü. Kader hep tekrar ederdi kendini Osmanlı ailelerinde. Kadınlar, kanamalar durdurulamadığı, iltihaplanmaların önüne geçilemediği için doğumda, erkekler cephede ölürdü. Doğan çocukları teyzeler, dayılar, amcalar, halalar büyütürdü. Kemal'in babası, bebeğini göremeden Türk-Yunan muharebesinde şehit düşmüştü. Reşat, kendi gibi öksüz ve yetim yeğeninin sorumluluğunu omuzladığında gencecik delikanlıydı. Kemal'i evlat yerine koymuş, bakımını teyzesine, eğitimini İstanbul'un ünlü hocalarına ve en gözde okuluna bırakmış, onu en iyi şekilde yetiştirmiş ama sözünü geçirememişti.

Kemal, alnına değen elin temasıyla araladı gözlerini.

"Dayı," dedi.

"Nasılsın Kemal? Uyuyamamışsın dün gece."

"Ateşliydim. Islak tülbentlerle Mehpare'nin hararetimi düşürmeye çalıştığını hayal meyal hatırlıyorum."

"Doktoru çağırayım mı?"

"İstemem dayı. İyiyim şimdi."

Reşat Bey, pencerenin pervazında duran ballı süte uzandı, "Bir-iki yudum içmeye çalış, göğsünü yumuşatır."

"Sonra dayı. Mehpare ne yapar eder, içirir bana sütü, merak etmeyin."

"Sana çok iyi bakıyor kızcağız. Teyzem çok becerikli yetiştirdi onu."

"Eh, gücü bana yetmeyince başka birini buldu kul eylemek için." Gülümsedi Kemal.

"Sana sadece teyzemin değil, benim gücüm de yetmedi, yeğen. Ah Kemal, sen neden böyle laf dinlemedin de bu hallere düştün?"

"Benim halim memleketin düştüğü halin yanında solda sıfır kalır, dayı. Boynu devrilesice General d'Esperey'in, muzaffer Roma komutanları gibi, Fransız Sefareti'ne gidişi hâlâ rüyalarıma giriyor. Üstelik beyaz ata binmiş lanet herif! Aklı sıra, İstanbul'u beyaz at üstünde fetheden Fatih Sultan'a nazire yapıyor! Sen beyaz atla geldin aldın şehri, şimdi de ben beyaz atla gelerek senden geri alıyorum, dercesine..."

"Şşşt. İyi şeyler düşün. Sonra kâbuslar görüyorsun."

"Keşke Sarıkamış'ta öleydim de o güne şahit olmayaydım, dayı."

Ahmet Reşat sıkıntıyla kıpırdandı.

"Sen onu bunu bırak da yaşadığına şükret oğlum," diyebildi.

"Maraş'ta Fransızlara karşı silahlı mücadele başlatmışlar. Doğru mu bu?"

"Evet, geldi haberi."

"Bu çok iyi haber, dayı!"

"İlahi Kemal! Mütarekenin imzalanmasından sonra, Irak'taki Ali İhsan Paşa, birliğinin silahlarını teslim etmemiş, Mekke komutanı Fahrettin Paşa ise iki ay daha muharebe etmişti. Neticede bir şey oldu mu?

Olmadı! Tam tersi, biz onlara karşı geldikçe onların üstümüzdeki baskıları fazlalaşıyor."

"Belki şimdi bir şeyler olur. Anadolu teşkilatlanmaya başlamış. İşgale karşı mukavemet taşrada tutarsa, İstanbul da hareketlenir."

"İşte o zaman İngilizlerin bizlere yapacağından korkarım."

"Siz de mi Sultan gibi düşünmeye başladınız? Vah vah!"

"Şunu iyi bil ki Kemal, Sultan bugüne kadar gelmiş geçmiş sultanların çoğundan daha kötü değildir. Kötü olan, zavallının kaderidir. Bu uğursuz işgal onun saltanat devrine denk geldi. Sultan, altı yüz yıllık tahtı korumak için elinden geleni yapıyor."

"Ya bizleri? Milletini de koruyor mu tahtı gibi?"

"Taht hepimizin sembolüdür oğlum. Taht düşerse, biz de birlikte yanarız."

"Diyelim ki düştü. O vakit ne yapmayı düşünürdünüz? Fikrinizi bilmek istiyorum."

"Ben bir memurum oğlum, bir maliyeciyim. Nezaretteki vazifemi dahi vekâleten yapmaktayım. Mecliste mebus bile değilim. Benim fikrimin ne önemi var ki?"

"Benim için önemi var."

"Sen ne düşündüğümü zaten biliyorsun Kemal. Yıllardır savaşıyoruz, Rus harbi, Balkan harbi, Trablusgarp cephesi... Say say bitmiyor. Kaybettiğimiz büyük harp dersen, mahvetti bizi. Artık kimse harp etmek istemiyor. Silah milah da yok zati elimizde. Hepsine el konuldu. Bu vaziyette, elbette işgal meselesinin diplomatik yollardan çözülmesinden, yani Sultan'dan yanayım."

"Hata yaptığını kabul etseniz bile, Sultan'dan yanasınız, öyle mi?"

"Benim yedi ceddim Saray'a hizmet etmiş, Saray'dan ekmek yemiştir. Padişahıma ihanet etmemi ya da karşı gelmemi bekleme benden. Oğul yerine koyduğum yeğenim olarak, sen de ihanet etme. Hiç yakışık almaz."

Kemal ses etmedi. Şu bitkin haliyle dayısına çene yetiştirecek gücü yoktu, ama dayısı odada kalsın, ona dış dünyadan haberler versin, uzun uzun sohbet etsinler istiyordu. Yatağa düştüğünden beri kadınlarla sarılmıştı çevresi. Bir noktadan sonra çekilmez olmaya başlıyorlardı.

Reşat Bey ayağa kalktı. "Seni uykundan uyandırdım. Gideyim ben, uyursun yine."

Kemal elini uzattı dayısına. "Dayı gitmeyin, kalın. N'olur konuşalım biraz."

Reşat Bey yatağın ayakucuna yeniden ilişti. Bir süre birbirlerinin gözlerinin içine baktılar. Reşat, yeğeninin yorgun bakışlarında rahmetli annesinin gözlerindeki ışığı yakalar gibi oldu. Yumuşak bir sesle sordu:

"Kemal, geçen hafta kim ziyaret etti seni?"

"Ne zaman dayı?"

"Geçen hafta selamlıkta bir konuk kabul etmişsin. Kimdi o oğlum?"

"Dayıcığım, Abdülhamit düşerken hafiyelerini size mi emanet bıraktı? Nereden duydunuz?"

"Ben duyarım."

"Casuslarınız mı var evde?"

"Beni kızdırma yeğen. Kim geldi, bilmek istiyorum."

"Eski bir askerlik arkadaşım."

"Askerlik arkadaşların donarak öldüler."

"Bu esir düşmüştü, geri gelmiş."

"Adı ne?"

"Cemil Fuat. Fevzi Paşaların uzaktan akrabası olur."

"İttihatçı mı?"

"İttihatçı mı kaldı dayı? Sarıkamış'a gidenler dondular, kurtulan birkaç kişi tövbekâr oldu, burada kalanları da işgalciler ile Damat Ferit ipte sallandırdılar."

Reşat Bey bu doğru tespiti duymazlığa geldi. "Ne istiyormuş?"

"Beni görmeye gelmiş. Bir şey istemesi mi lazım?"

"Ziyaretçilerin gelip gitmeye başladı mıydı, arkasından mutlaka bir melanet çıkar."

"Rica ederim dayı, bende tehlikeli işlere karışacak hal mi kaldı? Bu odadan çıksa çıksa cenazemin çıkacağını siz de biliyorsunuz."

"Allah korusun. Daha çok gençsin. İyi dinlenir, iyi beslenirsen, burnunu da tehlikeli işlere sokmazsan, vakti geldiğinde sen benim cenazemi kaldırırsın inşallah. Zaten senden başka da kaldıracak kimse kalmadı. Savaş ailede erkek bırakmadı ki!"

"Dayıcığım, siz cenazeniz için hiç endişelenmeyin. Kızlarınız o kadar güzeller ki, bu eve damatları tez zamanda sokarlar. Eh, belki bir sonraki sefere hep beklediğiniz o erkek çocuk da geliverir, benim papucumu dama atar."

"Sen şimdi bırak bu gevezeliği de Kemal, evimize kimseyi çağırmayacağına dair söz ver."

"Sizi tehlikeye atacak kimseleri çağırır mıyım hiç."

"Ben bu lafları çok duydum. Konağın polislerle sarıldığı geceyi de unutmadım."

Kemal bir şeyler söylemeye yeltendi ama bir öksürük nöbetine yakalandığı için konuşamadı. Reşat Bey, öksürmesi durunca, sütü yeniden uzattı yeğenine. Bu kez birkaç yudum içti Kemal, sonra, "Dayı, duydum ki Sultan'ın damadı İsmail Hakkı Bey, Millicilere taraf olmuş. Saray'la aralarını bulmaya çalışıyormuş. Doğru mu bu?" diye sordu.

"Sen tavan arasındaki odanda nasıl haberdar oluyorsun bütün bunlardan? Gizlice sokağa mı çıkmaktasın yoksa?"

"Beni ziyarete gelen o arkadaş var ya, o anlattı."

"Yanlış anlatmış. Başımıza ne gelecekse, senin ve İsmail Hakkı gibi maceracıların yüzünden gelecek. Sokaklar İngiliz üniforması giymiş Rumlar ve Ermenilerle dolu. Bunlar İngiliz Komutanlığı tarafından istihbaratçı olarak çalıştırılıyorlar. Kuş uçurtmuyor herifler. Yok Fransızlar bize sempati duyuyorlarmış, yok Milliciler Anadolu'da toplanıyorlarmış... Laf bunların hepsi. Bitti bu iş Kemal, bitti. Bittik biz. Anadolu yer yer işgal altında. İstanbul'u ve Hilafet'i kurtarabilirsek ne âlâ. Sultan sadece geçici bir süre için İngiliz idaresini kabule razı. Tamamen parçalanmaktan, yok olmaktan evladır. İşte sırf bu yüzden, İngilizlerle iyi geçinmeliyiz."

"Bir yandan onlarla iyi geçinirken, bir yandan da Anadolu'da başlayan hareketlenmeye destek olsa keşke, Sultan. Bu hareketi küçümsemeyiniz dayı. Anadolu'ya buradan geçenler de varmış."

"Ayağa giyecek postal bile yokken, cephanelikler kontrol altındayken, bütün İstanbul Anadolu'ya taşınsa ne çıkar?"

"Allahtan umut kesilmez."

"Tam da dediğin gibi, işimiz Allah'a kaldı, yeğen. Hazine tamtakır, memura maaşını ödeyemiyoruz. O kadar ki, hademelere olsun ödeyebilmek için, bu ay binalardaki kum torbalarını, balta, kazma, kösele, hurda demir, ne bulduksa satılığa çıkarttık."

Kemal'in başı yastığına geri düştü.

"Haydi dinlen artık. Yordum seni sabah sabah," dedi Reşat Bey. "Ben de bir iki lokma bir şey atıştırayım, işimin başına döneyim. Kendini iyi hissetmezsen, haber gönder de akşama Doktor Mahir'i yollatayım."

Kemal yanıtlamadı dayısını. Sokaktan sabah satıcılarının, sütçünün, simitçinin sesleri gelmeye başlamıştı. Yavaş yavaş uyanıyordu İstanbul. Yürekleri acı ve utanç dolu, ezik insanların, sokaklarda ayaklarını sürüyerek, başları eğik yürüyecekleri bir başka işgal gününe uyanıyordu. Pancurların arasından süzülen sabah ışığı daha güçlü vurmaya başlamıştı halıya.

***

Reşat Bey usulca kalktı, artık konuşmak istemediği için dalmış gibi yapan Kemal'i uyandırmamaya gayret ederek sessizce dışarı süzüldü. Bir kat aşağıdaki odasına inerken, karısından işiteceği sitemler yüzünden endişeliydi. Nerdeyse bir aydır sabaha karşı dönüyordu eve, hiç ayrıntılı bilgi vermiyordu ve Behice, Maliye Nazereti'nde vekâleten nazırlık görevini yürüten kocasının sabahlara kadar ne iş yaptığını çok merak ediyordu.

Ahmet Reşat, yaptığı işleri karısına anlatabilecek durumda değildi. Zaten iyi bir iş yapıp yapmadığına kendi de emin sayılmazdı. Sadrazam tarafından çok özel bir işle görevlendirildiğini sadece Mahir biliyordu. Çünkü o da kendi gibi iyi Fransızca bildiği için, benzeri bir gizli göreve atanmıştı. Fransızcaları ileri düzeyde olan bazı yüksek rütbeli memurlardan, bazı yüksek rütbeli Fransızlarla dostluk kurmaları, akşam yemeklerine çıkmaları, briç, satranç gibi oyunlar oynamaları istenmişti. Ahmet Reşat, ona verilen vazifenin casusluk olmadığına kendini boşuna inandırmaya çalışmıştı. İşgal kuvvetlerinin kasalarını veya çekmecelerini açarak, Müttefiklerin gizli belgelerini, şifrelerini çalacak değillerdi elbette. Sadece şu sıralarda araları İngilizlerle pek de iyi olmadığı gözlenen Fransızlardan, neler olup bittiğini, neden Müttefikler arasında bazı sorunların baş vermiş olduğunu öğrenmeleri isteniyordu. Bunu da ancak Fransızcaları yeterli ve sosyal konumları bu kişilerle ahbaplık tesis etmeye yatkın, yüksek rütbeli memurlardan isteyebilirlerdi.

Reşat Bey, Sadrazam Ali Rıza Paşa'nın başyaveri tarafından huzura davet edildiğinde, maliyeye ilişkin bazı bilgiler vereceğini zannederek, bir sürü evrakla birlikte gitmişti ziyarete. Paşa ile maliyeye dair tek bir kelime konuşmamışlardı. Kahve sohbeti bitince sadede gelinmişti. İki akşam sonra, Boğaz'ın Anadolu yakasındaki Kont Ostrorog'un yalısında, Fransız Yüksek Komiseri'nin de bulunacağı bir akşam yemeğine birlikte gideceklerini, gece boyunca yapılacak sohbetler sırasında kulaklarını açık tutmasını tembihlemişti paşa.

Vatan aşkına dahi olsa, bu tür alengirli işlere hiç alışık değildi Ahmet Reşat. İçi dışı bir, iyi aile terbiyesi almış, dürüst bir insandı. Ayakları geri geri giderek katılmıştı davete. Davetlilerin arasında Mahir'in de bulunduğunu görünce içi biraz olsun rahatlamış, eski dostu Kont Caprini'yle karşılaşınca da adeta keyiflenmişti.

"Caprini Efendi! Bu ne güzel bir tesadüf. Uzun zamandır görüşmemiştik. Afiyettesinizdir inşallah."

"Aziz dostum! Sizi gördüm, daha iyi oldum. Gelin şu köşeye çekilip biraz hasret giderelim," demişti Kont Caprini.

Kont Caprini, şu işgal günlerinde, güya İtalyan Komiserliği'nde idari işlere bakmak, ama aslında İtalyan Polis Birliklerine kumanda etmek ve Türklerle muhtemel çatışmaları önlemek amacıyla gönderilmişti İstanbul'a. Türk dostuydu. Vaktiyle Girit Türklerinin katli sırasında, tesadüfen oradaki jandarma teşkilatında görevli bulunmuş ve birçok Türk'ü ölümden kurtarmıştı. Bu insani davranışına karşılık, Sultan II. Abdülhamit zamanında bir nişanla taltif edilerek, "Kont Caprini Efendi" unvanını almıştı.

Ahmet Reşat'ın Kont Caprini'yle olan dostluğu çok daha eskilere dayanıyordu. Ahmet Reşat, Selanik'te görev yaparken, Kont Caprini bu şehirdeki Osmanlı Jandarma Teşkilatı'nı düzenlemeye memur edilen kadronun arasındaydı. O yıllarda gençliklerini yaşayan Kont ve Ahmet Reşat, bir vesileyle tanışmış, yakın dost olmuş, bu sahil şehrinin eğlence yerlerini defalarca birlikte ziyaret etmiş, satranç partilerine katılmış ve at binmişlerdi. Yıllar sonra işgal günlerinde, İstanbul'da birkaç kere karşılaşmışlardı ama Ahmet Reşat, mağdur tarafta olmanın gönül kırıklığı ile eski dostundan uzak durmayı tercih etmişti. Ama kader bu gece her ikisini de aynı masanın başında tekrar buluşturmuştu işte. Yemeğe oturmadan bir-iki kelime laf edecek zaman bulmuşlardı.

"Ne zaman ki bir ihtiyaç hasıl olur, bana hemen geliniz Reşat Beyefendi," demişti Kont.

İçinden, Allah beni hiçbirinize muhtaç kılmasın, diye geçiren Ahmet Reşat, "Berhudar olunuz, Caprini Efendi," demekle yetinmişti.

Yemekten sonra erkekler gruplara ayrılarak briç ve satranç oynamışlardı. O akşam kimseden hiçbir malumat sızdırmak mümkün olmamıştı. Sadrazam, o gün orada başlatılan dostlukların sürdürülmesinden yanaydı. Gün gelir, işe yarayacak bir irtibat kurulabilirdi. Kim bilir?

Sonraki günlerde Fransızlarla sıkça birlikte olmuşlar, bir keresinde Pera'da bir dans gösterisine katılıp sonradan bir bara girmişlerdi. İçkinin gevşettiği ağızlardan, Ahmet Reşat hiç ilgilenmiyormuş gibi yaparak bazı bilgiler duymuştu. Fransızlar aralarında konuşurlarken, gözlerini sahneye, kulaklarını konuşulanlara odaklamış, Fransızların, Müttefik Kuvvetleri mensubu da olsa, kendilerinden olmayan birinin komutası altına girmek istemediklerini ve bu yüzden İngiliz Generali Wilson'a kök söktürdüklerini öğrenmişti.

Ertesi gün duyduklarını rapor halinde hazırlarken çok sıkıntı çekmişti. Ya birinin eline geçecek olaydı bu evrak. Ahmet Reşat bir casus değildi ki! O bir maliyeciydi. Hazırladığı raporları yırtmış ve Ali Rıza Paşa'nın makamına çıkarak duyduklarını şifahen nakletmişti.

O gün bugündür, sık sık Fransızlarla birlikte satranç ve briç oynamaya çağrılıyordu. Çünkü Fransızlar da, İngilizlere karşı, Osmanlı bürokratlarıyla sıkı dostluklar kurarak, iyi ilişkiler geliştirerek nispet yapma peşindeydiler. Kont Caprini'nin ağzını aramayı ise kendine yediremememişti. Ne de olsa eski dostuydu o.

Ali Rıza Paşa kabinesinin, Ankara heyeti tarafından hazırlanan Misakımilli'yi* kabul etmesinden sonra, işlerin düzeleceğine dair bir umuda kapılmış ve zoraki üstlendiği tatsız vazifeden kurtulacağını sanmıştı Ahmet Reşat, oysa felek ona yeni sürprizler hazırlamakla meşguldü.

* Milli sınırlar.

SUİKAST

Doktor Mahir, bir elinin ayasını yatağında dik oturmaya çalışan Kemal'in çıplak sırtına yerleştirip, öteki elinin parmaklarıyla tık tık vurdu. Doktorun az evvel sabunladığı soğuk elleri sırtının değişik noktalarında gezinirken ürperdi Kemal. Doktor Mahir, bununla yetinmedi, kulağını sırtına dayayıp uzun uzun ciğerlerinden gelen sesi dinledi. Doğruldu, "Üstüne bir şey giy hemen, üşütme," dedi genç adama.

Mehpare, elinde holdeki sobanın yakınına koyarak ısıttığı iç çamaşırlarıyla hemen seğirtti. Kemal fanilasını kendi giydi, kız pijamasının üstünü tuttu kollarını rahat geçirmesi için. Düğmelerini de iliklemeye başlayınca usulca itti kızı, "Ben yaparım," dedi. Sonra doktora dönüp gözlerinin içine baktı ve elemli bir sesle, "Verem şarkısı mı söylüyor ciğerlerim?" diye sordu.

"Verem dalga geçmeyi kaldırmayacak kadar ciddi bir hastalıktır, şarkıdan hoşlanmaz."

"Öldürür."

"Evet. Ama seni verem değil, bu asabiyet öldürecek Kemal."

"Verem değil miyim yani?"

"Yarın hastaneden gelirken kulaklık getirip bir de öyle dinleyeceğim ciğerlerini. Verem olduğunu sanmıyorum. Şiddetli üşütmüşsün. Ama röntgen çekmeden emin olmam mümkün değil."

"Hastaneye gizlice gelsem... Gece mesela?"

"Daha fazla dikkat çeker. Hastane boş kalmıyor ki! Nöbetçi doktoru var, hademesi var, hemşiresi var. Hem sen daha birkaç hafta sokağa çıkmasan iyi edersin. Havalar buz gibi."

"Çok sıkıldım Mahir."

"Eminim. Ama bu ciğerleri bir kere daha üşütürsen, bu kez kesin yakalarsın veremi, bilmiş ol!"

"Ben hayat boyu bunun korkusuyla mı yaşayacağım?"

"Aynen öyle yapacaksın. Bedenini o kadar hırpalamışsın ki, hiç mukavemetin kalmamış. Ciğerlerin, böbreklerin hastalanmak için bahane arıyorlar. Onlara bu bahaneyi asla vermeyeceksin."

"Yani hep yatakta yatacağım, öyle mi?"

"Ne münasebet. Kafanın çalışmasının diğer organlarına hiç ziyanı olmaz. Ama üşütmeyeceksin, yorulmayacaksın, asla sinirlenmeyeceksin, rakıyı fazla kaçırmayacaksın, cigara içmeyeceksin. Sana iyi bakacak bir hanım bulup evleneceksin, sakin ve mesut bir hayat süreceksin. İşte o zaman uzun yaşarsın."

"Bu enkaza varabilecek birini tanıyor musun?"

"Yakışıklı bir harp malulüne varacak çok kız var, tanıdığım."

"Veremden paçayı kurtardık diyelim..."

"Verem olup olmadığını bilemiyoruz henüz. Emin olmak için röntgeni bekleyelim."

"Tut ki verem değilim. Sabaha kadar uyumayan, bağıra çağıra kâbus gören bir adamın yanında yatmayı kim ister?"

"Kâbuslar geçecek. Zamanla azalarak geçecek. Azalmadı mı zati?"

"Eh!"

"Yazdığım şurupları içmiyor musun?"

Başıyla Mehpare'yi işaret etti Kemal.

"Bana bir şeyler içirip duruyor. Hiç sormuyorum, ne nedir diye."

Kız atıldı. "Ne yazdınızsa aldırdık. Beyefendi tükenenleri bir-iki gün içinde bulduruyor, sağ olsun. Ben de hepsini ellerimle içiriyorum, vallahi. Hem de dakikası dakikasına, hiç aksatmadan."

"Aferin kızım! Uykuları düzeldi mi?"

"Allah'a şükür düzeldi. Ara sıra yine kâbus görüyor ama eskisi gibi değil. Ha, bir de sobayı illaki yatağımın yanına kurun diye tutturmuyor artık. Bakın, söktük bile sobayı, hole aldık. Çünkü çok sıcak oluyordu küçücük oda."

"Hepsi geçecek. Şimdi ateş de düştüğüne göre, artık önemli olan çok iyi beslenmesi, dinlenmesi ve üşütmemesi."

"Anladım efendim," dedi Mehpare. İlaçları ve şurupları her zaman bulamadıklarını, et satın almakta sıkıntı çektiklerini, hububat için Beypazarı'ndan yollanan kolilere muhtaç olduklarını söylemedi. Bunları bilmesinin Kemal'e bir faydası olmazdı.

"Haydi Mehpare, in aşağıya da bize birer acı kahve yap, getir," dedi Kemal.

Kız çıkıp kapıyı arkasından kapatınca, "Neler oluyor, çabuk anlat bana!" dedi Mahir'e.

Mahir iskemlesini iyice yaklaştırdı yatağa, fısıldayarak konuşmaya başladılar.

"Yeraltı Teşkilatı boş durmuyor Kemal. Geçen akşam Tikveşli Çiftliği'nde toplantı yapıldı. Önemli gelişmeler oluyor. Ne var ki bize Saray'ın içinden bilgi lazım."

"Malum Sultan Hanım bilgi sızdırıyordu hani?"

"O, kabinede konuşulanları bilemez ki. Sadece Saray'dan haber verebiliyor. Dayın çok mu ketumdur?"

"Öğrenmek istediğiniz nedir?"

"Silah ve diğer savaş malzemelerinin dökümünü ve nerelerde depolandığını bileydik çok zaman kazanırdık."

"Bu malumata ancak Harbiye Nazırı haizdir."

"Maliye de bilir, çünkü hurdaları satışa çıkarıyorlar."

"Ararım ağzını. Şu sıralar hasta olduğum için, bu işlerden uzak kaldığımı zannediyor. Belki bir şeyler anlatır."

"Ah Kemal, onu yanımıza çekebileydik o kadar faydalı bir eleman olurdu ki!"

"Dayımın Sultan'a sadakati tamdır, Mahir. Sultan'ın hata yaptığını bildiği halde ona ihanet etmek istemiyor."

"Kendince haklı sayılır. Kimse Anadolu'da başlayan bir hareketten medet umamıyor."

"Başka çare yoksa ne yapılabilir ki? İnsan hiç olmazsa imkânsızı denemek istemez mi?"

"İster istemesine de, pek çok kişi Anadolu'daki hareketin başında İttihatçılar var zannediyor. İttihatçılardan herkese gına geldi. Sarıkamış fiyaskosundan sonra, kim onların peşine düşer artık? Halbuki, bu işin başındaki Mustafa Kemal Paşa, İttihatçılardan en az Sultan kadar nefret etmekte. Ne yazık ki bunu bilen çok az."

"İttihatçılar hâlâ ortalıktalarmış, Mahir. Ben Karakol'da vazife alanların arasında eski İttihatçılar varmış diye duydum. Doğru değil mi bu pekiyi?"

"Doğru. Eski teşkilatın adamlarını kullanmak zorundayız. Onların bu işlerde tecrübeleri çoktur. Lakin artık onlara İttihatçı demek çok zor. Unutma ki sen de bir zamanlar İttihatçıydın."

"Aman, o günleri hatırlatma bana."

"Bak, gördün mü? Lider değişince fikriyat da değişiyor haliyle. Kuvayı Milliyecilerin arasında, elbette eski İttihatçılardan tek tük var. Ama artık onlar..."

"Millici."

"Kolay geliyor ağzına bu 'Millici' lafı, değil mi?"

"Gönlüme de yakın geliyor. Kendimi bu davaya feda etmeye yemin ettim. Sıhhatim elverdiği gün ne isterseniz yapmaya hazırım."

"Sen hele önce bir iyileş. Bu arada dayından ne kapabilirsen bize aktar."

"Çiftlikte misiniz hâlâ?"

"Bakırköy biraz uzak kalıyor. Akaretler'de bir yer tuttuk. İntikali de, kaçışı da kolay. Ayakaltı bir yer..." Daha anlatacaktı ama Mehpare kapıda elinde kahvelerle gözükünce sustu Doktor Mahir. Çantasından çıkardığı birtakım Fransızca dergileri masanın üzerine bıraktı, "Bu mecmuaları sana oyalanırsın diye getirdim ama başmakaleyi tercüme edebilirsen memnun olurum," dedi.

"Senin Fransızcan benimkinden iyidir."

"Benim vaktim yok."

Acı acı güldü Kemal.

"Bende ise boş vakitten başka bir şey yok."

Mehpare kahveleri masaya bıraktı, Kemal'in yere düşen battaniyesini kaldırıp katladı, dizlerinin üzerine örttü ve sessizce çıktı odadan. Merdivenleri inerken kendi kendine söyleniyordu: "Hamdolsun, doktor verem olmadığını söylüyor. Olsaydı dahi, ben ona o kadar iyi bakardım ki, mutlaka iyileşirdi. Allahım, ne olur benim ömrümü onunkine kat, onu esirge büyük Allahım!"

Kemal'i tıraş olmuş, giyinmiş, selamlıktaki yazı masasının başında otururken bulunca şaşırdı Mehpare. Bir hafta öncesine kadar odasından çıkacak hali yoktu genç adamın. Ne çabuk toparlanmıştı, maşallah. Eliyle belli etmeden yazıhanenin tahtasına vurdu.

"Beni çağırtmışsınız beyim. Kahve mi istemiştiniz?"

"Mehpare, kapıyı kapatır mısın lütfen."

Mehpare açık bıraktığı kapıyı kapatıp masanın başına döndü. "Burada son oturduğunuzda fena üşütmüştünüz. Niye indiniz ki buraya? Mangalı yaktırıp getireyim ben..."

"Karşıma otur." Kemal, masanın öte yanındaki deri koltuğu işaret ediyordu.

"Ben mangalı..."

"Bırak mangalı şimdi. Beni dinle..."

"Ama üşüyeceksiniz..."

"Mehpare! Üşümüyorum! Şimdi sus ve beni dinle."

Mehpare koltuğa ilişti.

"Buyurun beyim."

"Bak kızım, burada bir mektup var. Sana gelmiş."

"Bana mı? Aman Allahım! Kim yollamış?"

"Evinden gelmiş."

"Evde bir şey mi olmuş? Biri mi hastalanmış? Halam mı yoksa?"

"Evinde bir hasta hem var, hem yok."

"Nasıl şey o, anlayamadım."

"Bu mektup evinde bir hasta olduğunu bildiriyor. Ama öyle bir hasta yok."

Mehpare gözlerini kocaman açarak hayretle baktı.

"Korkma. Mektubu ben yazdım, Mehpare."

"Siz mi?"

"Evet ben. Mektupta halanın hastalandığı, seni görmek istediği yazıyor."

"Niye böyle bir mektup yazdınız beyim?"

"Çünkü sen bu mektubu Saraylıhanım'a göstererek evine gitmek için izin alacak ve Beşiktaş'a ineceksin."

"Aman Allahım!"

"Neden korkuyorsun? Beşiktaş bildiğin semt değil mi? Orada büyümedin mi sen?"

"Bilirim Beşiktaş'ı."

"İyi işte. Halanı ziyarete gideceksin."

"Ama beyim... Niye?"

"Çünkü Mehpare ben öyle istiyorum. Bu mektubu bahane olarak kullanacak ve Beşiktaş'ta sana vereceğim adrese gideceksin. Onlara benden bir yazı götüreceksin. Onlar da bana getirmen için sana bir zarf verecekler. Hepsi bu."

"Saraylıhanım beni bırakmaz."

"Deneyeceğiz. Benim yazdığım mektubu okuyunca bırakacaktır."

"Ne zaman geldiğini soracak. Ne derim ona?"

"Postacı hep aynı saatlerde gelmiyor mu? Sabah on sularında?"

"Evet."

"İşte o sıralarda ben seni bana tütün alman için bakkala yollayacağım. Sen tam kapıda postacıya rastlamış olacaksın. Mektubu postacıdan alacaksın. Zarfı yırtıp atacak, mektubu okuyunca, ağlayarak Saraylıhanım'a gideceksin. Behicanım'a gideyim deme sakın, o benim yazımı tanır."

"Ya bana inanmazsa. Ya zarfı görmek isterse?"

"Zarfı yırtıp attın ya. Bahçedeki çöpe attın."

"Yapamam beyim. Beni affedin, yapamam."

"Yapacaksın Mehpare. Sana bunun için bahşiş vereceğim."

"İstemem efendim. Elinizi ayağınızı öpeyim, göndermeyin beni."

"Sen gitmezsen, ben gideceğim."

"Aaaa olmaz! Sokağa çıkamazsınız. Ateşiniz yeni düştü."

"Ateşim önemli değil, asıl tehlike yakalanmamda. Yakalanırsam beni hapse atarlar."

"Hapse girerseniz ölürsünüz. Ölmek mi istiyorsunuz?"

"İstemiyorum. Daha yapacak işlerim var. Ama bana yardım etmezsen gitmeye kalkarım, ya yakalanırım ya da üşütürüm. Her ikisi de ölümüme sebep olur."

"Yapmayın beyim, yalvarırım yapmayın."

"O zaman dediğimi yap."

Mehpare ağlamaya başladı. Ellerini yüzüne kapatmış, bir öne bir arkaya sallanıyordu.

Kemal yerinden kalktı, kızın yanına gidip diz çöktü, elini uzatıp, yemenisinin kenarından yüzüne düşen saçı, sonra yanağını okşadı.

"Merak etme Mehpare, hiçbir şey olmayacak. Sen Saraylıhanım'dan izin alıp önce halanın evine, sonra da Akaretler'deki eve gideceksin. Oraya bir zarf bırakıp bir zarf alacaksın hepsi bu," dedi yumuşacık bir sesle.

"Ya öğrenirlerse?"

"Suçu bana atarsın. Seni zorladığımı söylersin. Doğrusu da bu değil mi zaten?"

"Öğrenirlerse beni kovarlar."

"Öğrenmeyecekler."

"Eğer duyulursa... Reşat Beyefendi… Büyükhanım… Aman Allahım, düşünmek bile istemiyorum. Amcalarım beni vururlar."

"Kimse kılına dokunamaz. Sana zarar verilmesine izin vermem. Kovulursan seni himayeme alırım."

"Nasıl?"

Kemal güldü. Kendisi hâlâ dayısının himayesindeyken, Mehpare'ye bile inandırıcı gelmezdi bu vaat.

"Seni nikâhıma alırım."

"Ah! Hiç olur mu!"

"Evet, olur. Alamaz mıyım yani?"

"Müsaade etmezler."

"Bazı işler için müsaade gerekmez Mehpare. Bana itina ve şefkatle bakıyorsun. Sen olmasaydın iyileşemezdim. Üstelik çok da güzelsin. Akıllı ve terbiyelisin de. Eee, daha ne ister bir erkek? Ama bana dersen ki, siz hasta ve yaşlısınız, ben sizi istemem, o başka!"

"O nasıl söz beyim. Estağfurullah."

"O zaman sen bu işi bir kere daha düşün. Akşama kadar vaktin var. Kabul edersen ne âlâ. Etmedinse yarın ben başımın çaresine bakarım."

"Bir başkasıyla mı yollayacaksınız mektubu?"

"Hayır. Ben kendim gideceğim dedim ya."

Kemal doğruldu, koltuğuna gidip oturdu.

"Haydi şimdi git, bana bir kahve getir."

Kız uyurgezer gibi çıktı odadan. Merdiven sahanlığında duvara yaslandı. Başı dönüyordu. Bir elini Kemal'in dokunduğu yanağına, diğerini kalp atışlarını yavaşlatmak istercesine göğsüne bastırdı. Düşmemek için duvarlara yaslanarak yürüdü mutfağa kadar.

Saraylıhanım torununun tavan arasındaki odasına kapıyı vurmadan daldı. Kemal gün ışığından istifade etmek için pencerenin önüne dayadığı küçük masada bir şeyler yazıyordu. Büyükannesinin destursuz odaya dalmasından rahatsız oldu, "Hayrola Saraylıhanım, iyi ki giyinmişim az önce, acil bir mesele mi vardı?" diye sordu.

Hiç oralı olmadı yaşlı kadın.

"Oğlum, bak bu kız bir şeyler söyleyip duruyor."

"Kim?"

"Mehpare. Güya bir mektup gelmiş de... Halası hastalanmış da... Benim gözlerim iyi seçmiyor, oku bakayım şunu bana."

Kemal, büyükannesinin okuma bilmezliğini yüzüne vurmadı, gülümseyerek kendine uzatılan mektubu aldı, dikkatle inceledi.

"Büyükvalideciğim, Mehpare'nin halası hastalanmış, bugün eve uğramasını rica ediyorlar."

"Önemli bir hastalık mıymış? Hüsnü Efendi'yi gönderiveririz."

"Hüsnü'yü değil, kızı istiyorlar, canım."

"Kız nasıl gider oralara tek başına? Hüsnü Efendi gider, hal hatır sorar, bize haber getirir. Biraz da para veririm eline, ilaç filan lazımsa alsınlar diye."

"Halasına bir şey olursa maazallah, kadının iki eli yakanızda kalır vallahi. Dün gece Dilruba Hanım'a çarpıntı gelmiş. Bırakın gitsin kız."

"O giderse sana kim bakacak a oğlum?"

"Sevgili büyükvalidem, ben çocuk muyum? Bakın iyileştim artık, evin içinde dolaşabiliyorum. Yapmayın canım, bu kadar üstüme düşmeyin benim."

"Öyle diyorsan gitsin bari. Bana bak Kemal, bu mektup Mehpare'nin bir tertibi olmasın? Nerede bu mektubun zarfı? Birisiyle buluşacak da dolap mı çeviriyor acaba?"

"Allah insanları kuru iftiradan korusun. Nereden çıkartıyorsunuz bunları? Kız aylardır evden burnunu çıkartamadı benim yüzümden."

"Bakkala çakkala gidiyor ya ara sıra. Birkaç kere de doktorun evine yolladık sen buhran geçirdiğin sırada. Lakin çok dalgın son günlerde. Kaçın kurasıyım, o hülyalı bakışları bilirim ben. Dalıp dalıp gidiyor kız. Âşık maşık olmasın, dedim."

"Valla hülyalı bakışlarını bilemem ama bir zarfı yırttığını ben gördüm."

"Yaa!"

"Evet, su almak için mutfağa inmiştim de..."

"Oğlum niye seslenmiyorsun Mehpare'ye. Niye iniyorsun onca merdiveni ta mutfağa kadar?"

"Oturmaktan canım sıkılıyor büyükvalidem. Bana da hareket oluyor biraz inip çıkmak."

"Yani diyorsun ki, bu mektup sahici."

"Vallahi ben gözümle gördüm, zarfı yırtıp mektubu çıkardı. Okudu, ağlamaya başladı."

"Sormadın mı neden ağlıyor?"

"Sormadım. O bahçedeydi. Mutfağın penceresinden gördüm. Anlaşıldı işte niye ağladığı. Bırakın gitsin."

"Tek başına olmaz. Hüsnü götürür onu."

"Gitmişken bana da tütün alıversin, Beşiktaş'taki tütüncüden."

"Sana tütünü yasaklamadı mı doktor?"

"Yasaklamadı, azalttı. Artık tütünüme de rahat yoksa yandım gitti."

"Sen kendini çoktan ellerinle yaktın, a oğlum. Bizim çırpınmamız, daha da beter olma diye. Sadece yemeklerden sonra içme sözü verirsen aldırtırım."

"Pekâlâ," dedi Kemal. Canı sıkılmıştı. "Söyleyin de gitmeden uğrasın, tütüncünün yerini tarif edeyim."

Saraylıhanım, elinde mektupla çıktı odadan. İkinci katta geliniyle karşılaştı.

"Dışardan bir istediğin var mı kızım?" diye sordu, "Mehpare'yi Beşiktaş'a yolluyorum da... Beyaz ibrişim bitti diyordun dün... Ismarlayalım mı?"

"Neden Beşiktaş'a kadar gidiyormuş? Beyazıt'ta dükkân mı yok?"

"Halası hastalanmış da." Elindeki mektuba işaret etti başıyla.

"Verin bakayım..."

"Neyine bakacakmışsın! Ben baktım. Gözlerim harfleri iyi seçmiyor diye Kemalime de okuttum. Yolluyorum kızı işte. Hemencecik gidip gelecek. Siparişin varsa verirsin, alır getirir."

"Reşat Bey'in haberi var mı o kadar uzağa gideceğinden? Sonra kızmasın da."

"Reşat Bey'in bir evdeki hizmetkâr taifesiyle uğraşması eksik kalmıştı, ilahi gelin hanım."

Yaşlı kadın alçak sesle, "Haspa her taşın altından çıkacak illaki. Babası her ay köyünden erzak yolladığı için tafrasından geçilmiyor. Görelim bakalım, kimin sözü geçiyor bu evde," diye söylenerek aşağı kata indi, mutfağa girdi, talimatını gelini müdahale etmeden bir an önce yerine getirtmek için, tencerenin başında oyalanan Mehpare'ye seslendi:

"Haydi kızım, gideceksen erken yol al. Hüsnü Efendi hazırlansın. Sen de git hemen çarşaflan da düşün yola. İkindi ezanından evvel evde olacaksın, bak. Uzatmak yok ziyaretini. Hal hatır sorar, halanın ihtiyaçlarını öğrenir dönersin. Haa, bir de tütün alınacak Kemal Bey'e. Unutma sakın."

Yaşadığı sürece sadece onun sözü geçmeliydi bu evde. Behice itiraz etmese belki de göndermeyecekti Mehpare'yi. Ama onun verdiği talimata itiraz etmişti gelini. Hata etmişti.

Reşat'ı Behice'yle evlendireli kaç yıl olmuştu, hâlâ terbiye edememişti gelinini. Zengin babasının biricik kıymetli evladıydı ya, biraz şımarıktı bu yüzden.

Mehpare, yaşlı kadına lafını ikiletmeden, elindeki kepçeyi tezgâha bırakıp fırladı, odasına giyinmeye koştu.

Hüsnü Efendi'yle Mehpare, Beşiktaş'a ancak üç tramvay değiştirerek varabildiler. Yollar yabancı ülkelerin üniformalarını giymiş askerlerle kaynıyordu. Sokaklarda işine gücüne giden Müslüman Osmanlıların omuzları düşük, yüzleri asık, başları öne eğikti. Rumlarla Ermenilerin yüzlerinde ise güller açıyordu. Hıristiyan olsun, Müslüman olsun, pek az kadın vardı etrafta. Birkaç sarıklı hoca, ağır yüklerinin altında iki büklüm olmuş birkaç hamal, yere bağdaş kurmuş dilenciler, sıska atlarını kırbaçlayan arabacılar, bebelerini sırtlarında taşıyan Çingene kadınlar ve sokakları dolduran muhacirler Mehpare'nin gözüne sıkça çarpanlar arasındaydı. Muhacirleri seyrederken içi parçalanıyordu kızın. Zırıl zırıl ağlayan, yırtık giysili çocuklarını göğüslerine bastırmış, karalar giymiş kadınlarla, paçavralar içindeki çocukların eşlik ettiği zar zor yürüyen yaşlılar, içlerine düştükleri korkunç durumu belli etmeme gayreti içindeydiler. Onlar her şeylerini kaçtıkları veya kovuldukları topraklarında bırakmış, umutsuz insanlardı. Sadece gururları kalmıştı ellerinde. Asla şikâyet etmiyor, sığınabildikleri barakalarda yaşam savaşı veriyorlardı. Mehpare, kendi ailesi de topraklarından sökülerek buralara gelmiş olduğu için, derin bir keder duydu yüreğinde. Yol boyunca başını tramvayın camına dayayıp işgal altındaki şehrinin hüzünlü, umutsuz insanlarını seyretti.

Beşiktaş'ta tramvaydan indiler. Dilruba Hanım'ın oturduğu mahalleye gelene kadar Hüsnü Efendi'yle yan yana yürüdüler. Dükkânlar kepenklerini çoktan açmışlardı ama satışa sunulan ürün yok gibiydi. Mehpare, Beşiktaş Çarşısı'nın içindeki yan yollardan birine sapmadan önce, yol üzerindeki bir manavda elma satıldığını görünce gözlerine inanamadı. Saraylıhanım daha bir hafta önce, bahçıvanı meyve alması için pazara yollatmış, adamcağız eve eli boş dönmüştü. Hiç tereddüt etmeden bir kesekâğıdı dolusu elma satın aldı Mehpare. Sonra kafesli evlerin karşılıklı dizildiği dar sokaklarda, o önde, kâhya birkaç adım gerisinde hızlı hızlı ilerlediler. İki katlı, boyaları dökülmüş bir ahşap evin önünde durdular. Mehpare kapı tokmağını vurup bekledi. Üst kat penceresinden kır saçlı bir kadın başı gözüktü. Kadın Mehpare'nin araladığı çarşafından yüzünü görünce sevinçle el salladı.

"Hüsnü Efendi, bizimkiler evdeler. Siz gidin, işlerinizi görün. Beni ikindi ezanı okunmadan önce almaya gelirsiniz," dedi. Hüsnü Efendi bir an önce kendi işlerini görmeye can atıyordu ama usulen ayak sürüdü.

"Siparişler vardı..."

"Onları ben hallederim. Hepsinin yerini biliyorum."

"Yalnız başınıza dolanmanız doğru olmaz. Ben beklerim kapıda, beraber gideriz."

"Bu ayazda kapıda beklenir mi ayol! Yalnız çıkmam zaten, halazademle giderim. Burada nerede ne satılıyor, en iyi o bilir. Siz bir kahveye mi gidersiniz, başka işleriniz mi vardır, artık nasıl isterseniz."

Mehpare, yukarıdaki pencereden bir ipin ucunda aşağı sarkıtılan sepetteki büyük demir anahtarı aldı, kilide soktu.

"İyi bari. Gelmişken ben de arka bahçe için tohum alayım. Mart ayı çıktı mıydı, ekim zamanı geliverir," dedi Hüsnü Efendi.

"Gelince tokmağı vurun, ben hemen inerim," dedi Mehpare.

Mehpare, anahtar elinde, loş taşlığa girdi, Hüsnü Efendi'den kurtulmanın verdiği sevinçle dar merdiveni hızla çıktı. Halası, başında beyaz yemenisiyle merdivenlerin başında bekliyordu.

Önce kadının elini öpüp başına koydu, sonra birbirlerine sarılıp öpüştüler.

"Bir kötülük yok, değil mi yavrum?" diye sordu Dilruba Hanım, "Bayram değil, seyran değil, seni kapıda görünce hem çok sevindim, hem de korktum. Hayrola?"

"Üst üste rüyamda gördüm sizleri, içime bir ateş düştü," dedi Mehpare, elindeki kesekâğıdını uzattı. "Elma seversin halacığım. Çeşmenin yanındaki manavdan aldım bunları?"

"Kesene bereket çocuğum," dedi halası, "odaya gir de sobanın yanına otur, bak buz gibi olmuş yanakların. Çay içer misin?"

"İçerim vallahi."

"Yeni demlemiştim, az bekle."

Sobanın üzerine dizilmiş kestaneleri görünce gülümsedi Mehpare.

"Geleceğim içine mi doğdu hala, bak dizmişsin kestaneleri benim için."

"Pek seversin, değil mi? Olmak üzereler." Maşayla döndürdü hepsini teker teker.

"Söyle kızım, kötü şeyler mi gördün rüyanda? Anlat bakalım."

"Sıkıntıda olduğum için hep sıkıntılı rüyalar görüyorum hala."

"Saraylı delisi seni çok mu sıkıyor Mehparem? Yoksa gelinle mi geçinemiyorsun?"

"Kimsenin beni üzdüğü, sıktığı yok, halacığım. Ben sadece Kemal Bey'in hastalığına üzülüyorum. Bir türlü toparlanamıyor."

"Aman kızım, Sarıkamış'ta onca civan donarak can verdi. Ne sağlam bünyesi varmış ki dayanabilmiş o soğuğa. Siz sağ salim döndüğüne şükredin Kemal Beyinizin."

"Sağ döndü ama salim değil, hala. Sık sık hastalanıyor. Bazen hâlâ kâbus görüyor. Yaz sonuna doğru iyileşmişti."

"Eee, daha ne istiyorsunuz? Ölümden dönmek kolay mı?"

"İyileşince ayrıldıydı evden. Kaldığı yerlerde iyi bakamamışlar herhalde, bu sefer de ciğerlerini üşütmüş. Saraylıhanım eve geri getirdi onu. Geçen hafta çok ateşi vardı. Allah korusun, ince hastalık diye çok korktu Behice Abla, hastaneye yatırtmak istedi."

"Behice Hanım evdeki hasta gidince senin ellerin boşalır da çocuklara bakarsın diye düşünüyordur."

"Kızlar büyüdüler hala. Bakıma ihtiyaçları kalmadı."

"Büyük kız on dördüne basmıştır."

"Leman bu yıl on beşini bitiriyor. Kardeşi de dokuzunu sürüyor."

"Daha varmış onları evermeye. O evden çıkacak ilk gelin sen olacaksın desene. Hele Kemal Bey hayırlısıyla iyice ayaklansın da inşallah, sonrası bize düğün dernek..."

"Anlayamadım."

"Ne var anlayamayacak? Senin kocaya varma yaşın geldi de geçiyor. Bana söz vermişti Saraylıhanım, sana iyi bir kısmet bulacağına dair. Henüz değil elbette, Kemaline kim bakacak seni everirse. Ama o iyileşir iyileşmeeez..."

"Aaa aşkolsun ama, hala! Ben koca filan istemiyorum."

"O nasıl laf öyle. Kocaya varmayıp da n'etçeksin? Kız kurusu mu olacaksın?"

"Olurum."

"Allah korusun! Sen evlen ki, Muallamla, Meziyetime de sıra gelsin, onların kısmetleri de açılsın."

"Sahi, kızlar neredeler bugün?" diye sordu Mehpare.

"Meziyet mektepte. Mualla, yengesinde kalmıştı dün gece. Birazdan gelir. Bak Mehparem, lafı değiştirme, izdivaç sırasını bozmak yok. Sıra sende."

Mehpare konuyu değiştirmek için kalkıp mutfağa yürüdü. "Çay demlenmiştir halacığım, bir bardak içeyim de çıkayım. Siparişleri vardı evdekilerin. Daha gidip onları alacağım," dedi mutfağa girerken.

"Sen alışverişe gelmişsin kızım, beni görmeye değil," diye sitem etti halası.

"Olur mu hala! Sabah iki gözüm iki çeşme ağladım evime gideceğim, meraktayım diye, onlar da hazır gitmişken şu siparişleri alıver dediler. İşlerimi bitirip geleyim, otururuz."

Mehpare çayını aceleyle içti. Bir an önce Kemal'in talimatlarını yerine getirmek istiyordu. Halası bir şeyler anlatıp duruyordu ama onun kafası başka yerdeydi. Boşalan bardakları mutfağa taşıdı, merdivenlerin başına geldiğinde peşinden seğirtti halası.

"Ne o, gidiyor musun?"

"Hemen gidip döneceğim."

"Bekle de çarşaflanıvereyim, beraber gidelim."

Mehpare ne diyeceğini bilemeden sıkıntıyla kıpırdandı.

"Hala, bir şey rica etsem... Senin gözlemelerini pek özlemişim. Ben dönene kadar bana hazırlayıversene... Yani zahmet olmazsa."

"Ne zahmeti yavrum. Konakta gözleme yapmıyorlar mı bunlar? Aşçıbaşı vardı hani?"

"Aşçıya yol verdilerdi. Zaten kimseninki seninkilere benzemiyor, halam."

"Kız aldın yine gönlümü! Peynirli mi istersin?"

"Hı, peynirli olsun."

Mehpare, halası mutfağa yönelirken aceleyle indi merdivenleri, dışarı çıktı. Kar dinmişti. Çarşıya doğru yürümeye başladı. Buralarda bir tütüncü olduğunu biliyordu ama neredeydi. O kadar uzun zaman olmuştu ki Beşiktaş Çarşısı'ndan geçmeyeli, bazı dükkânlar kapanmış, yenileri açılmıştı. Allah yardım ederse bir tuhafiyeci, bir de tütüncü bulurdu yolunun üzerinde. Bulamayacak olursa, dönerken Beyazıt Çarşısı'ndan alırdı siparişleri. Hızlı hızlı yürürken, ayağı kayınca düşecek gibi oldu, bir simitçinin tablasına çarptı. Simitler karların üzerine döküldüler. Söylene söylene yerden simitleri toplayan ve pantolonuna sürterek üzerlerine yapışmış karları temizlemeye çalışan simitçiden üç-beş simit satın aldı, torbasına attı. Bu kez temkinli adımlarla yavaş yavaş yürüyerek sokağın başına gelip caddeye çıktı, Akaretler'e doğru kıvrıldı. Adresi ezberlemişti. "Çok yürümeyeceksin, gideceğin ev yokuşun ortalarına varmadan, hemen sağ tarafta," demişti Kemal, "evin demir kapısı da, pancurları da koyu yeşildir. Görünce hemen anlarsın zaten."

Kapılara, pancurlara baka baka yokuşu tırmanmaya başladı Maçka'ya doğru. Buraların neyini seviyorsa, Behice Hanım illa bu muhite taşınmak istiyor, Saraylıhanım da karşı çıkıyordu gelinine. Saraylıhanım'a göre, buraları Müslüman mahalleleri değildi. Halbuki Saray çalışanları yaşıyorlardı, bu sıra sıra aynı boyda dizilmiş sarı evlerde. Âlemdi bu Saraylıhanım! Herhalde gelinine sırf itiraz olsun diye öyle söylüyordu. Aman ne de iyi ediyor, diye geçirdi Mehpare içinden, çünkü bu geniş caddede Beyazıt'ın sevimli sokaklarının canlılığı yoktu. El arabalarıyla dolanan sokak satıcıları, mallarını eşeklerin sırtına yüklemiş patates-soğancılar, şerbetçiler de gözükmüyordu, bohçacı kadınlar da. Caddeden sadece tek tük faytonlar gidip geliyor, kaldırımlarda da fesli erkekler yürüyorlardı. Ara sıra da işgalcilere ait bir-iki otomobil geçiyordu. Besbelli ki zenginlerin ve Saraylıların mahallesiydi burası. Bu yüzden istiyor olmalıydı Behice Hanım buraya taşınmayı. Madem ki kocası nazır seviyesindeydi, onun da lüks bir mahallede oturarak caka satmak hakkıydı elbette.

Mehpare birkaç ev ötedeki yeşil pancurları görünce hızlandı. Evin kapısı da, Kemal'in söylediği gibi, koyu bir yeşile boyalıydı. Elindeki kâğıtta bir numara yazılıydı ama kapıda numara göremedi. Spor Kulübü gibi bir şeyler yazan bir tabela vardı sadece. Yeşil kapılı evi geçerek yokuşun tepesine doğru yürüdü, başka yeşil kapılı ev yoktu. Geri döndü, yegâne yeşil kapılı evin zilini çalıp bekledi.

Az sonra kapı aralandı. Genç bir erkek, "Kimi aradınız?" diye sordu.

"Cemil Bey burada mı? Cemil Fuat Bey?"

"Öyle biri yok."

"Ama bana bu adresi vermişlerdi... Cemil Bey'e bir mektup bırakacaktım."

"Kim yolladı?"

"Kemal Bey. Kemal Halim Bey."

"Şu Sarıkamış gazisi?"

"Evet."

"Cemil Bey'e mi yolladı?"

"Evet."

"Verin bana."

"Hani burada öyle biri yoktu?" dedi Mehpare.

"Ben Cemal anlamışım, affedersiniz. Cemil Bey şu anda meşgul."

"Ben mektubu ancak Cemil Bey'in kendisine verebilirim."

"İçeri girin o halde, kapıda durmayın. Şurada bekleyin, gelir birazdan," dedi genç adam.

Mehpare içeri girdi, dar ve uzun taş holde duran tahta sıraya oturdu, bekledi. Etrafta kendinden başka kimsecikler yoktu. Bir-iki kişi merdiven boşluğundan başlarını uzatıp çarşaflı kadına hayretle baktılar, o kadar. Mehpare biriyle göz göze gelince hemen bakışlarını yere eğdi, bir daha başını yukarı kaldırmadı. Az sonra Kemal'in yaşlarında, kıvırcık saçlı, yorgun yüzlü, sarışın bir adam indi merdivenlerden.

"Ben Cemil'im," dedi. "Kemal Bey'den haber mi getirdiniz?"

"Size bir mektup yolladı."

Mehpare torbasından simit susamlarına belenmiş zarfı çıkarttı, susamları silkeleyip, mahcup, uzattı zarfı. Cemil susamları görmezden gelerek zarfı aceleyle açtı, yazılanlara göz attı.

"Sizden de bir zarf bekliyormuş," dedi Mehpare.

"Evet, biliyorum. Kemal Bey nasıl, sağlığı iyi mi?"

"Pek iyi değil. Soğuk almıştı... Ateşlenmişti... Hasta işte."

"Geçmiş olsun. Zarfı hazırlatıp getireceğim. Bekleyin lütfen."

"Uzun sürer mi?"

"Bazı mecmualar yollayacağım... Uzun sürmez."

Genç adam yukarı çıktı. Mehpare sabırla bekledi. Cemil elinde büyükçe bir sarı zarfla Mehpare'nin yanına geldi, başıyla kızın torbasını işaret ederek, "Zarf sığacak mı?" diye sordu.

"Sığar," dedi Mehpare, "şunları çıkartırsam eğer..." Torbadan çıkardığı simitleri bırakabileceği bir yer aradı.

"Simitleri size verebilir miyim? Yoksa zarfı sığdıramayacağım torbama."

Cemil başıyla ilerde duran çöp bidonunu işaret etti.

"Bu kıtlıkta nimeti atmak günah olmaz mı?"

Gülümsedi Cemil, "Verin bana simitlerinizi," dedi, "arkadaşlarla birer çay söyler, yeriz." Simitleri aldı. "Kemal Bey'e deyin ki, onu rahatsız etmemek için gelmiyoruz ziyaretine. İnşallah iyileşince o gelir artık."

"Havalar düzelsin de," dedi Mehpare. Bir an konuşmadan birbirlerine baktılar.

"Ben gideyim..."

"Selamlarımızı söyleyin... Yukardaki arkadaşların da selamı var."

Kapıya yürüdüler. Cemil, elinde simitlerle biraz zorlanarak Mehpare'ye çıkması için kapıyı açtığı anda müthiş bir patlama sesi duyuldu, her ikisi de geriye, taşlığın dibine doğru savruldular, aynı anda tavandan üzerlerine taş, toprak ve toz yağmaya başladı. Çığlıklar, köpek ulumaları, kornalar ve siren sesleri birbirine karışarak yükseldi. Mehpare savrulduğu yerden doğrulmaya çalıştı. Cemil üzerine düştüğü için kımıldanamıyordu. Sağ omzu çok fena acıyordu, burnuna, gözlerine toz dolmuştu. Kesif dumandan ötürü hiçbir şey göremiyordu ama çevresindeki koşuşmaların, bağrışmaların farkındaydı. Ne olmuştu acaba? Bir deprem miydi, yoksa kıyamet mi kopmuştu? İçi geçer gibi oldu fakat bırakmadı kendini, sürünerek, üstüne düşmüş adamın ağırlığından kurtuldu. Ayağa kalkmaya çalıştı. Etraflarında binlerce kişi bir ağızdan konuşuyormuş gibi bir uğultu vardı. Başlarına yukardan taş, toprakla birlikte kâğıt parçaları da yağmaktaydı. Ayaklarına dolanan çarşafını toparladı, açılan başını örtmeye çabaladı. Ayağa kalktı. Sersem gibiydi. Elindeki torba da kim bilir nereye savrulmuştu. Altından zar zor sıyrıldığı Cemil, duvarın kenarında dertop olmuş, inliyordu.

Mehpare inildeyen adamın yanına çöktü.

"Neyiniz var? Başınızı mı vurdunuz?"

"Burnum kırıldı galiba," dedi Cemil. İki eliyle yüzünü avuçlamıştı.

Mehpare adamı koltuklayarak kaldırmaya çalıştı. Cemil, bir eli Mehpare'de, diğeriyle duvara tutuna tutuna kalktı. Burnu kanıyordu. Az önce bomboş olan taşlık birdenbire yüzlerce insanla doluvermişti. Binada oturanların hepsi merdivenlerden itişe kakışa inerek sokak kapısına varmaya çalışıyorlardı. Yanık kokusu genizlerini yakıyordu.

"Yukarda yangın çıkmış olmalı. Hemen dışarı çıkmamız lazım. Yürüyebiliyor musunuz?"

"Ben iyiyim."

"Siz bir an önce dışarı çıkın ve hemen uzaklaşın," dedi Cemil. Onları bir önceki gibi savurmayan, şiddeti düşük bir patlama daha oldu. Mehpare yukarı bakınca üst kattaki alevleri gördü. Yanık kokusu da keskinleşmişti. Mehpare, Cemil'den ayrılıp kaybettiği torbasını aramaya başlamıştı ki, birden birisi sımsıkı bileğinden yakaladı. Mehpare korkuyla döndü:

"Siz ne arıyorsunuz burada?"

Kız, karşısında kendine seslenen toza belenmiş adamı tanıyabilmek için gayret sarf etti. Adamın kirpikleri, saçları tozdan bembeyazdı ama sesi tanıdık geliyordu.

"Aaa Mahir Bey!" dedi.

"Benim, evet. Şöyle gelin kapıya doğru... Haydi çabuk... Kırık çıkık bir şeyiniz yok ya?"

"Yok."

"Ağzınızı burnunuzu örtün... Şu kapıdan çıkalım da... Sonra anlatın."

Kapıya doğru koşuşan kalabalığa karışıp yürüdüler. Kalabalığın içinde ayakları bir ara yerden kesilir gibi oldu Mehpare'nin. Herkes birbirinin üzerinden atlamaya çalışarak koşturuyordu. Birkaç metrelik mesafeyi, itişe kakışa, hiç bitmeyecek gibi gelen bir zaman diliminde aştılar. Dışarısı içerisinden de beterdi.

İtfaiyecilerle yüzlerce polis bir anda nereden çıkmışlarsa, kapının önüne yığılmışlardı. Mahir, Mehpare'nin bileğine o kadar sıkı yapışmıştı ki, eli uyuşmuştu kızın.

"Burada ne arıyordunuz Mehpare Hanım?"

"Ben... Ben... Buradan geçiyordum."

"Ama ben sizi içerde buldum. Ne yapıyordunuz orada?"

"Torbamı arıyordum..."

"Ne torbası?"

"Torba işte. İçerde kaldı. Lütfen geri dönelim. Torbamı almalıyım. Lütfen."

"Çok mu para vardı içinde?"

"Yok. Mecmualar vardı da."

"Kaybettiğiniz isabet olmuş. Yürüyün... Şu aradan gelin... Yürüyün haydi. Bırakmayın elimi sakın."

"Bileğim acıdı Mahir Bey."

"Zarar yok. Polisler bizi durduracak olursa hiç konuşmayın. Benimle beraberdiniz. Siz hemşiresiniz, tamam mı?"

"Değilim ki..."

"Kemal Bey'e bakan siz değil misiniz? Tamam işte, hemşiresiniz."

"Ne oldu Mahir Bey? Ne oldu Allahaşkına?"

"Bulunduğumuz mekâna bomba attılar."

"Bomba mı? Neden? Kimler attı?"

"Tehlikeli bir yere geldiniz. Kemal sizi buraya yollamamalıydı."

"Beni kimse yollamadı. Ben ordan geçiyordum."

"İyi. Siz bu hikâyenizde ısrarcı olun e mi!"

"Ben oradan geçiyordum. Tütüncü arıyordum."

"Size kim ne derse desin, hep bu yanıtı verin e mi Mehpare Hanım!"

Yanlarına iki polisin yaklaştığını görünce Mahir kızın bileğini bıraktı, hızlandılar.

"Siz... Heyyy sizler... Her ikiniz de durun."

Mahir ve Mehpare durdular. Yanlarına gelen inzibat, "Çabuk şu ilerdekilerin yanına gidin," dedi. Bombalanan binanın az ötesinde, üç-beş zabıtanın intizama sokmaya çalıştığı bir insan kalabalığı vardı.

"Nereye gideceğiz?" diye sordu Mehpare.

"Karakola."

"Aman Allahım!" Mehpare hiç kaybetmediği sükûnetini ilk kez kaybeder gibi oldu. Gözleri kararmaya başladı. Yer ayaklarının altından kayıyor gibiydi. Mahir koltukaltlarından tuttu kızı.

"Beni alın ama hanımı bırakın gitsin."

"Olmaz. O da binadan çıktı."

"Hayır, o dışardaydı."

"Siz nereden biliyorsunuz?" diye sordu polis.

"Ben içerdeydim. Onu dışarı çıkınca gördüm."

"Bunları karakolda anlatırsınız artık. Uğraştırmayın beni, yürüyün."

Mahir yarı baygın kızı duvara dayadı. Mehpare zorlukla ayakta duruyor, gözlerinden sel gibi yaş akıyordu.

"Bakın efendim, ben doktorum. İçerdeydim çünkü bir kalp krizi vakası için çağrılmıştım. Ama bu hanım, bakınız ondan başka kadın yok buralarda... Bayılmak üzere zavallı. Zaten fena halde korkmuş... Kapının önünden geçmekteymiş bomba patladığında... Onu yerlerde sürüklenirken buldum."

"Tanıyor musunuz?"

"Tanıyorum. Beyazıt'ta oturuyor. Maliye Müsteşarı Ahmet Reşat Bey'in akrabalarındandır. Onun himayesi altındadır. Bu işlerle alakası olamaz. Bırakın gitsin, yoksa bayılıverecek, bir de onunla uğraşacaksınız."

"Ne işi varmış tek başına buralarda?" diye söylendi polis.

Mehpare'nin yüzü kül gibiydi. Tir tir titriyordu.

"Akrabalarımı görmeye gelmiştim," diyebildi. Hıçkırmaya başladı.

"Çantasını da o kargaşada çalmışlar," dedi Mahir, "çantasını arıyordu zavallı. Siyah rugan bir çantaymış. Göreniniz var mı?"

"Bu kadarı da fazla ama! Millet can derdinde, bu çantasını soruyor! Hanım gitsin, başının çaresine baksın. Siz benimle gelin," dedi polis.

Mahir, "Eve nasıl döneceksiniz?" diye sordu, hemen uzaklaşmaya başlayan Mehpare'ye. "Müsaade edin, size yol parası vereyim."

Polis, Mahir'i arabanın içine itiştirirken, Mehpare, "Halamın evi hemen şuracıkta," diye seslendi, "halamdan alırım. Teşekkür ederim efendim."

Polis fikrini değiştirir de onu da karakola götürür korkusuyla, koşar adımlarla sola saptı, halasının Beşiktaş'ın içlerindeki evine doğru hızlı hızlı yürüdü.

Saraylıhanım, elindeki tepside sıcak poğaçalar ve bir fincan ıhlamurla, nefes nefese tırmandığı merdivenlerin sonuna varınca, "Oğlum kalk da kapıyı aç, ellerim dolu," diye seslendi. Kemal yazı yazdığı masadan kalkıp odasının kapısını açtı.

"Aaa! Büyükvalideciğim niye zahmet ettiniz, bunca merdiveni çıkmasaydınız."

"Mehpare yok ya, iş bana düştü."

"Kalfa var. Temizliğe gelen kız var. Leman evde değil mi?"

"Seninle konuşacaklarım da vardı oğlum."

"Hayrola? Yine ne kabahat işledim?"

"Ne kabahati işleyeceksin tavan arasında oturup dururken? Sıhhatini konuşmaya geldim. Bak oğlum, ne zamandır ateşin düştü, öksürüğün de azaldı, maaşallah. Yakında sen sokağa çıkmaya kalkarsın."

"İnşallah."

"İşte beni endişelendiren de bu. Sokağa çıktın mıydı tek durmazsın, bilirim. Mutlaka bir belaya bulaşırsın."

"Hoppalaa!"

"Öyle. Bilmez miyim? Seni ben büyütmedim mi? Aklının erdiği günden itibaren muhalefet edecek bir şeyi mutlaka buldun. Hiç rahat durmadın. Ne yazıyorsun bakayım şimdi, böyle masa başında saatlerce?"

"Fransızcadan bir kitap tercüme ediyorum."

"Kralların, sultanların nasıl devrileceğine dair mi?"

"Hayır efendim. Bir şiir kitabı."

"Hadi ordan!"

Kemal gülmeye başladı.

"Ihlamurunu soğutuyorsun," dedi Saraylıhanım fincanı torununa uzatarak, "iç şunu haydi. İçine bal koydum."

Kemal ıhlamurdan birkaç yudum aldı.

"Büyükvalideciğim, iyileşip yaramazlık yapmamı istemiyorsanız beni neden besliyorsunuz böyle?"

"Çünkü iyileşince seni bir an evvel Beypazarı'na, amcanın yanına yollayacağım."

"Bu kararı siz mi vereceksiniz benim adıma?"

"Evet. Burada kalamazsın evladım. Dayın arandığını söylüyor. Evde hasta yatarken tehlike yoktu. Kimsenin aklına Reşat Bey'in evini aramak gelmezdi. Ama sen sokağa çıkmaya başladığın an, peşine takılacak hafiyeleri eve kadar getirirsin maazallah. Behice geline her zaman hak vermem ama bu endişesini anlıyorum."

"Giderim. Ama gideceğim yere ben karar veririm."

"Beypazarı'na..."

"Hayır. İstanbul'da kalacağım."

"Nerede?"

"Arkadaşlarımla."

"Olmaz oğlum. Sana bakım lazım. Sarıkamış'ta o kadar çok hırpalanmışsın ki, daha senelerce bakım lazım sana. Beypazarı'nda akrabalarının çiftliğinde beslenirsin, bakılırsın, kendine gelirsin. Belki bir de helal süt emmiş kız bulurlar sana eşraftan."

"Oh ne iyi, bir de evlendirdiniz beni."

"Genç adamsın, elbette evleneceksin. Sen iyileşip gittikten sonra Mehpare'yi de evlendireceğim inşallah."

Kemal teyzesinin gözlerinin içine baktı.

"Bir isteyeni mi var?"

"Olmaz mı? Gül gibi kız. Ama söz verdi bana, sen iyice ayaklanana kadar kocaya filan gitmeyecek. Ben de halasına söz verdim. Seni yolcu ettikten sonra ona iyi bir koca bulacağım."

"Çöpçatan mısınız siz? İçi koca dolu bir sepetiniz mi var yoksa?"

Saraylıhanım gevrek gevrek güldü, "Ne çöpçatanım, ne de koca dolu bir sepetim var. Sadece konu komşu arasında itibarım ve irtibatlarım var," dedi.

"Saraylıhanım, ne zaman gitmemi istiyorsunuz? Yarın mı, haftaya mı?" Kemal, küskün ya da ciddi olduğu zamanlar büyükannesine Saraylıhanım diye hitap ederdi.

"İlahi oğlum, gücendin bana."

"Sadece bu evde ne kadar vaktimin kaldığını sordum."

"Bu ev senin de evin. İstersen hep kalırsın ama... Biliyorsun işte. Ne zaman tamamen iyileşirsin, sokaklara çıkacak hale gelirsin, ancak o zaman gidersin. Artık haftalar mı sürer, aylar mı, o senin kendini iyi hissetmene bağlı. Ama gideceğin yer Beypazarı'dır. Bunu böyle bil."

"O halde hiç iyileşmeyeceğim."

"İyileşmedikçe de sokağa çıkamazsın, öyle değil mi?"

"Elbette. Ben odamda oturur, yazılarımı yazarım, Mehpare de bana bakar."

"Mehpare sana bir yere kadar bakar. Kız yirmisini sürüyor. Yirmisini geçti miydi, evde kalmış diye adı çıkar. Ben mesuliyetini yüklendiğim kızın istikbalini de düşünmek mecburiyetindeyim... Al şu poğaçadan da at ağzına, sevdiğin gibi ıspanaklı yaptırdım," dedi Saraylıhanım. "Behice'nin pederi, eksik olmasın, zerzevat ve yumurta yollatmıştı köyden, son kalan malzemelerle hazırlattım bunları. Keyfini çıkart, çünkü bir daha bu kadar tazesini bulamayabilirsin. Hatta hiç bulamayabilirsin."

Kemal kendine uzatılan poğaçayı alıp ısırdı. İştahının birkaç gündür geri döndüğüne seviniyordu için için.

"Ayol, ikindi okundu, nerede kaldı bunlar?" diye söylendi Saraylıhanım.

"Birazdan gelirler," dedi Kemal.

"Ben odama ineyim de namazımı kılayım," dedi Saraylıhanım, "bu poğaçaların hepsini bitir e mi oğlum."

"Bitiririm. Çok güzel olmuşlar. Mehpare mi yaptı?"

"Ayol senin eteğini toplamaktan hamur açacak zamanı mı var onun! Gülfidan pişirdi."

Saraylıhanım, poğaça tabağını Kemal'in çalışma masasının üzerine bıraktı, boşalan ıhlamur fincanıyla tepsiyi alarak çıktı.

Kemal büyükannesinin önünde saklamaya çalıştığı endişesini açığa vurarak, "Nerede kaldı bu kız? Bu saate kadar dönmesi lazımdı," diye söylendi. Parmak uçlarında yükseldi, tavana yakın küçük pencereden sokağı görmeye çalıştı. Hafiften kar serpiştirmeye başlamıştı yine.

Mehpare yer yer parçalanmış çarşafi, korkudan büyümüş gözleriyle Hüsnü Efendi ile birlikte geç saatte eve geldi geleli, Saraylıhanım'ın gözleri, Behice'nin suçlayan bakışlarıyla karşılaşmamak için, örmekte olduğu dantelden kalkmamıştı.

Yollar kesildiği, tramvaylar saatlerce geciktiği, Beşiktaş'tan Tophane'ye uzanan caddeyi zabıtalar göz hapsine aldıkları için İstanbul'da kimse evine vaktinde ulaşamamıştı. Reşat Bey'in de eve gelişi gecikmişti.

Evdekiler Akaretler'deki bombalama olayını duymadıkları için, Mehpare'ye ne olduğunu bilememişlerdi. Acaba halası çok hastaydı da, kız geceyi de mi Beşiktaş'ta geçirmeye karar vermişti? Yoksa konakta hasta bakmaktan bunalıp halasının evine mi kaçmıştı? Mehpare dönmediği gibi, Hüsnü Efendi de ortalıkta yoktu. Bir tramvay kazası mı olmuştu yoksa? Gelinkaynana baş başa verip çeşitli ihtimalleri gözden geçirmişlerdi.

Hava karardığı halde Mehpare'nin hâlâ eve dönmemiş olması, gelin-kaynana arasında sürdürülen gizli savaşın o günkü galibini çoktan tayin etmiş bulunuyordu.

Behice'nin, "Ben size demedim mi?" diye meydan okuyan edasını görmemek için, yaşlı kadın odasına erken çekilmiş, geç saatlerde eve dönen Mehpare'yi odasında sorgulamış ve baş ağrısını bahane ederek yemek bile yemeden yatağa girmişti. Meydanı savaşın galibine bırakmıştı.

Behice, Saraylıhanım'a karşı pek ender ele geçirebildiği galibiyetini sonuna kadar kullanmaya kararlıydı. O günün olaylarını kocasına Saraylıhanım'dan önce anlatabilmek için pencerenin önünde Reşat Bey'in gelişini beklemişti. Bir taşla iki kuş vuracaktı. Hem Saraylıhanım'ın evdeki hükümranlığının yaşlılık nedeniyle son bulması lüzumuna, hem de Kemal'in evlerinde yaşıyor olmasının vebaline işaret edecekti. Evden uzaklaştırılmalıydı Kemal. Yeğeninin verem mikrobu taşıma ihtimalini göz ardı edebilen kocası, sorumluluğu altındaki gencecik kızı ulak olarak kullanma ihtimalini bağışlamayacaktı. Emindi bundan!

Reşat Bey o gün de her zamanki gibi geç saatlerde evine döndüğünde karısını üst kattaki oturma odalarında, pencerenin önünde buldu.

"Hayrola hanım," dedi, "neden hâlâ yatmadınız siz?"

"Bir hususu görüşmek için sizi bekledim."

"Bu saate kadar beklediğinize göre çok mühim olmalı."

"Sizi sabah bulmak mümkün değil. Erkenden gidiyorsunuz. Yegâne görüşebileceğimiz zaman şimdi."

Ahmet Reşat kanepeye karısının yanına oturdu, omuzlarına dökülen sarı saçlarını okşadı.

"Memleketin halini düşünmekten ailemi ihmal ettiğimi biliyorum. Ama nelerle uğraştığımı bir bilseniz bana kızmak yerine acırsınız güzelim." Karısının gözlerinin içine baktı. "Benim de size söyleyeceklerim var..."

"Reşat Bey, önce beni dinleyin lütfen. Benim söyleyeceklerim çok ehemmiyetli."

"Eee, anlatın bakalım, Leman mı yaramazlık yaptı bugün, Suat mı?"

"Aşkolsun Reşat Bey. Ben çocukların yaramazlıklarını şikâyet etmek için bu saatlere kadar bekler miyim? Çok daha vahim bir durum var. Bu sabah Mehpare'ye güya bir mektup gelmiş, halamı görmeye gideceğim diye tutturdu. Saraylıhanım'dan izin istemiş, o da vermiş..."

"Eeee?"

"Ben sizden izinsiz gitmesini doğru bulmadım, lakin Saraylıhanım'a laf geçirmek mümkün olmadı tabii. Neyse, Hüsnü Efendi'yle birlikte gittiler. Öğleden sonra oldu, gelmezler. İkindi okundu, gelmezler. Hava karardı, gelmezler. Çok merak ettik. Meğerse Akaretler'de bombalanan bir binanın önünde... artık önünde mi, içinde mi bilemiyorum... bulunduğu için, ancak akşam ezanından sonra, üstü başı perişan halde döndü. Bizim Kemal ile fısır fısır konuştuğunu gördüm. Kemal için bir haber götürdüğünü sanıyorum. Elbette inkâr ediyor ama bilemem artık. Bu evde siz yokken neler oluyor, haberiniz olsun istedim."

Behice kocasının çatılan kaşlarını görünce, üzerine düşeni yapmış olmanın gönül rahatlığı içinde kalktı, şalı omuzlarında, geceliğinin eteğini sürüyerek kapıya yürüdü. Tam kapıdan çıkarken, "Bana hemen Kemal'i yollatın, hanım," dedi Reşat Bey, "selamlığa gelsin."

Evdeki kadınların kulak misafirliği yapabilecekleri orta kat salonunda konuşmak istemiyordu yeğeni ile. Behice, ağır ağır merdivenleri çıktı ve çatı katında, Kemal'in odasının karşısına düşen kapıyı tıklattı.

"Mehpare kızım, kalk, Kemal Bey'e haber ver. Beyefendi selamlıkta, önce seninle sonra onunla konuşmak istiyor," dedi.

Mehpare yatağından fırladı, giyindi, aşağı kata koşup, önce selamlıktaki mangalın ateşini tutuşturdu ve Reşat Bey'in arka arkaya sıraladığı onlarca soruyu, eli ayağı titreyerek yanıtlamaya çalıştı. Sonra tekrar çatı katına tırmandı. Kemal'in odasına girdiğinde, genç adamı pantalonunu ve hırkasını giyinmiş buldu.

"Duydum," dedi Kemal, "iniyorum."

"Az daha bekleyin beyim. Oda ısınmamıştır henüz."

"Zarar yok."

Dışarı çıkan Kemal'in peşinden elinde battaniyelerle koşturdu Mehpare.

Saraylıhanım'ın odasından çıt çıkmıyordu. Merdivendeki ayak seslerinin dışında, derin bir sessizliğe gömülmüştü ev.

Selamlığın karşılıklı iki duvarına yaslanmış sedirlerin birinde Ahmet Reşat, diğerinde Kemal oturuyordu. Ortada duran pirinç mangalın sıcağı odanın rutubetini kırmaya yetmediği için, Kemal'in dizlerinde ve sırtında Mehpare'nin zorla koyduğu battaniyeler vardı. Tavandaki ampulden dökülen solgun sarı ışıkta, Kemal'in yüzü olduğundan da sarı gözüküyordu.

"Bunca yıldır yanımızdadır Mehpare, ilk defa evine gitmeye kalkıyor. İlk defa evinden bana, teyzeme ya da yengene değil de bacak kadar kıza haber yolluyorlar. Güya halası hastalanmış! Buna inanmamı mı bekliyorsun benden?" diye sordu Reşat Bey.

Hiç yanıt gelmedi Kemal'den.

"Kendine verdiğin zarar yetmezmiş gibi, şimdi de aileni tehlikeye atmaya başladın Kemal. Mehpare'yi hangi cesaretle yeraltı teşkilatının bulunduğu binaya yollarsın? Beş paralık izan kalmadı mı sende? Bu ne cürret? Bu ne pervasızlık? Bu ne düşüncesizlik? Nasıl yaptın bu işi? Konuş!"

"Hiçbir şey söyleyecek değilim dayı. Çünkü biliyorum ki, ne söylesem boş."

"Allahtan suçunu biliyor ve kabul ediyorsun."

"Hayır ama dayı... Lütfen..."

"Sus! Nasıl yapabildin bunu Kemal? Kız ölebilirdi. Sakat kalabilirdi. Vicdanın sızlamayacak mıydı? Tevkif edilebilirdi. Onun izini sürerken seni de yakalarlardı burada. Hepimiz yanardık. Sen ne biçim adamsın? Kime çektin sen ha?"

Ahmet Reşat kalktı oturduğu yerden, odanın içinde bir aşağı, bir yukarı asabiyetten titreyerek gezindi. Ne yapacağını bilemiyordu. Karşısında rengi mum gibi, gözleri kan çanağına dönmüş, elleri titreyen, battaniyelere sarılı bir enkaz vardı. Kendini ve tüm ailesini defalarca tehlikeye atmış bir enkaz... Bir deli, bir mecnun! Sinirli hareketlerle içip durduğu sigarasını mangalın ateşine bırakıp geldi, tam karşısında durdu Kemal'in, şahadetparmağını burnuna doğru uzattı.

"Sen delisin Kemal. En başta anlamam gerekeni nedense ancak anlayabildim. Sana kızamıyorum çünkü sen delisin oğlum. Galiba senin kurtuluşun da bu hakikati kabullenmekte yatıyor. Seni doktorlara teslim edeceğim. Akıl doktorlarına. Çünkü senin zorun ciğerlerinde filan değil, aklında. Doktorlar kendine ve bizlere zarar vermemen için gerekeni yaparlar. Ben seni koruyamıyorum."

"Dayı... Lütfen... Dinleyin..."

"Seni her başını belaya sokuşunda dinledim. Her seferinde bağışladım. Hep, dersini almıştır, artık adam olur diye umut ettim. Heyhat!"

"Dayı..."

"Sonucunu hiç düşünmeden masum bir kızcağızı Karakol Teşkilatı'na yolluyorsun. Ve onu nasıl korkuttunsa, onu ikna etmek için hangi şeytani yolları kullandınsa, kız kendini sana feda ediyor. Oradan geçiyormuş! Tütüncüye gidiyormuş! Mehpare bugünkü bomba felaketinde yaralanmadı, ölmedi, gözaltına alınmadı diye sevinme sakın! O, bugün senin yüzünden yalancı oldu. Gözümdeki itibarı sıfira indi."

"Dayı beni istediğiniz gibi cezalandırın. Evden atın. Evet, ben tehlikeli işlere burnunu sokan bir adamım. Evet, sizin de tahmin ettiğiniz gibi Karakol Teşkilatı ile ilişkilerim var. Çünkü hükümetin vatan müdafasında kifayetsiz kaldığına inanıyorum. Bu vaziyet karşısında elim kolum bağlı oturmak istemiyorum. Beni kovmanıza bir diyeceğim yok ama Allah rızası için, bunlarla hiç alakası olmayan zavallı bir masum kızı, tesadüfen Karakol şubelerinin birinin önünden geçerken bomba patladı diye cezalandırmayın. Yalvarırım size. Mehpare bana tütüncü arıyordu. Tütüncü Kerim Efendi'nin dükkânını tarif etmiştim. Tek kabahati budur."

"Tek başına ne cüretle çıktı?"

"Tek başına çıkmadı. Hüsnü Efendi ile birlikte gittiler."

"Halasının evine varınca Hüsnü'yü salmış, sokağa tek başına çıkmış. Halası dahi yokmuş yanında."

"Allahaşkına dayı, bundan ne çıkar? Kadınlar artık çalışmaya başladı bu şehirde. Naciye Sultan himayesinde kurulan teşkilat tarafından, çalışmaya teşvik ediliyorlar. Yani sizin muhafazakâr Saray mensuplarınız dahi artık kadınların evlerde hapis kalmalarından yana değiller. İstanbul Belediyesi, kocaları muharebelerde ölen kadınları, evlerine ekmek götürebilsinler diye işe almaya başlamış. Biz burada yedi göbekten tahsilli bir ailenin fertleri olarak neyi tartışıyoruz, kuzum? Mehpare neden tek başına sokakta yürümüş! Bunu mu tartışıyoruz?"

Kemal, dayısının dikkatini başka bir noktaya çekmek için boşuna çabalamakta olduğunu, adamın bakışlarındaki ifadeyi görünce anladı. Sesi titreyerek, "Büyükannemle yengemin aralarındaki çekişmeye kurban etmeyin bu kızı, elinizi ayağınızı öpeyim dayı, onu bağışlayın. İnanın hiç suçu yok. Bana da bir hafta müsaade edin, bir yerden haber bekliyorum, haber gelir gelmez ben de giderim, rahat edersiniz," diyebildi.

Ahmet Reşat kapıyı hızla vurarak çıktı. Kemal, dayısının merdivenleri döven adımlarını dinledi. Yatak odası kapısının da hışımla kapandığını duyduktan az sonra kalktı, ışığın düğmesini çevirdi, sendeleyerek merdivenlere yürüdü. Endişeden ve vicdan azabından helak olmuştu. Değil üç kat merdiven tırmanmak, ayakta duracak hali kalmamıştı.

Kemal tırabzanlara tutuna tutuna, ara sıra durup nefeslenerek merdivenleri çıktı ve odasına girdi. Başucundaki idare lambasının çiğ ışığında, oturduğu iskemleden kalkıp bir hayalet gibi ona doğru yürüyen Mehpare'yi görünce şaşırdı.

"Mehpare! Ne yapıyorsun burada? Yatmadın mı sen?"

"Beyim, dinleyin beni, ben hiçbir şey anlatmadım beyefendiye. Daha önce de size dediğim gibi, ne Mahir Bey'e, ne de dayınıza beni sizin yolladığınızı söylemedim. Ben oradan geçmekte iken bir patlama olduğunu söyledim hep. Bu ifademi hiç değiştirmeyeceğim. Bunu bilin. Size bunu söylemeye geldim."

"Ah Mehpare!" dedi Kemal.

"Mahir Bey size soracak olursa sakın bir şey söylemeyin... Çünkü beni sizin yolladığınızı anladı... Ben hep inkâr ettim. Oradan geçiyordum, dedim."

Heyecandan göğsü inip kalkıyordu, tıkanıyormuş gibi hızlı hızlı konuşuyordu. Kemal ellerini tuttu, yatağın kenarına oturması için çekti kızı. Yan yana oturdular.

"Mehpare, merak etme, kimseye bir şey söylemeyeceğim."

"Ama Reşat Beyefendi zannediyor ki..."

"O sadece tahmin ediyor. Hakikati o da bilmiyor. Seni suçlayamaz. Seni emin olmadığı bir ihtimal üzerine göndermeye kalkmaz, endişelenme. Ben tanırım dayımı. Adildir, sakın korkma."

"Ah beyim, korkum kendim için değil. Sizi buradan uzaklaştırır diye korkuyorum."

"Bizi mi dinledin sen?"

Yanıtlamadı kız.

"Üzülme Mehpare. Ne sen gideceksin, ne de ben. Böyle kaç fırtına atlattık biz."

"Size bir şey olursa... Olursa... Benim yüzümdendir... Yanlış zamanda gittim oraya. Daha erken gideydim, halamla hasbihal edeceğime hemen gideydim. Affedin beni beyim."

"Asıl af dilemesi gereken benim. Dönüşün gecikince, başına bir şey geldi diye nasıl korktuğumu bilemezsin. Sen Hüsnü Efendi'yle birlikte yolun başında belirene kadar akla karayı seçtim. Büyük hata ettim Mehpare, seni oraya asla yollamamalıydım. Dayımın bana kızmakta yerden göğe kadar hakkı var."

"Orası neresidir, beyim?"

"Bir hayır cemiyeti."

"Bir hayır cemiyetini niye bombalasınlar ki?"

Kemal cevap vermedi.

"Beni oraya yollayacak kadar itimat ediyorsunuz ama nereye gittiğimi benden saklıyorsunuz."

Kemal kızardı, "Orada bazı siyasi çalışmalar da yapılıyor," demekle yetindi.

"Tevekkeli değil... Karakol... Ah ne kadar korktum..."

Karakol lafını duyunca telaşlandı Kemal.

"Ne karakolu? Ne diyorsun sen? Nerden duydun bu karakol lafını?"

"Bomba patlayınca herkes dışarı koşuştu ya, inzibat vardı orada. Mahir Bey'le beni de karakola götürmek istediler ama Mahir Bey, eksik olmasın, mani oldu."

"Haa! Niye söylemedin bunu daha evvel?"

"Mahir Bey'i gördüğümü söyledim ya!"

"Karakola götürülmek istendiğini söylemedin."

"Saraylıhanım'ı daha da telaşlandırıp kızdırmamak için söylemedim."

"Allahım, ben ne büyük aptallık yapmışım!"

"Nereden bilebilirdiniz oranın bombalanacağını."

"Düşünebilmeliydim. Ya ölseydin! Yaralansaydın!"

"Bomba üst katta patladı. Biz aşağıdakilerin başına sadece taşlar yağdı yukardan."

"Allah korumuş seni."

"Korudu. Neyse, ben kalkayım artık. Bir isteğiniz var mı? Yatmadan size bir ballı ıhlamur getireyim mi?"

Kemal kızın omuzlarından tutarak ayağa kalkmasına mani oldu, "Sen bir meleksin Mehpare," dedi, "benim meleğimsin sen. Beni sen iyileştirdin. Sensiz ölürdüm herhalde."

Kız, ince uzun parmaklarıyla ağzını kapattı Kemal'in.

"Allah korusun. O nasıl söz beyim."

Kemal, ağzına değen narin eli öptü. Dudakları ateş gibiydi. Mehpare ayağa kalkacak gücü bulamadığı için kalakalmıştı oturduğu yerde ama yüreği o kadar hızlı çarpıyordu ki, bluzunun altında bir kuş çırpınıyor gibiydi. Göğsünden yükselen menekşe kokusu başını döndürdü Kemal'in, eğildi, sıcak ağzını kızın beyaz boynuna değdirdi, sonra omzuna doğru indi dudakları.

"Ah beyim... Yapmayın," diye inledi kız.

Kemal birden çekti kendini.

"Haklısın Mehpare. Yapmamalıyım. Hastayım ben. Röntgen çektiremediğim için emin olamıyoruz, belki de veremim. Seni öpmeye hakkım yok."

"Hayır, verem değilsiniz. Olsanız bile benim canım size feda," dedi Mehpare ve yaşından, tecrübesizliğinden hiç beklenmeyen bir ataklıkla, boynuna sarıldı Kemal'in. Yemenisi koyu kumral saçlarından kayıp omuzlarına düşerken, Kemal'in yüzü kızın gözyaşlarıyla ıslandı. Kemal kızı kendinden uzaklaştırıp yüzüne baktı. Bu yüz, bu çok genç ve duru yüz aylarca gözlerini araladığında görebildiği tek güzellikti. Defalarca, gecenin koyu karanlığında saklanan ölümün yanı başından geçerek sabaha ulaştığında, Mehpare'nin kadifeyi andıran kahverengi gözlerinin içine bakarak yakalamıştı yaşam umudunu. Defalarca kara toprağın altına gömülmüş... Defalarca filiz vermiş... Tekrar tekrar gömülmüştü, yeniden doğmak, yeniden filiz vermek için... Defalarca... Ve her dirilişinde bu yüzü, bu masum bakışlı gözleri görmüştü. Onun yaşam meleği, ışığı, umudu, hayatta kaldığına ve yaşamaya devam edeceğine dair tek müjdesi... her gözünü araladığında, her kâbusun bitiminde, her krizin sonunda hep aynı aydınlık, sevecen yüz! Hep aynı utangaç ve masum ifade, yumuşak bakışlı, kadife gözler! Mehpare! Hafif bir sabun kokusu tütüyordu saçlarında. Bu kokuyu içine çekti ve çok uzun zamandan beri hiç bu kadar mutlu olmadığını düşündü Kemal. Kızın bluzunun üst düğmeleri açılmış, uzun saçları dağılmıştı. Boynunu yana bükmüş, koparılmaya hazır, narin bir lale gibi savunmasız duruyordu karşısında. Yanan yüzünü Mehpare'nin göğsüne dayadı. Mehpare, bu kumral başı, kalbinin içine sokmak istercesine, elleriyle sımsıkı bastırdı göğsüne.

Ahmet Reşat, yatak odasına girdiğinde karısını soyunmuş, yorganın altına girmiş buldu. Pencerenin tam karşısında yükselen mehtabın beyaz aydınlığı, Behice'nin yastığa dağılmış saçlarına vuruyordu. Uyumuş olmalıydı. Perdeyi indirdi, yavaş yavaş soyundu, tam yatağa süzülürken, ona doğru döndü Behice:

"İçim geçmiş," dedi mahmur mahmur.

"Açmayın uykunuzu. Size söyleyeceklerim vardı ama sabah söylerim artık."

Behice dirseğinin üzerinde doğrulup kocasına baktı.

"Kötü bir şey olmadı değil mi Reşat Bey? Kemal'i evden kovmaya filan kalkmadınız inşallah? Bu saatte insan sokağa kedisini dahi atamaz. Hiç olmazsa yarına kadar bekleyip Kemal'e..."

Behice'nin sözünü kesti Ahmet Reşat. "Benim söyleyeceğim Kemal'e dair değildi hanım."

"Aaa! Nedir pekiyi? Nezarette mi bir şeyler oldu? Ödeme yapacak paramız yok diyordunuz, haciz mi geldi, Allah korusun?"

"Yok, kötü bir şey değil," güldü Ahmet Reşat, "ama hayırlı mı, değil mi zaman gösterecek."

"Âlemsiniz bey, söylesenize, meraktan çatlayacağım."

"Pekâlâ! Behice Hanımefendi, siz artık bir nazır zevcesisiniz."

"Aaa!" Bir çığlık attı Behice. Yatağın içinde dimdik oturdu, "Teklif ettiler ve siz de kabul mü ettiniz?"

"Salih Paşa, sadrazam tayin edildi ve bugün yeni bir kabine kurdu. Artık şu işin adını koyalım Reşat Bey, ne zamandır bu vazifeyi vekâleten yürütmekteydiniz zaten, dedi. Paşaya hak verdim, itiraz etmedim."

Behice kollarını kocasının boynuna dolarken sordu: "Neden bu güzel müjdeyi bana gelir gelmez vermediniz?"

"Verecektim ama siz kendi meselenizle o kadar meşguldünüz ki, önce onu halletmek istedim."

"Aaa doğru, söyleyeceğim bir şey var demiştiniz. Nereden bilebilirdim ki, siz öyle sakin sakin konuşunca! Aşkolsun size vallahi, insan bir müjdeyi öyle mi verir? Neyse, hayırlı uğurlu olsun makamınız. Hem memleketimize, hem ailemize hayırlar getirsin. Saraylıhanım biliyor mu?"

"Nereden bilecek, daha yüzünü görmedim ki. Ona da yarın sabah söylerim artık."

"Ya Kemal?"

"Kemal'le böyle şeyler konuşmadık. Ne yazık ki tatsız bir konuşma oldu bizimki."

"Sadece ben biliyorum yani?"

"Ailemizde, evet."

Behice, o sabah Saraylıhanım'ın Mehpare'ye verdiği müsaadeye için için sevindi. Saraylıhanım bu akşam ortalarda dolaşıyor olsaydı, müjdeyi ilk duyan mutlaka yine o olurdu. Allah yardım etmişti ve bu güzel haberi ilk önce Behice almıştı. Doğrusu buydu işte!

"Artık ev halkına müjdeyi yarın sabah veririz," dedi sevinç içinde. "Beybabama da bir telgraf çekelim, olur mu Reşat Beyciğim?"

Başını yastığa bırakırken, babasının ne kadar ileri görüşlü bir adam olduğunu düşünmekten kendini alamadı Behice. Yörelerinde onca zengin koca adayı sıraya girmiş beklerken, babası "Benim kızımın mala mülke ihtiyacı yok. Ona öyle bir izdivaç yaptıracağım ki, kocasından para değil, ikbal görecek," diye tutturmuş ve komşularının dünürü olan İstanbullu ailenin devlet kapısında vazifeli delikanlı oğluna, damat adayını görmeden göz koymuştu. Ne kadar haklıymış meğer! Babasının sağduyusu sayesinde, ertesi sabah yatağından bir nazır karısı olarak kalkacaktı Behice. Uykusu iyice açılmıştı. Heyecandan her yanı ateş gibi yanıyordu. Gövdesini kocasına yaslarken, biraz utanarak dudaklarıyla ağzını arayıp buldu ve uzun zamandan beri ilk kez karşılık aldı genç kadın. Ahmet Reşat günün hayırlı, hayırsız tüm gerginliklerinden kurtulmak istercesine, karısının dudaklarını hırsla öperken, sıcak bedenini de altına çekti ve Behice'yi ne kadar özlemiş olduğunu hayretle fark etti.

MART 1920

Reşat Bey tayininin müjdesini ev halkına sabah, kahvaltı masasında verdi. Saraylıhanım, yeğeni çok olağan bir şey söylüyormuş gibi fazla heyecan göstermedi.

"Sen ne zamandan beri vekâleten o mevkideydin zaten, Reşat Bey oğlum, nihayet makamının unvanını taşıyor olman, gayet tabiidir," dedi sakin sakin. "Allah benim soyuma devlete hayırlı hizmet nasip etmiş. Hayırlı olsun yavrum. Yanıma gel de seni alnından öpeyim."

Reşat Bey'le birlikte kızları da bağrışarak yerlerinden kalktılar ve sevinç içinde elini öperek, boynuna sarılarak kutladılar babalarını. Reşat Bey, alnını öptürdükten sonra teyzesinin elini öpüp başına koydu, "Dualarını esirgeme valideciğim," dedi, "çok ihtiyacım olacak."

Böyle duygusal anlarda, teyzesine "valide" diye hitap ederdi.

"Ben de sabah erkenden kalkıp abdest aldım, Kuran okudum sizin için," dedi Behice kırgın bir sesle, ondan dua okuması istenmediği için.

"Anaların duasının üstüne yoktur," dedi Saraylıhanım, "analar cennetten çıkmadır."

"Ben de bir anayım," dedi Behice, ama Saraylıhanım gelininin dediğini duymadı.

Mehpare, Gülfidan Kalfa, Hüsnü Efendi ve evin diğer çalışanları müjdeli haberi öğrendikten sonra, tebriklerini evin beyini saygıyla yerden etekleyerek sundular. O sabah odasından hiç çıkmadığı için, Mehpare söyleyene kadar, Kemal'in bu tayinden haberi olmadı.

Ahmet Reşat kapıdan çıkarken teyzesi yanına yaklaşıp sordu:

"Kemal'e haberi vereyim mi? Çok iftihar edecektir."

"Hiç zannetmiyorum," dedi Reşat Bey.

"Nasıl söz bu! Kemal seni babası gibi sever."

"Sevgisi kâfi gelmiyor, teyze, sözümü de dinlemesi lazım."

"Ben konuşurum onunla. Şimdi, dayısı bu mevkideyken daha dikkatli davranması lazım geldiğini anlatırım."

"Boşuna nefes tüketmeyin."

"Olur mu hiç! Çocuk değil ki Kemal. Bütün gözlerin artık hep üstümüzde olacağını bilmez mi? Tüh

tüh tüh! Allah nazarlardan korusun ailemi. En iyisi, bir tütsü yaptırayım ben bugün."

"Mübalağa ediyorsunuz teyze. Hayatımızda değişen bir şey yok. Ben bugün yine aynı nezarete, aynı odaya, aynı vazifeyi görmeye gidiyorum. Tek değişen payemdir."

"Sağlıcakla git, afiyetle dön aslanım," dedi Saraylıhanım, Behice'yi hafifçe yana doğru itekleyerek yeğeninin sırtını sıvazladı.

Ahmet Reşat paltosunun yakalarını kaldırıp kapıdan çıktı. Güneş karları tamamen eritmiş, sokak çamur deryasına dönmüştü. Belli ki havalar ısınmaya başlayacaktı yakında. Pantolonunun paçalarını çamurlatmamaya dikkat ederek hızlı hızlı yürüdü parke taşların üzerinde. Bir süreden beri araba bulmak zorlaştığı için, bu sabah yine işine yürüyerek gitmek zorundaydı.

Behice, sofrayı kaldırırken sürekli bardakları deviren, çayı döken Mehpare'ye hayretle baktı. Kız bir rüya âleminde geziyordu sanki. Yüzü bembeyaz, gözleri kıpkırmızıydı. İşittiği azarların tesirinden henüz kurtulamamış zahir diye düşündü. Acaba üstüne fazla mı gitmişlerdi. Ne de olsa bir emir kuluydu o. Saraylıhanım'ın emrinden çıkması mümkün olmayan bir köle! Ne emredilirse onu yapıyordu. Kemal kızı bombalanan mekâna yollamışsa, Saraylıhanım da izin vermişse, ne suçu vardı zavallının? Bugüne kadar kendine karşı bir saygısızlık yaptığını görmemişti. Leman'la Suat'a yıllarca sevgi ve şefkatle bakmıştı. Ne zamandır da hiç şikâyet etmeden Kemal'in başında bekliyordu. Birden kızı kocasına gammazladığı için derin bir pişmanlık duydu yüreğinde.

"Mehpare," dedi usulca. Duymadı kız.

"Mehpare, sağır mısın, kızım?"

"Ah..." Kız sıçradı adeta. "Efendim Behice Abla, bir şey mi istediniz?"

"Neyin var kuzum? Nedir bu halin?"

Mehpare kıpkırmızı oldu. Hiçbir şey söylemeden önüne baktı.

"Çok mu hırpaladı dün gece seni Reşat Bey?"

"Hak ettim efendim. Ondan habersiz gitmemeliydim."

"Olan olmuş. Bir dahaki sefere Saraylıhanım'a değil, bana anlatırsın derdini. Ne de olsa yaşlandı artık, yanlış kararlar alabiliyor, sonra da böyle üzüntüler yaşıyoruz."

"Haklısınız efendim."

"Mehpare," dedi Behice yumuşak bir sesle, "Leman'ın birkaç ütüsü vardı, Zehra bugün gelemeyecekmiş, eğer elin değerse..."

"Tabii ütülerim, Behice Abla. Kemal Bey'in bana ihtiyacı azaldı. Allahıma bin şükür, kendi işini görecek hale geldi. Öyle başında devamlı beklensin istemiyor zaten."

"İyileşti madem, neden hâlâ ilaç içiriyorsun? Öksürüğü geçmedi mi daha?"

"Öksürüğü azaldı da, kuvvet şurupları var. Doktor kesmeyin dedi. Bir de, biliyorsunuz, sakinleşmesi ve derin uyuyabilmesi için damlası var ya..." Kızın lafını bitirtmedi Behice.

"Sen yine de onun tabağını çanağını ayrı tut kızım, ne olur ne olmaz."

"Olur abla," dedi Mehpare, masadan kaldırdığı boşalmış çay bardaklarını ve kahvaltılıkları doldurduğu tepsiyi aldı, döndü ve arkasında bitiveren Saraylıhanım'la çarpıştı, sendeledi, dizlerinin üstüne düştü. Tepsidekiler büyük bir gürültüyle yere yuvarlandılar. Suat ellerini çırparak kahkahalarla gülmeye başladı.

"Düşene gülünmez," diye azarladı küçük kızını Behice, "güleceğine git de yere düşenlerin toplamasına yardım et."

"Yok yok, sen sakın yaklaşma, elini kesersin maazallah," dedi Mehpare, "baksana her yer cam kırığı dolu."

"Ben yardım edemem zaten, mektebe geç kalacağım anneciğim," dedi Suat, "bakın, daha saçımı bile örmediniz."

"Git, odamdan tarağımı al da gel, o halde," dedi Behice.

Kırıkları toplamaya çalışan Mehpare'ye, "Neyin var senin bu sabah, kızım?" diye sordu Saraylıhanım. "Az evvel de merdivenlerden düşüyordun."

Mehpare, topladıklarını tepsiye koydu ve başı yerde, koşarak çıktı odadan.

"Dünkü hadisenin tesiri altında olmalı," dedi Behice.

"Dünkü hadiseyi büyütmeye değmez," dedi Saraylıhanım, "kötü bir tesadüf olmuş."

"Reşat Bey tesadüf olduğuna inanmıyor," dedi Behice.

"Reşat Bey kızmak için bahane arıyor," dedi Saraylıhanım, "kış bir türlü bitmek bilmeyince herkesin asabı bozuldu haliyle."

"Reşat Bey'in asabının bozukluğu havalardan değil," dedi Behice, "o memleketin ahvaline üzülüyor. Evdeki huzursuzluk da cabası. Neyse ki yüzdük yüzdük, kuyruğuna geldik."

"Neyin kuyruğuna geldik?" diye sordu Saraylıhanım. "Kötü gidişatın mı, evdeki huzursuzluğun mu?"

Ne diyeceğini bilemeden baktı Behice.

"Memleket meselelerini biz kadın kısmı anlayamayız. Ama evdeki vaziyeti kastediyorsan gelin hanım, Kemal'i yakında Beypazarı'na yollarız, sen de rahat bir nefes alırsın."

"O nasıl söz, Saraylıhanım? Kemal gidince niye rahat nefes alayım? O benim de kardeşim sayılır."

"İnsan kardeşine hastalandığı zaman şefkat ve ilgi gösterir."

"Ben az mı baktım Kemal'e Sarıkamış dönüşünde. Ama siz de biraz anlayışlı olun, kuzum. Evde iki küçük çocuk varken, sari bir hastalıktan ..."

Lafını bitirtmedi Saraylıhanım.

"Evdeki küçük çocukları sevsinler. Kazık kadar oldular."

"Onlar her zaman benim minik kuşlarımdır," dedi Behice, gözleri dolu dolu, odadan dışarı fırladı. Şu

Saraylıhanım, kocasının verdiği müjdenin tadını çıkarmasına bile fırsat vermiyordu. Hoş, kendi de emin değildi çok sevindiğinden. Evet, kocasının tayininden dolayı çok gururlanmıştı ama içinde sebebini hiç bilemediği tuhaf bir sıkıntı vardı. Oturma odasının pencere önündeki sedirine yerleşip gümüş tabakasından incecik bir kâğıt çıkardı, içine biraz tütün koyup sardı, diliyle ıslatarak pekiştirdi ve mangalın henüz tamamen sönmemiş ateşinde ucunu tutuşturup içine çekti. Sigaranın dumanını tam keyifle üflemişti ki, içeri son derece telaşlı gözüken kalfa girdi. Hiç rahat yok, diye düşündü Behice, bıkkın bir sesle sordu:

"Yine ne oldu?"

"Ziya Paşa'nın refikası Münire Hanımefendi, haber yollatmışlar, tebrik beyanına gelmek istiyorlarmış."

"Ne zaman?"

"Bugün öğleden sonra."

"Buyursunlar," dedi Behice. Hem gururlanmış, hem de tedirgin olmuştu. Sigarasının ikinci nefesini aynı keyifle çekemedi içine, çünkü kalfanın arkasında Saraylıhanım duruyor ve yine vaaz veriyordu.

"Bu ziyaretler sadece Ziya Paşa'nın haremiyle bitmez. Daha çok gelenler olacaktır. Yarın, öbür gün, artık ev dolar taşar. Hazırlık yapmalıyız, börek açmalıyız, şerbet hazır etmeliyiz. Gelin hanım, orada oturup cigara püfürdetmeyin, nazır karısı olmak kolay değildir, iş başına, haydi bakalım. Zehra'ya haber yollatacağım, gelsin de evi iyice silsin, süpürsün."

"Hangi malzemeyle ikram yapacağız efendim? Kilerimiz tamtakır."

"Kadın kısmının marifeti, kıtlıkta dahi bulup buluşturmaktır. İcabına bakacağız elbette," dedi Saraylıhanım. Bu haşin tavrın altında kalmak istemeyen Behice, "Valideciğim, hatırlatıvereyim, Ziya Paşa'nın hatırını sakın sormayın da ayıp olmasın. Sürgünde ruhiyatı bozulmuştu ya, bir türlü toparlanamamış, hatta daha kötüye gitmiş, paşayı Bursa'daki akrabalarının yanına yollamışlar. Orada bakılıyormuş," dedi ve sigarasını bitirmeden küllüğe bastırıp söndürdü. Ağır ağır kalktı yerinden, salınarak Saraylıhanım'ın yanından geçerken, "Siz ev işlerini düzene koyduğunuza göre, bana da giyinip süslenmekten başka bir şey düşmüyor. Bari ben de öyle yapayım," diyerek çıktı odadan.

Elindeki köpüklü kahveyi dökmemeye gayret ederek merdivenleri tırmandı Mehpare, Kemal'in kapısını tıklattı. "Gir" diyen sesini duyunca kapıyı açıp odaya süzüldü, kahveyi yatağında uzanmakta olan genç adamın başucundaki masaya bıraktı. İçeri geliş bahanesini yüzü kızararak fısıldadı: "Saraylıhanım'a pişiriyordum da, siz de istersiniz diye düşündüm."

"Benim istediğim şey başka," dedi Kemal. Yatağın yanında dikilen kızı hoyratça çekerek, yatağa, göğsünün üzerine düşürdü. Kollarıyla sımsıkı kavrayarak kaçmasına mani oldu. Dudaklarıyla, itiraz etmeye çalışan ağzını kapattı, uzun uzun öptü. Nefes nefese kalan Mehpare, alı al moru mor kurtardı kendini, "Beyim, bir gelen olur... Mahvolurum... Rezil olurum... Yapmayın... Bırakın."

Kemal bir eliyle kızı tutmaya çalışırken, diğeriyle bluzunun düğmelerini açtı, başını göğsüne gömüp kokladı.

"Nasıl böyle güzel kokabiliyorsun Mehpare?"

"Beyim bırakın, yalvarırım bırakın."

"Gelen olursa ayak seslerini duyarız."

"Çocukların ayağında topuklu terlik yok. Leman ya da Suat gelirse duymayız."

"Leman'la Suat'ın benim odama gelmeleri yasak."

Kemal kızın göğüslerinin arasını öptü. Hafifçe inledi Mehpare, itti Kemal'i.

Kemal çekilmedi, kızın göğsünün arasından uzun boynu boyunca çenesine varana kadar dilini gezdirerek geldi ve dudaklarını yeniden öptü. Hâlâ direnen kıza soluk soluğa sordu:

"Beni istemiyor musun Mehpare?"

Yanıtlamadı kız. Kemal biraz değiştirerek yineledi sorusunu: "Beni sevmiyor musun?"

"Sizi yıllardan beri seviyorum. Umutsuzca seviyorum. Kendi canımdan bile çok seviyorum."

"Niye direnirsin o halde?" Kızın düğmelerini açıp diri göğüslerinden birinin ucunu ağzına aldı.

"Acıyın bana," dedi Mehpare, tir tir titriyordu.

"Bu geceyi de dün gece gibi benim yanımda geçireceğine söz verirsen bırakırım."

Mehpare içinden Kemal'in onu hiç bırakmamasını, göğsünün ucu ağzında, sonsuza kadar öylece kalmasını diledi. Bütün vücudu alev topuna dönmüş, yanıyordu.

"Veriyorum... Söz veriyorum."

Yanında yatmazsam zaten uyuyamam. Seni görmezsem, sana dokunmazsam zaten yaşayamam, diye düşündü. Kemal kollarını gevşetince istemeden kalktı yukarı toplanmış eteklerini düzeltti, dışarı taşan memelerini iç gömleğine yerleştirerek bluzunun düğmelerini ilikledi, yere düşen yemeniyi başına koydu.

"Kahveniz soğudu," dedi alçak sesle.

"O zaman bana bir yenisini getir."

"Sahi mi?"

Güldü Kemal. "Sen de öpüşmeyi, koklaşmayı benim kadar çok istiyorsan, sahi."

"Aslında ben size bir müjde vermeye gelmiştim ama beyim siz aklımı başımdan aldınız, lafımı unuttum."

"Neymiş o müjde?"

"Belki Saraylıhanım'ın söylemesi daha doğru olur. Kızabilir ben söyledim diye."

"Sen söyle, ben duymamış gibi yaparım."

"Beyefendi nazır tayin edilmiş."

"Dayım mı?"

"Evet."

"Ahhh!" dedi Kemal.

"Aaa, sevinmediniz mi?"

"Sevinmedim Mehpare. Maliye Nazırı mı olmuş?"

"Evet."

"Allah sonunu hayretsin," dedi Kemal. Çok düşünceli bir hali vardı. Mehpare çok tuhaf bir adama âşık olduğunu düşünerek sesizce çıktı odadan.

Münire Hanımefendi ve kızı Azra Hanım'ı, arka bahçeye bakan ve pek ender kullandıkları için panjurları çoğu kez kapalı duran kadife koltuklu salonda kabul etti Behice. Salon, koyu yeşil kadife perdeleri yanlara çektikleri ve panjurları ardına kadar açtıkları halde hâlâ loştu. Çünkü ağaçların güneşi kestiği arka bahçe kuzeye bakıyor ve az ışık alıyordu. Bu yüzden ağır ve elemli bir havası vardı salonun. Selamlık ya da sokağa bakan cumbalı oda gibi sedirler ve yastıklarla değil, frape kadifeyle kaplanmış yaldızlı kanape ve koltuk takımlarıyla döşenmişti. İki pencerenin ortasındaki camekânda değerli Osmanlı porselenleri, beykozlar, aşurelikler sergileniyordu. Duvarlarda üç adet değerli Çin tabağı ve Civanyan imzalı, gece manzaralı iki tablo asılıydı. Bir Müslüman evinden çok, üst tabakadan bir gayrimüslimin Batı zevkiyle döşenmiş evini andırıyordu bu salon. Behice, Azra Hanım'ın tablolara değen bakışlarında bir beğeni yakalar gibi oldu. Genç kadın başıyla duvardaki resmi işaret ederek konuştu. Çağıldayan sular gibi gür ve şakrak bir sesi vardı.

"Civanyan'ın gece manzaralarını ben de pek severim. Görüyorum ki siz de resme düşkünsünüz. Resim yapıyor musunuz efendim?"

Misafirin sözlerini, duvarlara resim asılmasına karşı çıkan Saraylıhanım'a ilk fırsatta nakletmeye ahdeden Behice, "Maalesef ben resim yapmıyorum ama büyük kızım Leman pek meraklı. Hem resim yapar, hem de çok güzel iş işler," diye yanıtladı genç kadını.

Reşat Bey ne iyi etmişti de salona asılmak üzere bu tabloları birkaç yıl önce satın almıştı.

Kocasına zamanında, "Resimlere bu kadar para verilir mi, ilahi bey, keşke bunların yerine birkaç halı alsaydınız!" diye çıkıştığını hatırlayınca hafifçe kızardı Behice.

Hanımlar, Saraylıhanım ikram tepsisine nezaret ederek içeri gelene kadar, Münire Hanımefendi'nin de bir zamanlar nazır eşi olarak çektiği zorluklar hakkında konuştular. O da her mevki sahibi erkeğin karısı gibi, eşini pek az görmüş, çocuklarının mesuliyetini tek başına sırtlanmak zorunda kalmış olmaktan yakınıyor, Behice'yi onu bekleyen zor günler için ikaz ediyordu.

"Ben ne zamandır alışığım bu hallere efendim," demekle yetindi Behice, "Beyimin peşinde, çoluk çocuk, Şam'dı, Rodos'tu, Selanik'ti, dolandık durduk. Hiç olmazsa şimdi kiralık konaklarda değil, kendi evimizdeyiz. Akrabalarımızın, dostlarımızın yakınındayız. Şikâyet etmeye hakkım yok."

Saraylıhanım'ın ikram faslı başlayınca sohbet başka alanlara kaydı. Yaşlı kadın, konu komşunun anlattıklarından, işgal kuvvetlerine mensup askerlerin sokakta rastladıkları Müslüman kadınlara aşağılayıcı hareketlerde bulunduklarını öğrendiğini ve ortalıkta dolanmamak için pazara inmekten vazgeçtiğini söylüyordu. Bu yüzden de ancak mahalle manavından alışveriş edebiliyor ve zerzevatı pazardan taze taze satın alamadığı için, yemekleri artık aynı lezzette olamıyordu. Şu anda ikram etmekte olduğu börek de maalesef işte bu lezzetsiz yemeklerden biriydi. Malzeme bulunmadığı için, ıspanaklı ya da peynirli değil, sadeydi.

"Hanımefendi," dedi Münire Hanım, "pazarlarda dahi hiçbir şey bulmak mümkün değil artık. Şehirde her türlü gıdanın kıtlığı başladı. Yollar kapandığı için, Anadolu'dan gıda sevkiyatı hemen hemen durmuş."

"Tevekkeli değil, ne zamandır sipariş verip duruyordum Reşat Bey oğluma ama hiç oralı olmuyordu. Eskiden ağzımdan bir söz çıkmaya görsün, akşama kalmaz, yollatırdı istediklerimi," dedi Saraylıhanım, "hani işgalci gâvurlar kadınları taciz ediyor demeseler, kendim gidip alacağım Mısır Çarşısı'ndan. Biraz uzak ama orada hâlâ her şey bulunuyordur eminim."

Münire Hanım, Mısır Çarşısı'nda dahi artık her şeyin bulunamadığını bildiğinden, yaşlı kadına itiraz etmeye yeltendi ama, "Kadınları taciz edenler, işgalcilerin üniformalarını giymiş Rumlar ve Ermenilerdir," diye atıldı kızı. "Ben bilakis, inadına çıkıyorum sokağa. Hele cüret gösterip rahatsız etmeye kalksınlar beni! Hepsinin burnundan getiririm alimallah!"

"Kadın halinizle ne yapabilirsiniz ki hanım kızım?" diye sordu Saraylıhanım. "Onları dövecek değilsiniz herhalde."

"Tek başıma dövemem elbette. Ama öyle bir çıngar çıkarırım ki, mahalleliye sıra dayağı çektirtirim hepsine."

"Aman yavrum, sakın yapmayın. Başınıza büsbütün iş açılır. En iyisi, onların yolu üzerinde durmamak."

"Ben aynı fikirde değilim efendim," dedi Azra Hanım. "Onlardan çekinerek, tepkisiz kalarak yanlış yapıyoruz. İşgal altında da olsa, burası bizim şehrimiz."

"Siz de kerimeniz gibi mi düşünüyorsunuz?" diye sordu Saraylıhanım, Münire Hanımefendi'nin gözlerinin içine bakarak.

"Azra'nın üyesi olduğu bir cemiyet var. Cemiyette çalışan kadınlar işgal konusunda pek hassaslar. Türk kadınlarını tenvir etmek için konferanslar düzenliyorlar, konuşmalar yapıyorlar. Azra haliyle bu faaliyetlerin tesiri altında kalıyor," dedi Münire Hanımefendi.

"Hangi cemiyet bu?" diye sordu Behice.

"Müdafaa-i Hukuk-ı Nisvan Cemiyeti.* Sizin mensubu olduğunuz bir cemiyet var mı, Behice Hanımefendi?"

Saraylıhanım gelininin yanıtlamasını beklemeden atıldı.

"Yoktur. Behice Hanım iki kız evlat büyütüyor. Konağın çekip çevrilmesi de onun omuzlarında. Vakti kalmıyor cemiyet işlerine."

"Bizim cemiyetimizde de pek çok hanım evli ve çocukludur. Evinin mesuliyetini taşıyor olmak bir cemiyette çalışmaya mani değil ki efendim," dedi Azra Hanım.

---

* Kadın Haklarını Koruma Derneği.

Behice, kendine sorulan soruyu onun yerine yanıtladığı için Saraylıhanım'a kızgın bir bakış attı ve Azra Hanım'a döndü:

"İnsan küçük çocukluyken, kayınvalidemin dediği gibi evden pek ayrılamıyor ama kızlarım artık büyüdüler efendim, onlar da mektepli oldular. Konağın işlerini de, eksik olmasınlar, kayınvalidem benden çok daha güzel idare ediyor. Elimi sıcak sudan soğuk suya sokturtmaz, sağ olsun. Bir gün lütfedip beni de cemiyetinize götürürseniz şükran duyarım."

"Aaa, Behice Hanım kızım! Nazır beye sormadan olur mu hiç! Ne der acaba?" diye itiraz etti Saraylıhanım.

"Eminim çok memnun olur. Zevcim de hanımların faal olmalarından yana," dedi Behice, "nitekim bu yüzden Lemanımızın tahsili için hocaları eve çağırtmışken, küçük Suat'ı mektebe yollamaya karar vermedi mi? Ne demişler, 'zamanına ayak uydur', öyle değil mi efendim?"

Çay servisini yapmakta olan Mehpare kulak kesilmişti. Behice, Saraylıhanım karşısındaki ezikliğinin, şimdi misafirlerin yanında intikamını alıyor gibiydi. Misafir hanımlar terbiyelerini hiç bozmadan ama yüzlerinde Saraylıhanım'ı pek de ciddiye almayan bir ifadeyle oturuyorlardı. Kurnaz Çerkez, yenilgiyi kolay kolay kabule razı değildi:

"Hayır işleri için de bazı cemiyetler varmış. Behice eğer bir cemiyete aza olacaksa öyle bir tanesine, mesela Hilal-i Ahmer Cemiyeti'ne* aza olmalı."

---

* Kızılay.

"Hanımefendiciğim, şimdiki gençler bizler gibi değil. Tahsil ediyorlar, lisan biliyorlar, Avrupa'dan gelen mecmuaları okuyorlar," dedi Münire Hanımefendi, "akılları pek bir başlarında. Kendileri tayin edebilirler hangi cemiyete katılmak istediklerini, öyle değil mi efendim?"

"Bizler de tahsil, terbiye gördük," dedi Saraylıhanım diklenerek.

"Gördük elbette. Uda mızrap vurmasını, şarkı geçmesini öğrendik. Kuran'ı ezber ettik. Ama ne bizlere, ne de validelerimize, bizleri hayata hazırlayacak malumatı vermediler. Hep dört duvar arasında kaldık yakın zamana kadar. Şimdi yeni yeni öğrenmekteyiz dünyanın kaç bucak olduğunu."

"Tecrübe diye bir şey var," dedi Saraylıhanım, "malumat kadar değerlidir efendim, ne yazık ki tecrübe gençlerde bulunamıyor... Kızım Mehpare, hanımefendilerin çaylarını tazele... Size de bir dilim börek daha verebilir miyim, yavrum... Şu kurabiyeden alaydınız."

Azra Hanım tabağını yaşlı kadına uzatırken, Mehpare çay bardaklarıyla dışarı çıktı. Aklı salonda konuşulanlarda kalmıştı. Geri geldiğinde Azra ve Behice hanımlar yan yana oturmuş, alçak sesle önemli bir şey konuşmaktaydılar. Azra Hanım'ın çayını yanındaki sehpaya bırakırken genç kadının, "Mücadelemizi artık kendi haklarımız için değil, vatan için yapmaktayız. Nesibe ve Saime hanımların önümüzdeki hafta bu hususta konuşmaları olacak, gelip dinlemek ister misiniz?" dediğini duydu. Behice şaşkın görünüyordu.

Mehpare misafirlere çaylarına koymaları için gezdirdiği şekerliği masaya bıraktıktan sonra, gidip kapının yanında ellerini önünde kavuşturup durdu. Kendi iç dünyasına dalıp sevdiğinin hayalini kurmaya başlamıştı ki, birden kulağına çalınan bir isimle kendine geldi, silkindi ve kulak kesildi.

Azra Hanım, "Allah selamet versin, Kemal Bey'in de çok güzel yazıları çıkmıştı bu mevzuda," diyordu, "sonra ne yazık ki yazmaz oldu."

"Sarıkamış dönüşü uzun bir nekahet devresi geçirdi torunum," dedi Saraylıhanım.

"Şimdi afiyettedir inşallah."

"İstanbul dışındadır. Amcasının yanına gitti, orada dinleniyor."

Azra'nın bu açıklamaya inanmayan gözleri Behice'nin bakışlarına takılınca, hafifçe kızararak önüne baktı Behice.

"Mektuplaşıyorsanız, ondan yine bizi tenvir edici makaleler beklediğimizi yazar mısınız lütfen efendim. Selamlarımızı ve şifa temennilerimizi de bildirin lütfen," dedi Azra.

Sen de kim oluyorsun, diye geçirdi içinden Mehpare. Sinir kadın! Nereden çıktın sen? Veremle, öksürükle, böbrek sancılarıyla ve sabahlara kadar süren kâbuslarla başa çıkabilirdi, bombalanabilir, polislerle boğaz boğaza gelebilirdi aşkı için, ama şu koltuğa kurulmuş, perçemini alnına düşürmüş ukala genç kadınla başa çıkması imkânsızdı. Yüreği kıskançlıkla kavruldu. Göbeğinin üzerinde kavuşturduğu ellerini çözerek kapıdan dışarı süzüldü. Bir iri yaş damlası, burnunu gıdıklayarak çenesine doğru akıyordu. Elinin tersiyle sildi yaşını, merdivenleri tırmanmaya başladı. Sorsa cevaplar mıydı acaba Kemal Bey? Söyler miydi aşağı salonda çay içen o çok bilmiş kadınla ne alakası olduğunu? O ukala, şık giyimli, okumuş etmiş, ağzı laf yapan kadın bir eski nazırın kızıydı. Mehpare ise bir hiçti onun yanında. Leman okuma yazma öğrenirken, derslerine katılarak okumayı sökebilmiş, yazısı hâlâ berbat, dünyadan habersiz, yaşadığı evin civarından başka yer tanımayan zavallı bir kızdı. Kemal ne yapsındı onu? Ancak odasına mahkûmken bakardı yüzüne. Ya sonra? İyileşip de çekip gittikten sonra, hatırlar mıydı dünya yüzünde Mehpare diye biri olduğunu? Bir daha asla müsaade etmeyecekti onu öpmesine, sevmesine. Asla, asla!

Misafirlerin sayısı, Saraylıhanım'ın tahmin ettiği gibi, Münire Hanımefendi ve kızıyla sınırlı kalmadı. Günlerce tebrik ziyaretine gelenlerle doldu taştı konak. Ne Mehpare, ne de evin diğer sakinleri on gün süreyle işten başlarını kaşıyacak zaman bulabildiler. Saraylıhanım, Reşat Bey'in duymamasına çok dikkat ederek, kolundaki üç adet altın burmasını sattı. Kadınlar ellerine geçen parayla yüksek tabakadan konuklara ikram edilmek üzere, Pera pastanelerinden turtalar, kutu kutu çikolatalar ve yine evin beyinden habersiz, karaborsadan, gerekli mutfak ihtiyaçlarını aldırdılar. Mahalleliye, eşe dosta ve akrabalara yedirmek, içirmek için tepsi tepsi börekler pişirdiler, lokma döktüler, şerbetler hazırladılar. Selamlığa, orta salona, yemek odası olarak kullandıkları sofaya, başka odalardan iskemleler taşıdılar. Yabancı ve itibarlı konukları kadife koltuklu salonda, erkekleri selamlıkta, yakın ahbaplarını cumbalı odada ağırladılar. Misafirler gittikten sonra, gidenlerin döküntülerini toplayıp, bulaşıklarını yıkayıp, ertesi günün konuklarına hazırlık yaptılar. Geceleri gündüzlerine karıştı, yorgunluktan helak oldular. Bu koşuşturma arasında, Behice babasının acele gönderdiği harçlıkla, eve terzi Katina'yı çağırtıp birbirinden güzel yeni elbiseler, etekler ve bluzlar diktirdi. Artan kumaşlardan Leman ve Suat'a kenarları biyeli, yakaları fırfırlı birbirinin eşi elbiseler de yapıldı ve yeni elbiseleri ile Beyazıt semtinin ünlü fotoğrafçısına gidilip, kızların babalarıyla birlikte fotoğrafları çektirildi. Mevlit okutuldu.

Çok masraflı, çok yorucuydu nazır karısı olmak ama bir o kadar da eğlenceliydi. Behice, Saraylıhanım'ın ısrarıyla, babasını bir müddet yanlarında kalması için davet etti. Saraylıhanım, hem İbrahim Bey'in Beypazarı'ndan eli kolu erzakla dolu geleceğine emindi, hem de ziyaretinin sonunda memleketine dönerken, Kemal'i İbrahim Bey'in yanına katıp Beypazarı'na yollamayı planlıyordu. İbrahim Bey, işlerini bahane ederek mazeret beyan etti. Damadıyla çok gurur duymuştu ama fırsatçı gibi daha ilk günden damadının konağına kapılanmayı doğru bulmamıştı. Misafir furyasını ağırlayacak parayı çoktan bitirmiş olan yaşlı kadının bu işe canı sıkıldı. Tebrik ziyaretleri sürerse evin itibarını nasıl koruyacaklardı? Boşalmaya yüz tutan erzak torbalarıyla nasıl ikram yapacaklardı? Konu komşu, harp içinde dahi olsa, bir nazırın evinde sabah akşam çorba içildiğini ve çoğu zaman papara yendiğini bilemezdi ve asla bilmemeliydi.

Kemal ise dayısından azar işittiği o geceden beri hiç inmiyordu aşağı katlara. Birkaç kere, nezarete tayinini kutlamak için taşlıkta gelişini beklemiş, ama dayısı gece yarılarına kadar evine dönemediğinden, tebriklerini odasına yolladığı mektupta belirtmişti ve suçunu bildiğinden, karşı karşıya gelmediklerine içinden memnun bile olmuştu. Günlerini masasının başında çeviri yapmakla ve kitap okumakla geçiriyordu. Mehpare yemeklerini odasına çıkarıyor, günde birkaç sefer yanına gidip bir arzusu olup olmadığını soruyor, ilaç saatlerinde haplarını içirip aşağı iniyordu kız.

Saraylıhanım, Mehpare'nin günde defalarca merdivenleri inip çıkmaktan ve tebriğe gelen konuklara hazırlık yapmaktan yorgun düştüğünü düşünüyordu. Kızın son günlerde yüzü iyice solmuş, gözlerinin altında mor halkalar oluşmuştu.

Gerçekten de çok yorgundu Mehpare. Gecenin geç saatlerinde ev silinip süprülüp yeni bir ağırlama gününe hazır edildikten sonra, yorgunluktan külçe gibi kendi katına çıkıyordu. Odasına girince, daha sonra açarken gıcırdamasın diye kapısını aralık bırakıyordu. Evde el ayak çekilip herkes uykuya dalınca, ışığa koşan pervaneler gibi, önüne geçilemez bir çekimle karşı odaya, Kemal'in koynuna süzülüyordu. Sevdiğinin, yorganının altında kor gibi yanan ve onu sabırsızlıkla bekleyen sıcak bedeninin yanına kayıyor, kolları arasında eriyordu. Kemal, savaş, esaret ve hastalık nedeniyle kadınsız kalan yıllarının acısını çıkartmak istercesine, hoyratça seviyordu kızı. Dudaklarını, göğüslerini, omuz başlarını taptaze bir meyveyi dişler gibi iştahla ısırarak öpüyor, kokusunu içine çekiyor, hiç doyamadan, hiç yorulmadan defalarca tekrar tekrar sevişiyordu sabahın ilk saatlerine kadar. Mehpare de doymuyordu sevişmeye. Doyamıyordu. Kendini bir köle teslimiyetiyle sunarken, bırakacak olsa boğazını yırtarak fırlayacak çığlıklarını bastırmak için elini yumruk yapıp ağzına kapatıyor, yastıkları dişliyor, kendini dizginlemeye gayret ediyordu. Ve ne boş bir çabayla! Devinen genç bir kısrak gibiydi Kemal'in kemikli zayıf gövdesinin altında. Sabahın ilk ışıklarından evvel, yorgunluktan ve mutluluktan sarhoş, odasına dönüyor ama az önce yaşadıklarını düşünmekten uykuya bırakamıyordu kendini. Güneş doğarken, sessizce zemin kattaki hamama iniyor, abdest alıp yukarı, odasına çıkıyor, namazını kılıyordu. Sonra giyiniyor, mutfağa inip kahvaltı hazırlıyor ve Kemal'in odasına bu kez de elinde kahvaltı tepsisiyle geri dönüyordu. Kemal, uzun gecenin sonunda çoğu kez derin bir uykuya dalmış oluyordu, o geri geldiğinde. Mehpare, sevgilisinin güzel yüzünü uykuda seyredebilmek için başucuna çöküyor, ince, uzun parmaklarıyla yüzünü, saçlarını okşayarak uyanmasını bekliyordu. Sonra da gün boyu her bahaneyle inip çıkıyordu merdivenleri... Beyime yemeğini götüreyim... Beyime kahvesini verip geleyim... Beyimin sesini duyar gibi oldum, bir şey istiyor olmasın... Beyimin ilaç saati geldi...

"Kızım, Kemal ile misafirlerin arasında helak oldun. Bari iyi beslen, yoksa sen de hastalanacaksın," demeye başlamıştı Saraylıhanım. Çünkü Mehpare'nin avurtları da, gözlerinin altı gibi iyice çökmüştü ve yüzü bembeyazdı bir süredir. Bir deri bir kemik kalmıştı kız.

KAÇIŞ

Saraylıhanım ve Behice tebrik ziyaretlerinin hızını kaybettiği o sabah, yine de ne olur ne olmaz diye erkenden giyinmiş, ikramı hazır etmiş, ama artık konuklar iyice azaldığı için, tatlı bir rehavet içinde, cumbanın sedirlerine karşılıklı kurulmuş, kahvelerini içiyorlardı. Gece boyu süren silah seslerinden dolayı iyi uyuyamamışlardı. Yine kim bilir nereye baskın yapmıştı işgal kuvvetleri. İşleri güçleri, Saraylıhanım'ın "ayaktakımı" tabir ettiği, mukavemetçileri kovalamaktı zaten. Kadınlar nicedir silah seslerine alışık olduklarından, tedirgin olmamışlardı. Reşat Bey çok erken ayrılmıştı evden. Leman, o gün piyano dersi olduğundan, piyanosunun başına oturmuş, çalışıyordu. Suat'ın mektebinde sabah dersleri, yüksek sınıflardaki kızların bir gösterisi olduğu için iptal edilmişti. Annesinin eteğinin dibinde, yere yaydığı kâğıtlara bir şeyler çiziktiriyordu çocuk.

"Bugün ablan ders yaparken sakın yanına gidip rahatsız edeyim deme. Bak beybabana söylerim, çok kızar," dedi Behice.

"Rahatsız etmiyorum ki, sadece seyrediyorum."

"İstemiyor madem, seyretme."

"Seyrederken öğrenip, piyanoyu ondan daha iyi çalacağım diye korkuyor."

"Sen piyano çalmak istemedin ki."

"İstedim."

"Hayır, istemedin! Sen kemanı tercih ettin. İyi de oldu, iki kardeş birlikte beybabanıza konserler verebilirsiniz ilerde," dedi Behice, "hem biliyor musun Suat, kemanını her yere yanında taşıyıp çalabilirsin. Oysa ablan piyanosunu ancak evde çalabilir, çünkü o kocaman aleti hiçbir yere götüremez."

Behice kızına bunu söylerken biraz utandı. Aslında Suat'a piyano dersi aldıramamalarının nedeni, Leman'ın piyanosuna kimseye el sürdürtmemesiydi. Özellikle de kardeşi dokunduğunda kıyameti kopartıyordu. Piyano, Leman'a on yaşına bastığı yıl alınmıştı. İkinci bir piyano alamayacaklarına göre, evde sürekli kavga gürültü olmasın diye, Suat'ı kemana yönlendirmişlerdi. Çocuk, ablasının evde olmadığı zamanları kollayıp, piyanonun başına koşarak, kulaktan dolma bir şeyler tıngırdatıyordu.

"İyi ut çalmayı da öğreneceksin mutlaka," dedi Saraylıhanım, "evimizin bütün kızları ut çalmayı bilmeli. Ben Mehpareye de öğrettim. Gayet güzel çalıyor, maşallah."

"Bana da öğret nene."

"Hele bir mektepler paydos etsin, ut derslerine o zaman başlarız inşallah, kızım. Bak deden de gelmeyi düşünüyormuş haziran başında. O da çok sever ut dinlemeyi."

"Ah, sevgili pederimin hemen şimdi burada, bizlerle olmasını ne kadar çok isterdim," diye atıldı Behice, "kızları aylardır görmedi. Leman'ı çocuk bırakmıştı, geldiğinde genç kız bulacak. Birden boy attı ve gelişiverdi, Leman."

"Ada'ya geçerken nasıl olsa gelecektir."

"Reşat Bey'in tayinini duyar duymaz gelir sandımdı. Ada'ya gitmemize ne kaldı ki şunun şurasında, biraz burada kalırdı, sonra hep birlikte..."

Kalfa odaya alışık olmadıkları bir telaşla dalınca Behice lafını bitiremedi.

"Ne var kalfa?" dedi sıkıntılı bir sesle.

"Aman Gülfidan, sakın bu saatte misafir geldi deme bana," diye atıldı Saraylıhanım.

"Aret Efendi geldi. Sizlere diyecekleri varmış efendim."

"Allah Allah! Ne işi var onun bugün burada?" dedi Behice, "Sabah sabah ne istiyormuş? Beklesin, kahvelerimizi içelim hele, sonra inerim aşağı."

"Hanımım, şehirde bir melanet varmış bugün. Size hemen haber vermemi söyledi."

Behice ve Saraylıhanım aynı anda fırlayıp kapıya doğru gittiler. Suat peşlerinden koştu. Behice, kapıda yaşlı kadına geçmesi için yol verdi. İçinden Saraylıhanım'ın önüne geçip bir an evvel zemin kata ulaşmak gelse de, kayınvalidesinin basamakları ağır ağır inmesine tahammül göstermeye çalıştı. Annesinin yapamadığını Suat yaptı, Saraylıhanım'ın yanından sıyrılıp önüne geçerek ilk o indi aşağı kata. Eli ayağı titreyen Aret, yanında Hüsnü Efendi'yle, taşlıkta onları bekliyordu.

"Hayrola Aret Efendi?" dedi Saraylıhanım.

"Hanımlarım, sizleri rahatsız ettiğim için kusuruma bakmayınız ama sokaklar tehlikelidir bugün. Haberiniz olsun istedim. Hiçbiriniz sokağa çıkmayasınız. Ben sabahın altısından beri yoldayım. Ancak gelebildim. Her taraf inzibat ve asker kaynıyor."

"Ne olmuş? Ne var?" dedi Behice.

"Yine yollar mı kesilmiş bugün?" diye sordu Saraylıhanım. "Tevekkeli değil, ben de Leman'ın piyano hocası nerede kaldı diyordum."

"Boşuna hoca filan beklemeyin. Kimse şurdan şuraya gidemez bugün."

"Ben mektebe gidemeyecek miyim şimdi?" diye hırçınlaştı Suat.

"Tevkifatlar varmış dediler," dedi Aret Efendi.

"Ben? Ben? Ben mektebe gitmeyecek miyim?"

"Sus kızım," dedi Behice, "rahat ver de öğrenelim bakalım ne olmuş."

"Yine İttihatçıları mı topluyorlarmış?" diye sordu Saraylıhanım.

"Bilmiyorum efendim. Her yerde onlardan vardı."

"Kimlerden Aret Efendi?"

"Ecnebilerin askerlerinden. İngilizler her yerdeydiler. Kordonlarla yolları kesmişlerdi. Ben ara yollardan dolanarak geldim. Cadde kapalı."

"Ben caddeye kadar gidip bir bakayım," dedi Hüsnü Efendi.

"Haydi kim gidecekse gitsin, bize de haber getirsin, meraklandık şimdi," dedi Saraylıhanım. Hüsnü ve Aret efendiler birlikte kapıya yönelirken, Behice eteklerini toparlayıp yukarı çıkmaya başladı. Suat annesinin eteklerine dolanarak yine öne geçti.

"Ay, düşüreceksin beni kızım," dedi Behice, "dikkat etsene. Hiç çekmedin ablana, hiç. Madem erkek çocuk gibisin, Allah selamet versin, bari oğlan doğaydın."

"Keşke doğaydım," dedi Suat, "ablamla gergef işleyeceğime, bahçede ağaçlara tırmanırdım."

"Sanki tırmanmıyorsun!"

Behice küçük kızıyla nasıl baş edeceğini bilemiyordu. Leman ne kadar ağırbaşlı, sakin bir çocuksa, Suat da tam tersine, bir erkek çocuktan bile afacan, yerinde duramayan, içi içine sığmayan bir kızdı. Behice'nin, oğlan beklerken kız doğan bebeğine erkek çocuk için hazırladığı Suat adını vermesinden dolayı böyle yaramaz olduğunu iddia eden Saraylıhanım'a hak verdiği anlar olmuştu. Leman'ın, Suat'ın yaşındayken işlediği yastık başlarını, masa örtülerini kullanmaya kıyamazlarken, Suat doğru dürüst bir teyel bile atamıyordu. Ama dersleri pırıl pırıldı. Üç yıl önce başladığı mektepte, kendinden iki yaş büyüklerle aynı dersi görüyordu hiç zorlanmadan. Yazısı neredeyse ablasınınki kadar iyiydi. Bu kadar akıllı olması büsbütün üzüyordu Behice'yi, erkek doğmadığı için.

***

Behice merdivenleri çıkıp, kızıyla birlikte orta kat cumbasının önündeki sedire yerleşti. On beş gün öncesine kadar, sol köşe penceresinden bakıldığında anacaddeyi rahatça görmek mümkündü ama yolun üzerindeki badem ağacı yaprağa duralı beri cadde görünmez olmuştu. Az sonra kapıda Saraylıhanım bitti. Telaşlı bir hali vardı.

"Kızım sen ablanın yanına gitsene. Bak odasında nakış işliyor," dedi Suat'a.

"Sizinle kalmak istiyorum nene."

"Biz büyükler bir şey konuşacağız. Haydi bakayım odana."

"Ben de dinlesem olmaz mı, nene?"

"Olmaz." Saraylıhanım kapıyı açıp merdivenlerden yukarı seslendi:

"Mehpareee, gelsene kızım, gel şu Suat'ı al da meşgul ediver biraz... Mehpareee! Nerdesin kızım?"

Mehpare'nin telaşlı ayak seslerini duyan Suat, genç kızla oyun oynayabilmek umuduyla hemen dışarı çıktı. Saraylıhanım Suat'ın arkasından sıkıca örttü kapıyı, gelip gelininin yanına oturdu.

"Behice kızım, bak ne diyeceğim, Aret'in söyledikleri doğruysa... Yani eğer yine tevkifat başladıysa, bize de gelirler."

"Niye gelsinler a canım! Bizim evde İttihatçı yok ki! Burada sultanın sadık kulları yaşıyor."

"Öyle de, söyle bana kızım, böyle bir tehlike olursa ne yapalım?"

"Ne yapabiliriz ki Saraylıhanım?"

"Kemal'i bahçe duvarından aşırıp yan komşunun evine götürebiliriz."

"Ebe hanımın evine mi?"

"Evet."

"Kabul eder mi?"

"Rica edersek niye etmesin! Bizim evin çocuklarının dünyaya gelişinde emeği var."

"Saraylıhanım, böyle yaparsak konu komşuya bir suçlu sakladığımızı beyan etmiş olmaz mıyız?"

"Oluruz da, hangisi daha hayırlıdır, bir düşünelim bakalım. Kemal'i teslim etmek mi, yoksa konu komşuya dedikodu malzemesi olmak mı?"

Behice'nin içine fenalıklar basmaya başladı. Bir kere rezil olmuşlardı zaten mahalleye. Kemal İttihatçılarla çatıştığında bu eve polisin gelmişliği vardı. Yarabbi, kurtulamayacak mıydı bu baş belası akrabadan? Kocası ve kızlarıyla huzurlu bir hayat yaşamaya hakkı yok muydu onun? Tam da nazır eşi oldum diye övünürken, sevinci kursağında kalmıştı.

"Bilmiyorum vallahi. Reşat Bey'e soralım."

"Soralım da, Reşat Bey nerede? Sokaklar tutulduysa eve zamanında dönemez."

"Ne vakit zamanında dönüyor ki zaten?" dedi Behice umutsuzca.

"Kızım, senin kocan mahalle bakkalı değil. Mühim mevkilerde çalışan erkeklerin eve dönüş saatleri belli olmaz. Katlanacaksın kızım."

"Şikâyet mahiyetinde söylemedim," dedi Behice. Yaşlı kadının ağzını açtırıp saatlerce atalarından dem vurmasını ve nutuk çekmesini istemiyordu. Aralarında tartışırlarken, birdenbire Saraylıhanım ayağa kalktı, kollarını beline dayadı.

"Burası bugüne bugün bir nazırın evi," dedi, "benim cesedimi çiğnemeden kimse içeri adımını atamaz!"

"İşgalcilerin zabıtalarına vız gelir kimin evi olduğu," dedi Behice, kocasının yeni payesinin önemini henüz kavrayamamıştı besbelli.

"Behicanım kızım, zevciniz Devlet-i Âliye'yi temsil eden bir zattır, herhangi bir Reşat Efendi değildir. İşgalci güçler bu eve girmeye cüret ederlerse hesabını da verirler."

Akşam kocası eve döndüğünde, yaşlı kadının yanılmakta olduğunu hep birlikte öğreneceklerdi ama o an Behice içinden Saraylıhanım'ın haklı olmasını diledi.

Kalfa, Hüsnü Efendi'nin geri geldiğini haber verince hep birlikte aşağı indiler.

"Duydum ki Meclis-i Mebusan'ı basmışlar," dedi Hüsnü Efendi, perişan görünüyordu. "İşgal kuvvetlerine karşı gelen kimselere yandaşlık edenleri tevkif ediyorlarmış. Ev ev arama yapıyorlarmış."

Behice'nin rengi sapsarı oldu. Kocası tehlikede miydi acaba? Neyse ki, Reşat Bey akıllı insandı, en vahim durumlarda dahi nasıl davranacağını bilirdi ama ya evlerindeki şahıs? Arama yapmaya kalkar da Kemal'i evde bulurlarsa başlarına gelmedik bela kalmazdı.

Saraylıhanım alelacele merdivenleri tırmanmaya başlayınca, Behice onun Kemal'e gittiğini tahmin edip peşinden koştu. Kadınlar en üst kattaki odaya nefes nefese girdiklerinde, Mehpare'yi Kemal'in yanında, bir fincan ıhlamuru karıştırırken buldular. Kemal masasının başında bir şeyler yazmakla meşguldü.

"Oğlum, tehlikeli bir vaziyet var. Hemen buradan ayrılman lazım," dedi Saraylıhanım.

"Nereye gidecek ki?" diye sordu Mehpare. "Sokaklarda dolaşırsa üşütür."

"Kızım, bir sen eksiktin! Sus bakayım," diye azarladı Saraylıhanım.

Kemal masasından kalktı, bir tabure çekip üstüne çıktı, pencereden dışarısını görmeye çalıştı.

"Nereye gideceğim?"

"Ben, ebe hanımın evinde saklansan diyorum. Kızlarıyla yaşayan yaşlı bir kadının evini kimse aramaz."

"Ebe hanım beni saklamak ister mi bakalım? Ne diye başını belaya soksun ki?" dedi Kemal.

"Aklıma bir şey geldi," dedi Behice, "Azra Hanımların evi bize yakın. Arka sokaktan da gidilebilir. O da senin gibi sivri fikirli biri ya Kemal, diyorum ki onlara haber salsak..."

"İyi düşündünüz yenge," dedi Kemal, "Azra mücadele etmeye alışık, cesur bir kadındır. Müdafa-i Hukuk-u Nisvan Cemiyeti'nde kadın hakları için az mücadele vermedi. Bana seve seve yardımcı olur. Böyle işlerle illiyeti var, ne de olsa."

Mehpare'nin yüzü bembeyaz olmuştu. "Evde kalın beyim," diye atıldı, "biz sizi saklarız. Kilerde saklarız, kimseler bulamaz."

"Saçmalama Mehpare," dedi Saraylıhanım, "her yeri didik didik ararlar. Burayı mimlediler bir kere."

"Azra Hanımların evini aramazlar mı sanki? Madem burnunu böyle işlere sokuyor, onun evi de mimlenmiştir, öyle değil mi?"

"Mehpare, sana fikrini soran oldu mu? Haddini bil kızım. Hem sen ne arıyorsun burada, haydi çocukların yanına git," dedi Behice. Her zaman saygılı olan kız, korku ve heyecandan olsa gerek, ölçüsünü şaşırmış görünüyordu. Kızardı, önüne baktı ama yerinden kımıldamadı Mehpare.

"Onların bahçesinde bir gizli geçit vardı yıllar önce. Biz çocuklar, o kapıdan çıkar, kimselere duyurmadan gezer gezer, geri gelirdik. Geçit hâlâ duruyorsa, zabıta oraya geldiği takdirde, o geçidi kullanarak buraya dönerim. Nasılsa bütün evlere aynı anda dalacak değiller. Teker teker arıyorlardır," dedi Kemal.

"Nasıl da hatırlıyorsun bu geçitleri filan?" diye sordu Saraylıhanım.

"Hatırlamaz mıyım! Eski oturduğumuz evde kapı komşusu değil miydik Azralarla. Her gün beraber oynardık, Azra, ben ve rahmetli Ali Rıza."

"Her nereye gidecekseniz, bir çarşafa bürünün, beyim," dedi Mehpare.

"İyi fikir! Haydi o zaman, çabuk olalım," dedi Behice. "Mehpare, en uzun boylumuz sensin, koş, çarşafını getir odandan."

Mehpare yine kımıldamadı.

"Sana söyledim kızım. Bir şeyler oldu sana bugün. Neyin var, kuzum?"

"Ben de Kemal Beyimle gideyim, efendim."

"Nedenmiş o?"

"İki kadın sanki çarşıya çıkmış gibi kol kola girer, yürürüz. Biri bir şey soracak olursa ben konuşurum, Kemal Bey hiç konuşmaz."

"Bu kız çok akıllı, dememiş miydim size?" dedi Saraylıhanım gururla. Az önce Behice'nin Mehpare'ye çatmasına içerlemişti. "Çerkezler böyle zeki olurlar işte! Madem öyle, git, çarşaflan sen de. Haydi durma!"

Mehpare fırladı.

"Sizler de odamdan çıkın ki, ben hemen giyineyim," dedi Kemal.

Saraylıhanım'la Behice aşağı kata indiler. Cumbalı odadaki sedire yan yana oturdular. Her ikisinin de heyecandan ve korkudan elleri, ayakları titriyordu. Behice'nin canı bir sigara sarmak istiyordu ama Saraylıhanım'ın yanında yapamıyordu bunu. Üzerlerine çöken hüzünlü sessizliği Saraylıhanım bozdu, tatlı bir sesle, "Birer cıgara sar da içelim karşılıklı Behice gelin," dedi, "böyle hususi günlerde hürmette kusur olabilir... Haydi haydi, çekinme. Başka türlü geçmek bilmez bu kahpe zaman."

Behice, benim aklımı okudu ihtiyar tilki, diye geçirdi içinden. Sabahlığının cebinden tütün tabakasını çıkardı, sigaraları hazırlamaya başladı.

"Yavrum, benim senden bir de istirhamım olacak."

Behice, ona ancak bir çıkarı olduğunda "yavrum" gibi sıcak sözlerle hitap eden yaşlı kadının yüzüne bakıp ne söyleyeceğini bekledi.

"Sen de onlarla birlikte gider misin, Ziya Paşalara kadar? Vaziyetin aciliyetini izah ederdin. Kapıda pat diye Kemal ile karşılaşmasınlar. Eski dostuz ama evde erkekleri yoksa, ne bileyim ben, yakışık almaz işte böyle habersiz gidivermek."

"Mehpare gidiyor ya!"

"İlahi yavrum, Mehpare ile sen bir misin? Sen bugüne bugün bir nazır zevcesisin. Sözünün ağırlığı vardır. Seni kapıdan çevirecek halleri mi var!"

"Çocuklar da evdelerdi de bugün..."

"Çocuklar bu evde hiç mi sensiz kalmadılar, a kızım?"

Söyleyecek söz bulamadı Behice. "Gidip hazırlanayım," diyerek isteksiz bir şekilde merdivene yöneldi.

"Gözünü seveyim acele et evladım," diye seslendi arkasından, Saraylıhanım.

Az sonra, Reşat Bey'in konağından, biri oldukça uzun boylu üç çarşaflı kadın çıktı ve denize doğru inen yolda telaşlı adımlarla uzaklaştılar. Anacaddeye hiç çıkmadan, ara sokaklardan dolanarak, yangın yerini geçip aynı mahalledeki Ziya Paşa konağına geldiler. Ziya Paşaların bahçesi kendi bahçelerinden çok daha büyüktü. Yeşile boyalı ağır demir kapının çıngırağını çalıp beklediler. Kapıyı açan uşağa, "Münire Hanımefendi'ye Maliye Nazırı Reşat Bey'in zevcesi iade-i ziyarete gelmiş diye haber verir misiniz lütfen," dedi Behice, yüzü hafiften kızararak. İade-i ziyaretin sabahın köründe ve habersiz yapılmayacağını bilecek kadar görgülüydü ama uşak nereden bilebilirdi hangi maksatla geldiklerini.

Uşak misafirleri bahçeye alıp kapıyı yeniden sürgüledi ve önden koşturdu. Köşkün merdivenlerini ağır ağır çıktılar, kapı önünde fazla bekletilmeden içeri buyur edildiler. Kemal, kadın kıyafetinde olduğunu unutup, ayak alışkanlığı ile zemin kattaki selamlığa yöneldi ama, uşağın şaşkın bakışlarını görünce, yengesiyle Mehpare'nin peşine takılıp üst kata, misafir salonuna çıktı. Uşak dışarı çıkar çıkmaz çarşafı sıyırdı üzerinden. Azra ve Münire hanımlar onu bu maskara vaziyette görsünler istemiyordu.

Kemal, Behice ve Mehpare, Ziya Paşa konağının misafir salonunda tedirginlik içinde beklediler. Besbelli evin hanımları sabah sabah habersiz gelen konuklarını hemen kabul edecek durumda değillerdi. Giyinmeleri, taranmaları gerekiyordu. Az sonra içeriye Azra girdi. Konukların arasında Kemal'in de bulunduğunu görünce çok sevindi. El sıkma faslından sonra oturdular. Azra, bir hafta önce onlara hizmet eden Mehpare'nin, şimdi karşısında misafir edasıyla oturmasından biraz tedirgin olmuştu ama renk vermedi. Misafirlerine validesi Münire Hanımefendi'nin birkaç günlüğüne Erenköy'deki ablasının yanına gittiğini anlattı, kahvelerini nasıl içtiklerini sordu, kapıda bekleyen kalfaya kahveleri söyledi. Kalfa çıkınca, Kemal çekingen bir sesle, sabahın bu saatinde neden orada bulunduklarını kısaca anlatmaya çalıştı.

"İşte böyle... Neler olduğunu bilmiyoruz ama anlaşılıyor ki tevkifatlar yeniden başlamış. Bütün yolları kesmişler yine. Beyazıt sokaklarında ev ev arama yapıyorlarmış. Ben de, biliyorsun... Ben..."

"Biliyorum," dedi Azra, "anlamıştım."

"Gizli geçit hâlâ yerinde duruyor mu?" diye sordu Kemal.

"Gizli geçit şimdi yangın yerine değil, Aksöğüt Sokağı'na açılıyor. Bizim çocukken oynadığımız tarla artık bir sokak oldu."

"Azra Hanım, burada zabıta gelene kadar bekler ve onlar ön kapıyı vurduklarında ben o geçitten çıkar gidersem, rahatsız olur musunuz?"

"Nasıl laf o Kemal," dedi Azra. Sonra Behice'ye döndü.

"Behice Hanımefendi, şimdi biz usulen birbirimize bey, hanım diye hitap ediyoruz ama, bakmayın siz aramızdaki bu lüzumsuz nezakete. Kemal'le çok yakın dostuz yıllardan beri. Rahmetli kardeşimle Kemal'in içtikleri su ayrı gitmezdi. İkisi de maceracı, söz dinlemez çocuklardı. Delikanlılıkları da farklı olmadı. Nitekim kalkıp felaketle nihayetleneceği belli olan şu menhus savaşa katıldılar. Cenab-ı Hak, bu savaşta Ali Rıza'yı yanına aldı, Kemal'i esirgedi. Kader işte! Mademki Allah onu bize bağışladı, biz de onu korumak için elimizden geleni yaparız."

"Allah razı olsun," dedi Behice.

Kemal atıldı.

"Azra, en ufak bir tereddütün varsa eğer..."

"Hiçbir tereddütüm yok. Şimdi Hakkı Efendi'ye haber vereceğim, bahçe kapısının önünde nöbet tutsun. Gelecek olurlarsa hemen çıngırağı çalsın. Sen arka tarafa geçmeden onlara kapıyı açmayız."

"Ya arka kapıdan gelirlerse? Ya da o kapıya nöbetçi koyarlarsa?" diye sordu Kemal.

"Geçen yaz evimize arka kapıdan hırsız girdi. Pederimin vitrindeki liyakat nişanlarını çalmış. Validem çok üzüldü, arka kapıyı iptal ettirip yerine duvar ördürdü."

"Şehir kalabalıklaştıkça hırsızlık çoğaldı," dedi Behice. "Geçenlerde Beşiktaş'ta bomba olayı olmuştu ya, o hengâmede Mehpare'nin de çantasını çalmışlar."

"Büyük geçmiş olsun. Eee, tabii bu kadar çok muhacir gelirse bir şehre, haliyle her türlü uğursuzluk olacak. Gelenlerin arasında iyisi de var, hırlısı-hırsızı da," dedi Azra. "Ama ne demişler, her işte bir hayır vardır, bakın şimdi bahçede ikinci kapının olmayışının faydalarını göreceğiz."

Kahveler zarfların içindeki ince porselenlerde geldi. Sessizce kahvelerini içtiler.

"Çocukken oynadığımız saklambaç oyununu bu yaşta da oynayacağım hiç aklıma gelmezdi," dedi Kemal.

"İstanbul'un işgal edileceği hiç aklına gelir miydi?"

"Ahh! Yaramı kanatma, Azra," dedi Kemal, samimiyetle.

"Bazen içimden şeytan, al eline pederin tabancasını, git bu adamları vur, diyor," dedi Azra. Behice genç kadına hayretle baktı. Nasıl bir kadındı bu?

"Merak etme Azra Hanım, o düşündüğünü birileri çok yakında yapacak," dedi Kemal. "Bu iş böyle gitmez."

"İşgalcilerle savaşacak asker mi kaldı da böyle söylüyorsun Kemal? İstanbul'a ayak basar basmaz, hepsinin silahlarını teslim ettirmediler mi?" diye sordu Behice.

"Hepsini değil," dedi Kemal. "Kimi kumandanlar silahları vermemişler. Terhis edilen birliklerin silahşorları da sokaklarda geziniyor. Mesele onları bir araya getirebilecek teşkilatı kurmakta."

"Silahsız, mühimmatsız ne işe yararlar ki o insanlar?" diye ısrar etti Behice.

"O işin en kolay kısmı, yenge. Parayı basan silahı alır."

"İlahi Kemal! Parayı basanlar nereden alacaklarmış bu silahları? Hepsi depolarda muhafaza altında. İngilizler mi, yoksa Fransızlar mı satacaklar, kendilerine karşı kullanılsın diye. Çocuk gibi konuşuyorsun."

"Paranın baştan çıkaramayacağı çok az insan vardır, yenge," dedi Kemal. "Herkesin de bir fiyatı vardır. Alt tarafı, kendi yurtlarından kilometrelerce uzakta bir memleketi işgal etmişler. Vatan için savaşmıyorlar ki! Onları yoldan çıkarmanın bir yolu elbette bulunur. Yeter ki bizlerde o azim olsun."

Azra, Mehpare'nin keskin bakışları altında, Kemal'i hayranlık ve ilgiyle dinliyordu.

"Elimden bir şey gelebilecekse haberim olsun Kemal," dedi "Ne gerekirse yaparım."

"Ne yapabilirsiniz ki?" diye sordu Behice.

"Aracılık ederim. Tercümanlık yaparım. Haber getirir, götürürüm. Para bulmaya çalışırım."

"Bunlar bir kadın için çok tehlikeli işler."

"Sizin bu mevzuya uzak durmanızı anlıyorum Behice Hanımefendi. İki tane gül gibi yavrunuz var. Zevciniz yüksek mevkide. Ama ben ne evliyim, ne de çocuk sahibiyim. Kocam şehit düştükten sonra tek gailem vatanımın kurtuluşu oldu."

"Haklısınız," dedi Behice, "sizi takdir ediyorum."

Bir süre hiç konuşmadan, düşünceli bir halde oturdular.

"Yengeciğim, Mehpare ile siz burada boşuna beklemeyin. Eve dönün, bizim evde arama yapıldıktan sonra Hüsnü Efendi ile haber yollarsınız, ben vaziyet müsait olunca Aksöğüt Sokağı'na çıkar, ara yolları kullanarak eve dönerim," dedi Kemal.

"Olmaz!"

Azra, Behice ve Kemal, hayretle dönüp ilk kez konuşan Mehpare'ye baktılar.

"Olmaz beyim. Siz yalnız kalmamalısınız. Behice Ablam gitsinler. Ben sizi beklerim, birlikte döneriz."

"Mehpare, ne diyorsun kuzum?" diye sordu Behice.

"Beyim yine çarşafa bürünecek, değil mi sokakta yürürken. Ya sokakta biri ona yol sorarsa veya başka bir şey sorarsa? Tek başına bir kadının sokakta ne yaptığını merak eden bir münasebetsiz çıkarsa? Nasıl cevap verecek erkek sesiyle? Ben yanında olmalıyım ki, ben cevaplayayım."

"Bunu hiç düşünmemiştim," dedi Azra, "teferruatlarda ne kadar dikkatli biri bu kızımız."

"O çok akıllıdır," dedi Kemal.

"Ben nasıl döneceğim tek başıma?" diye sordu Behice.

"Yanınıza birisini katarız, merak etmeyin. Zaten ne kadarcık yol!" dedi Azra, sesinde belli belirsiz bir küçümsemeyle.

"O halde rica edeyim, refakatçimi tayin edin de ben bir an önce evime döneyim. Kızlar evde beni bekliyorlardır şimdi, Saraylıhanım da merak içindedir," dedi Behice.

Azra odadan çıkınca, "Azra Hanım'ın bir erkekten farkı yok," dedi Behice, "maşallah, gözü kara."

"Çocukken de öyleydi. Bebekleriyle oynayacağına hep bizim peşimize takılır, ağaçlara tırmanmak isterdi."

"Allah vere de bizim Suatımız böyle olmasa. O da şimdiden her taşın altından çıkan çokbilmiş bir küçük canavar, tıpkı Azra gibi."

"Niye beğenmiyorsunuz Azra'yı, yenge?" diye sordu Kemal. "Tuttuğunu koparan, akıllı, güçlü bir hanım o. Başkası olsa, eşi şehit düşünce ya dünyadan elini ayağını çeker ya da yeniden evlenirdi. Azra evlenmediği gibi, kendini de bırakmadı; kitap okuyor, eli kalem tutuyor, tercümeler yapıyor. Bir kadının illa da evde oturup nakış işlemesi mi lazım?"

"Kadın kısmına yakışan odur."

"Yengeciğim, kusura bakmayın ama körle yatan şaşı kalkar derler, sizi büyükvalidem kendisine benzetmiş."

"Hele bir evlen de o zaman görelim seni Kemal, eli kalem tutan zevce mi tercih ediyorsun, eli oklava tutan mı? Dışardan gazel okumak kolaydır, lakin her erkek evinde hanım hanımcık bir eş ister."

Azra odaya girince sustu Behice. Mehpare içinden, "Behice Ablamı duyan da, onu sabahtan akşama mutfakta yufka açıyor sanacak," diye geçirdi. Gün boyu sadece piyano ya da ut çalar, misafir kabul eder ve nakış işlerdi Behice. Mutfak işleriyle pek arası yoktu.

"Hakkı Efendi size refakat edecek Behice Hanımefendi," dedi, geri dönen Azra, "bahçede sizi bekliyor."

Behice çarşaflanmadan önce Kemal'e sımsıkı sarıldı, "İşin rast gitsin kardeşim," dedi, sonra ayakta bekleyen Mehpare'ye dönerek, "Delikanlımızı sana emanet ediyorum, Mehpare. Sen ondan çok daha tedbirlisin. Aman dikkatli olun, e mi canım," diye tembih etti.

"Lütfen bahçe kapısının sürgüsünü içerden sürdürmeyin, Behice Abla. İçeri acele girmemiz lazım gelirse kapı önünde beklemeyelim," diye ricada bulundu Mehpare.

"Kapının ipini dışarı sarkıtamam, gelen geçen içeri dalar yoksa. Ama öyle bir ayarlarım ki, delikten parmağını uzatırsan hemen yakalayabilirsin."

Behice ve Azra çıktılar.

"Benim için yaptıklarını nasıl ödeyeceğimi bilemiyorum, Mehpare," dedi Kemal.

"Siz afiyette ve emniyette olun, o bana yeter," dedi Mehpare.

Azra, Behice'yi geçirdikten sonra geri geldi. "Mutfağa geçmek ister misiniz Mehparanım?" diye sordu yumuşak bir sesle. "Nazik Kalfa yufka açıyordu, belki siz de görmek istersiniz."

"Ben yufka açmayı biliyorum efendim," dedi Mehpare. Hiç kımıldamadı yerinden.

"Pekâlâ." Azra biraz şaşkın, Kemal'e döndü. "O halde, Kemal sen benimle gel, kütüphaneye geçelim. Geçen ay sipariş ettiğim kitaplar geldi. Bir tanesini sana vermek istiyordum. Tercüme edilmeye değer bulur musun diye fikrini alacaktım."

Kemal kalktı, Azra'nın peşinden çıktı. Mehpare salonda yalnız kaldı. İliştiği iskemlede, ellerini kucağında kavuşturmuş, dimdik oturuyordu. Yüzünde hiçbir ifade yoktu. Gözyaşları içine akıyordu, yüreğine doğru.

"Sizin evin hanımları bir âlem," dedi Azra, Kemal'le merdivenleri çıkarlarken. "Yengen pek nazenin, dokunsan kırılacak, Mehpare de tam tersine, demir leblebi gibi bir kız. Biraz da vurgun galiba beyimize!"

"Ne münasebet. Bana hastalığım sırasında o baktı. Pek ihtimamı etti. Şimdi de beni bebeği zannediyor, başıma bir şey gelmesin diye himayesi altında tutmak istiyor. İlaçlarımı almayı unutmayayım, üşütmeyeyim diye gölge gibi peşimde."

"Hastaların doktorlarına, hemşirelerin de hastalarına âşık olmaları mutat hadisedir."

"Benim neyime âşık olacak? Ben yarı sakat bir erkeğim artık Azra."

"Ama aklın tamdır, öyle değil mi? Bu zavallı kızcağızın sana âşık olduğunu görecek kadar aklın var, Allah'a şükür."

"Diyelim ki öyle, ne yapabilirim ki?"

"Ümit vermezsin. Kendi seviyesinde biriyle evlenmesine vesile yaratır, hayatını sana heba etmesine engel olursun."

"Sen hep aynı ukala kızsın, biliyor musun Azra. Ali Rıza'yı da küçücük boyunla idare etmeye kalkardın. Sana cimcime derdik."

"Söylediklerim işine gelmedi galiba."

"Mehpare'nin mutfağa gitmeyerek sana karşı koymasına içerledin, değil mi? Ben sana izah edeyim, onun evimizdeki mevkii hizmetçilik değildir. Saraylıhanım'ın uzaktan akrabası oluyor. Her ailenin çeşitli nedenlerle yoksul kalmış fertleri vardır. Mehpare de işte öyle talihsiz bir dayı torunu imiş. Evde gönüllü olarak birçok hizmete koşuyor ama sırf kendi istediği için. Yoksa Saraylıhanım ona çoktan münasip bir kâtip ayarlamış olurdu."

"Neden bir kâtiple evleneceğine gönüllü olarak hizmete koştuğunu düşünmedin mi hiç?"

"Düşünmedim."

"Siz erkekler böylesinizdir işte! İstemediğiniz şeyleri görmezden gelirsiniz. Ben sana söyleyeyim o halde, kız seni istiyor. Onun kâtibi sensin."

"O senin teveccühün. Eksik parmaklı, hastalıklı, yarım bir adamı, üstelik bir de hükümetten saklanmak zorunda kalan birini yoksul akraba kızı bile istemez."

"Sana iltifat edeyim diye elinden geleni yapıyorsun ama etmeyeceğim. Şimdi söyle bakalım Kemal, bombalama olayı ile ilgili ne biliyorsun? Mehpare'nin de o gün oralarda geziniyor olması, doğrusu pek enteresan."

"Halası Beşiktaş'ta oturuyor. Onu görmeye gitmiş o gün."

"Bak sen!"

"Azra, ne öğrenmek istiyorsun?"

"Bu işlere ne kadar bulaştığını bilmek istiyorum. Seni kaçırmam için bana sığındığına göre, bana itimadın olmalı. Malumatımızı paylaşmakta fayda var."

"Haklısın. Karakol adlı teşkilattan haberin var mı?"

"İttihatçıların teşkilatı, değil mi?"

"Eskiden İttihatçıların teşkilatıydı ama şimdi, Anadolu'da vatanı kurtarmak için gelişmekte olan faaliyetle yakından alakalı. Orada vazifeli bazı kişilerin adları İngilizlerin eline geçmiş. Kati delil yok ama şüphelenmişler. Bu yüzden gözdağı vermek için bombaladılar ama hiçbir ehemmiyeti yok. Başka adrese taşındı teşkilat."

"Senin teşkilattaki vazifen nedir?"

"Ben hasta olduğum için ne yazık ki kâfi derecede faydalı olamıyorum. Evde bazı yazıları kaleme alarak, gizli evrakları tercüme ederek yardımcı olmaya çalışıyorum."

"Ben hasta değilim. İrtibat için beni kullanabilirsin..."

"Seni ben asla kullanmam ama, eğer istiyorsan sana irtibat kurabileceğin bir isim ve adres verebilirim. Müracaat edersin, görüşürsün."

Azra yerinden fırladı, yazıhanenin gözünden bir beyaz kâğıt ve kalem çıkardı, kalemi mürekkep hokkasına batırıp sordu:

"Söyle, yazıyorum."

Kemal ismi ve adresi verdikten sonra, "O şahsa benim adımı verirsin," dedi, "artık teşkilata ne gibi bir faydanın dokunacağına onlar karar verirler. Adı ve adresi ezberle, sonra da kâğıdı iyi parçala, hatta yak..." Lafını bitiremedi Kemal, bir an durdu, sonra telaşla, "Dinle Azra... Bak, çıngırak çalıyor," dedi.

Her ikisi birden yerlerinden fırlayıp merdivene koştular. Azra, koşarken kâğıdı katlayıp göğsüne soktu. Mehpare çoktan çarşafını giymiş, elinde Kemal'e giydireceği çarşafla taşlıkta dikiliyordu. Kemal çarşafı kaptı, "Çabuk ol Mehpare," dedi.

Azra önde, onlar arkada koşarak bir kat daha indiler, kilerin yanındaki kapıdan arka bahçeye çıkıp, duvar dibine sinerek iki büklüm, hızlı hızlı ilerlediler.

"Geçit buralardaydı," dedi Kemal. Üçü birden duvarda bir yarık aradılar. Geçidi Azra buldu, üzerindeki otları, çalı çırpıyı aceleyle temizlediler, dehlize açılan dar aralıktan girmeden önce, Kemal, "Sen hemen eve dön Azra," dedi.

"Beni merak etmeyin. Asıl siz çok dikkatli olun. Darda kalırsanız yine buraya dönün."

"Allah senden razı olsun."

Kemal ince yarıktan dehlize yan yan girdi.

"Haydi Mehpare, sıra sende. Gir içeri de, ben eski haline getireyim burayı," dedi Azra.

Mehpare de yan yan girdi yarığa, Kemal'e elini uzattı. Kemal karanlığa doğru çekti kızı. Bir süre iki büklüm yürüdüler. Yüzlerine örümcek ağları takılıyordu. Bir-iki yarasa uçuştu başlarının üzerinden.

"Az kaldı," dedi Kemal, "birazdan öteki uca ulaşacağız."

Azra, çalı çırpıyı dar geçitin ağzına eskisi gibi yerleştirip eve doğru koştu. Zemin katın arka kapısından girip, nefes nefese merdivenleri çıkarken, pencereden ön bahçede, yabancı üniformalı zabitin yanında duran Rum'a laf anlatmaya çalışan uşağı gördü. Camı açıp seslendi:

"Ne var? Ne oluyor orada? Ne istiyorlarmış?"

"Hanımefendi, arama var evlerde..."

"Daha neler! Paşa konaklarını da mı arıyorlar utanmadan?"

"Pasa masa fark etmiyor. Bütün evler aranazak bugün," diye seslendi Rum tercüman.

"Üzerime bir şey giyeyim, geliyorum. Ben konuşurum onlarla."

"Sizin konusma yok luzum. Ben anlatti ne istiyorlar."

"Sen daha doğru dürüst Türkçe konuşamıyorsun, nerede kalmış İngilizce konuşacaksın! Beklesinler, geliyorum. Senin lisanına itimadım yok benim. Kaz'ı köz anlarsın sen."

Rum'u küçük düşürme fırsatını yakaladığı için kendi kendine gülümsedi, pencerenin gerisinde bir süre bekledi, soluklandı, saçlarını düzeltti elleriyle. Sonra az önce koşarak çıktığı merdivenleri ağır ağır indi, başı ve sırtı dimdik, göğsü ilerde, kapıya doğru yürüdü, bahçeye çıktı.

Kemal'le Mehpare, dar ve uzun bir yarığı andıran geçidin içinde uzunca bir süre beklediler. Sonra peş peşe dışarı çıkıp etrafı kolaçan ettiler. Azra'nın tarifine göre, Aksöğüt Sokağı'nda olmaları gerekiyordu. Sokak sessizdi. Evlerin çoğunun pancurları ve perdeleri kapalıydı. Görünmez bir düşmana karşı pusuya yatmış gibi duran sessiz ve tenha sokakta hiç konuşmadan hızlı adımlarla yürüdüler. Caddeye yaklaşırlarken gürültüler başladı. Silah sesleri, bağırmalar, çığlıklar, kırılan camların şangırtıları, sirenler, düdükler... Sanki anacaddede kıyamet kopmaktaydı. Şaşkın şaşkın birbirlerine baktılar.

"Siz durun burada. Ben sokağın başına kadar gidip bakayım," dedi Mehpare.

"Olmaz. Sen burada bekle, ben gidip bakayım."

"Beyim yakalanırsanız sizi mahpusa atarlar. Halbuki bana bir şey yapamazlar. Sorguya çekip salarlar. Ben gideyim."

Çaresiz kabul etti Kemal.

"Bir tehlike sezerseniz siz yine o gizli geçide girin. Ben sizi orada bulurum," dedi Mehpare.

Kız hızlı adımlarla sokağın caddeye kavuştuğu yöne doğru yürürken, Kemal duvarın dibine çömelenip bekledi. Başı omuzlarına gömük, gözleri yerde, öylece oturup dururken birden bir bezginlik çöktü yüreğine. Hem hırsız gibi saklanarak yaşamaktan, hem de hiç bitmeyen hastalıklarından fena halde usanmıştı. Hastalıklarından dolayı, mücadeleci arkadaşlarının yanında yer alamıyordu. Hiçbir işe yaramıyordu. Vatanına hürriyet gelsin diye verdiği onca çabadan sonra, işgal altındaki İstanbul'da yaşamak zarureti ise her şeyden daha kahrediciydi. En büyük ideali olan hürriyet fikrinden çoktan vazgeçmişti. Padişah istibdatına bile razıydı artık, yeter ki şu düşman askerleri cehennem olup gitsinlerdi topraklarından. Eğer kalıcıysalar, keşke öleydi. Bu düşüncesine inanmak istedi ama bir küçük şüphe vardı yüreğinde... Ölüm isteğine karşı bir cılız itiraz, bir mukavemet. Çok derinden bir ses, "Sakın ölme, daha ölme," der gibiydi. Bunca karamsarlığın, çaresizliğin içinde, limon çiçeği kokan bir kadının hayali, bir örümceğin ağzından çıkan o belli belirsiz şeffaf ağ kadar ince bir iplikle bağlıyor muydu onu yoksa, nicedir kopmak istediği hayata? Genç bir kızın narin bedeni, sedefi andıran duru, esmer teni, gül memeleri, ağzı yüreğine -sadece yüreğine mi- dudaklarına, kollarına, kasıklarına, her yanına, tüm hücrelerine kıpkızıl bir kor gibi düşüyor, kanını ateşliyor, aklını başından alıyor, şehvetten çıldırtıyordu onu. Yatağından çıkıp gittikten sonra, derin uykularında bile kokusu tütüyordu burnunda Mehpare'nin. Bir zamanlar aralarında sohbet ederlerken, verem illetinin erkeklerin şehvetini artırdığını söylemişti Mahir. Verem olduğuna biraz da bu yüzden inanmaktaydı. Gencecik, yatak oyunlarından bu kadar habersiz, duru su gibi temiz ve saf bir kızı bu kadar büyük bir iştahla, her an istediğine göre, veremdi kesin. Önceleri hastalığı kıza bulaştırma endişesi içinde, kendini kontrol etmeye çalışırken, artık ona da boş vermişti. Utanç verici bir vurdumduymazlıkla, mümkün olan her durumda, hırpalayarak, paralayarak, talihsiz yaşamının intikamını almak istercesine sahip oluyordu Mehpare'ye. Yakında nasılsa ölecekti. Az kalan ömrünün yegâne keyfini gemleyemiyordu işte! Sırtını dayadığı duvardan rutubet kaptığını fark edince, öne doğru kaykıldı, ceplerinde tabakasını aradı, bulamadı. Doktor tütününü azalttığından beri Mehpare ve Saraylıhanım sigaralarını aşırıp saklıyorlardı. Doğruldu ve birden sokağın başında beliren askerleri gördü. Çömeldiği yerden kalktı, geri döndü, önce hızlı hızlı yürüdü, sonra koşmaya başladı. Arkasında postallarının çıkardığı rap rapları ve "DUR!" diye bağıran sesleri duyuyordu. Gizli geçidin bulunduğu noktada düşmüş gibi yere çöktü ve yavaşça içeri süzüldü. Yarığın ağzına aceleyle birkaç iri taş toplayıp üst üste koydu. Işıksız dehlizde ilerleyip yere çöktü. Dışarıda koşuşan adamların seslerini duyabiliyordu. Rum aksanlı biri, "Şu aşıboyalı eve girmiş olmalı," diyordu bir başkasına, "yer yarılıp içine girmedi ya. Bu evde yoksa ötekindedir."

"Arka bahçelerden atlayarak kaçmıştır," diyordu diğeri.

Sonra bir emir duydu: "Bu sokağı sarın! Evleri arayın."

Çömeldiği yerde, uzanıp yattı yere. Şimdi akıl edip yarığın ağzından içeri baksalar bile, yerde yatarken onu göremezlerdi. Bir süre böylece kalmalıydı. Evet, yerde yatarken üşüyecekti, yeniden ateşlenecekti. Şu anda veremse geberip giderdi, değilse, kesin verem olurdu. Ama düşman eline düşmekten iyiydi veremden ölmek. Hatta her ikisinden de âlâ bir ölüm vardı. Evine varacak kadar şansı olursa, dededen kalma tabancayı büfenin ikinci çekmecesinden çıkaracak, kurşun sürüp kafasına sıkacaktı erkekçe ölmek için ve elbette Mehpare'yle son bir kez seviştikten sonra.

Üzerindeki çarşafı sıyırarak dertop edip göğsünün altına tıkıştırmayı akıl etti, toprağın rutubetinden ciğerlerini korumak için. Başının az ilerisinden bir fare geçti gitti. Bu mevsimde karıncalar henüz yeryüzüne çıkmamış oldukları için şanslıydı. Hiç olmazsa üzerinde börtüböcek dolaşmıyordu. Etrafında cirit atan fareleri görmemek için gözlerini yumdu, bir şeyler düşünmeye çalıştı. Aklına hep kötü şeyler geliyordu. İnsan yatağından başka yerde böyle yüzükoyun uzandı mıydı, hayırlı olmazdı sonu. Bu biçim uzanmalar, siperlerde düşmandan saklanmak için yapılırdı. Askerler yüzükoyun yattıkları yerlerden arada bir kafalarını çıkarır, ateş ederlerdi. Eğer o kısacık anda vurulmadılarsa, bir süre daha yüzkoyun kalır, sonra tekrar doğrulup yeniden ateş ederlerdi. Hiç olmazsa doğrulabilecekleri bir mesafe olurdu başlarının üzerinde. Kemal şu anda doğrulacak olsa, geçidin tavan taşlarına başını vuracaktı. Birden bunaldı. Çocukken ona hiç de alçak ve dar gelmeyen geçit, şu anda onda tabuta konmuş hissi yaratıyor, yüreği sıkışıyordu. Bir an evvel çıkmak istiyordu buradan ama zaman durmuştu sanki. Vakit geçmiyordu. Sağa sola koşuşturan farelerin dışında hiçbir şeyin kımıldamadığı bu daracık mekânda, cendereye sıkışmışlık duygusundan kurtulmak için belki de en iyisi, hazır uzanmışken uyumaktı. Uyumak! Uyumak! Uyumak sonsuza kadar! Sonsuza kadar. Beyaz bir kelebek gibi savrularak rüzgârın önünde, yedi kat göğü aşmak... Uçuşan bir kar tanesi olmak... Kar olmak... Beyaz ve sonsuz olmak... Sonsuzluk olmak!

BEYAZ ÖLÜM

Uyumak, ölmeye yatmak demekti Sarıkamış'ta. Askerlerin böyle yüzükoyun karın üzerine yan yana uzandıklarında, uyumamak için sürekli birbirlerini dürtükledikleri, lafa tuttukları günleri, geceleri hatırladı Kemal. Kar altında uykuya dalmak, dünyanın en güzel, en tatlı, en keyifli ölümüydü. Acısız, sızısızdı. Sessiz sedasızdı. Kendini uykuya çabuk bırakana, beyaz bir kedi gibi, yumuşacık gelir, incitmeden alırdı canı. Uykuya direnenin karşısına ise gelinliğini giymiş, duvağını takmış, dünya güzeli bir kız suretinde belirirdi bembeyaz ölüm. El ederdi, göz kırpardı, duvağını aralar muhteşem kara gözlerini, eteğini kaldırır, diri bacaklarını; yakasını indiririr, dolgun memelerini gösterirdi. Karşı koyamaz, şehvetle koşarlardı gencecik canlar bu beyaz gelinin kollarına.

Uyumamayı becerebilmek kafa tutmaktı, direnmekti beyaz ölüme.

Çok az insan başarabilmişti karşı koymayı.

Ne tuhaf, beyaz geline direnmişti de, Mehpare'ye direnememişti Kemal. Ölüme meydan okumayı beceren adam, şehvete yenik düşmüştü.

Daha mı zordu şehvete direnmek?

Ölüme meydan okumak, hayata asılmaktı, Allah'ın verdiği emaneti Azrail'den sakınmaktı. Bir nefes daha alabilmekti, ciğeri havayla bir kez daha doldurup boşaltabilmekti. Bir kez daha atmasıydı kalbin, kanın damarda bir sefer daha dolanmasıydı, bir an, bir saniye, bir salise daha yeryüzünde kalmaktı, onca acıya, ıstıraba, çılgına çeviren soğuğa rağmen.

Tuhaf bir inattı ölüme direnmek. Nasıl olduğunu anlatmaya çalışmıştı bir gece Mehpare'ye. Sabahlara kadar çırpındığı, kâbuslarla uyandığı gecelerin birindeydiler. Daldıktan birkaç saat sonra haykırarak uyanmıştı.

"Ört beni, üşüyorum. Ört beni. Ört beni. Üşüyorum."

Üzerine yorganlar, battaniyeler yığıyordu kız. "Yaralarınız mı acıyor, parmaklarınız mı sızlıyor beyim, uzatın bana, ovayım ayaklarınızı. Canınız yanıyorsa Mahir Bey'in verdiği damladan içireyim."

"Yaralarım değil Mehpare, yüreğim sızlıyor. Anlayamıyorsun, ne yazık ki. Çünkü bilmiyorsun. Tasavvur edemiyorsun."

"Anlatın o halde. Ben de sizinle birlikte acı çekeyim. Beyim, anlatın ki içinizden çıksın o hatıralar, benim olsunlar. Ben üzüleyim. Ben üşüyeyim."

"Ne kadar anlatsam, yüreğimdeki yarayı göremezsin. İsyanımı anlayamazsın. Arkadaşlarımın donarak öldüğü, aç kurtlara ve Ermeni çetelere yem olduğu o seferden beri, beni acıtan bambaşka bir şeydir Mehpare. Vatan için donaydık, vatan için öleydik gam yemeyecektim. Bizler o karlı dağlara niçin tırmandık, bilir misin? Ruslarla savaşan Almanların hatırı için. Rus kuvvetlerini peşimize düşürelim de, Alman askerleri rahatlasın diye, bir Şark cephesi açması için baskı yapıldı Osmanlı'ya. Enver delisi sürdü bizleri beyaz cehenneme, doksan bin genç adamı, gözünü kırpmadan sürdü dağlara. Arap çöllerinden gelenler üzerlerinde incecik kumaştan üniformalarla, bizler ayağımızda kösele postallarla, karın üzerinde günlerce yürüdük. Rüzgârda buzdan kalıplara dönmüş kaputlarımızın içinde, kollarımızı kıpırdatamıyorduk. Buz tabutlara konmuş gibiydik. Eldivenlerin içinde parmaklarımız önce üşüdü, sonra yandı acıdan, daha sonra hissizleşip dondu. Dövüşemeden, bir kurşun atamadan teker teker dondurdu bizi. Öldürdü bizi Enver."

"Beyim... Beyim... Yapmayın. Ağlamayın. Allah öyle yazmış yazılarını ölenlerin. Sizin elinizden ne gelir ki. Unutun o günleri, o geceleri. Unutun gitsin!"

"Kar önce kelebekler gibi yumuşacık uçuşarak üzerimize düşüyor, kaputlarımızın içine işliyordu. Sonra birden rüzgâr çıktı. Kaputların rüzgârda buz tuttuğu o gece var ya, o gece aklımdan çıksa düşüme girer, düşümden kaçsa düşünceme yerleşir. Paslı bıçak yarası gibi acıtır hâlâ hem etimi, hem de ruhumu soğuk. Ruhum kaldıysa eğer, ruhumdan bir parçacık kaldıysa ten kafesimde, titreşir, üşür, ürperir habire. O gün bugündür ben elimde cıgaram hep soba kenarına tünerim yaz kış. Palandöken'de beni saklayan ailenin kulübesinde kalırken, maltızı söndürtmedim bahar geldiğinde, Mehpare. Ola ki bir gece içim titreyiverir, elim ayağım uyuşur, sırtım üşür de görüntüsü olsun içimi ısıtır, beyaz ölümü de ürkütür diye, kurdurduğum sobaları yaz kış kaldırtmadım yerlerinden, biliyor musun? O soğuk, soğuk, soğuk ve bembeyaz gecenin hatırasından kurtuluşum mümkün değil, Mehpare."

"Unutun artık o geceyi beyim. Bakın evinizdesiniz işte. Sıcacık odanızdasınız. Kapayın gözlerinizi, dalın. Ben başınızda otururum sabaha kadar, soba sönerse canlandırırım, harlarım ateşi, üşümezsiniz. Uyuyun siz."

"Dinle Mehpare, dinle. Bunları tek başıma taşıyamıyorum artık..."

"Dinliyorum. Kulaklarım sizde, gönlüm sizde, aklım sizde beyim. Anlatın."

"Soluk kesen rüzgâr karları yerden kaldırıp kaldırıp üzerimize savuruyor, ağzımıza, burnumuza, gözlerimize dolduruyordu. Isınmak için birbirimize yaslanmış, iç içe geçmiş, tek vücut olmuş, öyle yürüyorduk gecenin içinde. Açtık, hastaydık, bitliydik. Tifüs kırmıştı belimizi. Yine de ha gayret, düşe kalka, dona döküle yürümeye çabalıyorduk karın üzerinde. Komutanımız kışlaya dönmemizi uygun görmüştü ama İstanbul'daki paşaya laf anlatamıyordu. Büyük yerden geliyordu emir. Durmayacaktık. Beklemeyecektik.

Rus domuzunu arkadan çevirecek, pusuya düşürecektik. Üzerine bezler paçavralar sardığımız delik postalların içindeki ayaklarımızı hissetmeden yürüyorduk. Soğuktan aklını yitirenler vardı aramızda. Kimimiz kaçmak için ağaçların arasına dalıyordu, gücümüz yeterse koşup geri getiriyorduk onları ki, kaçak diye kurşuna dizilmesinler ya da kurda kuşa yem olmasınlar. Ağlıyorduk. Gözlerimizden dökülen yaşlar yanağımızda donuyordu. Yamaç yukarı tırmanırken nefesi büsbütün kesilenler, ara sıra yere çökerek soluklanmak istiyorlar ve yere çöktükleri anda uykuya bırakıyorlardı kendilerini. Onları zorla ayağa kaldırıyor, donmuş ellerimizle donmuş yüzlerini tokatlıyor, kollarına girerek karın üzerinde sürüklüyorduk. Kimi zaman da gücümüz yetmiyordu uyku ile ağırlaşan arkadaşlarımızı ayağa kaldırmaya. Bırakıyorduk yerde. Gövdeleri anında taze yağan karın altında yok oluyordu. Ölümse aramızda dolanıp alay ediyordu bizimle. Derler ki, can almaya gelirken, çeşitli kılıklarda zuhur edermiş Azrail. O aralık gecesi, Allahüekber Dağı'nda, beyazlar giyinmiş gelin gibiydi ölüm. Hınzır ve arsız bir gelin gibiydi. Doymuyordu, doymak bilmiyordu. Gence- cik erlerin hepsini birden istiyordu koynuna. Bizim alayda, hepimizi aldı da, ancak birkaçımız kurtulabildi elinden. Dimyatlı Musa Çavuş, Üzümdereli İsmail, Hacıların Hasso, bir de ben kurtarabildik paçayı! Bizi neden almak istemedi, orasını bilemem. Hasso'nun donmuş ayaklarından hayır gelmedi bir daha. Diz altından kestiler bacaklarını. Musa Çavuş aklını yitirdi. İsmail'den hiç haber alamadım. Ben sadece iki parmağımı kaybettim o gece, böbreğimi yaraladım, ciğerimi üşüttüm, bir de soba düşkünü oldum, kaldım. Ucuz atlattın, dediler. Doğrudur, yamaçlara her kar düştüğünde usumda canlanan o korkunç gecenin hatırasını yeni baştan yaşamanın ve yaz kış hep üşümenin dışında, ucuz atlattım ben. Şimdi, böbreklerimde sancım, gecelerimde kâbuslarımla, eksik parmaklarımla, aldığım her nefeste, sabırla hesap soracağım günü beklemekteyim. O gün geldiğinde, iki elimle yakasına yapışacağım Enver'in ve ona Sarıkamış seyrüseferinde, dağlarda donarak ölen doksan bin askerin hesabını soracağım. Yakında. Çok yakında. Ben de nihayet beyaz kelebekler gibi uçuşup, benden çook önce donup giden arkadaşlarımın yanına vardığımda...

"Ağzınızdan yel alsın beyim. Kulunuz köleniz olayım, susun. Ölümden söz etmeyin ki uzak dursun bize. Uyuyun siz, haydi uyuyun biraz."

Mehpare'nin tatlı sesiyle söylediği ninniyi dinleyerek, başı dizlerinde, saçlarını okşayan şefkatli ellerinin güven veren yumuşaklığına kendini bırakarak uyurdu birkaç saat için. Sonra yeniden kâbus! Yeniden titreme krizleri! Ve nihayet, nerdeyse şehvetle beklediği sabah! Güneşin sıcak ışığı perdenin aralığından halıya vurmaya başladığında dalardı. Sabah olduysa, güneş doğduysa ölmez artık. Bir gün daha geçti, o hâlâ sağ!

Gözlerini açtı, yarığın ağzına dizelediği taşların arasından sızan incecik bir huzme, bir ışık, yaşamı müjdeleyen sevimli aydınlık içine su serpti Kemal'in. Göğsünü yasladığı zemin kar gibi yumuşak, rahat ve davetkâr değildi. Kalbinin hemen altına, bir şeyler batıyordu böğrüne, beli ağrımaya başlamıştı ama dehlizin ağzından gelen ışık vardı, ışık var oldukça ümit de vardı. Rahatladı, gözlerini yumdu ve yine uyudu Kemal.

Uzun zamandır görmediği kâbusları tekrar görsün, Palandöken'de yüzükoyun yattığı gecenin sabahında, kendini etrafında yüzlerce donmuş askerle bulduğu güne bir kere daha dönsün diye, uyku sanki sırtına binmiş, yumuş bir kedi gibi tatlı tatlı bastırıyordu. Uyudu yine.

"Beyim, beyim... Kemal Bey! Hişşşt uyansanıza... Uyanın... Aman Allahım, neden uyanmıyorsunuz? Uyanın! Hişşt! Kemal Bey, Kemal Bey!"

Yüzüne art arda küçük tokatlar iniyordu. Açtı gözlerini.

"Oh Yarabbim, sana şükürler olsun! Ödümü kopardınız."

"Mehpare!"

"Benim beyim, benim. Çok beklediniz değil mi bu yarığın içinde. Doğrulun biraz. Üşümüşsünüzdür. Her yanınız uyuşmuştur. Ben size yardım edeyim de doğrulun."

Kemal uyuşmuş uzuvlarını yattığı yerde teker teker hareket ettirmeye çalıştı. Her yanı tutulmuştu. Dehlizin yarı karanlığı bile gözlerini acıtacak kadar aydınlık geliyordu ona şimdi.

"İçim geçmiş. Çok kötü rüyalar gördüm. Kâbuslar... Yine Sarıkamış'a dair kâbuslar..."

"Bitti artık Sarıkamış. Yok Sarıkamış beyim, mazi oldu o günler. Haydi, doğrulup oturun."

Kemal dizlerinin üzerinde doğruldu, zorlukla oturup sırtını duvara dayadı.

"Ne kadar zaman geçti beni bırakalı? Neler oluyor dışarıda?"

"Dışarısı kıyamet günü gibi. Her taraf işgalcilerin askerleriyle kaynıyor. Kan gövdeyi götürüyor. Bizim buralarda bütün evleri arıyorlar. Hilal-i Ahmer'i de basmışlar. Her yerde Millicileri arıyorlarmış. İttihatçıları da arıyorlarmış beyim. Ben ebe hanımın evine kadar gidebildim, orada bekledim. Yaralananlar varmış, ebe hanımı alıp götürdüler."

"Kimler? Gâvurlar mı?"

"Yok yok, bizimkiler. Herhalde yaralılara yardımcı olsun diye."

"Vakit ne oldu acaba?"

"İkindi çoktan okundu. Burada uzun kaldınız. Biraz durulur gibi oldu da ortalık, sizi almaya geldim."

"Bizim evi aramışlar mıdır?"

"Bizim sokağın başında hâlâ askerler vardı ben gelirken. Biz yine Ziya Paşaların köşküne dönelim. Onlara bir kere daha gelmezler. Orada bekleyelim, eve iyice karanlık basınca döneriz."

"Seni eve yollarım, tehlike yoksa Hüsnü Efendi gelir, beni alır."

"Sizsiz gitmem. Siz bana emanetsiniz. Anca beraber kanca beraber."

"Allah allah! Mehpare ben çocuk muyum?"

"Estağfurullah beyim. O nasıl söz! Şimdi biz buradan çıkıp köşke gidelim. Haydi beyim, davranın."

Kemal uyuşmuş bacaklarını bir müddet ovaladıktan sonra doğruldu. Dehlizin içinde iki büklüm bahçe çıkışına doğru ilerlediler. Azra dehlizin ağzını otlarla, taşlarla iyice kapatmış olduğundan, bir süre uğraştılar çıkışı açmak için. Nihayet yarıktan süzülüp peşpeşe bahçeye çıktılar. Kemal kollarını havaya kaldırıp bir müddet öyle tuttu. Bacaklarını öne, arkaya savurdu. Muhteşem bir şeydi bütün uzuvlarını olabildiğince uzatmak, germek ve mekânı canının istediği gibi sereserpe işgal edebilmek. Daracık hücrelere kapatılmış mahkûmları düşününce ürperdi. Dar bir alana hapsolmaktansa ölmeyi tercih ederdi.

"Siz şu ağacı siper edip bekleyin, beyim. Ben köşke gidip bakayım. Tehlike yoksa gelir alırım sizi," dedi Mehpare.

Kemal, sabahtan beri Mehpare'nin idaresinde olmaya alışmıştı. Sesini çıkarmadı. O, çınar ağacının geniş gövdesinin dibine çömelirken, kız köşke doğru ilerledi.

Kemal karanlıkta kendine doğru gelen bir karaltı görünce tedirginlikle kıpırdandı, kalkıp kaçmakla olduğu yerde kalmak arasında bir anlık tereddüt yaşadı.

"Kemal Bey, orada mısınız? Karanlıkta sizi seçemiyorum," diye seslenen emektar Hakkı Efendi'yi duyunca gönül rahatlığı ile kalkıp adama doğru yürüdü.

"Buyurun efendim," diye Kemal'e yol gösterdi uşak.

"Yabancı askerlerin sizi çok rahatsız etmediğini ümit ederim," dedi Kemal.

"Azra Hanımefendi ağızlarının payını verdi. Evde bir arama yapıp gittiler."

"Oh! İyi, iyi."

"Merak etmeyin bir daha gelmezler efendim," dedi uşak.

Azra ve Mehpare, Kemal'i köşkün kapısında bekliyorlardı.

"Geçmiş olsun, Kemal," dedi Azra. "Mehpare Hanım anlattı bugün başınıza gelenleri. O daracık yerde akşama kadar sıkışıp kalmak kolay değil ama yakalanmaktan iyidir. Çorba hazırlattım üşümüşsündür diye. Doğruca sofraya geçelim mi?"

"Valideniz döndüler mi?" diye sordu Kemal.

"Hayır. Onu cumadan önce beklemiyordum zaten. Yarın ortalık biraz sükûnet bulmuşsa, ben de Kadıköy'e geçmek istiyordum ama vapur işlemiyormuş galiba."

"Bildiğim kadarıyla ne vapurlar, ne tramvaylar doğru dürüst işliyormuş son günlerde."

"Evden çıkmayan biri olarak, şehirde ahvalin nasıl olduğuna dair pek malumatlısın Kemal."

"Ev hapsinde olan sadece benim," dedi Kemal, "ailenin diğer fertleri serbestçe dolaşabiliyorlar."

Hep birlikte köşkün yemek odası olarak düzenlenmiş sofaya yürüdüler. Eskiden odaların açıldığı sofalar, son yıllarda yemek odaları olarak kullanılır olmuştu. Alafranga hayat tarzını benimseyen aileler, yemeklerin sinilerde sunulması âdetinden, yavaş yavaş masalarda yemek yemeye geçiş yapıyorlardı. Azra, Kemal'i masanın başına oturttu, kendisi sağına geçti, sol tarafına Mehpare'yi buyur etti. Mehpare biraz tedirgin, ama renk vermeden, gösterilen yere oturdu. Behice'nin kadın mecmualarında okumuş olduğu sofra adabına dair kaideleri ayrıntılarıyla hatırlamaya çalıştı. *"Yemek esnasında masada dik oturunuz, kollarınızı masaya dayamayınız, ağzınızı şapırdatmayınız, hatta ağzınızda yemek varken konuşmayınız,"* diye yazıyordu, *Kadınlara Mahsus Gazete*'de. Oturduğu yerde sırtını gerip sopa gibi dikildi, dirseklerini yavaşça masadan çekti.

Yemekte Azra ile Kemal, bir gizli teşkilattan söz ediyorlardı. Azra, konuştuklarını Mehpare'nin anlamasını istemediği zamanlarda, Fransızca konuşarak Mehpare'yi çileden çıkartıyordu. Yemeğin sonuna doğru Mehpare, artık dayanamadı ve, "Evdekiler bizi çok merak etmişlerdir, yemeğimiz biter bitmez kalkalım, olur mu?" diye sızlandı Kemal'e.

"İsterseniz önce Hakkı Efendi'yi gönderip yolları kolaçan ettirelim," dedi Azra.

"Lüzum var mı efendim?"

"Temkinli olmak her zaman iyidir," diye ısrar etti Azra. "Kahvelerimizi içene kadar, gider gelir Hakkı Efendi. Siz birlikte gitmek ister miydiniz? Evinize bırakırdı sizi, yorgun görünüyorsunuz."

"Hayır. Kemal Bey'le birlikte gideceğim. O bana emanettir."

"Mehpare ben hastayken uzun müddet baktı ya bana, kendini benim annem zannediyor," dedi Kemal gülerek.

"Bir anne için fazla genç ve güzel," dedi Azra. Mehpare kıpkırmızı oldu. Bu kadının tepeden bakan hallerinden bir an evvel kurtulup evine dönmek istiyordu. Önüne konan sıcak kahveyi sanki çabuk bitirirse hemen kalkacaklarmış gibi, boğazını yakarak içti ve sabırsızlıkla Kemal'le Azra'nın sohbetinin sona ermesini bekledi.

Hakkı Efendi az sonra gelip, sokaklarda tehlikenin kalmadığı haberini getirince kalktılar.

"Siz yine de çok tedbirli olun," diye tembihte bulundu Azra.

Azra'ya, "Bu hakkını sana nasıl ödeyeceğim," diye sordu Kemal vedalaşırlarken.

"Bir gün de sen beni saklamak zorunda kalabilirsin," dedi Azra, "ödeşiriz."

Kemal'in yanı sıra bahçe kapısına doğru yürürlerken, Mehpare bu mavi gözlü kadının ne kadar tehlikeli bir kişi olduğunu ve dostluğunun Kemal'e hiç hayırlı gelmeyeceğini düşünüyordu.

16 MART FACİASI

Reşat Bey'in konağının bulunduğu sokağın deniz tarafındaki mavi karanlığında, iki ince, uzun kadın silüeti belirdi. Yan yana, tedirgin adımlarla bomboş sokakta ayak sesi çıkartmamaya gayret ederek sesizce yürüdüler. Gün boyu silah sesleriyle, çığlıklarla, küfürlerle uğuldayan sokağın uğultusu kesilmiş, derin bir sessizliğe gömülmüştü mahalle. Kadınlar evlerden birinin kapısının önünde durdular, sağı solu kolaçan ettiler. Kimseler kalmamıştı sokakta. Mehpare işaretparmağını kapının üzerindeki deliğe soktu, ipi maharetle yakalayıp asıldı. Trık diye bir ses duyuldu, demir kapıyı iterek açıp içeri girdiler ve hemen kapattılar. Kemal uzun demir sürgüyü yuvasına sürdükten sonra kapıya yaslanıp bir oh çekti. Sonra yere kayarak sırtını kapıya dayadı. Yorgunluktan ayakta duracak hali kalmamıştı.

"Yerde oturmayın. Üşütürsünüz," dedi Mehpare.

"İkimiz de üşüttük herhalde bugün. Saatlerce rutubetli yarığın içinde bekledik," dedi Kemal.

"Haydi beyim, bir gayret kalkın, evimize üç adım kala pes etmeyin."

Kızın uzattığı elini tutarak, zorlukla kalktı Kemal. Birbirlerine yaslanarak eve doğru yürüdüler. Selamlığın perdelerinin aralığından sarı bir ışık sızıyordu. Evin kapısına yönelen Mehpare'yi durdurdu Kemal.

"Bu saatte selamlıkta niye ışık var? Dur Mehpare, sessiz ol, acaba içerde münasebetsiz biri mi var? Dikkatli olalım."

İri bir taşı pencerenin altına taşıdı, üzerine çıktı, parmaklarının ucunda yükselerek içersini görmeye çalıştı. Bir uluma sesi, bastırılmış çığlık gibi tuhaf bir ses. Kemal pencereye iyice yaklaştı... Aman Allahım, o da ne! İçerde Ahmet Reşat yumruğunu odanın duvarına indiriyor, indiriyor, indiriyor. Tekmeliyor sağı solu. Diğer yumruğuyla ağzını kapatmış ama Kemal kapalı camın ardından bile duyuyor dayısının sesini. Odada biri daha var sanıyor önce. Dayısının arkaya kaykılmış fesi hâlâ başında. Hayret! Reşat Bey'in eve girer girmez ilk işi fesini çıkarıp kavukluğa bırakmaktır oysa. Önce fesini çıkarır, sonra potinlerini. Her zaman öyle yapar. Ama şimdi dayısınının fesi başında, çıldırmış gibi odanın içinde kendini bir köşeden öteki köşeye attığını görüyor Kemal. Üstelik odada yapayalnız!

Kemal, peşinde Mehpare'yle kapıya koşup zili çalmaya yeltenirken açılıverdi kapı. Kalfa asık suratıyla,

“Nerede kaldınız? Sizi çok merak ettik. Başınıza bir şey geldiğini zannettik,” diye söylendi. Mehpare yukarı kata koşarken, potinlerini çıkartmaya çalışan Kemal’in önüne dikildi kalfa, “Beyim, beyefendimize bir şeyler oldu. Bir saattir içerde duvarları dövüyor,” dedi endişeyle.

“Hanımlar neredeler? Büyükannem, yengem?”

“Yukardalar. Korkudan kimse yanına giremiyor. Aslanlar gibi kükredi, ‘Beni yalnız bırakın yoksa canınızı yakarım,’ diye. Çoluk çocuk ağlaşıyorlar yukarda. Hele Leman Hanım pek müteessir. Beyefendi o kadar asabi ki, Behice Hanım yüreğine inecek diye korkuyor. Acaba doktoru çağırsak mı?”

“Önce ne olduğunu bir öğreneyim.” Kemal, dayısıyla aralarında geçmiş tüm kırgınlıkları, kızgınlıkları bir anda unutarak, kapıyı dahi vurmadan selamlığa daldı.

“Dayı,” dedi, “ne bu haliniz? Allah rızası için ne bu haliniz? Ne oldu?”

“Ne mi oldu? Ne mi oldu? En fena şey oldu! İngilizler bu gün Meclis’i bastılar! Kemal düşünebiliyor musun, küstah İngilizler, sefirlerini yollayıp izahata bile lüzum görmeden, İstihbarat Zabiti Bennett denen herifle Meclis’e ani bir baskın yaptılar ve Rauf Bey ile Kara Vasıf Bey’i tevkif ettiler. Yüksek rütbeli devlet memurlarını ellerine kelepçe vurarak, çeşitli hakaretlere maruz bırakarak, kamyonlara doldurup götürmüşler. Meclis’i basmaları yetmezmiş gibi, Cevat Paşa’yla Doktor Esat Paşa’yı, giyinmelerine dahi müsaade etmeden, evlerinden pijamalarıyla çıkartmış utanmazlar, ellerini bağlayıp hırsız götürür gibi sürükleye sürükleye almışlar. Esat Paşa'ya yolda eziyet de etmişler... Söylemeye dilim varmıyor, dövmüşler."

"Ne diyorsunuz!"

"Sabaha karşı karakolları basarak mukavemet eden nöbetçileri şehit etmişler. Şehzadebaşı Karakolu'nda mızıkacı efradını uykularında öldürmüşler. Onuncu Kafkas Fırkası Karargâhı'nda sağ insan bırakmamışlar. Meğer sabaha karşı duyduğumuz o silah sesleri bu yüzdenmiş. Allahtan bizim askerlerimiz kışlalarına çekildiği için fazla kan dökülmesine meydan verilmemiş. İngilizler bütün silahları toplamışlar. Galata Köprüsü'nün hemen oraya bir harp gemisi demir atmış. Saray'ın önüne, topları Saray'a çevrili olarak başka bir gemi demirlemiş. Kendi sefaretlerinin ve diğer merkezi mahallelerin sokak başlarına mitralyözler koymuşlar. Yetmemiş, sokaklara yaftalar yapıştırmışlar, üzerlerinde İngiliz Kuvvetleri'nin şehri işgal etmiş olduğu ve mukavemet edenlerin ağır şekilde cezalandırılacağı yazıyor."

Reşat Bey, duvara vurmaktan yer yer morarmış ve kanamış elleriyle şimdi başını tutarak, odanın içinde bir aşağı bir yukarı dolaşıp duruyordu. Kısa bir süre önce yeğeni ile aralarında geçen tatsız hadiseyi ya hatırlamıyor ya da üzerinde durmuyordu artık. Kemal, dehlizlerde saklanıp dururken neler olmuştu şehirde! Demek ki kâbuslarına geri döndüğünü zannederken duyduğu silah sesleri, bir kötü hatıranın yankılanmaları ya da zihninin bir oyunu değil, gerçekti. Şehirde kıyametler koparken, bir fare gibi saklandığına lanet etti ama, kendine acıyacak zamanı yoktu, dayısı hakikaten perişan haldeydi.

"Dayı... Dayıcığım, oturur musunuz lütfen. Sakinleşin. Silahları onlardan geri almasını biliriz."

"Silahları geri almakla iş bitse keşke.. Harbiye Nazırı'nın göğsüne süngülü silahlarını dayamış ve emirlerini tebliğ etmesini söylemişler. Nazır, bu vaziyette hiçbir emir veremeyeceğini bildirmiş de, ancak o zaman tüfeklerini aşağı almışlar. Nazır, yol boyunca birikmiş düşmanların, Rum ve Ermenilerin hakaretamiz tezahüratları arasında, Babıâli'ye geldi. Biz o sırada kabinede içtimada idik. Hemen milletimizin şerefine layık şiddetli bir protesto notası hazırladık. Lakin ne faide! Tam manasıyla esir şehir olduk, oğlum. Sonunda esir şehir olduk! Zat-ı Şahane'nin cuma namazına gidip gitmeyeceğini dahi İngilizlere sormaya mecbur bırakıldık. Tek bir insanın dahi silah taşıması yasaklandığına göre, cumaya gidecek olursa, Zat-ı Şahane'yi koruyan müfreze ne olacak?"

"İngilizlerden müsaade almaya vesile olacaksa gitmesin cumaya."

"Gitmek istiyor. Bu bir vazife-i diniyyedir, diyor." Ellerini dua eder gibi açıp haykırdı Ahmet Reşat, "Allahım, bize bunları neden reva gördün?"

"Ne kadar müteessir olduğunuzu biliyorum ama elden gelen bir şey yok."

Kemal, kapıyı açtı ve kulağını kapıya dayamış olduğu için, içeri yuvarlanmasına ramak kalan kalfaya bir bardak su getirmesini söyledi. Kalfa az uzaklaşmıştı ki, kapıyı açıp yeniden seslendi: "Suyun yanı sıra, rakı ve iki de kadeh getiriverin, Gülfidan Kalfa."

Dayısı şimdi sedirlerden birinin üzerine oturmuş, duvarı yumruklamaktan dolayı acıyan ellerini ovuşturuyordu.

"Elden bir şey gelmiyor dedin ya, Kemal, işte beni deli eden de budur. Biliyorsun, bir sürü rivayet dolaşıyordu ortalıkta. Yok Rumlarla Ermeniler Müslümanları keseceklermiş, yok Ayasofya Camii'ne ikonaları geri koyacaklarmış, yok efendim Hıristiyan papazlar Müslümanların yetimhanelerine el koymuşlar. Bütün bunlar mübalağalı safsatalardı ama halkı ayaklandırmaya yeterdi. Halbuki İstanbul halkı, bu laflarla galeyana gelmiş değildir. Neden? Çünkü hükümet halkını teskin etmesini hep bildi."

"Keşke dizginleri bıraksaydınız da arbede çıkaydı. Canına okunaydı işgalcilerin."

"Doğru olmazdı. Acısını fena çıkartırlardı. Bu millet daha nelere göğüs gerdi, Kemal! Haysiyet kırıcı muameleleri sineye çektik. Pek çok şeyi görmezden geldik. Şehirde kan dökülsün istemiyorduk. Sadece Müslümanların konaklarına, köşklerine el koyuyorlar. Çıkan bütün hadiselerde hep Müslümanları suçlayarak tarafgirlik yapıyorlar. İnan ki, bu gâvurlar öfkeli kalabalıkların elinde linç edilmedilerse, Osmanlı zabıtasının sayesindedir. Kızgın halkı ancak onlar zapturapta alabiliyor. Hiç olmazsa bu hususu gözeterek ufacık bir kadirşinaslık örneği gösterselerdi."

"İlahi dayı! İngilizlerden bahsediyoruz burada."

Bir yumruk da önündeki sehpaya indirdi Ahmet Reşat. Sehpada duran cam küllük yere düşüp parçalara bölündü.

"Bak, görüyor musun şunu, işte benim kalbim de böyle Kemal, böyle paramparça."

"Dayı, her işte bir hayır vardır. Bunlar cami duvarına işemeye başlayınca, bak siz bile isyan ettiniz. Halbuki İngilizlere sığınmaktan başka çare yok deyip duruyordunuz."

Ahmet Reşat yeğenini yanıtlayacağına, sanki gözlerini kaparsa hatırlamak istemediği görüntüler kara bir perdenin arkasında kalacakmış gibi, boş bir gayretle sımsıkı yumdu gözlerini. Heyhat! Ne yaparsa yapsın, baskının yapıldığı an, ve o anın çaresizliği gözlerinin önünden gitmiyordu.

"Sultan ne yapmış bu vaziyet karşısında?" diye sordu Kemal.

"Ona haberi götürenler, ıstırabını dile getirmekte zorlandılar. Yüzü sapsarı olmuş, omuzları çökmüş, elleri titremiş."

"Ne söylemiş, pekiyi?"

"Gözlerini sımsıkı yummuş, uzun bir zaman öylece durmuş, sonra açıp uzaklara bakmış. Bir şeye çok üzüldüğünde hep öyle yapar..."

"Dayı, dayıcığım, yegâne kabahatleri vatanlarını sevmek olan devlet adamlarımız aşağılanarak tevkif ediliyorlar ve haşmetli Sultanımız gözlerini yummaktan başka bir şey yapamıyor. Doğru mu duydum?"

"Ne yapmasını bekliyorsun, Kemal? Kafa tuttuğu takdirde onu da aşağılamaları bir ihtimalken, koskoca sultan bunu göze alabilir mi?"

"Kendi bunu göze alamayabilir, lakin ölümü bile göze alanlara arka çıkmalıydı Sultan."

"Oğlum, arka çıkmıyor mu zannediyorsun? Silah teslimatı yapmayarak, emirlere itaat etmeyerek mukavemet gösteren paşalara müsamaha eden sadrazamları makamlarına kim tayin ediyor? Onu yerli yersiz, hiçbir şey bilmeden suçlama, rica ederim."

"Şuna emin olun ki dayı, eğer Sultan da bir kurtuluş planı hazırlamakla meşgulse hayatım ona feda olsun."

"Sen bu evin içine hapsolduğundan beri, birçok şeyden haberdar olamıyorsun haliyle. İşgalciler Ali Rıza Paşa'yı niye istifa ettirdilerdi sanıyorsun? Bahriye Nazırımızın, Ankara'daki Heyeti Temsiliye ile imzaladığı Amasya Protokolü'ne ifrit oldukları için düşürdüler hükümeti."

Kemal hayretle dayısına baktı. Reşat Bey sürdürdü konuşmasını.

"Ne vardı bu protokolde? Vatanın tamamiyet ve istiklali vardı. Gayrimüslimlere, Türk hâkimiyetini ihlal edici imtiyazların verilmemesi vardı."

"Bu doğru da, Sultan..."

Konuşturtmadı yeğenini Ahmet Reşat.

"Ankara Heyeti'nin hatlarını çizdiği Misakımilli'yi, Osmanlı Mebusanı kabul etmişse, bunlar Sultan'dan habersiz mi olmakta sanmaktasın? Bu kadar mı budalasın, oğlum?"

"Madem öyle, neden İstanbul'dakiler Ankara Heyeti'yle teşriki mesai yapmıyorlar dayı? Birleşsinler, bitsin bu iş."

"Bu son müessif olaydan sonra, zaten Zat-ı Şahaneleri, Anadolu ile irtibatın hemen teminini ferman buyurmuş. Daha önce de anlaşabilirlerdi, lakin Mustafa Kemal Paşa, Osmanlı Meclisi Mebusanı'nı illa Ankara'da toplamak istiyor."

"Eee, iyi ya, hemen yapın dediğini. Ankara işgal altında değil."

"Kemal çocuk gibi konuşmasana. İstanbul hilafet makamıdır. Yüzlerce senelik imparatorluk merkezidir. Meclisi başka yere taşımak, İstanbul'dan vazgeçmek olur."

"Yani sırf bu sebepten dolayı mı Ankara Heyeti ile anlaşamıyorsunuz?"

"Kâfi sebep değil midir?"

"Değildir, dayı."

"Yapma evladım! Padişah, Peygamberimizin mukaddes emanetlerinin bekçisi olarak burada bulunmak zorundadır. Yoksa maazallah, bu emanetlere başkaları el koymaya kalkar. O, sadece emanetlere değil, Osmanlı Hanedanı'nın hazinelerine de bekçilik etmek zorundadır. Laf aramızda, Sultan Vahdettin, bu hazineye İngilizlerin el koymasından fena halde endişe etmektedir."

"İlahi dayıcığım, halbuki bana ulaşan malumat, Sultan'ın İngilizlerle gizli bir muahede imzalamış olduğuna dairdi. Sultan, İngiltere mandası altına gireceğini ve Hilafet makamının ruhani, manevi bütün kudretini İngiliz menfaatlerinin hizmetinde kullanacağını vaat etmiş bile. Hazineyi değil ama, istiklalimizi gözden çıkarmış Sultan."

"Sultan sadece zaman kazanmaya çalışıyor, Kemal. O tahtında oturadururken, Millici Hareket mücadele etme imkânı buluyor."

"İnşallah öyledir."

"Öyle."

"Şunu da bilmeni isterim, Sultan zinhar kabinenin istifa etmesinden yana değildir."

Kapı vurulunca Reşat Bey konuşmasını kesip, "Girin," dedi. Kapıda, elindeki tepside rakı kadehleriyle karafakiyi taşıyan Behice gözüktü.

"Siz niye zahmet ettiniz hanım? Tepsiyi getirecek kimse kalmadı mı evde?"

"Sizi merak ettim Reşat Bey. İyi misiniz kuzum? Korkuttunuz bizi. Sakinleştiniz mi?"

"İyiyim, iyiyim."

"Kemal'i de çok merak ettik. Bu saatlere kadar başlarına ne geldi, neler oldu? Mehpare yukarda bize her şeyi anlattı ama, Saraylıhanım gözleriyle görmek istiyor torununu. Müsaade ederseniz, gelsin mi?"

"Buyursunlar," dedi Reşat Bey.

Behice tepsiyi sehpaya bırakıp çıktı. Kocasıyla yeğenini kavga ederken bulacağını ummuştu ama etraf sütlimandı. İki erkek sedirde karşılıklı oturmuş, konuşmaktaydılar. Kavga eder bir halleri yoktu. Herhalde günün vahim hadiselerinin üzerine, Reşat Bey bir de evinde huzursuzluk yaratmak istememişti. Saraylıhanım'a, "Aşağıda sukûnet berkemal. Reşat Bey sakinleşmiş gözüküyor, isterseniz yanlarına inebilirsiniz," diye müjdesini verdi Behice.

"Oh ne iyi, ne iyi! Madem öyle, ben gitmeyeyim yanlarına şimdi. Hazır sulh olmuşken, dayı-yeğen baş başa kalsınlar biraz."

Ailenin kadınlarının gözünde, kendi evlerinin içindeki huzur ve afiyet her şeyin üstündeydi. Dayı ile yeğenin barışmış olmasından daha önemli ne olabilirdi ki Saraylıhanım için?

"Ben yatmaya gidiyorum, kızım, bugün pek yorucu bir gündü," dedi kapıdan çıkarken.

"Ben de kızlarımın yanına çıkıyorum, Saraylıhanım," dedi Behice. "Leman pek müteessir oldu pederinin haline. Teselliye ihtiyacı vardır."

Kemal, Behice'nin sehpaya bıraktığı karafakiden kadehlere rakı koydu, sürahideki suyla bulandırıp birini dayısına verdi. Ahmet Reşat bir dikişte içti rakıyı, kadehini yeniden doldurması için Kemal'e uzattı.

"Dayıcığım," dedi Kemal, "madem İstanbul ve Ankara hükümetleri bir birleşmeye doğru gitmekteler, gelin bu kadehi vatanımızın bütün belalardan ve düşmanlardan kurtulması şerefine içelim." Karafakiden tekrar rakı boşalttı kadehe.

"Devletimizin hayır ve afiyetine!"

Tam kadehlerini tokuşturmak üzere birbirlerine uzatmışlardı ki, gecenin sessizliğinde yeniden art arda patlayan silah sesleri duyuldu. Durup kulak kabarttılar. Silah sesleri durmuyordu. Uzanıp pencereyi yukarı kaldırdı Ahmet Reşat. Uzaktan belli belirsiz çığlıklar, küfürler, bağırışlar duyuluyordu.

"Yine neler oluyor?"

"Sabahki tevkifat devam ediyordur."

Ahmet Reşat pencereden dışarıya uzandı. Hüsnü Efendi, arka bahçedeki kulübesinden çıkmış, koşarak eve geliyordu.

"Hüsnü Efendi, nedir bu silah sesleri?"

"Bilmiyorum efendim."

"Üzerine bir şey al da çıkıp bakalım."

Ahmet Reşat pencereyi indirip dışarı çıktı. Behice ve Saraylıhanım telaşla merdivenlerden aşağı iniyorlardı.

"Yine kötü bir şeyler oluyor bey.... Aaa, siz nereye gidiyorsunuz böyle? Olmaz! Allah rızası için gitmeyin. Başınıza bir kurşun isabet edebilir. Yalvarırım Reşat Bey, evde kalın."

Kollarına sarılan karısından usulca sıyrıldı Ahmet Reşat, potinlerini giydi, selamlığa geri dönüp başından yere yuvarlanmış fesini aldı, kafasına yerleştirdi, kapıya yürüdü.

"Saraylıhanım, valideciğim, bari siz söyleyin de gitmesin. Sizi dinler, gitmesin, maazallah, başına bir şey gelecek," diye çırpındı Behice.

"Erkeklerin işine karışılmaz, kızım," dedi Saraylıhanım.

Kapıyı dayısına Kemal açtı.

"Ev halkı sana emanet. Onlara mukayyet ol," dedi Ahmet Reşat, evden çıktı, bahçe kapısında onu bekleyen Hüsnü Efendi ile birlikte gecenin karanlığında kayboldu.

Kemal, selamlıkta yarım bıraktığı rakısını çarçabuk bitirdikten sonra, orta katta ağlaşarak dayısını bekleyen büyükannesiyle yengesinin yanına gitti. Endişeli kadınları oyalamak niyetiyle, sabahtan beri başından geçenler hakkında ayrıntılı bilgi verdi ve onları gidip yataklarına yatmaya ikna ettikten sonra, yorgunluktan yıkılarak nihayet odasına çıktı. Dayısının dönüşünü beklemek istiyordu ama uykudan gözleri kapanıyordu. Günün dayanılması güç gerginliğinden ayakta zor duruyordu. Kapısını açıp içeri girdiğinde, Mehpare'yi pencerenin önünde, üzerinde incecik bir gecelikle onu beklerken buldu. Şaşırdı.

"Hayrola Mehpare? Seni çoktan yattı sanıyordum."

"Yatmadım. Sizi bekledim," dedi kız, "belki bir şey istersiniz diye düşündüm."

"Teşekkür ederim. Hiçbir isteğim yok. Sen de yorgunsun, hemen gidip yatabilirsin."

Mehpare kımıldamadı. Gözlerini Kemal'in gözlerine dikmiş, dimdik bakıyordu. Beyaz geceliğin altından esmer memelerinin uçları iyice belli oluyordu. Kemal dikkatli bakınca, kızın içinde iç çamaşırının bulunmadığını fark etti. Yataktaki sevişme zamanlarının dışında gözlerini yerden kaldırmaya utanan mahcup kıza ne olmuştu bu gece?

"Neyin var senin?" diye sordu.

Mehpare kendinde, "Benim neyim mi var? Bende Azra Hanım'da olanların hepsi var, lakin ne yazık ki bende onun talihi yok," diyebilecek cesareti bulmayı çok istedi. Bir şeyler söylemek için ağzını açtı ama hiç sesi çıkmadı.

"Üşüyeceksin burada böyle..." Eliyle kızın kıyafetini işaret etti Kemal, "haydi git yat. Bugün ikimiz de çok yorulduk."

Mehpare ancak istenmediğini anlayınca kendinde konuşacak cesareti buldu.

"Şimdi burada benim yerime Azra Hanım duruyor olsaydı, ona da git der miydiniz, beyim?"

Kemal kulaklarına inanamadı.

"Ne diyorsun Allahaşkına?"

"Duydunuz." Başını küstahça kaldırmış, meydan okur gibi bakıyordu.

"O benim odama asla böyle davetsiz gelmezdi."

"Olabilir ama canını da sizin için feda etmezdi."

"Neden benim için canını feda etsin ki? Benden ona ne?"

Mehpare'nin dudakları titriyordu.

"O sizin çocukluk arkadaşınız. Siz ona önem veriyorsunuz. Onunla her şeyi konuşabiliyorsunuz... Onunla..."

"Mehpare! Yoksa sen Azra Hanım'ı mı kıskanıyorsun?"

Gözleri dolu dolu oldu kızın.

Kemal gülsün mü, ağlasın mı bilemedi. Azra'nın hakkı vardı, bu kız fena halde âşık olmuştu ona. İdare lambasının cılız, titrek ışığında vücudunun tüm hatları belli belirsiz gözüken Mehpare, koyu kumral saçları omuzlarına dökülmüş, yanakları kıpkırmızı, gözleri ateş saçarak meydan okuyordu Kemal'e. Kemal tuhaf bir gurur duydu böylesine seviliyor olmaktan. Kızı kolundan tutarak pencerenin önünden çekti, duvara yasladı, bir eliyle kendi pantalonunu çözerken, diğeriyle kızın geceliğini sıyırarak hoyratça abandı Mehpare'ye. Mehpare Kemal'le duvarın arasında ne yapacağını bilemeden sıkışıp kalmıştı. Kemal'in saçlarından kavrayarak başını çekip hırsla dudaklarına asılmasına, kendini içine zorlamasına tepki göstermedi. Hatta bir bacağını kaldırarak beline doladı erkeğinin, kendini iyice yasladı ona. Kemal, kızın bekâretini bozduğu anı hatırlamasa, onu her türlü aşk ve şehvet oyununa alışık, kaşarlanmış bir fahişe zannedebilirdi. Ama evlerinde büyümüştü Mehpare. Ne kadar temiz ve masum olduğunu o kadar iyi biliyordu ki, sevişirken gösterdiği cesarete ve marifete hayretler içinde kalıyordu.

Kemal çabuk tükendi. Kızın içinden çıktı. Mehpare Kemal'e sımsıkı sardığı kollarını ve bacağını gevşetmiyordu. Kendini zorla geri çekip elini kızın bacaklarının arasına soktu.

"Bunu mu istiyordun ha? Al işte... Doymak bilmeyen küçük aşüfte seni, al!"

Kız elinin altında kıvrandı. Saçları ter içinde alnına yapışmıştı. Sağ göğsü geceliğinin dışına fırlamıştı. Kemal eğildi, göğsünün ucunu ağzına aldı. Biraz sonra yeniden sertleşmiş, içindeydi kızın.

Merdivenlerde ayak seslerini duyunca Kemal istemeye istemeye çekti kendini, "Saçını başını düzelt Mehpare, üzerine şalını al, çabuk," dedi telaşla.

Behice, "Kemaaal," diye sesleniyordu bir kat aşağıdan.

Kapıyı aralayarak bezgin bir sesle, "Ne oldu yenge?" diye sordu. "Dayım mı döndü?"

"Döndü. Aşağıda seni bekliyor."

Kemal, bileklerine düşmüş pantalonunu yukarı çekti, düğmelerini ilikledi. Konsolun üzerinde duran tasın içindeki ibrikten ellerine su döküp saçlarını düzeltti.

"Ben iniyorum, sen de toparlan, odana git," dedi Mehpare'ye. Kız, bir örümcek gibi duvara yapışıp kalmıştı. Yüzünde aşağılanmış, ağlamaklı bir ifade vardı. Kemal onun bu perişan halini görünce dayanamadı, yanına gidip alnına şefkat dolu bir öpücük kondurdu.

"Senin kimseyi kıskanmaya ihtiyacın yok, Mehpare," dedi, "hiç kimse senin eline su dökemez."

Uyuyan yeğenlerini uyandırmamak için merdivenleri parmak uçlarına basarak alelacele indi.

Dayısı, elinde fenerle havaya asılmış gamlı bir hayalet gibi duruyordu karanlık taşlıkta.

"Dayı!"

Sesi yorgundu Ahmet Reşat'ın.

"Çatışmalar oluyor Kemal. İngilizlerin bunca tedbirine karşılık, anlaşılan bizim yeraltı teşkilatları boş durmuyorlar. Eyüp civarındaki Fransız kışlalarını havaya uçurmaya kalkışmışlar," dedi, "yarın yine çekeceğimiz var ellerinden."

Fenerin beyaz ışığında, Ahmet Reşat'ın yorgunluktan süzülmüş kederli yüzünden, bu durumdan memnuniyet mi, yoksa endişe mi duyduğunu anlayamadı yeğeni.

NİSAN 1920

"Münire Hanımefendi Kadıköy tarafında mahsur kalmış," dedi Behice, "Azra Hanım'ın bizlere gösterdiği hüsnü kabul için nihayet dün sabah teşekküre gittimdi ya, orada öğrendim, vapurlar işlemiyormuş. Her iki yaka arasında geliş gidişler için müsaade zaruriyeti getirmişler."

"Artık daha neler!" dedi Saraylıhanım.

"Vallahi doğru söylüyorum. Validesi gelemeyince, zavallı Azra, koca konakta uşak ve bahçıvanla yapayalnız kalmış. Pek acıdım."

"Evlerinde her zaman birkaç kadın hizmetkâr bulunurdu."

"O eski günlerdeydi valdeciğim. Son ziyaretimizde sadece Nazik Kalfa vardı, o da son hadiseden sonra ailesinin telaşına düşüp köyüne gitmiş."

"Yaa! Bizim eve teşrif buyursun öyleyse. Tek başına kalmasın koca konakta."

"Ben de öyle düşündüm, lakin cesaret edemedimdi. Soframızın haline şahit olursa ayıp olmaz mı?"

"Bu işgalin vurmadığı hane mi kaldı, ilahi Behice kızım. En tantanalı konaklar dahi bugünlerde yiyecek kıtlığı çekiyordur."

"Nerede yatırırız?"

"Suat'ı Leman'ın odasına alırız, validesi dönene kadar Suat'ın odasında kalır birkaç gün."

"Ben odamdan çıkmam. Ben odamdan asla çıkmam. Ben ablamla yatmam."

"Ben de onu istemiyorum odama işte. Katiyyen gelmesin."

"Leman! Duymamış olayım, kızım. Seni de şimdi ayaklarımın altına alıveririm Suat, sus bakayım! Büyükler ne diyorsa öyle olur."

"Ben Suat'la aynı odada kalmam. Hem çok dağınık, hem de her fırsatta saçlarımı çekiyor."

"Kazık kadar oldunuz, hâlâ didişiyorsunuz birbirinizle. Hiç utanmanız yok!"

"Ben ablamla aynı odada yatmam. O misafir hanım, müzik odasında yatsın."

"Olmaz! Piyanomu çalmaya kalkar."

"İkiniz de hemen susmazsanız, beybabanız gelir gelmez, bütün bu yaptıklarınızı ona nakledeceğim. Siz düşünün artık sonrasını," dedi Behice.

"Çok geç kaldın gelin hanım, kızlar tepemize çıktıktan sonra, terbiye etmeye kalkışmanın manası mı kaldı? Eskiden bizler büyüklerimizin önünde değil konuşmak ve itiraz etmek, gözlerimizi yerden kaldıramazdık."

Suat gözlerini şaşıltarak yere baktı.

"Böyle mi yapardınız, nene?"

Leman ve Behice gülmeye başladılar.

"Siz gülün daha. Bu gidişle evde kalacaksınız. Büyüklerine hürmet etmeyen kızları kimseler almaz."

"Ben zaten evlenmeyeceğim, nene," dedi Suat.

"Nedenmiş o?"

"Ben şair olacağım."

"Nereden çıktı şimdi bu?"

"Şair hanımlar var. Ben de onlardan olacağım."

"Aptal aptal konuşma! Hemen odalarınıza gidin, gözüm görmesin sizi!" dedi Saraylıhanım.

"Mehpare Ablanızı da aşağı gönderin," dedi Behice. "O misafirimizin yatacağı odayı hazırlarken, ben de bir mektup yazıp Hüsnü Efendi'yle yollatayım. Azra Hanım hemen bize taşınsın. Piyanoyu sofaya taşırız, müzik odasına karyola kurarız. Neden hemen akıl edemedim müzik odasını hazırlatmayı?"

Saraylıhanım, "Sende akıl yok da ondan," diye içinden geçirirken, "Suat'ı evde tahsil ettirmeyip mahalle mektebine yollamaya kalkarsanız, işte böyle şair mair olmaya kalkışır," diye söyleniyordu. Behice'nin kızlarına fazla yüz vermesinden hiç memnun değildi. Özellikle de Suat'ın, eve gelen hocalardan ders almak dururken, mahalle mektebine gönderilmesine pek içerlemişti. Bu asrileşme merakının, gelinin başının altından çıktığına emindi. Kemal'in ve Reşat'ın kanına da o girmişti mutlaka. Yoksa kökleri derine inen bir Çerkez ailede, öyle Zat-ı Şahanelerinin icraatlarını beğenmemeler, kız çocuklarını mahalle mektebine göndermeler filan söz konusu olamazdı. Behice zehirliyordu Reşat'la Kemal'i. Az önce, piyanonun sofaya taşıtılarak, müzik odasının Azra Hanım için hazırlanmasını söylediklerinde, yüzünden kan çekilen ve düşmemek için kapıya dayanan Mehpare'nin bu kadar halsiz kalmasının sebebini de, yine Behice'nin kendi döküntüsünü toplayamayacak kadar nazlı olmasına bağlamıştı Saraylıhanım. Zavallı Mehpare, evde herkesin işine koşturmaktan bitap düşüyordu.

Behice, Azra'ya davet mektubu yazmak için kalem kâğıt aramaya odasına çıkarken için için seviniyordu. Birkaç günlüğüne bile olsa evde bir misafirin bulunması iyi olacaktı. Bıkmıştı Saraylıhanım'la gece gündüz aynı lafları konuşmaktan, aynı nasihatları dinlemekten. Azra, mutlaka taze bir rüzgâr estirecekti evlerinde. Hatta belki Kemal'e de iyi gelecekti mevcudiyeti. Kim bilir, belki de çok iyi gelecekti.

Ahmet Reşat, o sabah orta kattaki oturma odasına üzerinde ev kıyafetiyle girince, nakış işlemekte olan kızları sevinçle, "Beybabamız bugün bizimle evde kalıyor," diye bağrıştılar. Evin bütün kadınları, Azra Hanım'la birlikte, sedirlere yayılmış sabah kahvesi içerlerken, Saraylıhanım, Suat'a zorla kanaviçe öğretmeye çalışıyor, Leman da becerikli elleriyle dantel örüyordu.

"Siz bugün nezarete gitmiyor musunuz?" diye sordu Behice.

"Hayır."

"Allah Allah? Rahatsız mısınız yoksa?"

Ahmet Reşat, hem de nasıl rahatsızım, diyebilmeyi çok istedi, kalbim ağrıyor, yüreğim sıkışıyor, nefes almakta zorluk çekiyorum. Fakat tuttu kendini ve çok normal bir şey söylermişçesine, "Salih Paşa kabinesi istifa etti," dedi, "ben artık işsizim."

"Ağzınızdan yel alsın Reşat Bey, nasıl söz o öyle!"

"Üzülmeyin hanım, yeni kabine kurulana kadar bizler vazifelerimizi ihmal etmeyeceğiz. Yani burada ayak altında dolanıp siz hanımları rahatsız edecek değiliz," dedi Reşat Bey.

"Aaa, Reşat Bey, başımızın üstünde yeriniz var. Ben bu sabah uyanmadığınızı görünce, çok yorgunsunuz diye uyandırmaya kıyamadımdı. Bir taraftan da, uyandırmadığım için bana kızacaksınız diye endişeleniyordum. Keşke dün geceden söyleseydiniz bugün işe gitmeyeceğinizi."

"Eve geldiğimde uyumuştunuz. Ben de sizi uyandırmaya kıyamadım, iki gözüm."

"Size de bir kahve söyleyeyim o halde," dedi Behice.

"Söyleyin söyleyin, bugün ben de hanımların arasında oturup dedikodulara kulak misafiri olayım."

"Dedikodu yapmıyorduk," dedi Behice.

"Artık biz kadınların dedikodu yapmaktan daha önemli mevzuları var, efendim," dedi Azra, dizlerinde duran dergiyi işaret ederek.

"Neymiş o mevzular?"

"Memleketimizin salaha kavuşması için biz kadınlar da elimizden geleni yapmalıyız, öyle değil mi efendim?"

"Elbette Azra Hanım."

"Ben Behice Hanım'a içinde çok kıymetli hanım muharrirlerin makalelerinin bulunduğu şu mecmuayı gösteriyordum. Bilhassa Nakiye Hanım'a dair yazıyı okumasını tavsiye ediyordum."

"Ne yazıyormuş orada?"

Azra, okutmak istediği sayfayı kıvırarak Reşat Bey'e uzattı. Reşat Bey sayfaya göz attı ve alçak sesle, atlaya atlaya okudu:

"Hımmm hımmm, bir fazilet örneği olan Nakiye Hanım... Hımm... Eğer mümtaz, münevver ve müstesna bir Türk kadını dahi milli davamıza baş koymuşsa, namuslu erkeklerden de aynını, hatta daha fazlasını yapmalarını beklemek... Hımmm."

"Kimmiş bu Nakiye Hanım, kuzum?" diye sordu Saraylıhanım.

"Üsküdar'daki Feyziye Mektebi'nin Müdiresi, efendim," dedi Azra.

"Erkeklerin vazifelerini artık kadınlar mı yapar oldular? Bu hanım, talebelerinin dersleriyle uğraşsa ya!" diye atıldı Saraylıhanım.

"Sadece mektep müdireleri değil, Sultan Abdülhamit Efendimizin kızı Naime Sultan ve Sultan Murat Efendimizin kızı Fehime Sultanlar da vatan için çalışmalar yapmakta beis görmüyorlar, efendim," dedi Azra, sonra Reşat Bey'e dönerek ekledi:

"Hatta sizin pek taraftarı olduğunuz İngiltere'de, kadınlar Harb-i Umumi sırasında, hem cephede, hem de cephe gerisinde canla başla çalışmadılar mı efendim? Harbe giden kocalarından boşalan tezgâhları, fabrikaları, daireleri doldurup, memleketin iktisadi hayatı bozulmasın diye dirsek çürütmediler mi?"

"Pek iyi yaptılar da, benim İngiltere taraftarı olduğumu nereden çıkardınız Azra Hanım?" diye sordu Reşat Bey.

"Sultan İngiliz taraftarı değil mi?"

"Sultan İngiliz taraftarı olabilir. Hürriyet ve İtilaf Partililer de İngiliz taraftarı olabilirler. Ben ne o partinin, ne de İngilizlerin taraftarıyım. Ben sadece padişahın taraftarıyım. Çünkü onun temsil ettiği hanedan, asırlardır memleketimin hükümdarıdır."

"Ben aksini söylemedim ki efendim. Ben sadece kadınların da artık bu memlekette neler olup bittiğinden haberdar olmalarını ve düşmana karşı erkeklerle birlikte saf tutmalarını istiyorum."

"Doğru düşünüyorsunuz Azra Hanım. Ama şuna inanın ki, Sultanımız da memleketimizdeki kadınların tahsil görmesinden, kabuğundan çıkmasından yanadır."

Konuşulan konulardan sıkılan Leman, piyano çalışmak için izin isteyip çıkarken, peşinden koşan Suat'la tartışmaya başladı.

"Otur oturduğun yerde kuzum, sen işini işle. Şimdi yukarı gelip bana rahat vermeyeceksin."

"Kardeşinize karşı biraz daha müşfik olabilirsiniz Leman," diye araya girdi Behice, sesini sertleştirmeye çalışarak. Yabancıların yanında kızlarına siz diye hitap etmeyi alışkanlık haline getirmişti. "Yanınıza oturup nota defterinizin sayfalarını çevirse fena mı olur."

"İstemem efendim. Onun elleri hep kirlidir. Zaten dün de çörek yedikten sonra yağlı parmaklarıyla tuşlarımı kirletti."

Behice bu sefer küçük kızına döndü.

"Suat! Ben size demedim mi ablanızın piyanosuna dokunmayacaksınız diye! Bir daha duyarsam, kemanınızı alır, dolabıma kitlerim, onu da çalamazsınız."

"Piyanoyu da dolabınıza kitleyin, o zaman onu elleyemem," dedi Suat.

Azra kendini tutamayıp güldü. Çocuğun bu yanıtla annesine karşı geldiğini düşünen Behice, Suat'a münasip bir cevap vermesi için dönüp kocasına baktı. Müflis Osmanlı maliyesini yıllardır idare etmeyi başaran Ahmet Reşat, küçük kızının sivri dilinin karşısında ne diyeceğini bilemezken, Mehpare gümüş tepside taşıdığı kahveyle, bir kurtarıcı gibi odaya girdi.

"Mehpare, yavrum, git Kemal Bey'e haber ver, burada memleket meseleleri üzerine görüş beyan ediliyor, onun değerli fikirleri aman ola ki eksik kalmasın. Aramıza katılıp bizi tenvir etsin," dedi Reşat Bey.

"Ben amcama haber veriririm," diye bağırarak ve nazlı nazlı yürüyen Leman'ı itekleyerek dışarı fırladı Suat.

Mehpare, Reşat Bey'in kahvesini önüne bırakıp çıktı. Saraylıhanım dayıyla yeğenin aralarının düzelmesine sevinmişti ama Ahmet Reşat'ın, Azra'nın önünde Kemal hakkında kinayeli konuşmasına canı sıkılmıştı. Kendisi cümle âlemi diliyle perişan etse de, yabancıların huzurunda aile fertlerini hep yüceltir, akrabalarının kendinden başka biri tarafından tenkit edilmesine pek içerlerdi.

"Gençlerin dahi fikrine hürmet edilmelidir, Reşat Bey oğlum," diye söylendi. "Ama ben şunu bilip şunu söylerim hep: Siyaset erkek işidir. Kadınların bu mevzuya müdahil olmalarını doğru bulmuyorum."

Azra, sabırlı bir öğretmen edasıyla, tane tane konuşarak, kadınların niye hem hayatın, hem de siyasetin içinde olmaları gerektiğini anlatmaya başladı. Behice genç kadını hayranlıkla dinlerken, Saraylıhanım söylenenleri tasvip etmediğini beyan için, pencereden dışarısını seyrediyordu. Oysa Reşat Bey, Azra'yla aynı fikirdeydi; Osmanlı kadını çok uzun bir zaman üzerine ölü toprağı serpilmiş gibi sessiz ve şahsiyetsiz kalmıştı. Allahtan son yıllarda art arda açılan mekteplerde kızlar daha iyi yetişme imkânı elde ediyorlardı. Hele şu son mektep, beş-altı yıl önce açılan İnas Dar'ül-Fünûnu* kızlara yüksek tahsil fırsatı dahi tanıyordu.

"Kızlarınızı bu mektebe yollamayı düşünür müsünüz acaba?" diye sordu Azra.

Reşat Bey, "Ben memnuniyetle yollarım, lakin kızların istikbalini alakadar eden hususlarda Behicanım'ın da fikrini almak zorundayım," dedi karısına ba-

---

* Kız Üniversitesi.

karak ve ondan tasvip bekleyerek. Kızların erken yaşta evlenmesinden yana olan Behice, gözleri yerde, mahcup mahcup gülümsemekle yetindi.

Yukarı kattan Leman'ın çalmakta olduğu piyano sonatının sesi geliyordu.

"Pek kabiliyetli maşallah!" dedi Azra. "Dün gece bana küçük bir konser verdi."

"İyi bir kulağı var," dedi Behice. "Suat'ı da kemana başlattık, önce pek hevesli görünüyordu ama Leman kadar kabiliyetli çıkmadı. İlla piyano çalmak istiyor."

"Daha dün bir, bugün iki," dedi Saraylıhanım. "Biraz zaman tanıyın kıza, a canım! Birkaç aya kalmaz, o da açılır."

Behice, Saraylıhanım'ın çok yaramaz olduğu için sürekli azarlayıp durduğu ve pek hoşlanmadığını düşündüğü Suat'ı korumasına şaşırdı. Sağı solu belli olmuyordu yaşlı kadının.

Kemal'in aralarına katılmasıyla konu yine memleket meselelerine döndü. İstifa eden hükümetten pek çok kişi Kuvayı Milliye'ye katılmak üzere Anadolu'ya geçmişti ve yeni sadrazamın kim olacağı iyice belli olmuştu. Elbette ki bu makama İngiliz hayranı ve Kuvayı Milliye düşmanı Damat Ferit Paşa tayin edilecekti.

"Damat Ferit yine sadrazam mı olacak? Eyvah!" dedi Behice, biraz geç de olsa, kocasının az evvel dediklerini nihayet idrak etmiş olarak, "Son günlerde, Kemal'in tesiriyle siz de bu Millicilere, maalesef iyi gözle bakmaya başlamıştınız. Nezaretiniz hakikaten sona erecek demek ki."

"Hakikaten sona erdi zaten hanım, lakin yeni bir nazır tayin edilene kadar vazifeme devam edeceğime dair Zat-ı Şahanelerine söz verdim. Kabine düşse de devlet çarkı dönmeye devam ediyor."

Behice, kocasının nezaretinin son bulduğuna kesin kanaat getirince durgunlaşmış, gözleri dolmuştu.

Azra, konuyu değiştirmek için, "Yarın ben Şükufe Nihal Hanım'ın şiirlerini bizzat okuyacağı bir kabul gününe gidecektim. Müsaade ederseniz, Behice Hanım da benimle birlikte gelsin, efendim," dedi.

"Aman, sakın ha!" diye atıldı Saraylıhanım. "Behicanım kızımın hiç alakası yoktur teşkilatlarla, cemiyetlerle! Neydi o, Sultanahmet Meydanı'nda böyle birtakım konuşmalar yapılmış, yüzlerce kadın boy göstermişti sokaklarda. Ne ayıp!"

"Saraylıhanımefendi," dedi Azra, "yarın bizler Makbule Hanım'ın kabul gününde, sadece hasbıhal edeceğiz ve şiir dinleyeceğiz. Konakları da buraya pek yakın."

Reşat Bey teyzesinin, misafir hanımın önünde Behice'yi küçük düşüren, misafiri de nerdeyse rencide eden çıkışından hoşlanmamıştı.

"Behice Hanım arzu ediyorsa yarın sizinle birlikte gelebilir Azra Hanım," dedi. "Malum, sokaklar tekin değil bugünlerde, Hüsnü Efendi sizinle birlikte gelsin."

"İstirham ediyorum efendim, acaba bana da müsaade buyurur muydunuz?"

Reşat Bey başta olmak üzere hepsi hayretle bu sesin geldiği tarafa baktılar. Boşalan kahve fincanlarını toplamakta olan Mehpare, gözleri yerde, konuşuyordu: "Ben de hanımlarla birlikte gideyim. Behice Ablama refakat ederdim... Lütfen efendim... Pek isterdim gitmek ve şiir dinlemek."

İtiraz etmek için ağzını açan Saraylıhanım'a Reşat Bey gözleriyle susmasını işaret etti.

"Pekâlâ. Lütfen geç kalmayın Azra Hanım," dedi otoriter bir sesle, "bu evin hanımları, ikindi okundu muydu evlerinde olmak zorundadırlar. Ümit ederim, yarın da bu kaide bozulmaz."

"Bozulmayacak efendim," dedi Azra.

Behice'nin sersemlemiş bir hali vardı. Sevinsin mi, üzülsün mü bilemiyordu. Kadınların siyaset konuşacakları bir toplantıda ne işim var diye düşünmekle birlikte, kocası Saraylıhanım'a karşı hakkını korumuş olduğu için memnundu.

Makbule Hanım'ın köşkünün bahçe kapısına vardıklarında Behice, Azra'ya toplantının ne kadar sürebileceğini sordu.

"Kıraat bir saat sürse, sohbet ve ikrama da bir saat ayırsak, iki saatten evvel bitmez," dedi Azra.

"Hüsnü Efendi, sen şimdi eve dön, iki saat sonra bizi almaya gelirsin," dedi Behice.

***

Azra ve Behice önde, Mehpare iki adım geride, bahçede hızlı hızlı yürüyerek köşke ulaştılar.

Makbule Hanım'ın salonu tıkış tıkış hanımlarla doluydu. Mevlit okunan evlerde olduğu gibi birbirine açılan odalara yan yana sandalyeler dizilmişti ve bu sandalyelerde oturan otuz beş-kırk kişilik bir kadın grubu, harıl harıl ellerindeki kâğıtları birbirlerine geçirmekle ve fısır fısır konuşmakla meşguldüler. Azra, hanımların pek çoğunu tanıyor olmalıydı ki, önüne gelenle selamlaşıyor, öpüşüyor, hal hatır soruyordu. Behice, Azra ve Mehpare yan yana birer boş sandalye bulup oturdular. Hizmetkârlar tepside limonatalar ve şerbetler gezdiriyordu.

Behice, kadınların çoğunun maşlahlarını çıkarmış olduklarını gördü. Sıkmabaşlarının yanlarından kaşlarının üzerine ya da şakaklarına kıvrım kıvrım perçemleri çıkıyordu. Behice mecmualardaki çizimlerde de gördüğü bu saç tuvaletini, evine döner dönmez hemen ayna karşısında denemeye karar verdi.

Onları iç kapıda karşılayan, evin sahibi olduğunu tahmin ettiği kumral perçemli genç kadın, dizelenmiş sandalyelerin ortasındaki alana ilerleyerek yüksek sesle, "Hepiniz hoş geldiniz efendim," dedi, "bugün yeni bir misafirimiz var. Aramıza müstafi Maliye Nazırımız Reşat Beyfendi'nin refikaları Behice Hanımefendi ile, akrabası Mehpare Hanım da katılmış bulunuyorlar. Konuşmalara başlamadan önce onlara hoş geldiniz diyelim."

Kadınların arasında fısıldamalar, kıpırdanmalar başladı. Behice kulaklarına kadar kızarmıştı. Nereye bakacağını, ne yapacağını bilemiyordu. Makbule Hanım'a kimliği hakkındaki bilgiyi herhalde Azra haber vermişti. Münasebetsiz Azra! Başıyla hafif bir selam vermekle yetindi ve gözucuyla Mehpare'ye baktı. Mehpare, gözlerini karşı duvarda bir yere dikmiş, aklı fikri orada değil de başka bir yerdeymiş gibi, iskemlesinde dimdik ve ifadesiz oturuyordu. Abartılı alakadan Behice kadar rahatsız olmamış görünüyordu.

Kadınların bir kısmı yerlerinden kalkarak Behice ve Mehpare ile tanışmak için yanlarına geldiler. Behice, ayağına kadar gelen ve ona iltifatlar yağdıran kadınların gözlerinden bakışlarını kaçırarak, mahcubiyet içinde karşılık vermeye çalıştı. Kendine, müstafi de olsa, bir nazır eşi olarak belli bir rolün biçildiğinin farkındaydı ama bu rol için nasıl bir tavır takınması gerektiğini bilemiyordu. Ailesinin, akrabalarının ve çok yakın arkadaşlarının dışında, hiçbir dünyası, fikri, görüşü ve tavrı olmamıştı o güne kadar. Evinin idaresini dahi Saraylıhanım'a bırakmış olduğunu ilk kez idrak ediyor, ne yapması gerektiğine karar veremiyordu. Dergilerde ve gazetelerde okuduğu bilgiler bir anda uçup gitmişti kafasından. Ter içindeydi. Paniklediğini belli etmemeye çalışıyordu ama ürkmüş ve sıkılmıştı.

"Geçen seferki toplantımızı Fehime Sultan şereflendirmişlerdi. Hatta bizlere, Kanun-u Esasi şerefine besteledikleri piyano sonatını çalmak lütfunda bulunmuşlardı. Bugün de siz bizlere şeref ve kuvvet verdiniz," dedi ev sahibesi hanım. "Bundan böyle sizleri hep aramızda görürüz inşallah efendim, bu hanımlara bir şeyler söylemek ister misiniz?"

Behice öleceğini zannetti. Zorlukla konuştu.

"Teşekkür ederim efendim. Konuşma için hazırlık yapmadım. Beni affediniz."

Behice, Makbule Hanım yanından uzaklaşır uzaklaşmaz, "Bana içecek bir şey getirsene ne olur Mehpare," dedi yanında oturan kıza, "boğazım kurudu. Demin limonata gezdiriyorlardı... Suya bile razıyım."

Mehpare ayağa kalkıp az evvel tepsiyle dolanan hizmetkârlardan birini görmeye çalıştı.

"Behice Hanım, bakın şu bize doğru gelen hanım Şair Şükufe Nihal Hanımefendi'dir. Birazdan şiirlerini okuyacak. Tanışmak ister miydiniz?" diye sordu Azra.

"Sonra tanışırım Azra Hanım. Biraz başım döndü de."

Azra ısrar etmedi. Zaten tam o sırada hanımlardan biri kalkıp odanın ortasına yürümüş, sağ elindeki gümüş kaşığı diğer elindeki küçük tepsiye vurarak dikkatleri çekmeye çalışıyordu.

"Hişşşt. Lütfen susalım hanımlar, hepinizin pek takdir ettiği, bugünkü konuşmacımız olan muhterem hanımefendiyi takdim ediyorum. Şahende Hanımefendi, buyurun efendim."

Kısa boylu, topluca bir hanım odanın ortasına doğru yürürken, Mehpare elinde bir limonata bardağı ile geldi, bardağı Behice'ye uzattı ve yerine oturdu. Behice limonatadan iki büyük yudum içti ve kusacak gibi oldu. Bardağı Mehpare'ye geri verdi.

"Al al, çek şunu önümden. Pek fena kokuyor," dedi yavaşça.

"Mis gibi nane kokuyor."

"Gönlümü bulandırdı. İstersen sen iç, Mehpare."

Şahende Hanım konuşmaya başlayınca sustular. Behice iyi niyetle, konuşan kadını dinlemeye çalıştı ama kulakları uğulduyordu. Kafasının içinde yüzlerce sinek uçuyordu sanki. Bütün o uğultulu vızıltının arasında, *vatan, memleket, istiklal, hürriyet* gibi laflar çarpıyordu kulağına, fakat cümleleri kaçırıyor, söyleneni anlamakta zorlanıyordu. Yine de büyük bir dikkatle dinliyormuş gibi, gözlerini konuşan kadına dikmişti. Konuşmacı da, bir nazır eşine gereken saygıyı göstermek amacıyla, sık sık Behice'den onay beklercesine, gözlerinin içine bakıyor, genç kadından söylediklerini hemfikir olduğunu belirten işaretler bekliyordu. Bu heyecanlı konuşmalar tatsız şeyler çağrıştırıyordu Behice'ye. Sıkılmış yumruklarla ve ellerinde taşlar, sopalarla bağıra çağıra yürüyen insanlar, anlamadığı bir lisanda küfür olduğunu tahmin ettiği çirkin bağrışmalar, dövülme, aşağılanma ve ölüm korkusu! Ter içindeydi, Şahende Hanım ne uzunlukta bir konuşma yapıyordu, neler anlatıyordu, farkında bile değildi Behice. Az önce içtiği iki yudum limonatayı öğürerek çıkartmamak için büyük bir gayret sarf ediyordu. Mehpare, Behice'nin sıkıntısını ve alnında biriken terleri odanın havasızlığına verdi.

Birden bir alkış koptu. Behice de diğerleriyle birlikte ellerini çırptı. Şimdi bütün hanımlar ayaklanmışlar, konuşmacı kadını tebrik ediyorlardı. Behice de yerinden kalkmak, tebrik kuyruğuna girmek istiyordu ama başı o kadar dönüyordu ki, ayağa kalkmaya korkuyordu. Azra, aralarında oturan Mehpare'nin üzerinden uzanarak sordu:

"Şahende Hanım'ın konuşmasını nasıl buldunuz?"

Kendini zorlayarak, "Fevkalade," dedi Behice.

"Bunu sizden duyarsa pek memnun olur. Şükufe Hanım'ın kıraati başlamadan, yanına kadar gidelim isterseniz."

"Gidelim."

Behice, Mehpare'nin kulağına eğildi, "Koluma girer misin lütfen. Kendimi iyi hissetmiyorum," dedi. Mehpare biraz şaşkın, kalktı, Behice'nin koluna girdi. Şahende Hanım'ın bulunduğu yere doğru yürümeye çalıştılar. Salon kalabalık ve havasızdı. Her kafadan bir ses çıkıyordu ve bu gürültü Behice'nin kulaklarında keskin çınlamalara neden oluyordu. Birkaç adım attıktan sonra, Behice dehşetle ayaklarının ve ellerinin uyuşmakta olduğunu fark etti. Dizleri de çözülmekteydi. Mehpare, koluna girdiği kadının yavaş yavaş yere çökmekte olduğunu hissedince beline sarılarak düşmesini önlemeye çalıştı.

"Behice Abla... Behice Abla, neyiniz var? Aaa, Behice Abla... Aman Allahım, düşüyorsunuz... Düşüyor..."

"Bayıldı. Amanın bayıldı!"

"Neler oluyor kuzum?"

"Çekilin... Çekilin... Açılın şöyle..."

"Kim bayıldı ayol? Aaa, Behicanım bayılmış. Koşun! Koşun!"

Şahende Hanım, diğer hanımları otoriter bir tavırla Behice'nin başından uzaklaştırdı, yanına çömeldi. Mehpare, Behice'nin başını dizlerine dayamış, bluzunun düğmelerini açmaya çalışıyordu.

"Limon kolonyası var mı evde? Varsa hemen getiriverin lütfen," dedi Şahende Hanım, "Pencereyi de aralayın lütfen. Temiz hava girsin odaya." Sonra Mehpare'ye baktı, "Siz Behicanım'la birlikte geldiniz, akrabasınız değil mi kızım?" diye sordu.

"Evet efendim."

"Bayılma huyu var mıdır?"

"Yoktur. Bugüne kadar bayıldığını hiç görmedim."

"Hamile mi?"

"Değil... Yani bilmiyorum."

"Neden bayıldı sizce? Üşütmüş müydü? Hasta mıydı? Midesi mi rahatsızdı?"

"Yok, hasta değildi," dedi Mehpare.

"Konuşmanız onu heyecanlandırmış olabilir," dedi Azra.

"Daha neler!" dedi Şahende Hanım, Makbule Hanım'ın koşarak getirdiği kolonyayı avuçlarına dökerek şakaklarına sürdü, burnuna koklattı Behice'nin. Dudaklarının üzerindeki, şakaklarındaki soğuk terleri Behice'nin ipek başörtüsüyle sildi. Yüzüne küçücük tokatlar attı. Behice yavaş yavaş kendine geliyordu. Gözleri aralandı, şaşkın şaşkın bakındı. Şahende Hanım'ın üzerine eğilmiş endişeli yüzünü görünce, rüya gördüğünü zannedip tekrar yumdu gözlerini.

"Merak etmeyin yavrum, bir şeyiniz yok. Bir fenalık geçirdiniz."

Behice neler olup bittiğini fark edince utancından öleceğini zannetti. Hiç tanımadığı birinin evinde, onlarca kadının ortasında pat diye düşüp bayılmıştı. Rezil olmuştu. İçinden avaz avaz ağlamak geliyordu. Mehpare'nin yardımıyla oturmaya çalıştı.

"Hanımefendiyi yatak odalarından birine alalım da bir muayene edeyim," dedi Şahende Hanım. Kadın yanından uzaklaşınca, Behice Azra'ya, "Bu hanım doktor mu?" diye sordu. Sorusunun ne kadar aptalca olduğunun farkındaydı, bir kadın nasıl doktor olabilirdi? Ama Şahende Hanım kendinden o kadar emin bir tavır içindeydi ki... Sanki doktormuş gibi hareket ediyordu.

"Şahende Hanım çok tecrübeli bir ebedir," dedi Azra.

Behice büsbütün paniğe kapıldı. Yüzüne yeni yeni gelmekte olan renk bir kez daha kaçtı.

"Behicanım, istemiyorsanız muayene olmak zorunda değilsiniz, ben söylerim Şahende Hanım'a," dedi Azra.

"Ayıp olmaz mı?"

"Olmaz."

Behice yavaş yavaş ayağa kalktı. Başı hâlâ dönüyordu. Mehpare ve Azra'nın kolunda, Makbule Hanım'ın yatak odasına doğru yürüdü. İçerde Şahende Hanım, yeni yıkadığı ellerini keten bir havluya kurulamakla meşguldü. Behice'yi görünce gülümseyerek yanına geldi.

"Korkmayın kızım," dedi, "sadece nabzınızı dinleyeceğim. Bugün yemek yemediniz mi siz?"

"Yedim."

Behice'nin ince bileğini avcuna alıp, dudakları kıpır kıpır, nabzını saydı.

"Dilinizi çıkarın bakayım." Behice ağzını açıp dilini uzattı. Kendini çaresiz bir küçük kız gibi hissediyordu.

"Dilinizde bir şey yok," dedi Şahende Hanım, "vaziyet anlaşıldı. Sizin yaşınızdaki genç kadınlar sadece bir sebeple bayılırlar..."

"Neden bayılırlar?"

"Malum nedenle."

Behice kıpkırmızı oldu.

"Eğer tahminim doğruysa, zamanı geldiğinde bu bebeği dünyaya ben getirmek isterim."

"Hamile olduğumu sanmıyorum efendim, ama alakanıza pek çok teşekkür ederim," dedi Behice. Başında bekleyen Makbule Hanım'a döndü. "Sizlere çok zahmet verdim. Meclisinizin tadını kaçırdım. Mehpare ile ben evimize dönelim artık. Azra Hanım konuşmalar bittikten sonra gelir."

Behice hatırını sormak için kapının önünde toplaşan hanımlara bin bir teşekkür ettikten ve ev sahibesinin arabasını verme teklifini temiz hava almak istediğini söyleyerek geri çevirdikten sonra, Mehpare'nin kolunda ağır ağır yürüyerek ayrıldı evden.

***

Nereden uymuştu Azra'nın aklına da buralara gelmişti. Ona neydi hürriyet, adalet, müsavat meselelerinden. O daha evdeki düzenine sahip çıkamamışken, ona mı kalmıştı vatanı kurtarmak? Evinde oturup udunu çalmak, yününü örmek varken, işi neydi onlarca ukala kadının arasında. Üstelik bir de düşüp bayılmış, rezil kepaze olmuştu. Mehpare'den utanmasa hüngür hüngür ağlayacaktı. Evlerine yaklaşırlarken, Mehpare'ye, "Allahaşkına bugün başıma gelenlerden evde sakın kimseye bahsetme e mi. Hele Saraylıhanım hiç duymamalı," diye yalvardı.

"Ama olur mu Behice Abla," dedi Mehpare, "fenalık geçirdiniz. Bir doktor görmesin mi sizi? Neden bayıldığınızı merak etmiyor musunuz?"

"Sıkıntıdan bayıldım."

"Sıkıntıdan kimse bayılmaz."

"Limonata dokundu."

"Limonata mis gibiydi. Kimseye dokunmadı da bir size mi dokundu?"

"Olabilir. Benim midem hassastır."

"Bakın, evdekilere söylememeye bir şartla söz veririm."

"Neymiş o?"

"Bir doktora görüneceksiniz. Mahir Bey'e haber yollatalım. Ona neler olduğunu anlatıp fikrini soralım. Kemal Bey çağırtmış gibi haber yollarız. Sizi Kemal Bey'in odasında muayene eder."

Behice düşünceliydi. Aslında kendi de endişe etmişti bayıldığı için ama Kemal'le bir sır paylaşmak fikrinden hoşlanmamıştı. Mehpare'nin tereddütünü anlamış gibi, "Kemal Bey kimselere söylemez, inanın bana," dedi, "Saraylıhanım'ın ne kadar evhamlı olduğunu o hepimizden iyi bilir."

"Pekâlâ," dedi Behice, "öyle olsun. Şimdi söyle bakalım bana, Şahende Hanım neler anlattı? Benim kulaklarım uğulduyordu, hiçbir şey duyamadım."

"Şahene bir konuşma yaptı. Onu dinlerken insanın içinden silah kuşanıp hemen gidesi geliyordu düşmana karşı durmaya. Kadın erkek hepimizi Anadolu'da başlayan harekete katılmaya çağırdı."

"Ne yani, çoluk çocuğumuzu bırakıp Anadolu'ya mı geçecekmişiz?"

"Geçmemiz şart değilmiş. Para yardımı da yapabilirmişiz. Eşya, battaniye, hırka, ayakkabı ve erzak gönderebilirmişiz. Sargı bezi dikebilir, ilaç tedarik edebilirmişiz. Öyle dedi yani."

"Sen sakın bunları Reşat Bey'in yanında söyleyeyim deme, vallahi bizi bunların konuşulduğu bir meclise götürdüğü için, Azra Hanım'ı hemen evine geri yollar," dedi Behice.

"Bence Reşat Bey de vatanını çok seviyor," dedi Mehpare, "o yüzden bize kızmaz, merak etmeyin."

"Ne tuhaf bir kızsın sen," dedi Behice. "Kemal mi öğretiyor sana bunları?"

"Kimse öğretmiyor efendim," dedi Mehpare, "hepimiz gönlümüzde sevgilerimizle doğuyoruz... Vatan sevgimizle, evlat sevgimizle, ana-baba sevgimizle, aşkımızla. Zamanı geldikçe içimizdeki sevgiler filiz veriyor sadece. Ben böyle düşünüyorum yani..."

"Ne zaman düşünüyorsun sen bütün bunları?"

"Ben gecelerce uyumadımdı ya, Kemal Beyimin başında beklerken, işte o zaman çok düşündümdü."

"İlahi Mehpare! Artık çok düşünme de uyumana bak geceleri. Uykusuzluktan, yorgunluktan sararıp soldun. Böyle giderse sen de hastalanacaksın. Benim gibi bayılıverirsin sonra," dedi Behice.

"Siz beni merak etmeyin Behice Abla," dedi kız gülümseyerek, "bir şeycik olmaz bana. Biz Çerkezler cefaya alışkınızdır. Kemal Beyimiz bile, binlercesi donarak ölürken Sarıkamış'tan sağ salim dönebildi ya evine, işte o zaman inandım ki, Allah biz Çerkez kullarını kayırıyor azıcık."

"Kemal'in döndüğü günkü hali gözümün önüne geliyor da, ona sağ salim döndü diyebilmek için herhalde Çerkez olmak lazım, ilahi Mehpare," dedi Behice.

Damat Ferit Paşa, yeni sadrazam olarak, kabinesini kurarken maliye nazırını değiştirmedi. Maliye nazırlığı teknik malumat gerektiren bir makamdı, Ahmet Reşat uzun yıllardan beri bu malumata haizdi ve bugüne kadar partizanlığı görülmemişti. Ahmet Reşat ise hoşlanmadığı sadrazamın kabinesinde yer almayı, kadim dostu Ahmet Reşit'in de aynı kabinede Dahiliye Nezareti'ne tayin edildiğini öğrenince içi rahatlayarak kabul etti.

Doktor Mahir, hem aile dostunun eski makamına yeniden tayinini tebrik etmek hem de Behice Hanım tarafından gönderilen mektuptaki davete icabet etmek için, sabah saatlerinde Reşat Bey'in konağına bir ziyarette bulunmuştu ve her zamanki gibi, önce Kemal'in odasına çıkmıştı. Kemal'le görüşürlerken kapı vurulmuş, Behice peşinde Mehpare ile içeri süzülmüştü. Kemal'e gözleri yerde, utanarak rica etmişti; geçenlerde bir fenalık geçirmişti. Mühim bir şey değildi ama doktor beyden tavsiye almak istiyordu. Acaba kısacık bir süre, Mehpare'nin odasında bekleyebilir miydi?

"Elbette yenge, ben aşağı inerim," demişti Kemal.

"Yok yok, aşağı inmeyin Kemal, Saraylıhanım'ın dikkatini çekmeyelim. Endişelenmesin boşuna. Mehpare'nin odasında bekleyiverin."

Kemal çıkınca Behice hemen sadede geldi. Mektubunda belirttiği gibi, doktordan bir ricası vardı. Bu muayenenin ev halkını telaşa vermemek adına, kimse tarafından bilinmemesini, aralarında kalmasını rica ediyordu.

Doktor Mahir, muayenesini bitirdikten sonra, ellerini yıkamak için izin isteyip odadan çıktı. Kemal'in yatağında uzanmakta olan Behice doğruldu, saçlarından kayan örtüyü düzeltti ve başında bekleyen Mehpare'ye, "Haydi git, Kemal Bey'e haber ver de odasına dönsün," dedi.

Odaya geri gelen Doktor Mahir, "Efendim, görünürde hiçbir rahatsızlığınız yok," dedi, "Söylediğiniz gibi, ebe hanım bilmiş, herhalde hamilesiniz. Bir şişeye biraz idrar koyar, bana verirseniz, size tam neticeyi en kısa zamanda bildiririm."

"Nasıl olur? Hay Allah!"

"Neden olmasın? Bu sefer, belki de o kadar beklediğiniz erkek evlada kavuşursunuz."

"Reşat Bey için istiyorum bir erkek evlat, kendim için değil, Mahir Bey."

"Reşat Bey kızlarından çok hoşnut, gördüğüm kadarıyla."

"Biliyorsunuz Suat'ı mektebe yolladı, erkek çocukmuş gibi. Bir oğlu olursa kızları rahat bırakır."

"Fena mı kızların da okumaları?"

"Kızların terbiye ve tahsili ayrıdır, efendim. Suat'ın elinden daha doğru dürüst bir kanaviçe bile çıkmıyor. Ut çalamıyor. Evde kalmıyor ki öğrensin bunları. Mektebe gitti gideli, hayta oldu."

Doktor Mahir güldü, "Ya Leman?" diye sordu.

"Onu Reşat Bey'in elinden Saraylıhanım kurtardı. Leman'ın gözlerini, boyunu posunu, bir de aşırı titizliğini kendine benzetiyor ya, ona Çerkez yemekleri öğretip duruyor. Lakin Leman pek tembel. Piyano çalmaktan başka sevdiği hiçbir şey yok."

"Zor yaşlarıdır kızların bu yaşlar," dedi Mahir, "tembelliği yakında geçer efendim. Şimdi o ne bir çocuk, ne de bir genç kız. Haliyle şaşkındır biraz."

Mehpare Kemal'le birlikte odaya geri döndüğünde, Mahir çantasını çoktan toplamıştı.

"Eee doktor, yengemin baygınlığının esbâb-ı mucibesini keşfettin mi?" diye sordu Kemal.

"Yengenin baygınlığının esbâb-ı mucibesi şu anda Maliye Nezareti'nde işinin başında herhalde," dedi Mahir gülerek.

"Yapma yahu!"

"Sürekli savaşan bir millete sürekli nüfus takviyesi gerek, elbette!"

"Benimle eğlenmeyin," dedi Behice, "belki de hakikaten heyecandan bayıldım. Selanik'ten hadiseli kaçışımızdan beri böyle kalabalıklara pek gelemiyorum. Hemen yüreğim sıkışıyor. O yüzden, yalvarırım her ikiniz de henüz kimseye bir şey söylemeyin, e mi!"

"Merak etmeyin Behice Hanım, bir doktor hastası ile olan hususi meselelerini asla kimseye faş edemez. Ben tahlilin neticesini size mutlaka bildiririm, sonrası artık size kalmış. Kime isterseniz ona söylersiniz."

"Ya hamile değilsem?"

"Bir daha bayılmazsanız, mesele yok. Bayılmalar tekrar ederse hastaneye buyurursunuz, bazı tahliller vardır, onları yaparız. Ama şimdi gidin, bir şişe bulun ve aşağı inmeden idrar numunesini bana getirin lütfen."

Behice Mahir'e teşekkür ederek odadan çıkınca Mehpare peşinden seğirtti, "Behice Abla, bir kolonya şişesi vardı, ağzı tıpalı. Onu boşaltıp yıkamamı ister misiniz?" diye sordu.

"Ziyan olmasın kolonya?"

"Çok az kalmıştı zaten."

"Teşekkür ederim Mehpare, hazır edince hemen getiriver yatak odama."

***

Behice odasına çekildi. Kapısını kilitledi, bluzunu çıkardı, aynanın önünde göğüslerini kontrol etti. Meme uçları hafifçe koyulaşmıştı. Sabahları canı hiçbir şey yemek istemiyordu ve kokulara karşı burnu iyice hassaslaşmıştı. Hamile olma ihtimali vardı ama, o toplantı gününün sıkıntı ve endişesinden de bayılmış olabilirdi. Bir daha asla gitmeyecekti böyle yerlere. Mehpare iyice çalkaladığı kolonya şişesi elinde kapıyı vurunca, kapıyı açtı ve şişeyi kaptığı gibi tuvalete koştu.

Mahir, kadınlar odadan çıktıktan sonra, Kemal'in masaya yayılmış son çevirilerini toparladı ve çantasından yeni dergiler çıkartıp arkadaşına uzattı.

"Tercüme yapmak bana kâfi gelmiyor, Mahir," dedi Kemal, "kendimi son derece sıhhatli ve kuvvetli hissediyorum. Aranıza katılma zamanım geldi."

"Sıhhatine kavuştuğunu inkâr edemeyeceğim. Ama bünyen hâlâ zayıf Kemal. Kendini çok zorlamamalısın."

"Bir odanın içinde hapsolmak maneviyatımı harap etmekte. Böyle giderse aklımı kaçıracağım."

"Kolay olmadığını biliyorum dostum. Tevkifat emrin olmasaydı seni çoktan çiftliğe aldırmıştım ama etraf casus dolu. Kim hafiye, kim değil, anlamak zorlaştı."

"Görüntümde bazı değişiklikler yapabilirim, Mahir. Sakal bırakırım, saçlarımı boyarım, gözlük takarım. Saraylıhanım'ın ara sıra kullandığı kına var mesela..."

"Bak bu fena fikir değil. Saçlarına kırmızı bir ton verirsen, seni Yahudi zannedebilirler. Böylece işgal kuvvetlerinin hışmından hemen kurtulursun, çünkü onların derdi ekaliyetlerle değil, Müslümanlarla."

Kapı vurulunca sustu Mahir. Mehpare, Behice'nin idrar şişesini getirmişti.

"Behicanım bunu size vermemi söyledi," dedi şişeyi Mahir'e uzatırken. Mahir şişeyi alıp tıpasını kontrol etti ve körüklü doktor çantasının içine koydu.

"Kemal Bey, size bir şey sorabilir miyim?" dedi Mehpare.

"Sor bakalım."

"Behice Ablamın Selanik'te başına ne geldi? Neydi o hadiseli kaçış hikâyesi? Kötü bir hatırası mı var?"

Mahir'le Kemal birbirlerine baktılar.

"Kötü bir hatırası var," dedi Kemal.

"Öğrenmemde mahzur var mı?"

"Neden bu kadar merak ettin Mehpare?"

"Sadece ablama yardımcı olabilmek için. Eğer hamile değilse ve yarın öbür gün yine bayılacak olursa, hakikatı bilirsem belki elimden kolonya koklatmaktan daha fazlası gelir, onu rahatlatırım diye düşündüm. Geçen gün gittiğimiz konaktaki kalabalığın onu çok rahatsız ettiğinin farkındayım."

"Doğru müşahade etmişsin. Kalabalık ve gürültüden o günden beri ürker yengem. Dayım Balkan Harbi sırasında ailesiyle birlikte Selanik'te vazifeliydi. Harbi kaybedince, Osmanlılar çok kısa bir zaman içinde şehri boşaltmak mecburiyetinde bırakıldılar. Dayım, yengemi ve henüz küçük yaşta olan kızlarını, ilk kalkan gemiyle bir an önce İstanbul'a göndermeyi uygun görmüştü. Çünkü oralarda kalmak tehlikeli olmaya başlamıştı. Rumlar, Türklere eziyet ve hakaret ediyorlarmış."

"Siz onlarla birlikte değil miydiniz beyim?"

"Ben burada, leyli mektepte talebeydim."

"Yolda başlarına bir şey mi gelmiş yoksa?"

"Çoluk çocuk evlerinin kapısından, dayımın dostu olan Rus Sefiri'nin faytonuna binmiş, limanda demirli gemiye kadar sefirin hususi faytonunda gitmişler. Rus kavas, aileyi muhtemel saldırılardan korumak için yol boyunca arabacının yanında oturmuş. Şehir boşaltılırken, yerli Rumlar, Türklerin bindikleri vasıtalara taş atıyor, küfürler, hakaretler ediyor, ellerine geçirdiklerini hırpalıyor, eşyalarını talan ediyorlarmış. Çok tehlikeli bir yolculuktan sonra limana ulaşıp gemiye binmişler ama binene kadar da işitmedikleri hakaret kalmamış. Biraz tartaklanmışlar. O sırada yengem hamileymiş, yaşadığı korku ve heyecandan, gemi yolculuğu sırasında bebeğini düşürmüş. O günleri hatırlatan bağırıp çağrışmalar, nümayişler, hatta masum kalabalıklar dahi yengeme hep kötü tesir eder. İstanbul'a döndükten sonra uzun zaman toparlanamamıştı. Kolay değil tabii, yanında küçük kızlarıyla gencecik bir kadın, kocası da yanında değil..."

"Reşat Beyefendi niye ailesiyle birlikte dönmemiş?"

"Dayım, asırlık arşivleri toparlamak zorundaydı. O birkaç ay kadar sonra dönmüştü."

"Benim pederimle birlikte döndülerdi," dedi Doktor Mahir, "bak, bilmediğiniz bir şeyi daha öğreneceksiniz bugün Mehparanım. Biz ta o Selanik günlerinden beri ailece tanışırız Reşat Beyefendilerle. Hem komşuyduk, hem de pederlerimiz meslektaştılar. Defterdarlıkta birlikte çalıştılar ve maceralı dönüşlerini de birlikte yaptılar. Bu yüzden pek yakınızdır, adeta akraba gibiyizdir."

"Allah gani gani rahmet eylesin, Mahir Bey'in pederi dayımın amiriydi," dedi Kemal. "Senin bizim yanımıza gelmen de yengemin İstanbul'a döndüğü o günlere rastlar. Yengem kaybettiği bebekten dolayı kansız kalmış, yataklara düşmüştü, çocuklarıyla ilgilenemiyordu. Büyükannem, Leman'ı ve Suat'ı oyalasın diye, akrabadan bir Çerkez kızının evimize misafir geleceğini haber verdiydi. Küçücük yaşında bile bizim haşarı kızları hizaya sokmayı bildin. Ne akıllı ve güzel bir çocuktun Mehpare."

Mehpare kıpkırmızı oldu. "Pek de çocuk sayılmazdım ama..."

"Nasıl sayılmazdın? On iki-on üç yaşında var yoktun."

Mehpare birden telaşlandı, "Ah beyim! Söylemeyi unuttum, şimdi kızacak yine bana Saraylıhanım. Neden hâlâ aşağı inmediğinizi merak ediyor beyim, Mahir Bey'e selamlıkta ikram yapacakmış büyükanneniz."

"Sen in, biz de geliyoruz Mehpare," dedi Kemal.

Mehpare odadan çıkınca Kemal yine konuya döndü.

"Papaz kıyafetine mi girsem acaba, ne dersin?" diye sordu Kemal.

"Birader, zamanı geldiğinde, çiftliğe giderken sen yine bir çarşafa bürün. Çiftliğe vasıl oldun muydu, gerisi kolay."

"Diğer günlerde ne yapacağım? Sokakta dolaşırken?"

"Senin sokakta yapacağın işler gündüz gözüyle yapılmıyor, Kemal. Gündüzleri zaten hep içerde çalışıyor olacaksın. Anadolu'ya kaçan subaylara terhis belgeleri ve yeni hüviyetler hazırlanıyor. Bu çalışmalara katılacaksın."

"Geceleri de silah kaçıracağız, değil mi?"

"Silah kaçıran bölüklerimiz var. İşlerini gayet iyi yapıyorlar. Allah korusun, eksilecek olurlarsa sen de katılırsın. Ama senin vazifen başka bir şey."

"Ne?"

"Fransız kuvvetlerine bağlı Cezayirli birlikler var. Bunlar Rami Kışlası'nda ikamet ediyorlar. Cuma namazı için Eyüpsultan Camii'ne geliyorlar. Vaazlarda vaizler, bu Müslüman askerleri din kardeşlerine ihanet etmemeleri için iknaya çalışıyor. Sen vaizlerin sözlerini Cezayirli askerlere tercüme edeceksin."

Kemal'in hayal kırıklığını yüzünden okumak mümkündü.

"Üzülme, bunun yanı sıra başka vazifelerin de olacak, biraz daha tehlikeli işler."

"Nasıl işler?"

"Sırası gelince anlatacağım."

"Ben Anadolu'ya geçmek istiyorum Mahir."

"Biliyorum kardeşim. Ama herkes Anadolu'ya geçerse buradaki işleri kim sevk ve idare edecek? Bütün silahlar İstanbul'da temin edilerek Anadolu'ya aktarılıyor. Terhis olan askerlerin yeniden toparlanması, sivillerle birlikte taşraya kaçırılması buradan yapılıyor. Taşraya geçecek olanlara evrak hazırlamak, para temin etmek, Fransız ve İtalyanlardan silah satın almak... Bunların hepsi önemli birer iş. Çarpışmak kadar önemli. Zamanı gelince Anadolu'ya da geçersin, hem sıhhatçe daha da güçlenmiş olarak."

"Hakkın var."

"Dayına yeni kurulan Damat Ferit Kabinesi'nde yine nazırlık vermeleri çok iyi oldu, biliyor musun Kemal, Reşat Bey'den elde edebileceğin malumat çok faydalı olabilir."

"Dayıma haberi olmadan casusluk mu yaptırmamı istiyorsun?"

"Elbette hayır ama arananların ve tevkif edileceklerin adlarını öğrenebilirsen, bizi haberdar etmende fayda var."

"Dayıma benim yüzümden zarar gelsin istemem. Sen beni hayırlısıyla çiftliğe vasıl eyle, orada bana ne iş buyururlarsa yaparım. Lakin bir kere konaktan çıktıktan sonra, evime dönmem artık Mahir. Onları da tehlikeye atmaya hiç hakkım yok."

"Doğru söylüyorsun da, dayından edineceğin malumat çok değerli... Acaba konakta kalmaya devam mı edeydin?"

"Çok sıkıldım burada. Ayrıca kalsam da, dayımdan malumat almak, o istemedikçe... Olmaz be Mahir!"

"Haksızsın demiyorum ama aile terbiyesini unutmak zamanı geldi bence. Vatan elden gitti gidecek."

"Dayım yakında ikna olacaktır. İnan bana, Meclis'in basılması ve Şehzadebaşı Karakolu katliamı onu çok sarstı."

"O halde her şeyi zamana bırakalım, Kemal," dedi Mahir, "her şeyi zamana bırakalım da, ne kadar zaman kaldı? Bütün mesele orada!"

Azra yemek masasının başından aldığı bir iskemleyi piyano çalışmakta olan Leman'nın taburesinin yanına kadar taşıdı, kızın yanı başına oturdu.

"Birlikte çalabileceğimiz bir parça var. Göstereyim ister misin?" diye sordu.

"Çift el mi?"

"Evet."

"İsterim ama Suat görmesin."

"Neden?"

"Görürse o da öğrenmeye kalkar."

"Fena mı, iki kardeş birlikte çalarsınız."

"İstemem Azra Abla. Suat bahçede çamurladığı ellerini yıkamadan tuşlara dokunuyor. İllet ediyor beni."

"Sen Saraylıhanım'a çekmişsin, titizsin biraz."

"Öyleyim. Kimse eşyalarımı ellesin istemem."

"Temiz ve tertipli olmak iyi bir şeydir ama ifrata kaçmamak şartıyla," dedi Azra. "Güzel çalıyorsun Leman. Bir piyanist olmak ister miydin?"

"Nasıl yani?"

"Büyük salonlarda konserler vermek, piyano çalmayı meslek edinmek?"

"Kızlar evlenince böyle şeyler yapamazlar ki, Azra Abla."

"İsterlerse yaparlar Leman. Sen evlenmek mi istiyorsun yoksa?"

"Hemen değil ama birkaç sene sonra. Nenemiz diyor ki, iyi bir kısmet çıktı mıydı, kaçırılmamalıdır. İyi kısmetler kızlara ancak gençken çıkarmış."

"Öyle miymiş?"

"Öyle tabii. Bakın, siz evlenemiyorsunuz işte."

Azra gülmeye başladı, "Saraylıhanım mı söyledi bunu?"

Leman hayır anlamında başını salladı. "Siz niye evlenmiyorsunuz Azra Abla?"

"Ben evlendim kızım. Ama kocam muharebede şehit oldu."

"Bir kere daha evlenemez misiniz?"

"Olabilir ama ben kocamın hatırasına sadık kalmak istiyorum."

"Ama Azra Abla, bütün bir hayat böyle geçer mi evlenmeden, çocuksuz filan?"

"Anlaşabileceğim erkeği bulmak kolay değil Leman, Saraylıhanım haklı sayılır, benim yaşıtım erkeklerin hepsi evlendi, çoluk çocuğa karıştı."

"Hepsi değil. Kemal Amcam bekâr."

"Aaa! Kimden çıktı bu fikir, bakayım?"

"Geçenlerde konuşuyorlardı bizimkiler."

"Hımmm! Anlaşıldı. Nenen beni amcanla başgöz etmek istiyor."

"Kemal Amcamı size uygun gören nenem değil, annemdir. Birlikte çok iyi anlaşacağınızı düşünüyor."

"Ne yazık ki biz onunla kardeş gibi birlikte büyüdük. Bize nikâh düşmez."

"Yazık! Ben sizi pek seviyorum. Evimize yabancı kadınlar gelsin istemem."

"Amcanın bu aralar evlenmeye niyeti yok, merak etme Leman."

"Halbuki annem onun bir an evvel baş göz etmek istiyor. Başka türlü mesuliyet sahibi olamazmış."

"Yaa?"

"Evet. Çoluk çocuğa karışırsa uslanır diyor annem..."

"Onu hizaya getirmek için de beni seçtiniz demek."

"Annem, Kemal Amca'nın hakkından ancak tecrübeli birinin geleceğini düşünüyor, lakin nenem torununa hiç evlenmemiş genç bir zevce istermiş. Öyle dedi."

"Zamanı gelince Kemal Amcan evleneceği hanımı kendi bulur inşallah. Gel şimdi biz çalacağımız parçaya bakalım."

Tam birlikte çalmaya başlamışlardı ki, Kemal'in yanlarına gelmesiyle durdular.

"Azra, biraz gelebilir misin, konuşmamız lazım," dedi Kemal.

"Leman'la piyano çalışıyoruz. Daha sonra konuşalım."

"Lütfen Azra, söyleyeceğim önemli."

Leman gözünde şeytanca pırıltılarla Azra'ya bakarak, "Siz şimdi amcamla konuşun, biz sonra yine birlikte çalarız," deyince, Azra yüreğinde tuhaf bir rahatsızlıkla kalktı yerinden. Behice, kızını da alet ettiği bir oyuna mı getiriyordu Azra'yı? Bir emrivaki mi yapıyordu? Halbuki konağa hiçbir art niyet düşünülmeden davet edildiğini zannetmişti. Kemal'in peşinden yürüdü, oturma odasına birlikte girdiler.

Sert bir sesle, "Neymiş bu çok mühim şey, söyle bakalım," dedi.

"Bu söyleyeceğimin aramızda bir sır olarak kalması lazım, Azra."

"Bana söyleyeceklerinle konu komşuya böbürleneceğimi mi sanıyorsun, kuzum?"

"Ne diyorsun Azra? Ne böbürlenmesi?"

"Bilemem! Ne diyeceksin bana, söyle bakalım sırrını!"

"Sen Fehime Sultan'la iyi arkadaşsın, değil mi?" diye sordu Kemal.

Azra beklemediği bu soru karşısında şaşırdı.

"Evet. N'olacak?"

"Ondan bizim için malumat almayı becerebilir misin?"

Bu kez merakla, "Ne gibi malumat?" diye sordu.

"Şu T.S. rumuzlu cemiyet var ya..."

Azra bir an düşündü.

"Hangi cemiyet? Haa, evet."

"İşte onlar, dini tahsil veren mekteplere ve dini teşekküllere para akıtarak, Millicilere karşı cephe açmaya çalışıyorlar."

"Öyleymiş. Bizim hanımların arasında da konuşuluyor bu husus."

"Düşünsene Azra, bu cemiyetin Anadolu'da 25'in üstünde dini mektebi bulunduğu tespit edilmiş. Padişahtan gelen yardımlarla para içinde yüzüyorlarmış. Padişah bu parayı nereden buluyor dersin?"

"Nereden buluyor?"

"Para işgal kuvvetlerinden geliyor. Yani İngilizler padişaha ödeme yapıyorlar, o da başta Şeyh Sait olmak üzere, İngiliz taraftarı şeriatçılara geçiriyormuş parayı. Fehime Sultan, padişaha laf arasında bunu bir söyletebilirse..."

"Böyle olduğu aşikâr değil mi Kemal?"

"Aşikâr ama kendi ağzıyla teyit etmesi bambaşka olurdu. Yoksa, padişaha iftira etmiş durumuna düşeriz."

Azra, düşersek düşeriz, ne olacak yani, diye düşündü. Kemal sıkıntılı görünüyordu.

"Ah, anladım, dayından korkuyorsun sen!"

"Kimseden korkmuyorum. Sadece emin olmak istiyorum ki, bu malumatı gönül rahatlığı ile kullanabilelim. Bir gün hesabını vermek zorunda kalırsak alnımız ak olsun, kimseye iftira etmemiş olalım."

"Vatan topraklarını işgal etmiş devletlerin parası ile oturduğu dalı kesen bir padişah için bu kadar zahmete değer mi?"

"Değer. Bu hakikatin bizzat padişahın ağzından çıktığını duyarsa dayım dahi bize katılır."

"Başımız göğe mi erer?"

"Eğer para musluğunu elinde tutan bir kişi bizim davamıza katılırsa, evet, başımız göğe erebilir."

"Dayın nasıl oluyor da bizim görebildiklerimizi göremiyor, Kemal?"

"İnsanlar sevdikleri veya mukaddes addettikleri kimselerin kusurlarına karşı kör olur. Sen söyle bana şimdi, Fehime Sultan bir sohbet esnasında bu malumatı Sultan'ın ağzından alabilir mi?"

"Evime döneyim de Hakkı Efendi'yle bir mektup göndereyim Fehime Sultan'a, ona bir ziyarette bulunmak istediğimi arz edeyim."

"Bir an önce git lütfen. Bu malumat bize pek çok taraftar kazandıracaktır, inan bana."

"Merak etme, benim de acelem var. Annem karşı yakanın bu taraftan daha emniyetli olduğuna kanaat getirmiş, benim de onunla birlikte Erenköy'de, teyzemlerde kalmamı istiyor. Fehime Sultan'ı Erenköy'e geçmeden önce görmeliyim. Sizlerin misafirperverliğinizi de suistimal etmemek lazım."

"Sakın öyle düşünme. Başımızın üstünde yerin var."

"Yaa, öyleymiş meğer! Sana bir gizli malumat da ben vereyim, ister misin?"

"Söyle hemen."

"Yengen aramızı yapmaya çalışıyor, haberin olsun."

Kemal önce Azra'nın ne dediğini anlayamadı, şaşkın şaşkın baktı, sonra gülmeye başladı.

"Bunu da nereden çıkarttın?"

"Derler ya, çocuktan al haberi."

"Suat mı söyledi?"

"Leman söyledi. Annesini bizi birbirimize yakıştırırken duymuş."

"Vallahi hiç fena fikir değil. Ben bu konuda bir düşüneyim," dedi Kemal, hâlâ gülüyordu.

"Hele bir düşünmeye cesaret et!"

"Ben kendimi sana layık görür müyüm sanıyorsun, Azra?"

"Estağfurullah, kendini niye küçük görüyorsun? Sen benim kardeşimsin, bu yüzden olmaz."

"Kardeşin olmasam da, sen benden çok daha iyilerine layıksın. Sağlıklı, akıllı, parası veya mesleği olan değerli insanlara layıksın."

"Böyle birileri var mı, Kemal?"

"Var tabii."

"Kimmiş bunlar?"

"Mesela Doktor Mahir."

"Aman Allahım," dedi Azra, "ben dostlarımın konağına geldiğimi sanmıştım, meğer bir çöpçatan yuvasına gelmişim. Sakın Mahir adını tekrar edeyim deme Kemal, sonra fena bozuşuruz. Bir daha yüzüne bakmam."

"Bu kadar kızacak ne var, Azra?"

"Bir daha tekrar etmeyeceğine söz ver."

"Söz! Ama sen de Fehime Sultan'la görüşmeyi ihmal etmeyeceğine söz ver."

"Veriyorum."

"Azra... Sözümü tutamayacağım için kızma sakın... Neden Mahir'e bu kadar muhalifsin? Seni rahatsız edecek bir şey mi yaptı?"

"Ne münasebet."

"O halde niye öyle şiddetle itiraz ettin?"

"Bu hususi bir mevzu."

"Anladım. Sana açılmak istedi, sen yüz vermedin. Pekâlâ, mesele kapanmıştır. Bir daha lafını etmem."

"Nerden çıkardın bu saçma düşünceyi?"

"Birkaç ay öncesine kadar iyi dosttunuz. Mahir ne zaman beni ziyarete gelse sizin köşke de uğrardı. Demek alakasından rahatsız oldun."

Azra bir süre başını eğip durdu, sonra ani bir kararla başını kaldırdı, bakışlarını Kemal'in gözlerine dikip konuştu: "Hayır, tam tersi oldu Kemal. Anladım ki ben Mahir Bey'i hiç alakadar etmiyorum."

"Vay aptal Mahir," dedi Kemal. "Burnumu soktuğum için bağışla beni Azra. Bir daha yanında adını ağzıma almam."

"Yoo, alabilirsin. Beni eş olarak istememesini bir haysiyet meselesi haline getirmiş değilim. Ortada bir mesele de yok zaten, ben arkadaşlığımızın mahiyetini yanlış anlamışım."

"Senin gibi birini beğenmemek... Olacak şey değil."

"Beni beğeniyor. Lakin aşk başka bir şey, Kemal."

"Ah Azra, bilmez miyim," dedi Kemal, "gönül hakikaten ferman dinlemiyor. Keşke kalbimize söz geçirebilsek."

"Ve arzularımıza. Siz erkekler kalbinizden çok arzularınızın esiri oluyorsunuz galiba."

"Bu neticeye nasıl vardığını sorabilir miyim?"

Azra yanıtlamak üzereydi ama Leman, elindeki gümüş tepsinin üzerinde iki köpüklü kahve ve peşinde Mehpare ile odaya girince sustu.

"Konuşmanızı böldük, affedin," dedi Mehpare, başıyla Leman'ı işaret ederek, "bu küçükhanım size sabah kahvesi ikram etmekte ısrar etti."

"Hiç de değil," dedi Leman, "asıl Mehpare Abla istedi size kahve pişirmeyi."

"Ne iyi yapmış," dedi Azra, "ne zamandır içemiyordum bir acı kahve. Mehparanım, kahvemi içince bir fal kapatayım, Behicanım diyordu ki, siz anlarmışsınız faldan."

"Fal nedir ki," dedi Mehpare, "vakit geçsin diye işte, uydur uydur, anlat. Bana da Saraylıhanım öğretti şekillerden mana çıkarmayı."

"Bakalım benim telveden nasıl manalar çıkacak? Yakında Saray'a doğru bir yol görünüyor mu bana, falda göreceğiz," dedi Azra, Kemal'e göz kırparak.

Mehpare'nin gözünden, ikisinin arasındaki bu bir saliselik bakışma kaçmadı. Aralarında gizli bir mesele olduğu aşikârdı.

"Aaa Azra Abla, Saray'a mı gideceksiniz? Yine annemi götürecek misiniz?"

"Anneni götürmeyeceğim Leman. Beni alakalandıran mevzular onu bayıltıyor," dedi Azra gülerek.

"Yengemin günahına girmeyin, bayılmasının bambaşka sebepleri var," dedi Kemal.

Mehpare, Leman'ın tuttuğu tepsiden Azra'nın kahvesini alarak önündeki sehpaya bıraktı. İkinci fincanı Kemal'e uzatırken nasıl olduysa birden eli titredi ve kahve Kemal'in üzerine döküldü.

"Ayyy! Affedersiniz beyim. Hemen bir bez alıp geleyim. Sıcaktı kahve. İnşallah yanmadınız!"

Kemal, kahve lekesinin giderek yayıldığı pantalonunun önünü çekiştirerek kalktı, dışarı koştu. Peşinden gelen Mehpare'ye "Yandım," diye fısıldadı, "her geçen gün nasıl yanmış olduğumu biraz daha iyi anlıyorum."

Leman, orta kattaki cumbalı odanın kapalı kapısının ardında, amcası ile babasının sesini duyunca kapıyı tıkırdattı. Saraylıhanım tarafından, çocuk yaşından beri, odalara kapıyı vurmadan girmemesi için öylesine tembihlenmişti ki, "girin" sözünü duyana kadar kapı önünde bekledi. Ne tuhaf, babası ve dayısı içerdeydiler, sesleri geliyordu ama ona bir türlü "gir" demiyorlardı nedense. Sonunda dayanamadı, kapıyı aralayıp baktı. Dayı-yeğen sedirde karşılıklı oturmuş, kapıyı duyamayacak derecede derin bir sohbete dalmışlardı. Kız içeri girince babasına doğru koştu:

"Beybabacığım, günlerdir Suat'la birlikte hazırlanmaktayız. O bana kemanıyla refakat edecek. Size akşam yemeğinden sonra bir konser vereceğiz," dedi heyecan içinde.

"Akşam yemeğinden sonra evde olmayacağım güzel kızım."

"Ama beybabacığım, bana demiştiniz ki... Bana Suat'ı çalıştırmadığım için darılmıştınız ya, ben de sitemlerinizin üzerine, günlerden beri..."

"Bu gece Ahmet Reşit Bey'in konağına gideceğim. Birlikte hazırlamamız lazım gelen evrak var. Başka zaman dinlerim artık."

"Ama beybabacığım, biz kaç gündür hazırlanıyoruz..."

"Leman Hanım! Konserinizi başka gün icra edersiniz! Şimdi çıkın ve kapıyı da arkanızdan kapatın lütfen!"

Aylardır genç kızlıkla çocukluk arasında, değişik anların ilham ettiği haletiruhiyeye göre sürekli gidip gelen Leman, azarlanınca, tıpkı küçük bir çocuk gibi dudağını bükerek, başı eğik çıktı odadan.

"Gücendirdiniz kızı, dayıcığım," dedi Kemal.

"Bu evin yediden yetmişe bütün kadınları, memleketin içinde bulunduğu durumun farkında değil," dedi Ahmet Reşat. "Konserin sırası mı şimdi."

"Çocuk ne bilsin, dayı."

"Haklısın. Asabım son birkaç gündür çok bozuk Kemal."

"Hayrola?"

"Ne ümitler bağlayarak teşkil ettiğimiz Kuvayı İnzibatiye'yi lağvetme kararı aldık. Bu akşam Reşit Bey'in evine, Cemal Paşa da gelecek, bu hususta çalışacağız."

"Zaten ne lüzumu vardı Kuvayı Milliye dururken bir yeni teşkilat meydana getirmenin?"

"Vardı bir lüzumu."

"Benim aklım hiç ermemişti bu lüzuma."

"Dışardan gazel okumak kolaydır, Kemal Efendi! İşgalciler, Kuvayı Milliye'nin üzerine gitmemiz ve onları yok etmemiz için hükümetimize bir muhtıra vermişlerdi, hatırladın mı?"

"Hatırlamaz olur muyum! Sizler de hemen kabul buyurdunuzdu."

"Muhtırayı reddersek hükümetimizi feshetme ihtimalleri vardı. Biz buna mani olmak için isteklerini kabul ettik."

"Aman ne iyi ettiniz. Böylece güya asileri ama esasta vatanı kurtarmaya çalışan insanları ezmeyi, bastırmayı kabul etmiş oldunuz."

"Neden ettik, düşündün mü hiç? İşgalciler, bizim silahlı müfrezemiz olmadığı için, kendilerine rücu etmemizi ve bizim elimizde silah yok beyler, isyan edenlerle başa çıkamayız, buyrun bu işi siz yapın, dememizi beklediler."

"Keşke deseydiniz dayı. Kuvayı Milliye'yi yok etme kararının vebali sizlerin sırtınıza kalmazdı."

"Ah Kemal, anlamıyor musun, bu bir tuzaktı. Muhtırayı kabul etmesek, hükümeti dağıtırlardı. Silahlı müfrezemiz yok dediğimiz takdirde, bu vazifeyi İzmit'te alesta bekleyen yüz bin kişilik Yunan ordusuna verirlerdi. Devlet idare etmek incelik ister, oğlum. Devlet adamı, her attığı adımın on adım ötesini görebilmelidir. Bizler de bu hain tuzağa düşmemek için alelacele bu teşkilatı kurduk ki, Kuvayı Milliye'yi bastırıyormuş gibi yapalım ve Millicilere güçlenmeleri için zaman kazandıralım. Sırası geldiği zaman da, bu silahlı teşkilatımızı Anadolu'yu işgal etmiş Yunan'a karşı kullanalım."

Kemal hayretle dayısının yüzüne baktı. Ahmet Reşat, padişaha körü körüne bağlı bir adam değil de bir vatansever miydi? Eğer öyleyse, neden tanıyamamıştı dayısını bunca yıldır burnunun dibinde yaşadığı halde.

"Madem öyle, şimdi niye lağvediyorsunuz bu teşkilatı?" diye sordu.

"Evdeki hesap çarşıya uymadı maalesef Kemal. Ehil devlet adamları değilmişiz ki faka bastık. Biz hükümetin başına ve Harbiye Nazırlığı'na başkalarını düşünmüştük. Lakin Damat Ferit, atmaca gibi beklermiş, türlü manevralarla her iki makamı da, padişahı ikna ederek, o kaptı."

"Ferit'in fırsatçılığı inanılır gibi değil."

"Sultan'ın kız kardeşiyle evli olduğu için Saray'dan çıkmıyor. Haliyle Zat-ı Şahane'nin itimat ettiği yegâne kişi haline geldi."

"Böylece Millicilere ölüm fermanı çıkarttırmaya da muvaffak oldu."

"Onunla da kalmadı, Kuvayı İnzibatiye'yi bizim hayal ettiğimiz istikamette değil, tam tersine, Millicileri ezmek için kullanmaya başladı."

"İlahi dayıcığım, Damat Ferit'in tam bir İttihatçı düşmanı olduğunu bilmiyor muydunuz? Millicileri de İttihatçılarla bir tutuyor. O kadar dar görüşlü bir zat ki, burnunun ucunu görmekten aciz."

"Bir musibet daha zuhur etti bu arada. İnzibat alayları, İzmit üzerinden Anadolu'ya gönderilmişti.

Oraya vardıklarında bu kuvvetlere, İzmit'te bekleyen Çerkezler el koymaya kalkışmış. Meğer onların da gönlünde bir Çerkez devleti kurmak yatarmış. Anlayacağın, önüne gelen Osmanlı'ya ihanet etmekte, Kemal."

"Evet, olanları ben de duydum."

"Bakıyorum, istihbaratın pek kuvvetli."

"Doğrudur."

"O halde Damat Ferit'in, Osmanlı'nın encamını tayin etmek üzere, bir Paris seyahatine hazırlandığını da duymuşsundur."

Kemal cevap vermedi.

"İşte biz, bir ucubeye dönüşen bu teşkilatı, kendi ellerimizle nasıl var eylediysek, hazır Ferit burada değilken, yine kendi ellerimizle yok edeceğiz. Ahmet Reşit Bey ve Cemal Paşa ile bunun hazırlığını yapmaktayız."

"Ellerindeki silahları alabilecek misiniz acaba? O silahları Millicilere nakledebilmek harika olurdu."

"Hele önce teşkilatı lağvedelim, sıra silahlara da gelir."

"İşiniz çok zor, dayıcığım," dedi Kemal, "halinizi gördükçe ev mahpusluğuma şükredesim geliyor. Sizin yerinizde olmayı hiç istemezdim."

"İstifa etmeyi çok düşündüm. Lakin kendimi bildim bileli, ekmeğini yediğim, ikbalini gördüğüm devleti, şimdi dara düştüğünde, batan gemiyi terk eden fareler gibi terk etmeyi kendime yakıştıramıyorum. Çaresiz, göğüsleyeceğiz başımıza gelecekleri."

"Allah kolaylık versin," dedi Kemal.

"Vermiyor vallahi. Bizim hükümetin içinde iki ayrı fikriyat yokmuş gibi, bir hükümet de Ankara'da icraat yapıyor. Çinlilerin bir lafı vardır, iki efendisi olan köpek açlıktan ölür, derler. Allah sonumuzu hayreylesin."

Ahmet Reşat, kalktı yerinden, "Reşit Bey'i bekletmeyeyim, yavaş yavaş yola düzülsem iyi olur," dedi, "ısmarladığım araba gelmiştir çoktan."

Kemal'in içinden, kendi endişelerini de omuzlarına yüklediği cefakâr dayısının boynuna sımsıkı sarılmak geçiyordu ama tezahürattan hoşlanmadığını bildiği için tuttu kendini. Tam kapıdan çıkmışken geri döndü Ahmet Reşat:

"Şey diyecektim Kemal... Şu Leman'ın piyanosu... Kalbini kırdım yavrumun. Bu akşam kızlar konseri benim yerime sana dinletseler, olur mu?" diye sordu. "Tahammül gösterebilir misin Suat'ın kemanına?"

"Ben sizin yerinizi tutabilir miyim hiç? Onlar size göstermek istiyorlardı marifetlerini. Belki yarın akşam dinlersiniz."

"Sakın öyle bir ümit verme kızlara. Benim yüzümü bu önümüzdeki günlerde pek göremeyeceksiniz," dedi Ahmet Reşat.

Behice, "Zaten ne vakit görüyoruz ki yüzünüzü?" diye mızıldanarak kapıda belirdi.

"Araba istetmişsiniz Reşat Bey, lakin bulamamış Hüsnü Efendi. Ben size vaktiyle demiştim bir kupa edinelim diye ama dinlemediniz. Yürüyün bakalım şimdi Reşit Bey'in evine kadar."

"Eh, yürüyelim de hanımımızın lafını dinlememenin cezasını çekelim," dedi Reşat Bey, "Allahtan mevsim müsait, havalar pek latif."

Dayısıyla yengesi çıkınca, oturduğu sedirde, ellerini başının altına koyup uzandı genç adam. Yorgun hissediyordu kendini. Bu yorgunluk, beklediği haberin bir türlü gelmemesinden kaynaklanıyordu. Odasında oturup tercüme yapmanın ve Mehpare'yle sevişmenin dışında, hayata karışamamaktan iyice usanmıştı. Yarı açık pencereden deniz kokan bir yel esti içeri. Kemal bu kokuyu özlemle ciğerlerine çekti, ağır ağır kararmakta olan gökyüzüne baktı. Pencerenin önündeki manolyanın beyaz çiçekleri kısa ömürlerini doldurmuş, yemyeşil diri yapraklarla kaplanmıştı ağaç. Anlaşılan bahar bu sene de, kaç yıldır yaptığı gibi, gönüllere uğramadan, kimsenin kanını tutuşturmadan, sessiz sedasız geçip gidecekti İstanbul'dan. Gönenmek, sevinmek, coşmak için bir başka baharı beklemek zorundaydı şehir.

Aziz Kardeşim Kemal,

Bu mektubu, FS'nin yazı odasında aceleyle yazıyorum.

FS'den beni beklediği haberini alır almaz, hemen ziyaretine gittim. Beni her zamanki nezaketiyle karşıladı. Uzun uzun malum mevzuları konuştuk. Ona sizin merak ettiğiniz hususu sordum. İki gün sonra, kuzininin sene-i devriyesini tesit vesilesiyle, çay saatinde malum kişiyle bir araya geleceklerini, huzurdayken, bir yolunu bulup bu mevzuya temas edeceğini ve edineceği malumatı bana bir mektupla bildireceğini söyledi. Vapurların ne zaman sefere çıkacağı hâlâ belli değildi. Validem beni merak ediyor ve pek üzülüyor, biliyorsunuz. FS, beni hususi kayığı ile Üsküdar'a yollatmak lütfunda bulunduğu için, sizlerle vedalaşamadan, az sonra karşı tarafa geçeceğim. Saraylıhanımefendi ile Behice Hanımefendilere de ayrıca birer teşekkür ve veda mektubu yolayacağım. Beklediğimiz malumatı alır almaz, yine Hakkı Efendi ile size ulaştıracağım. Bana ailece gösterdiğiniz samimi misafirperverliğe pek çok teşekkür ederim. Leman ve Suat küçükhanımların gözlerinden öperim.

Hemşireniz.

Azra Ziya

Kemal, mektubu katlayıp ceketinin cebine koydu. Azra'nın ikinci mektubu gelene kadar, en az bir hafta daha beklemesi gerekecekti. İstediği malumatı alabilmişse, dayısını ikna yoluna gidecekti. Kendine canla başla bakan ailesinden bir hırsız gibi kaçarak ve onu defalarca bağışlamış olan dayısıyla arasındaki köprülerini yıkarak ayrılmak istemiyordu evinden. Veda etmeden gidecek olursa bir daha geri dönemeyeceğini de biliyordu. Ama eğer dayısını kendi safına çekebilirse... Eğer çekebilirse... En azından haklı olduğuna ikna edebilirse, evden ayrılırken sevdikleriyle rahatça vedalaşabilirdi. Onlara sımsıkı sarılır, kokularını içine çekerdi. Hayır dualarını alırdı. Odasının içinde yaralı bir aslan gibi bir aşağı bir yukarı yürürken, büyükannesini, kızları, yengesini, dayısını içi burkularak düşündü. Ve Mehpare'yi! Mehpare'yi bir daha görememek, ona sarılamamak, pürüzsüz tenini öpememek... Boğazına bir yumru yerleşti. Sonra merdivende yukarı çıkan ayak seslerini duydu. Mehpare'nin adımlarına benzemiyordu. Sert erkek adımlarıydı bunlar. Dayısı sabah erkenden gittiğine göre, kim geliyordu yukarıya pekiyi? Hüsnü Efendi'nin asla âdeti değildi evin içinde dolanmak! Başucunda duran pirinç şamdanı eline aldı, oda kapının arkasına geçti, bekledi. Tık tık vuruldu kapı.

"Kimsin?"

"Mahir."

Rahat bir nefes aldı, açtı kapıyı.

"Hayrola Mahir?" dedi. "Bir şey mi oldu?"

"Saraylıhanım doğru yukarı çıkmamı söyledi de, ben de geldim işte."

"Seni beklemediğim için korktum biraz. Bu kata kadınlardan başka kimse çıkmaz da."

"Yengenin tahlil neticesini bir an önce bildireyim diye gelmiştim. Saraylıhanım kapıda karşıma çıkınca seni görmeye geldiğimi söyledim, o yolladı beni yukarı."

"Tahlil ne çıktı?"

"Müsaade edersen bunu önce yengene bildireyim."

Kemal dışarı çıkıp karşı odanın kapısını tıklattı. Açılmayınca aşağı kata, Mehpare'ye seslendi:

"Mahir Bey'le sana ayran çırpıyor. Birazdan getirir," diye yanıt geldi Saraylıhanım'dan.

"Azra'dan bir mektup aldım, Mahir," dedi Kemal, "Fehime Sultan tam da bugün padişahı görecekmiş. Ağzını arayacak. Bence açıkça soracaktır. İngiliz taraftarı olduğunu saklamıyor ki Vahdettin, niye sormasın, öyle değil mi?"

"Şeyh Sait'in herkesin parasızlıktan imanının gevrediği şu günlerde israf içinde yaşadığını biliyorsun, değil mi?"

"Parayı Sait'e mi veriyor İngilizler?"

"Ona da ayrıca veriyorlardır, eminim. Sait'in teşkilatının yanı sıra, başka İngiliz yanlısı teşkilatlar da var. Hürriyet ve İtilaf Partililer, paranın tamanının Sait'in elinde olmasından hoşlanmazlar. İngilizler de yandaşlarını kızdırmak istemezler herhalde. Paranın bir kısmını, gerekli yerlere dağıtması için, mutlaka padişaha veriyorlardır."

"Dua et de öyle olsun."

Ayranları getiren Mehpare'ye Kemal, yengesini yukarı çağırmasını söyledi. Mehpare koşarak Behice'nin odasına indi. Az sonra birlikte döndüler.

"Gel Mehpare, biz senin odana geçelim, yengemle doktor baş başa konuşsunlar," dedi Kemal.

Onlar çıkınca, Kemal'in yatağının ucuna ilişen ve kucağında kavuşturduğu elleri titreyerek bekleyen Behice'ye, "Gözünüz aydın, efendim," dedi Mahir, "geçirdiğiniz baygınlık için başka sebepler aramamıza lüzum kalmadı. Hamilesiniz."

"Ahhh! Yapmayın!"

"Sevinmediniz mi yoksa? Hep bir erkek çocuk beklediğinizi biliyorum. İnşallah bu, o çocuktur."

Önüne baktı Behice, hiç sevinmiş bir hali yoktu.

"Leman kocaman bir kız oldu, nerdeyse gelinlik çağına geliyor. Ona söylerken mahcubiyet duyacağım."

"Ama siz hâlâ çok gençsiniz hanımefendi."

"Harp içindeyiz. Bin türlü sıkıntımız var. Zamansız oldu bu çocuk. Erkek olacağı da hiç malum değil."

"Şart da değil. Allah sıhhatli, hayırlı evlat versin."

"Amin."

"Bana bir tarih verebilirseniz, ne zaman doğacağını hesaplar, söylerim size."

"Size başka zahmet vermeyeyim doktor. Ebe hanımla görüşürüm artık."

"Nasıl isterseniz," dedi Mahir.

"Müsaadenizle ben çıkayım..."

"Behice Hanımefendi..."

"Buyurun."

"Şimdi bana sorarlarsa ne diyeyim? Kemal, Saraylıhanım filan sorarlarsa?"

"Bana birkaç gün zaman tanıyın. Reşat Bey'e haberi ilk ben vereyim, sonra diğerlerine de söyleriz."

"O halde ben henüz hiçbir şey bilmiyorum, efendim. Tahlil neticesini henüz almadım."

"Teşekkür ederim doktor." Behice çıktı.

Mahir, hamilelik haberine sevinememiş, mahzun kadının arkasından bakakaldı. İşgal altında bir şehirde, ne nazırlık ikbaline erişmiş bir koca, ne yeni bir bebeğin müjdesi bir kadını mutlu etmeye yetiyordu. Baharın erguvanlarında, sümbüllerinde dahi hazin bir hava vardı. Genç, ihtiyar, hatta çocuk, herkesin ve her şeyin üzerine hüzünden örülmüş eflatun bir tül atılmış gibiydi.

Mahir odada biraz daha bekledi. Acelesi vardı, Kemal geri gelmeyince çıktı odadan, merdivenleri inmeye başladı. Aşağıdan piyano sesi geliyordu. Orta kattaki sofada, Leman piyano çalmaktaydı. Merdivenlerdeki ayak seslerini duyunca başını kaldırdı, gülümsedi. Kumral saçları dalga dalga omuzlarına dökülmüştü. Başı açıktı. Pencereden vuran ışıkta, saçlarında kızıl ışıltılar, iri yeşil gözlerinin içinde bal rengi noktalar gördü Mahir. Ne zaman büyümüştü bu kız? Ne zaman bu kadar güzelleşmişti?

"Nasılsınız Leman... Hanım?" diye sordu, "hanım"ı zorlayarak. Selanik'teyken dizlerinde hoplattığı küçük kıza "hanım" diye hitap etmek kolay değildi ama bir çocuğa da hiç benzemiyordu artık Leman.

"İyiyim doktor. Siz nasılsınız? Kemal Amcamı muayeneye mi geldiniz?"

"Evet. Ama onun muayeneye pek ihtiyacı kalmadı. Amcanız iyileşti, küçükhanım."

"Ne iyi! Mehpare Abla yine bize kalır."

"Mehpare Ablanızı pek mi seviyorsunuz?"

"Evet. İyi anlaşırız onunla."

"Çalmaya devam edin Leman... Hanım. Pek güzel çalıyorsunuz."

"Bu parçayı bana Azra Ablam öğretti geçen hafta. Tanıyorsunuz Azra Hanım'ı, değil mi?"

"Tanıyorum."

"O da güzel çalıyor."

"Uzun zamandır dinlemedim."

"Yazık," dedi Leman, "o benden daha iyi çalıyor, elbette."

"O yıllardır çalıyor. Siz de onun yaşına gelince kim bilir ne kadar ilerlemiş olacaksınız. Siz henüz çok gençsiniz. Çocuksunuz."

"Nenem sakın duymasın bana çocuk dediğinizi. O beni evlendirmeye kalkıyor."

"Daha neler! Pederiniz asla müsaade etmez! Kaç yaşında oldunuz siz?"

"On beşimin içindeyim. Birkaç ay sonra on altı olacağım."

"Büyümüşsünüz Leman. Ben fark etmeden büyümüş ve çok güzel bir genç kız olmuşsunuz," dedi Mahir, "ben şimdi müsaadenizi isteyeyim. Bir gün sırf piyanonuzu dinlemek için geleceğim."

"Önceden haber verirseniz Azra Ablamla size düet yaparız."

Mahir taşlığa indi, kavuklukta duran kalpağını aldı, meslerini giydi, portmantoya astığı pelerini omzuna attı, çıktı kapıdan. Başını çevirip konağın orta kat penceresine bakmamak için gayret sarf etti. Baksaydı, tül perdenin gerisinde, gidişini seyreden Leman'ın kumral saçlı güzel başını görecekti.

Mehpare, ateşli ama kısa bir öpüşme faslından sonra, Kemal'in alelacele kendi odasına geçerken giymeyi unuttuğu, yere düşmüş ceketini kaldırdı, silkeledi, yatağının üzerine yaydı. İnce parmaklarıyla ceketin yakasını, kollarını, okşayarak, severek düzeltti. Azra konağa geldiğinden beri, ne odasına gelen, ne de onu kendi odasına çağıran Kemal'i çok özlemişti. Azra'nın konakta kaldığı günlerde, ev halkı uyumak üzere odalarına çekildikten sonra, Kemal'in odasında bir hareket olursa duyabilmek için, kulak kesilmişti gecelerce. Hatta ayak seslerini kaçırmamak için kapısını aralık bırakmıştı. Hiçbir gece ne Kemal çıkmıştı odasından, ne de Azra o odaya girmişti. Böyle olduğuna adı gibi emindi Mehpare. Ama Azra evlerinde misafir olduğu sürece, Kemal Mehpare'yi nerdeyse görmezden gelmişti. Bu sabah da Doktor Mahir yengesini muayene ederken beklemek için onun odasına geldiğinde, onu sadece öpmekle yetinmişti. Mehpare, "Beni özlemediniz mi?" diye usulca sormuştu içi titreyerek.

"Özlemez olur muyum ama yengemle Mahir benim odadalar. Her an buraya gelebilirler."

"Benim odama mı? Yapmayın Allahaşkınıza!" demişti gözyaşlarını zor tutarak. O Kemal ki, kimlerin gelmesini göze alarak defalarca sabahlamıştı onunla. Anlıyordu, heyecanı bitmişti, alevi sönmüştü aşkının. Gönlü geçmişti ondan. Arzusu bir saman alevi gibi parlamış, Mehpare'yi elde ettikten, alacağını aldıktan sonra sevdayı başka güzellerde aramak üzere yoluna devam etmişti.

Az evvel okşayarak düzelttiği ceketi bütün hızıyla duvara çarptı. Hızını alamadı, yere düşen ceketin üzerinde ter ter tepindi. Birden yaşlar boşandı gözlerinden. Ceketi yerden aldı, kokladı, göğsüne bastırdı, yüzünü kalın kumaşa gömerek hıçkırdı.

Mehpare, bu aşkın onu nereye kadar sürükleyeceğini bilmiyordu. Ama Kemal'in peşinde, gidebildiği her yere gitmeye hazırdı. O bu evde kalacaksa, ölene kadar yanında kalabilirdi. Evlenerek, mesela Azra ile, başka eve çıkacaksa Kemal'in hizmetini görmek bahanesiyle evlerine gitmeye, Azra'nın kuması, Kemal'in odalığı, cariyesi, metresi, kölesi olmaya razıydı.

Çöktüğü yerden ayağa kalktı, ceketi tekrar yaydı yatağın üzerine, bir kez daha okşaya seve düzeltirken, ceketin sağ yan cebinden bir kâğıt hışırtısı gelince ince parmaklarını cebe daldırdı ve dörde katlanmış mektubu çıkardı. Bir an mektup elinde, durdu, bekledi. Mektubu açtı, katladı, yine açtı ve nihayet nefsine yenilerek yazıya göz attı. Mektubun sonunda Azra adını görünce, iyi ışık almak için pencerenin önüne yürüdü. Dizleri çözülüyor ve kalbi o kadar çok çarpıyordu ki, odada biri olsa kalp atışlarını duyabilirdi. Okudu.

Mektubu katlayıp yatağa oturdu. Kemal ile Azra'nın arasında, olduğunu sandığı gibi bir aşk ilişkisi yoktu. Bu iyiydi. Ama Kemal ile Azra'nın arasında, onun Kemal ile arasında hiçbir zaman olmasını bekleyemeyeceği bir bağ vardı. Birlikte, Kemal'in ölümüne mal olabilecek karanlık işlere burunlarını sokuyorlardı. Bu çok, çok kötüydü.

Özenle katladığı mektubu ceketin cebine geri koydu.

Azra evine dönmüştü, Allah'a şükür. Fakat besbelli ki mektuplaşmaları devam edecekti ve bu mavi gözlü çıyan kadın, Kemal'i ateşe atmaktan çekinmeyecekti. Ne yapsaydı? Saraylıhanım'a anlatsa bir işe yarar mıydı? Doğrudan Reşat Bey'e mi gitseydi? Reşat Bey ya da Saraylıhanım, ne zaman söz geçirebilmişlerdi ki Kemal'e! Belki en doğrusu, Azra'nın kapısını çalıp onunla konuşmak olurdu. Kemal'in çok ağır buhranlardan, ateşli hastalıklardan daha yeni kurtulduğunu anlatır, onu rahat bırakmasını rica edebilirdi. Yüzlerce genç adam olmalıydı dışarıda, böyle işlere kendilerini atmaya hazır. Azra onlardan birini bulmalıydı tehlikeli oyunlarını oynamak için. Kemal bir kere daha tevkif edilecek ya da hastalanacak olursa, Allah korusun, sonu olurdu. Evet evet, en doğrusu buydu. En doğrusu, gidip Azra ile konuşmaktı. Kemal bu yaptığını öğrenecek olursa, bu evin erkeklerinin dayak atma alışkanlığı yoktu ama, kim bilir, belki de döverdi Mehpare'yi. Varsın dövsündü. Öğrenirse bir daha yüzüne de bakmazdı. Varsın yüzüne de bakmasındı! Yeter ki ölmesin, yaşasındı. Yeter ki Mehpare, onun bu dünya üzerinde bir yerde nefes alıp verdiğini bilsindi. Azra, mektupta bir yere gideceğini yazmıyor muydu? Mektubu tekrar çıkarıp okudu. Karşı yakaya geçmiş dün. Acaba ikna edebilir mi Behice Ablasını, Azra'yı Erenköy'deki evlerinde ziyaret etmeye. Behice Ablasını edemese de, Leman'ı ikna edebilir. Leman pek hoşlanmıştı iyi bir piyanist olan Azra'dan. Aralarında bir dostluk kurulmuştu. Ve Leman bir şey isteyip de tutturdu muydu, o şeyi elde etmemesi mümkün değildi. Çünkü istediğini elde edene kadar bitmezdi dırdırı. Evet, Leman'ın kanına girmeliydi Erenköy'e gitmeleri için.

Behice, akşam yemeğinden sonra, odasına gidip eskimiş paçalığını son kez giydi. İçine sığması kolay olmamıştı ama artık bir daha bu uçuk pembe elbiseyi hiç giyemeyeceğini biliyordu. Saçlarını fildişi saplı fırçasıyla uzun uzun fırçaladı, yanaklarına küçük tokatlar atarak kızarttı. Reşat Bey, her zamanki gibi gecikmişti. İdare lambasını yakarak yatağa uzandı, hafiften udunu tıngırdatmaya başladı.

Ahmet Reşat eve döndüğünde, yatağın üzerinde uyuklarken buldu karısını. Udu elinden kayıp yere düşmüştü.

"Üşüyeceksiniz hanım, niye üzerinize bir battaniye çekmediniz?" diye sordu, karısı gözlerini açınca, "entariniz de pek ince."

"Paçalığımı giydim, bey."

"Bu havada daha kalın bir şey giyeydiniz ya."

"Size vereceğim haberi bu elbiseyi giyerken vermek istedim."

Ahmet Reşat irkildi.

"Anlayamadım, Behice Hanım."

"Daha önceleri de hep bu elbiseyi giydimdi, uğurlu hayırlı olsun diye..." Önüne baktı Behice, dudakları titriyordu. Kocası geldi, yanına oturdu. "Behice, ne oldu? Ne haberi? Neyiniz var, güzelim?"

Genç kadın, derin bir nefes çekti, gözleri yerde konuştu. "Hamileyim Reşat Bey. Belki bu seferki erkek olur."

Kocası uzun bir süre konuşamadı. Sessizliği uzayınca Behice kısık bir sesle sordu:

"Memnun olmadınız galiba?"

"Hayırlı olsun," dedi Reşat Bey, "biraz zamansız oldu ama Allah bunun da rızkını verir."

"Vermez olur mu! Siz nazır değil misiniz kuzum?"

"Harp içindeyiz, hanım. İşgal altındayız. Sıkıntılı günler yaşıyor, daha da büyük sıkıntılar bekliyoruz. Ama madem olmuş, Allah tamamına erdirsin demekten başka çare yok. Evet, inşallah bu sefer erkek olur."

Behice, kocasının daha önceki hamileliklerinin haberlerini aldığı zamanki coşkusunu boşuna beklediğini anladı. Ahmet Reşat, ayağa kalkıp soyunurken sordu:

"Teyzem biliyor mu? Kimlere söylediniz?"

Behice, gittiği toplantıda bayıldığını, kocasından habersiz doktora göründüğünü, şu ana kadar anlatmamış olduğu için yalan söyledi.

"Kimse bilmiyor."

"O halde ev halkına yarın söyleriz. Sıhhatinize, perhizinize çok dikkat etmeniz lazım hanım, sizin hamilelikleriniz pek kolay geçmiyor, biliyorsunuz."

"Kendimi gayet iyi hissediyorum," dedi Behice.

"Yarın Mahir gelip sizi bir muayene etsin."

"Hiç gerek yok. Ebe hanımı çağırırım."

"Behice Hanım, zaman değişiyor. Hazır bir aile doktorumuz varken, niye onun tebabetinden istifade etmeyelim. Doğumda ebe hanım yine bulunsun ama Doktor Mahir'le de bir görüşün."

"Geçen gün gittiğim kadınlar toplantısında Şahende Hanım'la tanışmıştım. Recep Bey'in haremi... Pek münevver bir hanımdı."

Reşat Bey'in yüzünde tatsız bir ifade belirdi. "Duydum bu hanımın adını ama siz yine bizim kırk yıllık mahalle ebemizden şaşmayın," dedi.

Behice, burnunu erkek meselelerine sokup kürsülerde haykıran kadınlardan biri olan Şahende Ebe'ye kendini teslim etmeden önce, sabah erkenden Doktor Mahir'e haber yollatacaktı, münasip zamanında evlerine kadar zahmet edip Behice'yi muayene etmesi için. Bir önceki hamileliğinde bebeğini düşürmüştü karısı. Bünyesi hassastı. İhtimam görmesi lazımdı. Teyzesine de, yaşlı kadının kalbini kırmadan tembihte bulunmalıydı, Behice'yi el üstünde tutması, üzüp sinirlendirmemesi için. Reşat Bey teyzesinin iyi yürekli olmasına rağmen, kayınvaldelerin makamlarını sağlama almak için gelinlerini sürekli tenkit etmeleri lüzumuna inandığını bilirdi.

"Yarın Mahir Bey'e haber yollatacağım sizi görmesi için," dedi Behice'nin saçlarını okşayarak.

Behice irkildi. Kocasından habersiz, doktora zaten görünmüş olduğunu söylesin mi, saklasın mı bilemedi. Lafı karıştırmak ve yüzünün kızarmasına bir bahane bulmak için, "Biliyor musunuz Reşat Bey, yeni bir kardeşi olacağını Leman'a söylemeye çok utanıyorum, çok," diye mırıldandı.

"Nedenmiş o?"

"Kendi neredeyse gelinlik çağına geliyor."

"Benim evimden, Saraylıhanım'a rağmen hiçbir kız yirmisine basmadan gelin gidemez."

"Aaa, ilahi Reşat Bey, kızları yirmisinden sonra kim alır, ayol? Herkes taze gelin ister. Siz benim yirmiye basmamı beklediniz mi?"

"İbrahim Bey, kızımı vermem deseydi beklerdim elbette. Kızlarımızı yanımızda mümkün olduğu kadar uzun tutalım, hatta damatları içgüveysi alalım, olur mu hanım?"

"Kızlarınıza bu kadar düşkün olduğunuzu bilmiyordum."

"Kaç yıldır, vazife aşkına çocuklarıma hasret yaşıyorum, tekaüt olduktan sonra dizimin dibinde isterim onları. Ayrıca, evlenirlerken doğru kararı verebilecek yaşta olmalarını da isterim. Söyleyin bakalım Behice Hanım, siz bana nerdeyse çocuk yaşta geldiniz. Bana vardığınıza hiç pişman olmadınız mı?"

"Hiç olmadım. Bu yaşımda, yine sizi seçerdim."

"Bu pembe elbiseyi sakın eskidi diye atmayın Behice," dedi Ahmet Reşat, karısının omuzlarına dağılmış saçlarını koklayarak, "hem başka çocuklar yapacak olursak yine uğur getirsin diye, hem de size çok yakışıyor."

Mehpare, kapıyı tıkırdatır tıkırdatmaz, Kemal'in gir demesini beklemeden daldı odaya. Kemal, yatağın üzerine koyduğu valize kitaplarını yerleştiriyordu. Mehpare'nin keskin bakışları odayı hızla taradı ve kitapların üzerinde durdu.

"Beyim?"

"Ne var Mehpare?"

"Beni çağırdınız zannettim."

"Çağırmadım."

"Valiz topluyorsanız size yardım edeyim."

"Ben yapıyorum, lüzum yok."

"Gideyim mi yani?"

"Gidebilirsin."

Mehpare, Kemal'e doğru yürüdü, valize koymak üzere olduğu kitabı elinden aldı.

"Niye bu kitapları valize diziyorsunuz?"

"Kaldırıyorum."

"Bunlar sizin hep okuduğunuz kitaplar ama."

"Bitirdim hepsini."

"O halde yarın ben onları üst raflara yerleştireyim. Valizde durmaz ki kitap."

"İşime burnunu sokma Mehpare!" Kemal, kızın göğsüne bastırdığı kitabı almaya çalıştı ama alamadı.

"Beyim, n'oluyor? Bir yere mi gidiyorsunuz? Bütün çamaşırlarınızı yıkattınız, ütülettiniz... Neden?"

"Elimin altında, temiz dursunlar diye."

"Hiç böyle yapmazdınız."

"Bak, geç oldu, beni rahat bırak, git odana yat!"

Mehpare kımıldamadı.

Kemal, hayretle yüzüne baktı kızın. Mehpare, kitabı yatağa bırakmış, yavaş yavaş bluzunun düğmelerini çözmeye başlamıştı.

"Yapma, kapat önünü. Canım istemiyor."

Kız duymamazlığa gelince Kemal sinirlendi.

"Sana odana git dedim, Mehpare."

Mehpare tam karşısına geçti Kemal'in. "Günlerdir uzak duruyorsunuz bana. Yüzüme bile bakmıyorsunuz. Gönlünüz geçti benden. Belki başka birine..."

"Yok öyle bir şey!"

"Öyleyse beni niye kovuyorsunuz?"

"Bu işler zorla olmaz, Mehpare," dedi Kemal, "kafam karmakarışık. Bir haber bekliyorum, bir türlü gelmiyor. İçim sıkılıyor ve canım hiçbir şey çekmiyor."

"O halde bana içinizi dökün. Anlatın ne beklediğinizi."

"Bazı şeyler anlatılmaz."

"Bana her şeyi anlatabilirsiniz."

Kemal, konuştukları sürece, düğmelerini yavaş yavaş çözerek, bluzunu ve içgömleğini sıyırmış olan kızın ince damarları görünen diri memelerine baktı. Sanki biraz daha irileşmişlerdi. Mehpare'nin koyu kumral saçları yüzüne dökülmüştü. İncecik parmaklarıyla eteğinin kopçasını açıyordu şimdi. Kasıklarına bir ateş düştü Kemal'in, bir an hiçbir şey düşünemedi. Aceleyle pantalonunu sıyırdı, yatağın üzerindeki valizi iterek yere düşürdü ve karşısında artık çırılçıplak duran kızı yatağa devirerek, bacaklarını elleriyle yanlara itip içine girdi. Bütün hırsını, hayal kırıklığını ondan çıkarmak istermişçesine, hoyratça, hızlı hızlı gidip geldi üstünde. Kız yana kayarak kurtuldu üzerindeki Kemal'den, "Anlatın bana," dedi. Soluk soluğa sordu Kemal.

"Neyi?"

"Ne beklediğinizi?" dedi kız. Kemal, Mehpare'nin tekrar içine girebilmek için çabaladı ama o her seferinde, bir yılan gibi kıvrılarak kurtarıyordu kendini.

"Allahaşkına Mehpare, doğru dur!"

"Anlatın bana. Yoksa durmam."

"Seni anasını..." edeceği küfrü zor tuttu. Bir kez daha üstüne çıkmaya çalıştı kızın. Yine kurtardı kendini Mehpare.

"Kız, döveceğim ama şimdi seni."

"Dövün."

"Mehpare rahat dursana."

"Anlatın bana. Kimi bekliyorsunuz?"

"Bak Mehpare, yetti ama. Kendin gelmedin mi odama? Sevişmek isteyen sen değil misin?"

"Benim beyim. Gecelerdir gözüme uyku girmiyor. Gecelerdir bedenim ateşler gibi yanıyor hasretinizden. Susadım size, özledim sizi. Beni sevin, beni öpün diye geldim."

Büsbütün şahlanan şehvetiyle, bir kez daha yakalayıp altına çekti Mehpare'yi Kemal. Tam içine girecekken, kız kurtulup kaçtı yataktan, kapının yanına gidip orada durdu.

"Bana söylemezseniz gidiyorum," dedi.

"Bu kılıkta mı, çırılçıplak?"

"Bu kılıkta. Kapımı kilitleyeceğim içeri girmeyin diye ve bir daha asla bana dokunamayacaksınız."

Kemal çaresizlikle baktı Mehpare'ye. Kabarmış erkekliği zonklamaya başlamıştı. Gencecik kıza karşı koyamamasına, elinde bir oyuncağa dönüşmesine müthiş kızarak, "Gel buraya," dedi. Mehpare bir kedi gibi yumuşacık hareketlerle yanaştı yatağa, Kemal'in üzerine çıkıp oturdu.

"Anlatın."

Kemal, bir yandan sevişirken, nefes nefese, soluğu kesilerek konuştu, "Haber bekliyorum, gelince gideceğim, ahh... müca... de... le... ye... katıl... mak iç... ahhhhh!"

Mehpare de hazzın doruk noktasındaydı, gözleri şehlalaşmıştı ve Kemal'e eğilmiş olduğu için gözyaşları yağmur gibi damlıyordu Kemal'in yüzüne.

"Beni bırakıp gideceksiniz. Beni bırakıp..." Kemal kızı öperek susturdu.

"Yavrum, bu bir büyük mücadele. Seninle benim aşkımdan çok çok daha önemli, anlamıyor musun?" dedi şefkatle.

"Benim için aşkımızdan daha mühim hiçbir şey yok."

"Senin için bu doğru olabilir. Ama benim aşktan daha mühim işlerim var Mehpare. Ben bir erkeğim."

"Benim erkeğimsiniz," dedi Mehpare, Kemal'in yüzünü ellerinin içine aldı, ağzını, burnunu, her tarafını öptü. Yeniden sevişmeye başladılar, bu sefer usul usul, yumuşak hareketlerle, sevgiyle, duyguyla, birbirlerini paralamadan seviştiler. Neden sonra göğsünün üstünde uyuyakalan Kemal'in altından yavaşca süzüldü Mehpare, evden ayrılma fikrinin tüm izlerini ortadan kaldırmak istercesine, yere saçılmış kitapları toplayıp eski yerlerine yerleştirdi, valizi yatağın altına sürdü, yere düşmüş yatak örtüsüne bürünüp, kendi elbiselerini eline alıp çıktı odadan.

Doktor Mahir, selamlıkta, o gün cuma olduğu için merasim kıyafetini giymiş Ahmet Reşat'ın karşısında otururken biraz rahatsızdı. Ahmet Reşat, Cuma Selamlığı töreninden yeni dönmüştü. Her cuma Padişah Halife, saltanat arabasıyla cuma namazını kılmaya alayişle giderdi. Arabasının arkasında rütbe sırasına göre saray görevlileri yer alır, araba Saray Marşı'yla hareket ederdi. Namazın kılınacağı caminin avlusunda, tören giysileri içinde, başta sadrazam olmak üzere nazırlar, ayan üyeleri, sivil ve askeri devlet görevlileri, hanedan damatları, elçilik temsilcileri ve konuklar sıralanmış olurdu. Cuma namazlarında Padişah Halife'nin halka görünmesi âdettendi. Bir süredir, işgal kuvvetleri, Cuma Selamlığı'na Silahlı Tören Birliği'nin katılmasını yasaklamış olduğu için, alaylar eskisi kadar gösterişli olamıyor, halk da padişahını görmeye eski coşkusuyla gelmiyordu.

Padişah alayını o sabah da kalabalık bile denemeyecek bir avuç insanın alkışlamaya dahi üşendiğini görünce Ahmet Reşat'ın içi sızlamıştı. Padişahlarına her daim bağlı Müslüman halkın bile sıtkı sıyrılmaya başlamıştı demek ki baştakilerden. Kendi de bu artık sevilmeyen baştakilere dahildi ve bundan büyük bir rahatsızlık duymaktaydı.

Mahir'in rahatsızlığı ise başka nedenlerden kaynaklanıyordu. Birkaç gün önce, Behice'nin ricası üzerine, Reşat Bey'den karısını muayene etmiş olduğunu saklamak zorunda kalmıştı. Yetmezmiş gibi, şimdi de Kemal'in konaktan ayrılarak örgüte katılmak için yapmış olduğu plandan dayısının haberi olmadığını anlıyor ve eski bir dostun arkasından iş çeviriyor olmaktan utanıyordu.

Reşat Bey'i kendi saflarına çekmek mümkün olmamıştı. O, Sultan'ın er geç İngilizlere güvenmekle hata ettiğini anlayacağına hâlâ inanıyordu. Beklediği gün nasılsa pek yakında gelecekti. Bir evlat nasıl ki babasına karşı çıkamaz, ona ihanet edemezdi, Ahmet Reşat da, şu anda zaaf içinde gördüğü sultanını, ona ihanet etmeden, sırt çevirmeden, incitmeden beklemek zorundaydı, ta ki Sultan hatasını fark edene kadar. Mahir içinden, o zaman geldiğinde, Ahmet Reşat'ın çok geç kalmamış olmasını diledi samimiyetle. Bardağındaki limonatanın son yudumunu da içip, bardağı sedef kakmalı sehpaya bıraktı.

"Pek güzel olmuş. Kim yaptıysa ellerine sağlık," dedi ve Reşat Bey'in, 'Büyük kızım yapmıştır," diyerek lafı Leman'a getirmesini boş bir ümitle bekledi. Acaba Reşat Bey, en yakın dostlarından biri saydığı Mahir'in, on beş yaşındaki kızını düşünmekten kendini alamadığını bilse ne yapardı?

"Limonlar bizim arka bahçedeki ağaçların mahsülü. Bir gün memleketimizde kıtlık olacağını bilmiş gibi, birkaç meyve ağacı dikmişiz zamanında. Kış boyunca meyveyi hep bahçemizden yedik. Konu komşuya da yolladık. Hiçbir şey bulunmuyor artık İstanbul'da, biliyorsunuz," dedi, karşısında oturan dostunun düşüncelerini okuyamayan Ahmet Reşat.

"Bilmez olur muyum."

"Eksik olmasın, kayınpederim sık sık erzak yolladı evimize ama artık yollar eskisi gibi tekin değil. Bazı yollar ise tamamen kesik."

"Öyle. Biz zabitler dahi kolay seyahat edemiyoruz. Mütemadiyen vesika kontrolleri yapılıyor. Bakalım nasıl sıkıntılar yaşayacağız menzilimize varana kadar."

"Allah yolunuzu açık etsin, lakin İstanbul'dan uzaklaşmanız bizim için pek fena oldu Mahir Bey," dedi Ahmet Reşat, "hele Behice Hanım yeni bir bebek beklerken, size çok ihtiyacı olacaktı."

"Ben de bu aralar yanınızda olmayı çok isterdim. Ama ne yazık ki salgın hastalıkların önünü alabilmek için karantina bölgelerinde çalışmam lazım geliyor. Hanımefendiyi son derece sıhhatli gördüm. Kolay bir hamilelik geçireceğine eminim."

"Biliyor musunuz Mahir, bu sıkıntılı günlerimizde bir çocuk daha yapmayı hiç düşünmemiştik. Lakin haberi aldığımdan beri içimde bir hafiflik var. Sanki bu çocuk, yeni ve güzel günlerin müjdecisi olacak."

"İnşallah, lakin güzel günlere kavuşmak için daha uzun bir müddet bekleyeceğimiz anlaşılıyor. İşgalcilerin biz Müslüman Osmanlılara en ufak tahammülleri yok. Nitekim son günlerde yeni bir âdet çıkarttılar, siz asker olmadığınız için farkında değilsinizdir. Osmanlı subaylarının, hangi rütbeden olursa olsun, bütün Müttefik askerlerini selamlamasını istiyorlar."

"Anlamakta zorlanıyorum Mahir Bey, üst rütbede bir Osmanlı subayı, er dahi olsa, Müttefik askeri selamlamak zorunda mı yani?"

"Aynen öyle efendim. Farz-ı muhal, bir Osmanlı paşası, bir İngiliz, Fransız ya da İtalyan nefere selam durmak mecburiyetinde. Hatta bir Yunanlıya."

"Ne zamandır?"

"Bir aydır böyle. Yakında bunu hükümetinize yazılı olarak bildirecek ve sizlerden de işbirliği isteyecekler. Bu vaziyet, Türk subaylarının maneviyatında büyük bir tahribata yol açıyor. Pek çok kişi bu aşağılayıcı duruma düşmemek için sokakta üniforma giymemeye başladı."

Ahmet Reşat'ın midesine birden dayanılmaz acı veren bir kramp girdi. İçinden öğürmek, kusmak geliyordu. Farkında olmadan bir eliyle midesini tuttu, diğerini ağzına kapattı.

"Neyiniz var? Yüzünüz kül gibi oldu, Reşat Bey," dedi Mahir.

"Birden midem bulandı nedense."

"Dilinize bakabilir miyim, müsaade ederseniz?"

"İyiyim Mahir Bey, iyiyim. Tabii her birimiz ne kadar iyi olabileceksek o kadar iyiyim. Merak etmeyin, geçti."

Bir süre, konuşmaya mecalleri kalmamış gibi karşı karşıya oturdular.

Sessizliği Mahir bozdu.

"İnanın sizleri, hele Behice Hanım bu durumdayken, bırakıp uzağa gitmek zorunda kaldığım için üzülüyorum. Size, hin-i hacette arayabilesiniz diye, bir doktor arkadaşın adını ve adresini bırakacağım. Akil Muhtar, yakın dostumdur ve mükemmel bir doktordur."

"Teşekkür ederim."

"Leman Hanım da büyüdü artık. Pek aklı başında bir genç kız olmuş. Annesine yardımcı olur, eminim."

"Leman olur da, anneler malumunuz, evlatlarına hep çocuk muamelesi yaparlar. Behicanım kızların elini işe sürdürtmüyor. Onlar daha çocukmuş! Bence hatalıdır ama çocukları yetiştirmek hanımın selahiyetinde, ben pek karışmıyorum. Mahir Bey kardeşim, siz gurbette ne kadar kalacaksınız?"

"Tuzla'daki hastaneye koleralıları topladılar. Tifüse ve zührevi hastalıklara yakalananlar da değişik yerlerde karantinaya alınmaktalar. Bir de son göçlerle gelen Asya gribi çıktı başımıza. Önce Tuzla'ya teftişe gideceğim. Sonrası henüz belli değil ama bu hastalıkları dizginlemeden geri gelmem mümkün olmaz."

"Bu kadar çok göç alan bir şehirde sari hastalığın olmaması mümkün değildi," dedi Ahmet Reşat. "İnanılır gibi değil ama Balkan Harbi esnasında, bu topraklara gelen göçmen sayısı, sadece İstanbul'da altmış beş bin kişidir. Buna bir de nerdeyse doksan bine yaklaşan Ruslarla, yüz bini aşkın Kırım göçmenini ilave edin."

"Neyse ki Kırımlılarla gelen tifüs salgınını zamanında önleyebildik."

Ahmet Reşat, dışarda birtakım gürültüler, konuşmalar duyunca oturduğu yerden kalktı, pencereye gitti. Bahçe kapısının önünde Hüsnü Efendi biriyle hararetli hararetli konuşuyordu. Arkası dönük olan adamın el kol hareketlerinden önemli bir şey anlatmakta olduğu belliydi. Adam yüzünü pencereden yana dönünce tanıdı kim olduğunu.

"Aaa, Ziya Paşaların Hakkı Efendisi gelmiş. Ne istiyor acaba? Azra Hanım'ın bir şeye ihtiyacı mı oldu?"

"Allah Allah!" Mahir de meraklanmıştı. Pencereye doğru yürüdü.

Ahmet Reşat selamlıktan çıktı, evin kapısını açınca Hakkı Efendi ile burun buruna geldiler. Zavallı uşak tir tir titriyordu.

"Beyfendim, evimize işgalciler geldi. Evimize işgalciler geldi. Evimize işgalciler geldi."

"Ne işgalcisi? Ne diyorsun efendi?"

"Allahtan hanımlarım evde değiller. Onlar karşı yakadaydılar. Allahaşkına geliniz beyefendim, bir şeyler yapınız. Allahaşkına geliniz..."

"Aman Allahım! Ne diyorsun Hakkı Efendi?"

"Konağımıza el koyuyorlar. Sizi dinlerler, onlara müsaade etmeyin. Yalvarırım geliniz."

"Üzerime bir şey alayım, geliyorum hemen," dedi Ahmet Reşat. Merdivenleri çıkarken, aşağı inmekte olan Kemal'le karşılaştı.

"Mahir Bey gelmiş, bana haber vermiyorsunuz, vallahi aşk olsun! Dayı? Nedir bu haliniz, dayı?"

Kemal'i eliyle yana itip yukarı koştu Ahmet Reşat. Kemal, selamlık kapısında dikilen Mahir'le beti benzi atmış Hakkı Efendi'yi görünce paldır küldür inmeye başladı merdivenleri.

"Ne oldu Mahir?"

"Ziya Paşaların konağına el koymuşlar."

"Yapma yahu! Ne zaman olmuş bu?"

Hakkı Efendi, eli ayağı titreyerek, az önce yaşadıklarını naklediyordu ki, Ahmet Reşat giyinmiş olarak geri geldi. Hakkı Efendi'yle birlikte alelacele çıktılar.

Mahir ve Kemal taşlıkta kalakalmışlardı. Mahir arkasında bir hışırtı duyunca döndü. Taşlığın arka bahçeye açılan kapısının önünde, iri gözlerinde hayret ve korkuyla Leman duruyordu. Elindeki sepette bahçeden yeni topladığı bahar dalları vardı.

"Ah Leman... Hanım," dedi, kendini yine "hanım" demeye zorlayarak, "Orada mıydınız? Geldiğinizi duymadım." Asabi yüzüne bir gülümseme yayılmıştı.

"Bahçede erken çiçek açmış birkaç dal vardı. Onları topladım, vazoya koyup resimlerini yapacağım. Neler oluyor kuzum? Kemal Amcacığım, nedir bu telaşlı haliniz? Beybabam nereye gitti öyle koşarak? Bugün cuma, daireler kapalı değil mi, kuzum?"

"Acil bir iş için çağırmışlar. Sen yukarı çık güzelim," dedi Kemal, "Mahir Amcanla selamlıkta biraz konuşacağız."

Mahir, Kemal'in ona Leman'ın önünde, "Mahir Amca" diye hitap etmesine gücenik, selamlığa girerken, dönüp bir kez daha kıza bakmaktan kendini alamadı. Kozadan yeni çıkmış bir kelebek kadar zarif ve kırılgandı Leman. Hep hüzünlü duran yüzünde, yeşil hareli iri gözler... Mahir, elinde olmadan içinin titrediğini hissetti.

"Konuşmanız bitince yukarı gelin de size piyano çalayım," dedi Leman.

"Çok mu seviyorsunuz piyano çalmayı?" diye sordu Mahir.

"Çok. En çok da Chopin çalmayı seviyorum ama istediğim notaları bulamadım."

"Siz hangi notaları istediğinizi bana yazar verirseniz, yarın Cadde-i Kebir'e gideceğim, oradaki müzik dükkânlarında ararım, Leman Hanım."

"Ah ne kadar naziksiniz, efendim." Leman gülümseyince, Mahir bir an bulundukları taşlığa ışık yağdığını zannetti.

"Bırakın şimdi piyano sohbetini," dedi Kemal, "çok mühim meseleler var konuşacağımız." Mahir'i adeta iteleyerek selamlığa sokup kapıyı kapattı.

Sabahın erken saatlerinde, evini toparlayıp, işgal kuvvetlerine teslim etmek için İstanbul tarafına geçen ve Reşat Bey'in konağında dinlenen Azra'nın kısa sürede epey kilo verdiği belli oluyordu. Gözlerinin altında mor halkalar vardı. Belli ki son olaylarda çok yıpranmıştı. Yine de başını dik tutmaya ve ne kadar üzgün olduğunu göstermemeye çalışıyordu.

"Size gıpta ediyorum Azracığım," dedi Behice, "vallahi çok iyi dayanıyorsunuz. Ben olsaydım yataklara düşmüştüm."

"Düşmezdiniz canım. İnsan başına gelmeden bilemiyor ama her musibet, dayanma gücüyle birlikte geliyor. Sevgili pederim sürgüne gittiğinde, ağabeyimi kaybettiğimizde valdeciğimin hep hastalanıp yataklara düşeceğini beklemiştim; öyle olmadı. Benim için ayakta kalmasını bildi. Şimdi de ben, validem için kuvvetli olmak zorundayım. Ayrıca, düşmanıma ne kadar üzüldüğümü göstermek istemiyorum."

"Benim de size bir haberim var. Ben pek güçlü bir kadın sayılmam, lakin bir kadınlar meclisindeki konuşmaların tesiri altında kalacak kadar da zayıf değilim. Makbule Hanım'ın evinde bayıldığım için çok mahcup olmuştum. Meğer hamileymişim. Sizi endişelendirdiğim için bağışlayın."

"Ah Behicanım, bunca kötülük içinde ne güzel bir haber bu! Sizi tebrik ediyorum. Pek memnun oldum."

"Konağınızdaki eşyayı toparlamaya giderken sizinle gelmemi ister misiniz?"

"Katiyen olmaz! Siz bu güzel haberi vermemiş olaydınız kabul ederdim ama şimdi bebek beklediğinizi bilince… Sakın gelmeyin Behicanım, düşman zabıtasını ellerinde silahlarıyla evin etrafını sarmış görünce fena olursunuz. Yanlarında mutlaka bir de küstah Rum mütercim vardır. Canınız sıkılır. Üzülmeniz doğru değil, siz evde kalın."

"O halde Mehpare'yi alın yanınıza. Paketlemek istediğiniz eşyaları sarar, almak istediklerinizi ayırır, size yardımcı olurdu."

"Çok memnun olurum," dedi Azra.

"Hemen haber vereyim, hazırlansın."

Behice mutfağın yanındaki küçük odada buldu Mehpare'yi. Kemal'in çamaşırlarını ütülüyordu. "Azra Hanım'la onların konağına kadar gidiverir misin Mehpare?" diye sordu. "Konağı teslim etmeden önce evdeki eşyanın listesini çıkarmak ve hususi eşyalarını sarıp ayırmak istiyor. Ben gidecektim ama midemin ne zaman bulanacağı belli olmuyor, ayak bağı olmak istemiyorum."

"Hemen kaldırıyorum ütüyü Behice Abla," dedi Mehpare, "ben gider, ne yardım gerekiyorsa yaparım."

"Allah razı olsun."

Behice odadan çıkınca, Mehpare, iyi olacak hastanın doktor ayağına gelirmiş, diye düşündü. O, karşı tarafa geçmek için bahane bulmaya çalışırken, Allah Azra'yı onun ayağına kadar yollamıştı. Ütülediklerini yukarı kata çıkartmaya gerek görmedi, istifleyerek şifonyerin üzerine bıraktı, yeldirmesini almaya koştu.

Azra'nın Kemal'e yazmış olduğu son mektup, Ahmet Reşat'ın dizlerinin üzerinde duruyordu. Gözlüklerini takıp baştan sona dikkatle okumuştu mektubu. Bir husus dışında bilmediği hiçbir şey yoktu Fehime Sultan'ın uzun uzadıya Azra'ya yazmış olduğu mektupta.

...Bilhassa Şeyh Sait, aralarında nüfuzlu Ermenilerin de bulunduğu İngiliz Muhipleri Cemiyeti'nin üyeleriyle çok sıkı fıkıdır. Onlardan aldığı yüksek ücretin bir kısmını kendi lüksüne israf ediyor, bir kısmını da tamamiyle İngiliz yanlısı bir kabine teşekkül ettirmek için harcıyormuş. Bu kabine, evvel emirde Millicileri ortadan kaldırmakla vazifeli olacakmış... Ferit Paşa, Millicilere karşı bir isyan hazırlığı içinde olup, bazı Kürt aşiretleriyle görüşmelerini hızlandırmış. Bu irtibatları ona, kendi de zaten bir Kürt aşiret reisi olan Şeyh Sait temin ediyormuş...*

Ahmet Reşat, mektubu bir kere daha okuduktan sonra, son cümleyi yanlış anlamadığını teyit için bir kere de sesli tekrar etti:

"Padişahımız bu vaziyetten haberdardır."

Sonra lahavle çekerek, gözlüklerini çıkartıp yeğenine baktı.

"İşte böyle, dayıcığım," dedi Kemal. "Padişahımız budur! Mahir biraz cesaret bulabilseydi size çoktan anlatacaktı olup bitenleri, lakin her ağzınızı aradığında sukutu hayale uğruyor, vazgeçiyordu açılmaktan."

"Senin nasıl bir deli olduğunu bildiğimden bu işlerin içinde oluşuna şaşmadım ama o aklı başında, meslek sahibi Mahir! Hiç tahmin etmezdim yeraltı teşkilatlarına bulaşacağını."

"Aklı başında insanların hepsi artık bu safta, dayı. Sadece bizim vatanperverlerimiz değil, Fransızlar dahi Anadolu'da başlayan bu harekete destek veriyor."

"Fransızların bize desteği, bilesin ki bizim kara gözümüz için değil. İngilizlerle hesaplaşmalarından kaynaklanıyor," dedi Ahmet Reşat, "İtalyanlara söz verilen mevkileri şimdi Yunan istiyor. İngilizlerin Yunan'a arka çıkması, Fransızların ve bilhassa İtalyanların Türklere yaklaşmalarına sebep oldu. Bunu bizzat Caprini Efendi'den duydum."

"Bunlar neticeyi değiştirmez ki. Sultan yanlış yoldadır, görmüyor musunuz dayı?"

Cevap vermedi Ahmet Reşat. Görmez olur muyum, bal gibi görüyorum, demek istiyor ama bir türlü söyleyemiyordu. Biat ettiği Sultanının denize düştüğünde sarılmak üzere seçtiği yılan, Osmanlı üzerinde en büyük emelleri taşıyan İngilizlerdi ve Sultan'ın bu tercihini anlamakta zorluk çekiyordu. İngilizlerin, Osmanlı'dan zaptedecekleri topraklarda, iplerini istedikleri gibi çekebilecekleri, Şeyh Sait idaresinde bir Kürt devleti kurmayı planladıkları o kadar aşikârdı ki, Ahmet Reşat birkaç aydan beri, Sultan ile Hürriyet ve İhtilaf Partisi mensuplarının bunu nasıl göremediklerine şaşıyordu. Yok yok, şaşmıyordu artık, anlamıştı; Kürt Sait, para gücüyle, propagandayla, her neyse neyle ama kesin suretle, Osmanlı münevverlerinin bir kısmını kafakola almıştı ve işte onlar, Sultan'ı afyonluyorlardı. Ahmet Reşat'ın sıtkı her geçen gün biraz daha sıyrılıyordu, felaket haberleri karşısında gözlerini kapatıp düşüncelere dalmaktan başka bir şey yapamayan Zat-ı Şahanelerinden.

Dahiliye Nazırı Ahmet Reşit Bey'le aralarında az mı konuşmuşlardı bu konuyu. Her ikisi de Sultan'ın körü körüne İngiliz taraftarı olmasından şikâyetçiydiler fakat Vahdettin'in milliyetten ziyade dini öne çıkaran tutumunu önceleri haklı bulmuşlardı. Çünkü dini aidiyetin milliyete ağır bastığını, ne yazık ki daha işgalin birinci gününde bizzat yaşayarak öğrenmişlerdi. Hıristiyan tebaların her biri, kendi kilisesine ait olan devleti şakşaklamıştı. Bulgarlar, Sırplar ve Ortodoks Ermeniler Rusların, Katolik Ermeniler ise Fransızların peşine takılmıştı. Amerikalılara gelince, onlar Osmanlı Hıristiyanlarının değişik mezheplerini kendi kiliselerinde toplamak için yıllardır Anadolu'da cirit atmaktaydılar. Din tutkaldı da, nedense bir Osmanlı becerememişti bu tutkalı kullanmayı. Arabistan'ın Müslüman aşiretleri, din kardeşlerini ve Halifelerini arkadan bıçaklamakta hiç tereddüt etmemişlerdi.

Yerinden kalkıp elindeki sigara külünün halıya dökülmesine hiç aldırmadan, sıkıntıyla odanın içinde bir aşağı bir yukarı yürüdü Ahmet Reşat.

Ah ne yazık, ne büyük bir yazıktı! Beş yüz yıllık koca imparatorluğun subayları, Yunan erlerine dahi çakılıp selam verme mecburiyetinde bırakılmışlardı. Sultan'ın yegâne hamiliği ise şeriat isteyen cemiyetler içindi. Hayır, hayır, bu kadarı da olamazdı! İnceldiği yerden varsın kopsundu bu ip! Kopsun!

"Oğlum," dedi yorgun bir sesle, "milletimiz ikiye bölünmüş durumdadır: Bir yanda yabancı işgaline silahla karşı koymaya inananlar, öte yanda hâlâ mütareke şartlarını diplomasi yoluyla yumuşatmaya çalışanlar. Bizim mali bakımdan bir harp daha kaldıracak durumda olmadığımızı yakından bildiğim için, ben hep ikincilerden yana olmayı tercih ettim. Ama şu son birkaç aydır yaşadıklarımız beni, mücadele etmek isteyenleri desteklemenin lüzumuna inandırdı."

"Hakikati siz de görebiliğinize göre, bizden yardımlarınızı esirgemeyin lütfen."

Ahmet Reşat sanki söyleyeceklerini kimselere duyurtmamak istercesine, yeğeninin yanına gidip oturdu, adeta fısıldadı.

"Maliye tamtakır. Silah için para istiyorsanız, bilin ki para yok."

"Para yardımı istemiyoruz. Hükümet eden kişilerin hatır ve selahiyetlerine ihtiyacımız olacak. Size o zaman başvuracağız."

"Başvurduğunuz zaman elimden geleni yapmaya çalışırım."

"Dayıcığım, var olun, sağ olun! Ben biliyordum bir gün... Bir gün..." Lafını bitirmeden sustu Kemal. Gözpınarlarında yaşlarla, dayısının eline sarıldı, öpüp başına koydu.

"Dayı, ben babamı hiç hatırlamam. Benim için baba, her zaman sizdiniz. Gencecik yaşınıza rağmen benim gibi bir haytanın mesuliyetini omuzlarınıza aldınız, beni yetiştirdiniz ve bütün kabahatlerimi bağışladınız. Bu evden sizin müsaadenizi almadan ayrılsaydım eğer, öldüğüm takdirde gözüm açık giderdim. Şimdi içim çok rahat. Beni bahtiyar ettiniz."

"Ne zaman gideceksin oğlum?" diye sordu Ahmet Reşat, onun da gözleri yaşlıydı.

"Haber bekliyorum. Gelir gelmez gideceğim."

"Ömrüm yine seni merak etmekle geçmeye başlayacak. Teyzem yine her Allah'ın günü gözyaşı dökecek. Bu ev bir kere daha elem ve endişe yuvası olacak."

"Sarıkamış'tan dönebilen ben, Bakırköy'den mi dönemeyeceğim?"

"Hani Anadolu'ya geçiyordun?"

"Sonra. Sırası gelince. Malzemelerle birlikte..."

"Allah gazanı mübarek etsin," dedi Ahmet Reşat, "ayrılacağın güne kadar evde kimseye bir şey söylemeyelim."

"Haber önümüzdeki haftalarda gelebilir."

"Hiç olmazsa birkaç hafta daha sakin kafayla yaşarız şurada. Kadın vaveylası çekecek gücüm hiç yok."

Leman, elinde bir nota kitabıyla yanlarına gelince sustular.

"Bakınız beybaba, doktor bey bana bu notaları yollatmış."

"Aaa, öyle mi kızım? Mahir Bey gitmedi miydi?"

"Emireri getirdi az önce. O İstanbul'a dönene kadar buradaki parçaları öğrenirsem, ona bir sürpriz yaparım."

"Haydi bakalım, kızım."

"Ne zaman döneceğini söyledi mi size?"

"İşi bitince."

"İşi ne zaman biter?"

"Ben ne bileyim Leman. Hastaneler, trahomdan tifüse sari hastalıklarla kaynıyor. Uzun zaman dönemeyebilir."

"Allah vere de ona bir şeycikler olmasa."

"Allah doktorları korur," dedi Kemal, "çocukları koruduğu gibi."

"Artık Allah'ın çocuklar dahil hiç kimseyi koruduğuna inanmıyorum," dedi Ahmet Reşat. Kemal hayretle dayısına baktı. İlk defa bu mealde bir şey duyuyordu ağzından. Sadakatle bağlı olduğu padişahından vazgeçmesi, kim bilir nasıl bir tahribat yapmıştı ruhunda.

Mehpare'nin eğilip kalkmaktan beli tutulmuş, paket yapmaktan parmaklarının uçları uyuşmuştu. Koca köşkün salonunda, çalışma ve yatak odalarında ne var ne yoksa sarıp sarmalıyor, bohçalara kaldırıyorlardı. Elinden geçen değerli eşyaların her birine hayran hayran bakarken, içinden kendi konaklarının bu kadar gösterişli olmamasına şükrediyordu Mehpare. Ön cephesinde, arkadakine nazaran oldukça küçük bir bahçesi olan, sokak içindeki konakları, şükürler olsun kaçmıştı gözlerinden gâvurların. Yoksa, nazır mazır dinlemez, onları da kapı önüne koyarlardı kış günü. Aile dostları olan Şakir Paşaların Taksim'deki evlerine İngilizler el koymuşlardı, mesela. Zavallılar kış günü çoluk çocuk Büyükada'daki yazlık köşklerine taşınmak zorunda kalmışlardı. Onların da başına aynı şey gelecek olsa, onlar da herhalde, Ada'daki köşke giderlerdi... Ve donarlardı. Şehirdeki evi ısıtamazken, Ada'nın poyraza açık, çamlı tepelerinde Kemal veremden ölür, çocuklarla Saraylıhanım zatürre olurdu, vallahi. Mehpare, hâlâ konaklarında yaşamakta oldukları için, kimseye duyurmadan, çok alçak sesle Saraylıhanım'ın öğrettiği şükür duasını etti, tahtaya vurup kulak memesini çekiştirdi.

"Çok yorulduk. Artık biraz duralım da birer çay içelim," dedi, büyükçe bir Acem halısını sardığı çarşafın ağzını büzmeye çalışan Azra.

"Size yardım edeyim." Mehpare, mahir parmaklarıyla Azra'nın bir türlü beceremediği işi, bir saniyede halletti. Üzerini patiska örtüyle kapattıkları kanapeye yan yana oturdular.

"Bize demli birer çay getirir misin, Nazik Kalfa? İspirto ocağımızla çaydanlık hâlâ eski yerinde olmalı," dedi Azra.

Kalfa dışarı çıkınca, Azra ile Mehpare odada nihayet yalnız kaldılar. İçeriye kimse gelmeden, Mehpare derdini hemen anlatmak istedi.

"Azra Hanım," dedi, genç kadının mavi gözlerinin içine bakarak, "samimiyetinize sığınarak size bir şey söylemek istiyorum."

"Ne söyleyeceksiniz, Mehpare?"

"Kemal Beyime dair bazı şeyler söyleyeceğim."

"Haa! Şu mesele." Azra, kızın ona Kemal ile aralarında bir şey olup olmadığını soracağını zannetti. Mehpare'yi terslemeye hazırlanarak bekledi.

"Evet, belki tahmin ettiniz Azra Hanım, sizden bir ricada bulunacağım."

"Neymiş o?"

"Kemal Bey, siz bilmezsiniz, çok ağır hastalıklar geçirdi. Hem ruhi, hem de..."

"Biliyorum Mehpare."

"Her şeyi bilmiyorsunuz efendim. İki seneye yakın bir süre kendine gelemedi. Ciğerleri zayıftır. Böbrekleri hakeza."

"Bunları bana neden söylüyorsunuz?"

"Çünkü bir daha hastalanacak olursa kurtulamaz. Ölür. Doktor Mahir de öyle söyledi, başka doktorlar da."

"Ona çok iyi bakın o halde. Zaten üstüne titrediğinizi görüyorum."

"Azra Hanım, istirham ederim, yalvarırım onu tehlikeli işlere bulaştırmayın."

"Ne diyorsunuz Allahaşkınıza? Hangi tehlikeli işlermiş bunlar?"

"Siz bilirsiniz hangi işler. Siz akıllı bir insansınız. Memleketin salahı için çalıştığınızı biliyorum ve sizi çok takdir ediyorum. Ama Kemal Bey, evimizden ayrılacak olursa, üşütürse, yorulursa... Hastalanır ve... ve... Söylemek gelmiyor içimden. İnanın o vatanı için elinden geleni yaptı. Muharebeye katıldı. Artık onu rahat bırakın. Ne olur Azra Hanım, ne olur."

"Siz çok yoruldunuz. Ne söylediğinizi bilmiyorsunuz, Mehpare."

"Ona ne yaptırmak istiyorsanız bana yaptırın. Ben sıhhatliyim, güçlüyüm."

"Kimseye bir şey yaptırmak istemiyorum. Yeter artık. Zırvalamayı kesin lütfen."

Azra, hırsla yerinden kalktı, odanın içinde sert adımlarla bir aşağı bir yukarı dolaştı.

"Zaten bugün içim kıyılıyor, yuvamı düşmanlarıma teslim etmeye hazırlanıyorum, bir de bu münasebetsiz konuşmaları çekemem. Kalfa çayınızı getirecek. İçtikten sonra evinize dönebilirsiniz Mehpare, bana kâfi yardımcı oldunuz. Teşekkür ederim."

Azra tam kapıdan çıkmak üzereyken, Mehpare koşarak geldi, koluna yapıştı.

"Bana kızmayın. Ben sadece beyimi korumaya çalışıyorum. Ve Azra Hanım, ne zaman isterseniz size yardım ederim. Haber getirir, götürürüm. Mektup getirir, götürürüm... Silah bile götürürüm. Kullanın beni, hiç korkmam."

Azra, koluna asılmış genç kadının çaresizliği karşısında ne yapacağını bilemeden durdu, etrafına baktı. Şu anda, koltukların üzerine atılmış patiska örtüleriyle, boşalmış raflarıyla, hayaletleri kabule hazırlanan bir mekân gibi duran oda, bir zamanlar şen kahkahaların atıldığı, ışıklı, ferah bir salondu. Rahmetli kardeşinin sünnet düğünü de, rahmetli Necdet'le nişan törenleri de bu salonda yapılmıştı. Birkaç güne kadar buraya İngilizlerin istihbarat subayları yerleşecekti. Aşağı katın salonlarını ve sofasını Hıristiyan çocuklara derslik olarak kullanacaklardı. Tek tesellisi buydu Azra'nın... Hiç olmazsa, küçük masum çocuklar koşuşturacaktı onun da bir zamanlar kardeşiyle koşuşturduğu sofalarda... Ah ne kadar zalimdi hayat! Ve şu anda kollarına yapışmış bir zavallı genç kadın, elinden bir şey geleceğini zannederek, sevdiği adam için ona yalvarıyordu. Herkesin derdi ne kadar değişikti. Birden yüreğinde derin bir acıma hissi uyandı.

"Mehpare," dedi, "endişenizi anlıyorum ama elimden hiçbir şey gelemez. Kemal Bey karar verdiyse, gidecek ve yapmak istediği vazifeyi üstlenecektir. Buna ne benim, ne de sizin mâni olmanıza imkân yok. Ayrıca, beni casus zannediyorsanız, değilim.

Kardeşimi, eşimi kaybettim, zavallı pederim Bursa'da hiç müstahak olmadığı bir vaziyette son günlerini geçiriyor. Vatanımdan başka tutunacak hiçbir şeyim kalmadı, kurtuluşunda benim de payım olsun istiyorum, o kadar."

"Özür dilerim. Sizin casus olduğunuzu hiç düşünmedim ben."

"Size bir şey daha söylemek istiyorum..."

"Buyrun."

"Kemal Bey, kurtuluş mücadelesine katılmak üzere evden ayrılabilir. Giriştiği mücadelede ölebilir de..."

Mehpare atıldı. "Allah korusun!"

"Tabii, Allah korusun. Ama Kemal Bey gibi binlerce erkek, geride sevdiklerini bırakarak, vatanını kurtarmaya koşuyor. Sadece erkekler değil, kadınlar da koşuyor."

"Kadınların elinden ne gelir ki?"

"Çok şey gelir, Mehpare. Cephe gerilerinde yemek yapmaktan, yara sarmaktan, sargı bezi hazırlamaktan tut, gerektiğinde silah kullanmaya, nöbet tutmaya kadar, pek çok iş. Harp eden insanların da yemek yemeğe, uyumaya, giyinmeye ihtiyaçları var, unutmayın."

"Haklısınız."

"Yaa, işte böyle. Bugünlerde canımızı ve cananımızı değil, sadece vatanımızı düşünmeliyiz. Bu yüzden Kemal'e anlayış gösterin."

"Affedersiniz," dedi Mehpare, yenilgiyi kabullenerek, "böyle düşünmek hiç aklıma gelmemişti. Kemal Bey gidecek olursa, madem kadınlara da yer var, ben de katılabilir miyim aranıza?"

"Kemal Bey gitmeyecek olsa da katılabilirsiniz. Okuma yazmanız var, değil mi?"

"Var. Hasta bakmayı da bilirim."

"İyi, aklımda olsun."

"Siz de geçecek misiniz Anadolu'ya?"

"Buradaki işlerim bitmedi. Zamanı gelince elbette geçeceğim."

"Kahraman bir kadınsınız. Sizin gibi olmayı çok isterdim," dedi Mehpare.

"Benim bir hususiyetim yok. Vatanını seven biriyim, hepsi bu."

"Ben de seviyorum vatanımı ama kadınların da vatana hizmet edebileceğini sizinle tanışıncaya kadar bilmiyordum."

"Kadınların evlerine kapatıldığı günler geride kaldı. Harpler ailelerin çoğunu erkeksiz bıraktı Mehpare, kadınlar zaruretten çalışmaya başladılar. Kozasından çıktı mıydı tırtıl, kozaya geri giremez artık. Osmanlı kadınları da bundan böyle Avrupalı hemcinsleri gibi, her mevzuda erkeğinin yanında yer almak zorundadır. Böyle kapı dibinde konuşmayalım, buyrun içeri."

Mehpare, "Ben karanlık basmadan döneyim eve. Bana ihtiyacınız olursa haber verin, yine gelir, yardım ederim size," dedi.

"Kalın lütfen, çayı birlikte içelim. Biraz daha konuşur, birbirimizi daha iyi anlarız."

Mehpare boynunu büküp, az evvel çıktığı odaya geri yürüdü. Azra ile kılıflanmış kanapeye yine yan yana oturup, kalfanın ince belli bardaklarda getirdiği çaylarını yudumladılar.

"Çay böyle kuru kuru içilmiyor ama kusura bakmayın..."

"Ne zamandır alıştık, çayı kuru kuru içmeye," dedi Mehpare, "bizdeki un çuvalının dibi görüneli on günü geçti. Beypazarı'ndan ikmal gelmedi bu ay."

"Bizde azıcık kalmıştı çuvalın dibinde. Söyleyeyim de onu size versinler."

"Zahmet etmeseydiniz."

"Ne zahmeti! Nazik Kalfa'yla Hakkı Efendi'ye verecektim kilerde kalan erzağı, unu siz alın. Herhalde düşmanıma bırakacak değilim. Çöpe dökerim de onlara bırakmam."

Çaylarını bitirince Mehpare kalktı, yeldirmesini sırtına aldı, kapıya yürüdü.

"Teşekkür ederim, Mehpare. Her şeyi toparladık bugün, sayenizde," dedi Azra.

"Yarın da geleyim mi?"

"Yarın evi terk ediyorum zaten."

"Bize mi geliyorsunuz?"

"Karşı yakaya geçiyorum, validemin yanına."

"Allah yolunuzu açık etsin," dedi Mehpare. Azra, kıza sarılıp yanaklarından öptü.

"Ev halkına hürmetlerimi bildirin. Kemal'e de selamlarımı söyleyin, yolu açık olsun."

"Ona, benim de sizlere katılmama dair konuştuklarımızı nakledebilir miyim?" diye sordu Mehpare.

"Elbette. Değil sizin gibi akıllı, becerikli bir kızın, bir çocuğun dahi yardımına ihtiyaç duyduğumuz bir zamandayız. Ne zaman isterseniz gelin, katılın."

"Siz ihtiyaç hasıl olduğunda bana haber gönderin. Elimden geleni yaparım. Behicanım da çok istemişti sizlere katılmak ama biliyorsunuz o şimdi..."

"Evet, biliyorum."

"Allahaısmarladık Azra Hanım, kendinize mukayyet olun e mi," dedi Mehpare.

"Siz de öyle. Yine görüşeceğiz Mehpare."

Mehpare, Azra'nın yanına kattığı uşağın önünde hızlı hızlı evine doğru yürürken, konuştuklarını düşünüyordu. Kemal'le birlikte Anadolu'ya geçecek olursa onu koruyabilirdi. Yemeğini pişirir, üşütmemesine dikkat eder, ilaçlarını verirdi. Evet, vatan için mücadele etmek de güzeldi ama o Azra'ya bir yerde katılmıyordu: Mehpare için önce vatan değil, aşkıydı aslolan. Önce Kemal, sonra vatan, sonra can, sonra gurur, namus, ahlak, aile, dünya, cennet, neyse ne... Ama her şeyden önce, illa da Kemal!

O gidecek olursa peşinden gidecekti, gerekirse ta cehenneme kadar.

Haziran başında, Saraylıhanım, Behice, kızlar ve Gülfidan Kalfa, Zehra'yı da yanlarına alarak Ada'daki köşke taşındılar. Her yaz, karpuz kabuğu denize düştükten sonra, denkler bağlanır, valizler kılıflara geçirilir, tabak takımları teneke kutulara yerleştirilir ve yazı geçirmeye Ada'ya gidilirdi. Eylül sonuna doğru, havalar serinlemeye yüz tutar tutmaz, Beyazıt'taki konağa geri gelirlerdi.

Ada'da hayat çok keyifli olurdu. Çam ağaçlarının altına serilen halılara yastıklar atılır, çınar ağaçlarının arasına çocuklar için asma salıncaklar, büyükler için hamaklar kurulurdu. Behice'nin ve Saraylıhanım'ın ne kadar akrabası varsa, yaz boyunca gece yatısına davet edilirlerdi. Şehir hayatından hoşlanmayan İbrahim Bey'in, kızını ve torunlarını ziyareti de, Ada'nın şifalı havasından nasibini alması için yaza rast getirilirdi. Gece yatısına gelenlerin yanı sıra, konu komşu da sık sık sabah kahvesine, akşamüstü çayına, birkaç el pokere, gece oturmasına davet edilir, sonra da sırayla iade-i ziyaretler yapılırdı. Meyveler bahçedeki dut, kayısı, şeftali ağaçlarından, üzümler bağdan, sebzeler de bostandan temin edilirdi. Kışın pinekleyen bekçi ile karısı, iki-üç ay boyunca her işe koştururlardı. Bunca misafiri ağırlayabilmek için yaz boyunca bir aşçı daha tutulurdu. Evin arkasındaki müstakil mutfağın bacasından duman hiç eksik olmazdı. Serin durmaları için karpuzlar, kavunlar filelerle bahçedeki kuyulara sarkıtılır, sular sırlı testilerde saklanırdı ama Reşat Bey yazlık evine bir de buzdolabı yaptırtmıştı. İçi çinko kaplı meşe dolabın alt ve üst raflarına balıkçılardan temin edilen kalıp buzlar kırılarak ve tuzlu bezlere sarılarak konur, buzların aralarına rakı ve ağzı tıpalı şişelere doldurulmuş limonata ve şerbetler istiflenirdi. Konuklarına soğuk meyve suları ve buz gibi rakı sunabilme ayrıcalığı olan bu evde telaş ve ikram hiç eksik olmazdı. Akşam yemeklerini çocuklar arka bahçede erkence yer, büyükler ön bahçedeki çardağın altına kurulan rakı sofrasında demlenir, geç saatlere kadar saz ve ut eşliğinde şarkılar söylerlerdi. Beyazıt semtindeki konağın ağırbaşlı, sakin yaşam tarzına inat, Ada'da hayat keyifli geçerdi. Beş dönümlük kocaman bahçesi, bağı, bostanı, çamlığı, taşlığı ile çocuklar için olduğu kadar, eş dost ve akrabalar için de eşsiz bir cennetti Ada'daki ev.

Ne var ki birkaç yıldan beri Ada'nın da keyfi ve tadı kaçmıştı. Savaştan etkilenmenin yanı sıra, aile Kemal'i vapura bindirip Ada'ya götürmeyi göze alamıyordu. Kemal, bu yaz yine şehirdeki konakta Mehpare ve Hüsnü Efendi ile birlikte kalacaktı. Reşat Bey, işlerinin çokluğundan ancak hafta sonları gidebilecekti ailesinin yanına. Reşat Bey'in şehirde kalacağına en çok sevinen Kemal olmuştu. Evinden ayrılmadan önce dayısıyla birlikte baş başa geçireceği akşamlarda, onunla erkek erkeğe konuşma imkânı bulacak ve aralarındaki bağı eski gücüne kavuşturmaya çalışacaktı. Kim bilir, belki de onu tam manasıyla kendi safına çekmeyi başarabilecekti.

TEMMUZ-AĞUSTOS 1920

1920 yazı çok sıcak geçiyordu. Mehpare, Beyazıt'taki konağın ön pencerelerindeki pancurları sıcağı ve güneşi içeri sızdırmamak için kapalı tutmuş, evin erkeklerine, oturmaları için, arka bahçedeki ıhlamur ağacının altını hazırlamıştı. Reşat Bey, ne yazık ki, bahçede akşamları bile oturmaya vakit bulamıyordu. Sadrazam barış şartlarını görüşmek üzere, Dahiliye Nazırı ile birlikte yurtdışındaydı. Dahiliye Nazırı vekâletini Ahmet Reşat'a bırakmıştı. Zavallı adam geç saatlerde evine döndüğünde yorgunluktan külçe gibi yatağına yıkılıyor, sabah erkenden, kahvaltı dahi etmeden çıkıyordu. Dayısı ile uzun sohbetler yapmayı hayal eden Kemal, düş kırıklığı içindeydi.

Bunaltıcı sıcakların hüküm sürdüğü bir temmuz akşamı, eve alışılmıştan erken döndü Ahmet Reşat.

Odasına çıkmadan, taşlıktaki muslukta ellerini ve yüzünü yıkadı, Hüsnü Efendi'ye ağacın altına acele bir rakı masası hazırlamasını söyleyip arka bahçeye geçti. Kemal, içki içme alışkanlığı bulunmayan dayısının canını sıkan bir durum olduğunu hemen anladı. Ortada sevinecek hiçbir şey olmadığına göre, demek ki yine nahoş haberler vardı.

Bahçeye çıktı, Ahmet Reşat'ın uzandığı hamağın başına geldi.

"Dayı, bugün keyfinizi kaçıracak ne oldu?" diye sordu.

"Neden sordun?"

"Siz durup dururken rakı içmezsiniz. Hele de bu saatte."

"Bugün oğlum, İtilaf devletlerinin bize teklif ettiği, daha doğrusu dayattığı sulh muahedesini, Şurayı Saltanat kabul etti. Anladın mı şimdi ne olduğunu? Neden içmek, küfelik olmak, dut olmak istediğimi anladın mı şimdi?"

"Anladım dayı."

"Yunanlılar dün Tekirdağ'a girdiler. İki gün önce de bir Ermeni alayının Adana'ya girdiği haberi gelmişti. Üç gün önce, İngilizler İzmit'i işgal ettiler. Dört gün önce Yunanlılar Bursa'yı işgal etmişlerdi. Daha önceki günlerde de, sırasıyla Bandırma, Kirmastı ve Balıkesir düştü. Daha sayayım ister misin?"

"Hayır. Lütfen saymayın."

"Sanki bu vatan bir karpuz da her geçen gün elindeki dilimden, ağzının suları akarak, bir parça daha ısırıyor gâvur. İçimden başımı duvarlara vurmak geliyor. Ama bugün var ya bugün bugün hepsinden fena tesir etti bana. Bugün anlaşıldı ki, bütün başımıza gelenleri sineye çekmeye mecburuz. Bir haftaya kalmaz, bugün kabul ettiğimiz akdi imzalarız. Böylece biterrr!!" Ahmet Reşat ellerini birbirine sürttü. "Biterrr, böóyle işte, biter ve gitti giderrr koskoca Osmanlı İmparatorluğu. Bizim nesil nasıl bir günah işlemişse, Allah bu bitişi imzalamayı bize nasip etmiş. Çekiyoruz işte cezamızı. Hüsnüüü Efendiii, getir şu rakıyı. Nerede kaldın yahu?"

"Dayı, siz eve gelmeden de içmişsiniz biraz galiba?"

"İçmişsem ne olmuş? Ayık kalmanın bir faydası mı oluyor? Ayık kalınca yarınki işgallere mani olabilecek miyim, ha? Haydi koş, git, getir şu rakıyı da sen de benimle birlikte otur iç."

Kemal, dayısının acısını hafifletebilmek için hiçbir şey yapamamanın çaresizliği içinde dolandı uzandığı hamağın etrafında. Az sonra Hüsnü Efendi elinde kocaman bir tepsiyle evden çıkıp geldi, tepsiyi bahçe masasının üzerine yerleştirdi. Mehpare rakıya altlık olsun diye küçük tabaklara domates ve kavun dilimleri yerleştirmişti.

"Bu domatesler bahçemizindir, beyim," dedi Hüsnü Efendi.

"Hüsnü Efendi, o zaman bu domatesleri gözün gibi sakla çünkü yakında elimizde bahçe domateslerinden başka hiçbir şey kalmayacak," dedi Ahmet Reşat.

"Allah korusun!"

"Allah korumuyor işte, efendi. Allah sattı bizi. Allah, ne zamandır sadece gâvur kullarına kıyak çekiyor."

"Tövbe tövbe!" dedi Hüsnü Efendi.

"Para onlarda, güç onlarda, ilim onlarda. Biz niye böyle olduk, söyle bana efendi? Haydi sen bilemezsin diyelim," Kemal'e döndü, "sen muhterem, sen ki tahsiline avuç dolusu para dökülmüş bir allame-i cihansın, her şeyi herkesten daha iyi bildiğini iddia edersin, söyle bakalım, bize bu utancı, bu zilleti niye reva görüyor Cenab-ı Hak? Niye onlara değil de bize böyle davranıyor? Ha?" Bardağını uzattı. "Doldur şunu haydi. Biraz da su koy üzerine. Suyu kuyudan mı çektiniz? Çekmedinizse, çekin. Hayrını görün yani kuyunuzun. Çünkü kuyunun da son günleridir, bilesiniz. Yakında bu bahçe de çıkar elimizden... Az kaldı, azzz!"

Kemal'le Hüsnü Efendi çaresizlik içinde birbirlerine baktılar. Her ikisi de Ahmet Reşat'ı hayatlarında ilk kez böyle görüyorlardı. Efendisinin o meşum 16 Mart gecesinde dahi bu hale düşmediğini hatırlayan Hüsnü Efendi, Kemal'i kolundan tutarak, az öteye çekiştirdi. "Her şey bitti mi Küçükbey? Doğru mu bu dedikleri, beyefendinin?" diye sordu dudakları titreyerek.

Kemal ne diyeceğini bilemediği için, "Dur bakalım Hüsnü Efendi, gün doğmadan neler doğar," demekle yetindi. Tepsideki boş bardağı o da rakıyla doldurup susuz dikti. İçki boğazını yakarak midesine indi, bir sıcaklık yayıldı içine. Hamağın yanına, yere oturdu. Dayısının elindeki kadeh çoktan boşalmıştı ama Ahmet Reşat yiyeceklerin hiçbirine dokunmamıştı. Bardağını toprağa bırakmış, gözlerini kapatmış, hiç kıpırdamadan öylece yatıyordu hamakta.

"Dayı... Hiç mi ümit yok?"

"Kemal, Tevfik Paşa, Paris'te bize dayatılan Sevr Muahedesi'ni imzalamayı reddettiydi, biliyorsun. Paşa, İtilaf devletlerinin aralarında anlaşamadıkları hususlar olduğunu idrak etmişti, bizler de bundan istifade etmek için, muahedeyi güya inceleyip duruyor, vakit kazanmaya çalışıyorduk. Lakin Trakya'nın ani istilası bütün hesaplarımızı altüst etti."

"Dayıcığım, bunlar hep bildiğimiz hususlar."

"Oğlum, bilmediklerin de var. Bugün Saltanat Meclisi yine toplandık. Heriflerin bize yolladığı nameyi satır satır okuyarak bir kere daha mütalaa etmeye başladık. Dayattıkları maddi ve manevi şartlar birbirinden ağır. Harp ilan ederek vermiş olduğumuz insani ziyanın üzerine bir de yüzlerce milyarlık bina ve malın tahribine sebep olduğumuz için ayrıca ceza eklediler. Para cezasını sineye çekmekten başka çaremiz yoktu, lakin başka çok ağır şartlar var ki..."

Ahmet Reşat öksürmeye başladı. Kemal sabırla dayısının öksürüğünün kesilmesini bekledi.

"Mesela, Müteffikler bizim diğer milletler üzerindeki hâkimiyetimize artık ebediyen nihayet vermek zamanının geldiğine karar vermişler. Bundan böyle biz sadece Türk tebaasına hükmedecekmişiz ve zaten Trakya'da ve İzmir'de ekaliyetteymişiz... Düşünsene Kemal..." Tekrar bir yudum rakı alan Ahmet Reşat yine öksürmeye başladı. Kemal boğulurcasına öksüren adamın sırtına vurmayı denedi.

"Dayı, rakı boğazınıza kaçtı galiba."

"İstanbul şehrini, lütfederek, yine bizim payitahtımız olarak bırakma alicenaplığını gösteriyorlar. Lakin Boğazlar... Eşşoğlular... Söylemeye bile dilim varmıyor..." Ahmet Reşat sustu. Suratı kıpkırmızı olmuştu. Bir müddet konuşmadan, öksürmeden, nefes bile almadan durdu.

"Dayı... İyi misiniz dayı?" Kemal, dayısının kırmızıyken giderek solan, adeta yeşile çalan rengini görünce telaşlandı. Dizlerinin üzerindeki peçeteyi sürahiye daldırıp ıslatarak, şakaklarındaki boncuk boncuk terleri sildi.

"Bir küçük ümit hâlâ var dayı. Her şey bitmedi."

"Bitti, oğlum."

"Bitmedi dayıcığım. Ankara Hükümeti Sevr'in şartlarını katiyen kabul etmeyeceğini dünyaya ilan etmiş bulunuyor."

"Ahh Kemal! Bugün biz müzakeredeyken, Reşit Mümtaz Bey'den ikinci bir telgraf geldi. Şayet muahede hemen imza edilmez ise Müteffikler İstanbul'u Türklerden geri alma kararı vermişler."

Bu kez nefesini tutup bekleme sırası Kemal'deydi.

Ahmet Reşat'ın sesi o kadar hafif çıktı ki, Kemal doğru işittiğinden bir an tereddüte düştü.

"Sevr'i imzaladık, çaresiz."

İkinci katın açık penceresinden, çaldığı uda eşlik eden Mehpare'nin sesi geliyordu hafif hafif.

Kimseye etmem şikâyet ağlarım ben halime
Titrerim mücrim gibi baktıkça istikbalime.

YÜZLEŞMELER

Behice kocasının haziran ve temmuz ayları boyunca Ada'ya uğrayamaması üzerine, kızlarını Saraylıhanım'la bırakarak, Eylül'ün gelmesini beklemeden, erkence indi konağa ve dönüp döneceğine pişman oldu. Reşat Bey, hayatında olmadığı kadar huzursuz ve asabiydi. Her akşam, eve döndükten sonra, arka bahçedeki çardakta sessizce rakısını içiyor, hiç kimseyle, hatta Kemal'le bile konuşmuyordu. Behice'nin aklına bin bir türlü kötü ihtimal geliyordu. Kocası acaba birine mi âşık olmuştu? Kış ayları boyunca satranç veya kart oynamak için gittiği salonlarda güzel bir ecnebi kadına kaptırmış olabilir miydi gönlünü? Yok yok, hayır, Reşat Bey'in aile terbiyesi asla müsait değildi böyle maceralara girmesine... Ama erkek kısmının ne yapacağı da belli olmazdı. Her akşam evdeki, göbeği ve göğüsleri büyümüş, yüzü ablaklaşmış hamile karısına bakacağına... Kim bilir? Behice'nin yüreğine keder, gözlerine yaşlar doluyordu. Sevse de, sevmese de dertleşebileceği tek kişi, Saraylıhanım Ada'daydı. Gerçi Mehpare evdeydi ama onunla yüzgöz olmak istemiyordu. Sonunda çaresizlikten Kemal'e açılmaya karar verdi.

"Reşat Bey'in bu kadar durgun ve kederli olmasının bir sebebi olmalı, Kemal," dedi, "acaba bir gönül meselesi mi? Eğer öyleyse, ben senin ablan sayılırım, beni ikaz eder misin lütfen. Bu gibi şeyleri iş işten geçmeden, zamanında bilmenin çeşitli faydaları olur."

"Yenge! Nasıl düşünebilirsiniz böyle bir şeyi?" dedi Kemal dehşet içinde. "Dayım sakın ola ki bu endişelerinizi duymasın. Vallahi size hem çok kızar, hem de gücenir."

"O halde nedir bu hali Kemal? Ada'dan döndüm döneli bir kerecik güldüğünü görmedim. Bir derdi varsa neden bana açılmıyor? Ben zevcesi değil miyim?"

"Yengeciğim, bakın şimdi, dayım size şöyle dese: Bana Sevr Muahedesi'nin akdini imzalattılar. Asla imzalamak istemiyordum, çünkü bu akit, benim vatanımın parçalanması, benim devletimin, istiklalimin ilgası demektir. Kendi ipimi elimle çekmem demektir. Lakin, İrade-i Şahane'nin arzusu istikametinde, o imzalamasın da bir açık kapı kalsın diye, biz kabine mensupları bu akdi imzalamak zorunda kaldık. Dolayısı ile ne kimseyle konuşmak, ne dertleşmek istiyorum. Üzüntümü, utancımı tek başıma yaşamak istiyorum, bana lütfen anlayış gösterin. Böyle dese, ne yapardınız?"

Behice hayretle Kemal'in yüzüne baktı. "Neden kendi ipini çekmiş olsun?" diye sordu,

"Zat-ı Şahaneleri öyle arzu ettiyse, Reşat Bey'in kabahati değil ki bu. Elbette Sultanımız hepimizden iyisini bilir. Onun arzusuyla yapıldıysa neden üzülüp duruyor?"

Kemal, söylediklerini Behice'nin idrak etmesinden umudunu kesince, "Yenge, dediklerimi unutunuz," dedi sakin sakin, "lakin şunu iyi bilin ki, dayımın başka bir kadınla alakası yok. Hayatında, vazifesinden ve kederinden başka hiçbir şey yoktur, içiniz rahat etsin."

Mehpare elinde ipe serilecek çamaşırlarla dolu sepetle arka bahçeye çıktığında, çardağın altında sigarasını tüttüren Kemal'i görünce, sepeti yere bırakıp yanına seğirtti hemen.

"Aaa, böyle de olmaz ki, beyim!" dedi sesini sertleştirmeye çalışarak, "Ne dediydi doktor, unuttunuz mu? Cıgara müsaadeniz hepsi yemeklerden sonra olmak üzere, günde sadece üç taneydi hani! Hemen söndürün onu, kurban olayım."

"Bırak bitireyim, yemekten sonra başka içmem."

Mehpare kararlı adımlarla yürüdü, cıgarayı almak için elini uzattı.

"Verin onu bana. Sonuna gelmiş zati. Vermezseniz Saraylıhanım'a şikâyet ederim."

Kemal sigarayı yere atıp üzerine bastı.

"Sizi evde görmeyince anlamalıydım bir muzurluk peşinde olduğunuzu. Ne zaman bahçeye çıksanız, tüttürüyorsunuz."

Mehpare sepetin üzerinden nemli bir mendil alıp Kemal'in tütünden sararmış parmaklarını silerken söylendi: "Tütünün kokusu siniyor ellerinize, hiç unutturmuyor kendini, meret!"

"Ne olmuş yani bir cıgaradan?"

"Ciğerlerinize zarar."

"Olan olmuş zaten Mehpare."

"Beyim, zararın neresinden dönseniz kârdır. Hem siz değil misiniz vatan hizmetine koşmaya hazırlanan? Sağlam ve kuvvetli olmanız lazım. Kendinize iyi bakmanız lazım."

"Sen yanımda olmayınca bakanım da kalmayacak, gardiyanım da. Herhalde ölürüm artık," diye dalga geçti Kemal.

"Ölmeyeceksiniz. Size yine ben bakacağım."

"Evden ayrıldıktan sonra demek istedim."

"Evet, yine size ben bakacağım. Ben de peşinizden geleceğim beyim."

"Benim gittiğim yerde kadınlara yer yok."

"Var! Bütün kadınlar Anadolu'ya dağılıyorlar muharebe eden babalarına, kocalarına, kardeşlerine yardımcı olmak için. Ben de onlar gibi, Anadolu'ya geçeceğim."

Kemal ağzı bir karış açık bakakaldı. Bu Mehpare onu her an hayretten hayrete düşürüyordu.

"Nerede öğrendin sen bunları?" diye sordu.

"İlk defa, Behice Ablamla gittiğim köşkte öğrendim. Sonra Azra Hanım'la konuştuk. Hatta onunla beraber bir meclise daha katıldım."

"Ne meclisine?"

"Kadınlar meclisine. Orada her yaşta hanım vardı."

"Saraylıhanım biliyor mu oraya gittiğini? Nasıl bıraktı seni?"

"Azra Hanım'la beraber çıkmama müsaade etti. Bizde kalıyordu ya bir aralar, işte o zaman gittik."

"Vay Azra vay!"

"Onun kabahati yok, ben çok ısrar ettim."

"Yani şimdi sen Anadolu'ya mı geçiyorsun? Evdekiler sana izin verirler mi sanıyorsun?"

"Beyim, siz gidiyorsunuz. Keşke mâni olabileydim ama beni dinlemediniz. Evdeki kimseyi dinlemediniz. Gideceğiniz biliyorum çünkü Sarıkamış'a da böyle kimsenin rızasını almadan gitmiştiniz. Siz bu evden ayrıldıktan sonra buraları bana dar gelir. Nefes alamaz olurum. Bari ben de gideyim, vatan hizmetine baş koyayım dedim. Belki o zaman gözünüzde yükselirdim."

Kemal yerinden kalktı, herhangi birinin pencerelerden onları görmesine hiç aldırmadan sımsıkı sarıldı Mehpare'ye. Mehpare'nin elinde tuttuğu mendil yere düştü. Başını Kemal'in göğsüne dayadı.

"Sen benim gözümde alçak bir yerde değilsin ki Mehparem," dedi. "Sakın kendini bu yüzden tehlikeye atma. Sakın!"

"Beyim, gitmek istiyorum. Bir işe yaramak istiyorum. Kızlar büyüdüler. Evin işini yapacak hizmetkârlar var. İzin verin, gideyim, ben de diğer hanımlar gibi hastabakıcılık yapayım. Kim bilir, belki sizin olduğunuz yere yollanırım, o zaman yine size hizmete devam ederim."

"Mehpare, ben yakında ayrılıyorum ama cepheye geçmeden önce, İstanbul'da bir başka yerde kalacağım. Adını veremem, çünkü çok gizli. Orada bir vazifem var. Sonra Garp cephesine geçeceğim. Şark'ta dayanılmaz soğuklar olur. Benim ciğerler malum. Bu yüzden beni havası mülayim bölgelerde tutacaklar, eksik olmasınlar."

"Hiç yollamasalardı ya."

"Her eli silah tutan erkeğe ihtiyaç varken, o nasıl söz! Benim bir harp tecrübem mevcut, ne de olsa talimden geçmiş biriyim. Gideceğim mutlaka. Sen de illa gideceksen, Garp cephesini tercih et. Ne yapar eder, ben seni bulurum."

Mehpare bir an yüreğinin sevinçten duracağını zannetti. Hayallerinin de ötesinde bir şey oluyordu. Kemal, sadece onun yataktaki sevgilisi değil, fikir arkadaşı, sırdaşı olmak üzereydi. Ne kadar çok kıskanmıştı Azra'yı, ne kadar çok parçalanmıştı yüreği, sevdiğini o lafı bol, mavi gözlü kadınla diz dize konuşur, dertleşir gördükçe. Gecelerce yatağında sabahlara kadar gözyaşı dökmüştü. Ama şimdi, işler değişiyordu, Kemal'in indinde kıymete biniyordu Mehpare. Evin hizmetine koşan bir kızken, vatan hizmetine koşan biri olacaktı, tıpkı Azra gibi.

Saraylıhanım, sigarasından derin bir nefes çektikten sonra külünü kahve fincanının tabağına silkeleyip Behice'ye dikti gözlerini. "Şu işin sırrını bir de ben öğreneyim Behicanım kızım," dedi. Behice, Saraylıhanım tarafından sorguya çekilmenin ne demek olduğunu bildiği için huzursuzca kıpırdandı oturduğu yerde.

"Vallahi siz ne biliyorsanız ben de onu biliyorum. Derslere gidiyor işte. Hemşire olacakmış."

"Nereden çıktı şimdi durup dururken hemşire olmak? Zaten hasta bakmıyor muydu kaç senedir? Kemalimin başını o beklemedi mi hastayken?"

"O bekledi."

"Eee, hasta bakarken istemedi de hemşire olmak, şimdi mi aklına geldi?"

"Bana niye kızıyorsunuz a canım, bütün bunları ben sokmuşum gibi kafasına? Kendisine sorsanıza Saraylıhanım."

"Kendisine de sordum. Domuz gibi bakıyor yüzüme. Cevap vermiyor. Belki sana anlatmıştır."

"Esmiş işte. Vesikalı hemşire olmaya karar vermiş. Azra çelmiş olabilir aklını."

"Aklını Azra'nın çeldiği besbelli de, benim Reşat oğlum niye müsaade eder bu saçmalıklara! Gidemezsin dediğim zaman, beyefendi müsaade etti diye pay veriyor bana. Bugünleri de mi görecektim kızım. Evine al, okut, et, yetiştir, sonra böyle asi kesilsin başına."

"Her işte bir hayır vardır derler, benim doğumumda yardımı dokunur bakarsınız. Sonra yaşlanıyoruz hepimiz, evimizde bir hemşire bulunması fena mı olur?"

"Bu evde bir yaşlanan varsa o da benim, anlamadım sanma, gelin hanım."

"Siz yaşlanıyorsunuz da biz yerimizde mi sayıyoruz? Hep birlikte ihtiyarlıyoruz işte."

"Şimdi bahis mevzuu bu değil. Mehpare'nin böyle her Allah'ın günü Azra'nın peşine takılıp bir yerlere gitmesi benim asabımı bozuyor. Yarın öbür gün başına bir iş gelecek olursa, hesabı bizden sorulur."

"Ay, âlemsiniz vallahi. Ne iş gelecek ki başına? Üç adım ötedeki Hilal-i Ahmer'e kadar gidip dönüyor. Geçende Suat elini kesmişti, Mehpare öyle bir pansuman yaptı ki, Mahir Bey yaptı zannedersiniz. Değme doktordan iyi sardı kızın parmağını."

"Boşuna dememişler aklın bile fazlası zarar diye. Bu Mehpare cin gibiydi çocukken. Fazla akıl kimseye yaramıyor, kızım. Tuh tuh tuh! Allah bizim kızları korusun."

"Neden korusun, fazla akıldan mı? İlahi Saraylıhanım!"

"Sen daha gül bana. Kız dediğin yerini bilmeli. Her şeye burnunu sokmamalı."

"Orası öyle. Lakin Mehpare sadece hemşire olmak istiyor. Bunda bir kötülük yok."

"Sen öyle zannet! Geçen gün Kemal'le konuşuyorlardı fısır fısır. Bu iş sadece hastabakıcılıkla bitmiyor, bilesin."

"Onları mı dinlediniz yoksa?"

"Dinledim tabii."

"Nerede?"

"Çardağın orada. Yavaş yavaş gittim, ıhlamurun dibinde durdum, beni görmediler."

"Aaa! Saraylıhanım! Nasıl yaptınız! Yakışır mı size?"

"Yakışıp yakışmaması umurumda değil. Ben öğreneceğimi öğrendim."

"Neymiş pekiyi?"

"Bizim deli Kemal, aklı sıra yine vatan kurtarmaya gidiyor ya, efendim, vatanı birlikte kurtaracaklarmış. Mehpare cephede yaralılara yardım edecekmiş. Neler de neler. Sen daha bekle, öğrendikleriyle doğumda sana yardım eder diye. Onun maksadı bambaşka."

"Ah Azra ah!" dedi Behice, "Bunlar hep onun başının altından çıkmış olmalı. Azra benim kanıma giremeyince onunkine girdi demek ki."

"Vatan kurtarmak ne zamandan beri kadınların vazifesi oldu, kuzum?" diye sordu Saraylıhanım. "Vatanı erkekler kurtarır. Kadın kısmına düşen, erkeğine hizmet etmektir. Evinde huzur bulan erkek, vatanı da kurtarır, dünyayı da, değil mi ama kızım?"

Behice yine esas konuya dönerek, "Saraylıhanım, doğru duyduğunuza emin misiniz? Mehpare muhAREbeye katılmayı mı düşünüyor hakikaten?" diye bir kez daha sordu.

"Ben öyle duydum. Reşat'a şikâyet edeceğim. Bakalım o vakit ne yapacak?" dedi yaşlı kadın, sigarasının son dumanını üfleyip tablaya bastırarak söndürdü. Behice'nin dumandan rahatsız olduğu için gidip pencereyi ardına kadar açmasına dik dik baktı. Pek nazenin bir şeydi bu gelin. Ya böyle çıtkırıldım olurlardı ya da Mehpare gibi erkek Fatma. Şu konağa tam kıvamında bir kadın sokamamış olmasına hayıflanıyordu. Bir ara Kemal'e Azra'yı düşünüp, sonra hemen silmişti aklından. Sanki, tövbeler olsun, Cenab-ı Hak, erkek tasarlamışken, dalgınlığına gelip kadın suretinde yaratıvermişti onu. Aman aman aman, evlerden uzak! Azra ile katiyen değil ama Kemal de başgöz edilmeliydi artık. Zaten bir karısı olsa bu işlere hiç kalkışmazdı. Şu düşman askerleri yollarda dolaşmasalar, üç mahalle aşağıda ahbapları vardı gidebileceği, Kemal'e münasip bir zevce arayabileceği. Lakin göz açtırmıyordu gâvurun yezitleri. Her gün bir başka hikâye dinliyorlardı. Bu vaziyette kadın kısmına sokaklarda dolaşmak yakışmazdı, onun gibi yaşını başını almış da olsa. Sadece Azra gibi deliler cesaret ederdi sokaklarda gezmeye.

"Aman kızım, kötü huylar sirayet eder. Sakın Lemanımı tesir altında bırakmasına müsaade etme Mehpare'nin," dedi Saraylıhanım, "hemşire memşire olmaya kalkışmasın sakın."

"Tam da adamını buldunuz. Leman bucak bucak kaçar hastalıktan. O kadar sevdiği Kemal Amcasının bile katına çıkmaz oldu mikrop korkusuna. Dikkat etmediniz mi, eskiden kucağından inmezdi, artık yanına bile yaklaşmıyor," dedi Behice.

"Büyüdü de onun içindir. Artık kucağa oturacak yaşı çoktan geçti. Kazık kadar oldu. Yakında çarşafa girer."

"Aaa insaf, daha çarşafa sokmam kızımı."

"Sokmazsın da ne yaparsın? Gâvur kokonaları gibi mi dolaşacak sokaklarda?"

"O daha çocuk."

"Çocukmuş! Beypazarı'nda onun yaşındaki kızların kendi çocukları oluyor. Geçen gün Mahir Bey nasıl bakıyordu kıza görmedin mi?"

"Daha neler Saraylıhanım," dedi Behice, "babası yerinde adam! Daha neler!"

"Nereden çıkarttın babası kadar olduğunu. Bilmez miyim ben Mahir'in yaşını. O kadar komşuluk yaptık Selanik'te. Hem erkekler en az on-on beş yaş büyük olmalı haremlerinden. Kadın kısmı çabuk yıpranır kızım. Rahmetliye gelin gittiğimde ben on beşimdeydim, o kırkına merdiven dayamıştı."

"Zaman içinde bütün âdetler değişiyor efendim. Ben kızlarımı yaşlı erkeklere vermek istemiyorum. Mahir Bey derseniz, o en yakın aile dostumuz. Leman'a baktıysa bile, ne kadar büyüdüğünü müşahade etmek için bir baba şefkatiyle bakmıştır."

İçinden bu kadın fesatlıktan başka bir şey düşünmez mi diye geçirerek kalktı sedirden, kapıya yürüdü. Tam çıkarken durdu.

"Mehpare'ye çatmayın sakın Saraylıhanım, Reşat Bey de tasvip ediyor hemşirelik derslerine gitmesini. Muharebe halinde bir memlekette her an ihtiyacımız var hemşirelere," dedi. "Hamile kalmasaydım ben de gidecektim bu derslere. Kısmet değilmiş işte."

Behice, Saraylıhanım'ın yanıtını beklemeden hemen çıktı kapıdan, koşar adım üst kattaki yatak odasına gitti. Mahir Bey Leman'a bakmışmış! O kibar, beyefendi Mahir Bey, el kadar çocuğa bakmışmış! Olacak şey miydi bu şimdi? Bazen tahammül edemiyordu Saraylıhanım'a. Odasına girince yatağına uzandı, başucundaki komidinde duran lavanta kolonyasını aldı, göğsüne, şakaklarına sürdü. İçi çekilir gibi olmuştu. Kendini daha iyi hissedince, elini karnının üzerine koyup, bir kımıltı fark edebilmek için dikkat kesildi. Hayır, hiç hareket yoktu. Uslu bir bebekti karnındaki. Akıllı, uslu bir oğlancıktı, tıpkı babası gibi. Adını büyükbabasına atfen Raif koyacaklardı.

Raif Reşat! Raif'in "merhamet"i ile Reşat'ın "hak yoluna koyulması" mânâlarını adında birleştiren, adıyla müsemma, güzel bir insan olacaktı doğacak oğlu.

Sınıfın arka sıralarından birinde, Azra'nın yanında oturuyordu Mehpare. Kara tahtaya asılı haritada, elinde değnekle, Hilal-i Ahmer'in Anadolu'da teşkilatlanarak yaralıların ve muhtaç halkın yardımına koştuğu yerleri işaret eden Şahende Hanım'ı hayranlıkla dinliyordu. Vatan evlatları, dağda taşta düşmana karşı savaşırlarken, anaları, bacıları ve yavukluları onların arkasında durmalıydı. Hatta önden gidip yollarını açmalıydı. Silahların siperlere taşınmasına, siper gerilerinde tencerelerin kaynatılmasına, yaraların sarılmasına yardımcı olmalıydı. Hilal-i Ahmer ve Müdafa-i Hukuk-u Nisvan başta olmak üzere, bütün kadın teşkilatları taşrada şubeler açmaktaydılar. Oradaki kız kardeşlerine bilgilerini, becerilerini, tecrübelerini aktarmaktaydılar.

Konuşmanın sonunda, Şahende Hanım, sınıftaki hanımlardan kaç kişinin Anadolu'ya gitmeye gönüllü olabileceğini sordu. Sınıfta otuz üç kadın vardı. Aralarında Azra ve Mehpare'nin de bulunduğu on yedi kişi ellerini kaldırdılar.

"Muhterem hemşirelerim, şu anda en kanlı çarpışmalar cenubi vilayetlerimizde yapılmaktadır. Maraş ve Antep mıntıkalarında hastabakıcılara acilen ihtiyaç hasıl olmuştur."

"Ben her yere gitmeye hazırım efendim," diye yeniden elini kaldırdı Azra.

"Aranızda Fransızca bilenler varsa onlar da ellerini kaldırsın."

Azra'nın eli havaya kalktı.

"Azra Hanımefendi, Fransızca bildiğinize göre, sizi Antep vilayetine yollanmak üzere, Nemciye ve Neyir hanımlarla birlikte listeye yazıyorum."

"Fransızcamın ne alakası var efendim?"

"Maalesef o mıntıkaya Fransızlar hâkimdirler. Lisan bilen erkeklerin hemen hepsi muharebede oldukları için şehirde tercüman sıkıntısı yaşıyorlarmış. Lisan bilmeniz çok işe yarayacak. Yanınızdaki arkadaşınızı da sizinle beraber listeye alayım mı?"

"Yok yok!" diye atıldı Mehpare.

"Arkadaşımın yavuklusu Garp cephesine geçecek. Mehpare Hanım'ı İzmir taraflarına yollarsanız minnettar oluruz."

"Harp içindeyiz hanımlar. Yavuklularınızla, sevdiklerinizle buluşma hevesinde olmayınız rica ederim. Aslolan hizmettir."

Azra ayağa kalktı. "Efendim, Mehpare Hanım'ın yavuklusu ile birlikte olmak istemesinin sebebi, gerekirse onun bakım ve yardımına da koşabilmek, efendim. Zira Kemal Bey Sarıkamış muharebesinde ağır yaralar almış bir gazimizdir. Tedavisi halen sürmekte olan bazı rahatsızlıkları vardır."

Mehpare'nin yüreği cız etti. Şahende Hanım'ın, hasta insanın cephede ne işi var, diye sormasından korktu.

"Pekâlâ, bu hanımı da Garp cephesine yollamak üzere listeye alırız," demekle yetindi ve, "şimdi yerimi Nakiye Hanım'a bırakıyorum. Bilmeyenler için söyleyeyim, Nakiye Hanım Üsküdar'daki Fevziye Lisesi'nin müdiresidir. Onu can kulağı ile dinleyin hanımlar," diyerek yerine oturdu.

Konuşmalar bittikten sonra, Azra ve Mehpare sınıfı terk ederlerken, Şahende Hanım yanlarına geldi. "Azra Hanım," dedi, "siz muhtemelen yakında yola çıkacaksınız. Anadolu'ya geçmeden önce, diğer arkadaşlarınızla buluşana kadar, karşı yakada bir tekkede ikamet buyuracaksınız."

"Bu tekkenin namını duydum efendim."

"O halde çok emin ellerde olacağınızı da biliyorsunuz."

"Elbette."

"Orada bir süre beklemek zorunda kalabilirsiniz. Çünkü kafilelerin yola çıkabilmesi birçok şeye bağlı.

Sizlere göz yumacak nöbetçilerin vazifede olduğu günü bekleyeceksiniz. Anadolu'ya erzak götüren bir arabaya bindirileceksiniz. Yanınızda zevciniz de bulunacak elbette."

"Lakin hanımefendi benim zevcim vefat edeli..."

"Telaşlanmayın. Zevcinizmiş gibi davranacak arkadaşımız da Anadolu'ya geçmek zorunda olan biridir. Tek başınıza seyahat ederseniz şüphe çekersiniz. Diğer hanımlarla birlikte, bir aileymiş gibi gideceksiniz. Teferruatları tekkeye vardığınızda hoca efendi size anlatır."

"Ne zaman yola çıkacağım?"

"Bu hafta sona ermeden karşı yakaya geçmiş olacaksınız."

"Ya ben?" diye sordu Mehpare.

"Adınızı ve ikâmetgâhınızı listeye ilave edin. Sizin için lazım gelen hazırlığı tamama erdirince size haber yollatırım. Hastabakıcıydınız değil mi kızım?"

"Evet lakin her işi yaparım efendim. Okumam yazmam da var."

"Siz İzmir'e mi geçmek istiyordunuz?"

"Garp cephesine."

"Garp cephesi geniştir. O taraflarda nasıl bir yardıma ihtiyaç hasıl olmuş, önce onu öğrenmeliyim."

"Ben bir hafta sonra geleyim mi?"

"Biz haber yollatırız."

"Siz zahmet etmeyin efendim. Ben gelir öğrenirdim."

"Ailenizin izni olmadan mı gitmeye kalkışıyorsunuz yoksa? Aileniz müsaade etmiyorsa aramıza katılmanız doğru olmaz kızım. Haftaya Hilal-i Ahmer'e gelirken, haminizden müsaade mektubunu da yanınızda getirin, e mi."

Vedalaşıp çıktılar. Divanyolu'ndan Beyazıt'a doğru yürürlerken kol kola girdiler. Azra'nın evinde eşya toplamakla geçirdikleri o günden beri yakın arkadaş olmuşlardı. Mehpare, Reşat Bey'den izin alarak, Azra'nın devam ettiği hemşirelik kursuna yazılmıştı. Haftanın iki günü kursa birlikte gidip geliyorlardı. Azra, Mehpare'nin duru zekâsından, saflığından ve samimiyetinden etkilenmişti, Mehpare de Azra'yı, ara sıra kabaran kıskançlık duygularına rağmen, örnek alınması gereken bir abla gibi benimsemişti. Hayrandı ona.

Yolda Mehpare düşünceliydi. "Kemal Bey'den benim için mektup yazmasını isteyeceğim," dedi, "Şahende Hanım beni evden kaçıyorum sanıyor."

"Kaçmıyor musun?"

"Evet ama Kemal Bey'le birlikte. Yani o da kaçıyor, öyle değil mi?"

"Hayır Mehpare, o gidiyor. Ama sen kaçıyorsun. Bence Kemal'i ikna et de, kaçmak yerine birlikte gidin."

"Konuştuk biz. Ben önce gideceğim, vatanıma yararlı olmaya gayret edeceğim. Bu fikir onu çok mesut etti."

"Mehpare, onu memnun etmek için mi yapıyorsun bu işi?"

"Hem onunla olmak, hem de onu memnun etmek için. Azra Hanım, inanın vatanıma hizmet edeceğim için de çok mesudum. Lakin Kemal'in sevgisi biraz daha ağır basıyor."

"Ölüme ancak bir ideal uğruna gidilmeli Mehpare."

"Kemal Bey gittikten sonra benim o evin içinde ölüden farkım kalmaz."

"Ah Mehpare," dedi Azra, "bir erkeği senin gibi sevebilmeyi ne kadar çok isterdim."

"Zevcinizi sevmemiş miydiniz?"

"Elbette çok sevdim, lakin senin Kemal'i sevdiğin gibi ölesiye bir aşkla değil."

"İnşallah bir gün siz de birini böyle seversiniz."

"Sanmıyorum. Ben otuz iki yaşına geldim. Böyle aşklar için çok geç kaldım, Mehpare."

"Aşkın yaşı olmaz," dedi Mehpare.

"Nereden biliyorsun?"

"Hissediyorum."

Azra, içinden Mehpare'nin bu sezgisinin gerçek olmasını diledi. Genç kadın, Şahende Hanım'dan haber gelene kadar birkaç gün daha Reşat Bey'in konağında kalacak, sonra karşı yakaya geçecekti. Evlerine sapan sokağın başına gelince Mehpare durdu. "Bir şey daha hissediyorum Azra Hanım," dedi.

"Ne?"

"Siz de âşık olacaksınız. Benim gibi, delicesine."

"Yaa! Ne zaman?"

"Yakında."

"İçine doğdu demek."

"İçime doğdu."
"Deli kız!" dedi Azra.

Yatmak için yukarı çıkmakta olan Kemal, odasına varan merdivenlerin başında büyükannesini görünce şaşırdı. Elindeki mumun titrek ışığında, gölgesi heyula gibi uzayarak duvara çarpan yaşlı kadın, omuzlarına kadar inen uzun, beyaz namaz örtüsü ve uçuk mavi geceliğinin içinde bir hayaleti andırıyordu.

"Hayrola sultanım," dedi, "siz bu katı pek şereflendirmezdiniz. Ne oldu da geldiniz?"

"Odana gir! İçerde konuşacağız."

"Tamam tamam, giriyorum. Bu ne şiddet büyükanneciğim, bir hatam mı oldu size karşı?"

Kemal, Saraylıhanım'ın açtığı kapıdan girdi, kendi elindeki şamdanı masaya koydu. Birkaç gündür elektrikler kesikti, gaz bulunmuyordu. Ancak mumlarla aydınlanıyorlardı. Mumun cılız ışığında bile, yaşlı kadının yüzündeki endişeyi görebiliyordu Kemal. Saraylıhanım kapıyı kapattı, Kemal'in yatağına oturdu, eliyle yanını işaret etti: "Otur."

Kemal itiraz etmeden oturdu büyükannesinin yanına.

"Şimdi beni iyi dinle Kemal."

"Emrin olur sultanım."

"Lafımı kesme. Maskaralık kaldıracak bir mevzu değil bu."

Kemal biraz endişeli, bekledi.

"Sen bu kıza ne yaptın?"

"Hangi kıza?"

"Kaç tane kız var evimizde?"

"Çook. Leman var, Suat var, Mehpare var, Katina gelip gidiyor... Bazen Azra..."

"Bu işin şakaya gelir yanı yok oğlum. Bana hemen şimdi ve mutlaka doğruyu söyleyeceksin. Mehpare'ye ne yaptın?"

"Hiçbir şey yapmadım."

"Yalan söyleme."

"Neden yalan söyleyeyim ki büyükanne?"

"Mehpare kalınlaştı, göğüsleri büyüdü."

"Amma keskin gözleriniz varmış sizin. Ben hiç fark etmedim."

"Neden böyle oldu dersin, Kemal Bey?"

"Şişmanlamıştır."

"Hayır oğlum. Şişmanlamadı. Zaten günlerdir ağzına bir şey koyduğu yok."

"O halde yanlış görmüşsünüzdür canım. Size öyle gelmiştir."

"Ben bu hususta hiç yanılmam. Kaçın kurasıyım ben."

"Dilinizin altındaki baklayı çıkarır mısınız lütfen."

"Mehpare hamile, oğlum."

"Aaaa!" dedi Kemal. Kıpkırmızı olmuştu. Sesinin titremesine mâni olamayarak sordu:

"Bu hamileliğe kız biraz şişmanladı diye mi karar verdiniz?"

"Hayır sadece o sebeple değil. Başka müşahadelerim de oldu."

"Bu kadar ağır bir itham yaptığınıza göre, o müşadelerinizi sorabilir miyim?"

"Sabahları mutfakta pişen yemeklerin kokusuna dayanamıyor, öğürüyor. Zor atıyor kendini mutfaktan dışarı. Başka işaretler de var seni alakadar etmeyecek."

Kemal, bunca zamandır, böyle bir ihtimali nasıl göz ardı edebildiğine şaşarak ve kendine çok kızarak, suçlu çocuk gibi sessiz ve boynu bükük oturuyordu büyükannesinin yanında.

"Şimdi oğlum, gelelim sadede. Bu kız bizim evimizde, elimizde büyüdü. Bize emanet edildi. Bu işin mesulü sensen bana hemen itiraf edeceksin. Mehpare evimizin dışında tanımadığı kimselerle ilişkiye girebilecek tıynette bir kız değildir. Gerçi bir müddettir Azra Hanım'ın peşine takılıp güya Hilal-i Ahmer'e gidip geliyor, lakin asla mümkün değildir dışarıda bir yaramazlık yapması. Buna cesaret edemez. Geriye sen kalıyorsun."

Kemal hiçbir şey söylemeden oturuyor, terliklerinin ucuna bakıyordu.

"Kemal, yüzüme bak."

Kemal gözlerini isteksizce kaldırıp büyükannesine baktı.

"Kuran üstüne el basar mısın bu hamileliğin müsebbibi ben değilim diye?"

Kemal cevap vermedi.

"Şimdi odamdan Kuranımı getireceğim. Ancak o zaman inanırım sana. Eğer sen olmadığına ikna olursam, türlü yollara başvurur, ne yapar eder konuşturu-rum kızı. Öğrenirim. İşte o zaman Mehpare'nin de, o ırz düşmanının da vay haline!"

"Kızı rahat bırakın büyükanne," dedi Kemal hırıltılı bir sesle, "eğer hamileyse müsebbibi benim. Sakın ola ki onu incitmeyin. Bu hususta zerre kadar suçu yoktur. Kabahat bende. Onu ben zorladım... Ben ikna ettim... Suç bende yani."

"Utanmadın mı oğlum? Himayemize bırakılmış kızdan başka kimseyi bulamadın mı şehvetine alet edecek?"

Kemal, yıllardır Mehpare'den başka kadın görmediğini, başka bir kadına değil gitmek, nerdeyse düşünme imkânı dahi olmadığını bilen büyükannesine hayretle baktı.

"Üzgünüm büyükanne. İstemeden oldu. Kapıldım. Buhranlı bir gecemdeydim. Üzgünüm."

"Yarın sabah kızla konuşacağım. Eğer gerçekten hamile ise..."

"Hani emindiniz?"

"Hiç şüphem yok. Lakin bu vaziyeti kendisinin de teyit etmesi lazımdır. Eğer öyle ise hemen dayına Mehpare'yi nikâhına almak istediğini söylersin, önümüzdeki hafta içinde, evde nikâh kıyarız. Dayın kızın hamileliğini asla bilmemelidir."

"Neden?"

"Gözünden düşersin. Ne seni, ne onu bağışlar."

Kemal ayağa kalkıp sinirli sinirli dolandı odanın içinde, "Ne fark eder ki, dayımın gözünde siyasi fikriyatımdan dolayı zaten bir değerim yok," dedi.

"Bu iş bir fikriyat suçu değildir. Irz, namus işidir. Öğrenirse seni asla affetmez."

"Haklısınız büyükanne."

"Dua et de yanılmış olayım. Eğer hamile değilse, Mehpare'yi hemen halasının yanına göndereceğim. Dayına ve yengene bahaneyi ben uydururum."

"Hamile değilse kızı neden uzaklaştırıyorsunuz evden büyükanne?"

"Elbette ki bu münasebete bir son vermek için. Maliye Nazırı Reşat Bey'in yeğeni, paşa kızları dururken, evdeki yanaşma kıza mı kaldı? İzdivaç için sen kimlere layık değilsin ki?"

"Hani Mehpare bizim akrabamızdı? Değil miydi yoksa?"

"Olmaz olur mu, anne tarafımdan dayı torunu."

"Biz Kamçeriko beylerinin ahvadı değil miyiz? Şu kimsenin eline su dökemediği asalet kumkuması aşiretin?"

"Elhamdülillah!"

"Onlardan kız almayacağım da kimlerden alacağım, büyükanne?"

"Öyle lakin ben Mehpare'yi yetiştirmeseydim, okutmasaydım...."

"Yetiştirdiniz ve okuttunuz. Evinin içinde, gözünüzün önünde büyüdü."

"Mehpare'yi ancak senden hamile kaldıysa nikâhlamana müsaade ederim. Hamile değilse seni de, onu da hemen en münasip kimselerle, kendi elimle başgöz edeceğim."

"Offf off!"

"Hiç off çekme Kemal Bey! Kendi düşen ağlamaz," dedi Saraylıhanım. "Dua et de ben yanılmış olayım, hamile olmasın kız. Eğer hamileyse bu mevzu aramızda kalacak. Bir Allah'ın kulu dahi duymayacak, bilmeyecek. Ben her şeyi halledeceğim."

"Kız hamile olmasa da nikâhıma alacağım onu."

"Hamile değilse gerekmez. Ben ona münasip bir koca bulurum."

"Hiç zahmet etmeyin. Ben nikâhlayacağım Mehpare'yi."

"Şuna da bakın hele, hem suçlu, hem güçlü! Ne yapacağımıza yarın ebe hanım geldikten sonra karar vereceğiz."

Saraylıhanım yavaşça kalktı oturduğu yerden, azametle yürüdü kapıya doğru. Odadan çıkmadan durdu, Kemal'e baktı, dudaklarını uzata uzata, "Aptal!" dedi.

Kemal büyükannesinin tahta basamaklarda uzaklaşan ayak sesini dinledi. Sonra kalkıp karşı odaya, Mehpare'nin yanına geçti. Mehpare yatağının içinde oturmuş, saçlarını fırçalıyordu. Kapısının açıldığını duyunca, yatağın yanına bıraktığı pirinç şamdanı yukarı kaldırıp içeri girene baktı.

"Aaa beyim, hiç beklemiyordum sizi. Uyku mu tutmadı?" diye sordu.

"Bana anlatacakların vardır diye düşündüm, Mehpare."

"Anlattım ya size eve döner dönmez. Ama istiyorsanız bir kere daha anlatayım. Bugün yine o mektepte toplandık. Şayeste Hanım var hani, ebe hanım, o teşkilatın başındaymış, beni..."

Kızın lafını bitirtmedi Kemal. "Bunları sormuyorum Mehpare," dedi, "bana asıl söylemen gerekeni anlat."

"Anlatayım. Siz evden ayrıldıktan birkaç gün sonra ben de Anadolu'ya geçeceğim. Önce karşı taraftaki Özbek Tekkesi'nde kalacakmışım bir-iki gece. Artık ne zaman gidiyorsa kafile, onlara katılarak İzmit'e doğru yola çıkacağım. Ve sonra...."

"Mehpare!"

"Beyim?"

"Bana söylemek istediğin bir şey yok mu?"

"Size hep söylemek istediğim, sizi ne kadar sevdiğimdir. Canımdan daha çok."

"Mehpare, yeter! Bırak bunları da bana şunu söyle: Sen hamile misin?"

Mehpare yataktan fırladı, Kemal'in karşısında durdu. Dizleri de dudakları gibi titriyordu ama Kemal sadece dudaklarının titrediğini görüyordu. Kız, çekik gözleri yerde, çok alçak sesle konuştu:

"Bilmiyorum beyim."

"Nasıl bilmiyorsun? Bilinmeyecek bir şey mi bu?"

"Emin değilim."

"O halde yarın ebe hanımı çağırırız, emin olursun."

Mehpare diz çöküp Kemal'in bacaklarına sarıldı. "Beyim yalvarırım çocuğuma dokunmayın. İstemezseniz ben hemen giderim. Sizden önce geçerim Anadolu'ya. Gözünüze gözükmem bir daha. Çocuğuma dokunmayın, ayağınızın altını öpeyim."

"Kız sen ne diyorsun böyle aptal aptal? Ne konuşuyorsun sen?" Kemal, Mehpare'yi koltuklarının altından tutarak ayağa kaldırmaya çalıştı. Kız külçe gibi olmuştu. Yüzünde buz gibi ter tanecikleri vardı.

"Mehpare, neyin var? Bayılıyor musun? Bayılma sakın... Dur, aman dur, uzan bakayım yatağına."

Kemal kızı zorlukla yatağın üzerine uzattı. Başının altına yastığı çekti.

"Mehpare, neden korkuyorsun sen? Saraylıhanım'dan mı?"

"Beyim, bebeğime dokunmayın Allahaşkına."

"O benim de bebeğim değil mi? Neden zarar vereyim ki karnındaki çocuğa?"

Mehpare ağlamaya başladı. "Yani müsaade edecek misiniz doğurmama?" diye sordu.

"Elbette. İlk fırsatta nikâhlanacağız ve sen çocuğumuzu dünyaya getireceksin."

Kemal'in göğsüne yaslanan Mehpare hıçkırarak ağlamaya başladı.

"Kuzum Mehpare, ne zannetin sen beni? Ben canavar mıyım? Neden söylemedin bana?"

"İstememenizden korktum."

"Tut ki istemedim. Nasıl saklayacaktın hamile olduğunu?"

"Ben gidiyordum ya zaten Anadolu'ya... Evden hayırlısıyla bir ayrılayım, sonrası Allah kerim, diye düşünmüştüm."

"Senin hiçbir yere gitmene hacet kalmadı. Yarın dayımla konuşacağım. Bu hafta içinde, ben evden ayrılmadan nikâhlanırız."

"Nikâhlanırız ama ben yine de Anadolu'ya geçeceğim. Sizi orada bekleyeceğim. Yeter ki siz bana bir müsaade mektubu yazın."

"Olmaz Mehpare. Bu işi planlarken senin hamile olduğunu bilmiyordum. Çocuk bekleyen bir kadının içinde yaşayabileceği şartlar Anadolu'da yok. Bu halinle bir maceraya atılamazsın."

"Ben kuvvetliyim. Her şeyin üstesinden gelirim. Beni geride bırakmayın, sizi merak etmekten ve kahrımdan ölürüm sonra."

"Hayır. Burada kalıp çocuğumuzu doğuracaksın. Bu harp ilelebet devam etmeyecek. Hepsi gibi bu da bitecek. O zaman kavuşacağız. Evladımızı birlikte büyüteceğiz."

"Ben sizsiz ölürüm."

"Ölmeyeceksin. İkimiz de ölmeyeceğiz Mehpare. Sen şimdi artık sadece benim için değil, karnında taşıdığın bebek için de yaşayacaksın. Onu koruyacaksın. O bizim bebeğimiz, bunu unutma."

"Ah beyim, beni geride bırakmayın, ne olur."

"Anadolu'da kan gövdeyi götürüyor. Her tarafta işgal askerleri kaynıyor, yakıp yıkıyorlar. Hastalık dersen diz boyu. Kıtlık var, insanlar açlıktan ölüyor. Bu şartlarda nasıl sağlıklı bir çocuk dünyaya getirebilirsin?"

"Ya siz ne olacaksınız? Nasıl katlanacaksınız o şartlara?"

"Ben hamile değilim."

Mehpare gülmeye başladı. Kemal, yorganı açıp kızı yatağın içine soktu, kendi de yanına uzandı, yorganı üzerlerine çekti, mumu üfleyerek söndürdü ve sımsıkı sarıldı Mehpare'ye, "Haydi bakalım, ilk defa üçümüz bir arada uyuyalım, bu gece," dedi, "yarın çok işimiz olacak çünkü. Dayıma izdivaç müjdesi vereceğim, hoca bulunacak, nikâh hazırlıkları yapılacak... Neler de neler."

"Saraylıhanım ne diyecek acaba bu işe?" diye sordu Mehpare.

"Allah ikinizi de ebediyete kadar saadet içinde yaşatsın, diyecek."

"Ya dayınız? O razı gelir mi nikâhlanmamıza?"

"Razı gelmesi için elimden geleni yapacağım."

Kemal bir süre gözleri tavana dikili düşündü, sonra yavaşça, "Onun aklına öyle bir ihtimal getireceğim ki, nikâhımıza rıza gösterecek, Mehpare," dedi.

"Yalvarırım bebekten bahsetmeyin, yoksa utançtan ölürüm."

"Merak etme, bebek hakkında kimseye bir şey söylemeyeceğiz. Haa, Saraylıhanım kendi fark ederse onu bilmem."

"Doğduğu zaman zaten anlayacaklar ama hiç olmazsa o güne kadar yüzüm yerde kalmasın."

"Bu zor şartlarda, yani babası savaşta olduğu için, annesi endişe içindeyken, bir bebeğin vaktinden biraz önce doğması da çok mümkün, öyle değil mi?"

Bir süre hiç konuşmadan öylece sarmaş dolaş yattılar. Sonra usulca, "Siz nasıl anladınız beyim?" diye sordu Mehpare.

"Benim gözümden sana dair hiçbir şey kaçmaz!" diye zararsız bir yalan söyledi Kemal.

Kız, yüreği sevgiyle çarparak minik bir kumru gibi büzüldü kollarında Kemal'in, aylardan beri ilk kez huzurlu bir uykuya daldı.

Ahmet Reşat selamlığa girdiğinde, Kemal oda havalansın diye açık bırakılan pencereleri kapatmış, kalın kadife perdeleri çekiyordu.

"Üşüdün mü oğlum? Hava pek latif, niye öyle sımsıkı kapatıyorsun her tarafı," diye sordu Reşat Bey.

"Hususi mahiyette konuşacağız. Bir duyan olmasın, dedim."

"Kim duyacak ki?"

"Dayıcığım, bizim evin hanımları pek tekin değildirler, her yerde kulakları, gözleri vardır."

"Eee, anlat bakalım yeğenim, bu hanımlardan gizli, hususi mahiyette şeyler nelerdir?"

"Beklediğim haber geldi dayı. Önümüzdeki cuma günü konaktan ayrılacağım."

Ahmet Reşat sarsıldığını belli etmek istemedi. "Yaa!" demekle yetindi.

"Evet. Çiftliğe geçeceğim. Orada mebzul miktarda düzenlenecek evrak-ı mahsusa varmış. Anadolu'ya geçenler için hüviyetler hazırlanacak. Zaman içinde kâfi miktarda silah tedarik edildikten sonra, biliyorsunuz işte, ben de silahlarla birlikte cepheye gideceğim."

"Kemal, Sarıkamış'a gitmeni tasvip etmemiştim ama lafımı dinlemedin. Ölümden zor kurtuldun.

Şimdi de gitmene muvafakat etmiyorum, bilesin. Lakin seni durduramam, yolun açık olsun oğlum. Bizi habersiz bırakma."

"Ben Anadolu'ya geçince Beypazarı'na haber yollarım. Onlar sizinle temas ederler, böylece kimsenin dikkatini çekmeyiz dayı."

"İyi düşünmüşsün."

"Size bütün haberleri hep Beypazarı üzerinden yollarım. Ailemizin bir kısmı orada ikamet ettiğine göre, onlarla mektuplaşmanız, haberleşmeniz gayet tabiidir, değil mi?"

"Elbette."

"Anadolu'da bulacağımız silahlar için para lazım olursa size başvuracağım. Ben size 'şeker' diye yazdığımda, o silahtır. Şeker kıtlığı var ya şehirde, evimize erzak Beypazarı'ndan yollanıyor ya hep, işte o yüzden, mektuplar bir gün ele geçse bile şüphe çekmez."

"Benim evime gelecek mektupları açıp okuyacaklarını sanmıyorum. Lakin tedbiri elden bırakmamak lazım."

Dayı yeğen, sanki bu beraberliklerinin son olduğunun farkındaymışçasına, aynı havayı teneffüs etmenin verdiği huzurla, dakikalarca hiç konuşmadan, kederli bir sessizlik içinde oturdular. Ahmet Reşat, Kemal'i ilk kucağına aldığı anı hatırladı. Genç yaşta dayı olmuştu. İncitmeye korkarak kollarında tuttuğu bebeğin babasından uzun zamandır haber almamışlardı ve biliyorlardı ki, zavallı adam oğlunu bağrına hiç basamayacaktı. Bu bebek, gerçek babasının yerine, hayatı boyunca, dayısını baba bilecekti. Ahmet Reşat, şu anda, oğul yerine koyduğu Kemal'i ilk kucakladığı andan itibaren bir ömür onu nasıl sevip kolladığını, iyiliği için ne fedakârlıklara katlandığını anlatmak, ona, "Gitme, burada kal, hiç çalışmasan da ben sana yine bakarım ama ölmene katlanamam," demek istiyor, ağzından tek bir söz çıkmıyordu. Nihayet konuştuğunda, sesi titriyordu.

"Oğlum, şimdi oralarda sana buradaki gibi bakan birileri olmayacak. Sağlığına dikkat etmek zorundasın. İlaçlarını sakın ihmal etme. Ben Sıhhıye Nazırı'ndan, içime doğmuş gibi, kolayca bulunmayan ilaçlarından tedarik etmesini rica etmiştim. Yarın bana bir kutu yollayacaktı. Onu yanına alırsın. Taşrada ilaç bulmak zor olur," dedi.

"Ömrünüze bereket dayıcığım."

Yine sustular. Bu sefer Kemal lafa nasıl başlayacağını düşünüyordu. Sonunda cesaretini toplayıp, "Gitmeden önce, sizden bir istirhamım var," dedi.

"Neymiş? Para mı istiyorsun?"

"Hayır. Hayır duanızı ve rızanızı istiyorum."

"Verdim ya."

"Dayı, başka bir mesele için rızanızı istiyorum. Hususi bir mesele için. Bunu size söylerken çok mahcubiyet çekmekteyim, lakin itiraf etmem lazım. Dayı, ben Mehpare'ye âşık oldum. Evden ayrılmadan onu nikâhıma almak istiyorum müsaade ederseniz."

Ahmet Reşat, ağzı açık bakakaldı.

"Mehpare'yi?"

"Evet dayı, müsaade ettiğiniz takdirde, elbette."

"Mehpare evimizin kızıdır. Akrabamızdır oğlum. Yakışık alır mı hiç?"

"Uzak akrabamız. Evimizin kızı olduğu için münasiptir zaten, gözümü arkada bırakmayacak bir zevce olur bana."

"Büyükannen asla kabul etmez."

"Nikâhlanacak olan benim, dayı."

"Seni o büyüttü Kemal. Üzerinde hakkı var."

"Saraylıhanım'ın benim için gözü çok yukarlarda. Halbuki ben hastalıklıyım, hükümet tarafından aranıyorum ve sonunu bilmediğim bir maceraya gidiyorum. Beni Mehpare'den başka kimse istemez, emin olun."

"Söylediklerin doğruysa, Mehpare'ye yazık değil mi, oğlum?"

"O da benim kadar çok istiyor bu izdivacı. Bana baktığı, başımdan ayrılmadığı sıralarda sevdik birbirimizi."

"Saraylıhanım'ın tastik etmediği bir izdivaç yaparsan, kıza hiç rahat vermez, haberin olsun. Dünyayı ona dar eder. Ben de şahsen onun muvafakatını almadan, müsaade etmek istemem. O büyüğümüzdür."

"O hususu merak etmeyin. Eğer müsadenizi verir de hemen nikâhlanırsak, ben çiftliğe gidince Mehpare evde kalmayacak. O da Azra Hanım ile birlikte Anadolu'ya, vatana hizmet etmeye geçecek."

"Ne!"

"Evet dayı. Artık bugün bütün iyi aile kızları vatan için canını vermeye hazır. Birçok genç hanım,

Anadolu'daki köylü kadınları teşkilatlandırarak cephe gerisinde çalıştırmak için taşraya geçiyorlar."

"Aman Allahım, benim evimden bir kız yollara düşecek..."

"Yollara düşmeyecek, vatanı kurtarmaya gidecek. Bundan şeref duymalısınız dayı."

"Terk-i mekânın dışında da şeref duyulacak işler yapılabilir, vatan için."

"Mehpare'nin bir başka maksadı daha var. Ben cepheye geçince, onu bulunduğum mıntıkaya aldıracağım. Bana yine eskisi gibi bakacak, sağlığımla alakadar olacak."

"Mehpare'nin hemşirelik derslerine gitmek istemesinin arkasında meğer şeytani fikirleri varmış."

"Günahına girmeyin kızın dayı, hemşire olmayı hepimize faydası dokunsun diye istediydi."

"Oğlum, siz bana danışmadan zaten hayatınızı tanzim etmişsiniz," dedi Ahmet Reşat. "Kızı nikâhladıktan sonra, o artık senin haremindir. Bana karışmak düşmez. Eğer ki nikâhlamasaydın, dünyada müsaade etmezdim kendini böyle bir maceraya atmasına."

"Dayıcığım, nikâh için izin veriyorsunuz, değil mi?"

"Vermeyeyim de ne yapayım Kemal," dedi Ahmet Reşat, "vermeyeyim de ne yapayım? Nikâhlanmadan gidecek olursan, o da peşine düşmeye kalkarsa, ailesinin yüzüne nasıl bakarım. Halasına ne hesap veririm?"

"Gidecek olursa sizin kabahatiniz olmaz ki. Kocaman kız artık o. Almış başını gitmiş dersiniz."

"Ben mesuliyetini sırtlandığım insanın her hareketinden kendimi mesul tutarım. Yoksa senin bu hallerine, bu kadar çok üzülür müydüm?"

"Dayıcığım, nikâha rıza gösteriyorsanız, Ömer Hoca'ya haber göndereyim. İzin verirseniz Hüsnü Efendi'yi de Dilruba Hala'nın evine yollatalım da nikâha çağıralım. Çocuklarını alıp gelsin, perşembe gününden önce, bir an evvel kıyalım nikâhımızı."

"Önce hocayı ayarla da, ona göre yollarsın Hüsnü'yü Dilruba'ya. Evden ayrılmadan bu nikâh işini mutlaka hallet, Kemal," dedi Ahmet Reşat, bezginlikle.

"Emredersiniz dayıcığım." Kemal dayısının yanına gidip elini öptü.

"Hakkınızda hayırlı olsun, oğlum," dedi dayısı.

"Dayı, eğer Mehpare'nin Anadolu'ya geçmesi sizi üzecekse, söz veriyorum onu evde kalmaya ikna edeceğim."

"Oğlum, kızlarımızın başlarını alıp Anadolu yollarına düşmelerini katiyen tasvip etmiyorum. Harp halinde bir memlekette, her yer yerli yabancı asker kaynarken, her yerde çatışma varken, yapayalnız bir kızın başına neler gelebilir, düşünmek bile istemiyorum. Mehpare illa bir şeyler yapmak istiyorsa burada benim kanadımın altındayken yapsın. İstanbul'daki hastanelerde çalışsın. Taşraya geçmesi şart mı?"

"Konuşacağım Mehpare ile. Madem tasvip etmiyorsunuz, onun hiçbir yere gitmesine izin vermem."

"İyi edersin oğlum."

"Bir istirhamım daha olacak, dayı," dedi Kemal.

Reşat Bey lahavle çekerek gözlüklerinin üzerinden baktı.

"Saraylıhanım'a nikâh haberini siz verir misiniz ki, vaveyla kopmasın," dedi Kemal, artık çok olmaya başladığının bilerek.

"Yok artık! Saraylıhanım'a haberi ben vermem!" dedi Ahmet Reşat. "Evden ayrılacağını da bana söylettin, yetti artık. Ya her şeyi göze alır, kendin verirsin ya da Mehpare ile evlenmekten vazgeç!"

Saraylıhanım, mutfaktan çıkarken, "Kahvemi çardağın altına getir, Mehpare," dedi.

"Zehra ile yollarım efendim," dedi dolma doldurmakta olan Mehpare.

"Kendin getir."

"Ellerim soğanlı da, fincana koku sinmesin diye..."

"Kendin getir, dedim." Saraylıhanım'ın suratından düşen bin parça oluyordu iki gündür. Mehpare işini bıraktı, ellerini sabunladı, Zehra'nın uzun zamandır kahve bulamadıkları için nohutu kavurarak pişirdiği kahveyi alıp arka bahçeye geçti. Çardağın altındaki hasır koltuğa oturmuş bekliyordu Saraylıhanım. Yaklaşıp kahveyi usulca masaya bıraktı. Yeşil gözlerini devire devire yüzüne baktı Saraylıhanım.

"Bu nikâhın sebebini biliyorum, Mehpare."

Kız hiç sesini çıkarmadan önüne baktı.

"Ben seni evimize getirirken, helal süt emmiş, namuslu, akıllı bir kız olduğunu sanmıştım."

"Ben öyleyim, efendim."

"Namuslu kızlar senin yaptığını yapmaz!"

Mehpare, gözleri yerde bekledi.

"Akıllı olduğun belli. Bari aklını bundan sonra da iyi kullan."

"Ben sadece... Çok sevdim efendim. Beyimi çok sevdim."

"Edepsizlik etme! Bunlar nasıl sözler! Kemal'in bambaşka bir izdivaç yapmasını arzu ederdi gönlüm. Ama sen akıllı çıktın, buna imkân vermedin..."

"Efendim..."

"Sus, lafımı kesme! Şimdi beni iyi dinle Mehpare, durumunu kimse bilmiyor. Bilmeyecek de. Kemal'i dayısının gözünde küçük düşürmek istemiyorum. Ben, ebe hanımla konuşacak, her işi halledeceğim. Öyle Şayeste ebeler filan adım atmayacak evimize, haberin olsun. Doğumunu kocanın uzakta olması nedeniyle üzüntüden dolayı vaktinden evvel yapmış olacaksın. Anladın mı ne demek istediğimi?"

Kıpkırmızı oldu Mehpare, gözleri dolu dolu, "Anladım efendim," dedi.

"Söyle bakayım, kaç aylık karnındaki?"

"Emin değilim..."

"Nasıl değilsin? Bu haltı ne zaman karıştırdığını bilmiyor musun?"

Mehpare, 'İlk ne zaman karıştırdığımı, evet, elbette biliyorum ama, ne zaman gebe kaldım, onun farkında değilim, ayaklarım yere basmıyordu, gözüm hiçbir şey görmüyordu,' diyemiyeceği için dudaklarını ısırıp önüne baktı.

"Konuş! Ne zaman kesildin?"

Mehpare kıpkırmızı oldu, "Ben pek düzenli değildim... Gönlümün bulanması bir ay filan... Siz yazlıktayken..."

"Tabii, biz yazlıktayken! Nasıl da düşünmedim. Kediler çekilince etraf farelere kalırmış! Keşke seni de alaydık Ada'ya. Ah akılsız başım! Şimdi sen iki aylık mı hamilesin?"

"Evet, belki."

"Tamam. Haydi git şimdi, gözüm görmesin seni."

Mehpare, içinin çekildiğini hissetti. Düşmemek için masaya dayanıp bir an bekledi, sonra boynunu bir kuğu gibi yana büküp, gözyaşlarını içine akıtarak mutfağa döndü. Suçluydu. Bunu biliyor, ama hiç pişmanlık duymuyordu. Kemal evden ayrıldıktan sonra, Saraylıhanım'ın insafına kalacak, her gün azar işitecekti. Evdekiler doğum vaki olduğunda, zamanlama hesabı yapmayı akıl ederlerse, bu konakta tek bir dostu kalmayabilirdi. Onu her zaman kollayan Reşat Bey'i dahi karşısına alabilirdi. Evin delikanlısını baştan çıkarmış aşüfte durumuna düşerdi.

Değil miydi zaten?

Elbette öyleydi. Elinden geleni yapmıştı, önce Kemal'in ilgisini çelmek, sonra da bu ilgiyi daim kılabilmek için.

Yok yok, hayır, o bir aşüfte değildi, o aşkını yüreğine gömerek sadece vazifesini yapmaya çalışırken, onu öpen Kemal olmuştu. Evet evet, Kemal olmuştu. Yüreğindeki yangını kendi başlatmıştı ama kibriti çakan Kemal'di. Onu ilk öptüğü anı hatırlarken, gözlerini kapayıp ürperdi.

"Mehpare Abla iyi misin?"

"İyiyim Zehra. Bir sancı girdi çıktı."

"Nerene?"

"Kalbime."

"O sancılar sizin yaşlarda yakanızı bırakmaz," dedi kalfa. Zehra kıkır kıkır güldü. Mehpare tepsinin içinden bir mıncık kıyma alıp yaprağın içine koydu, sarmaya başladı. Biliyordu ki hayat, siperlerin gerisinde, silahların, kurşunların gölgesinde yaşarken çok daha kolay olabilirdi, bu evde yaşamaktan. Ama her şeyi göze almak zorundaydı bebeği için. Kemal'in oğlunu en müsait şartlarda dünyaya getirecekti. Oğlu mu? Neden öyle düşünmüştü acaba? Mümkün müydü bebeğin erkek olması? Evet, evet! İçine öyle doğmuştu. Mutlaka bir erkek çocuk doğuracaktı sevgilisine. Mutlaka.

EKİM 1920

Nikâhı Kemal'in evden ayrılmasından üç gün önce, konakta kıydılar. Halası, kızları Mualla, Meziyet ve oğlu Recep'le birlikte gece yatısına gelmiş, Mehpare'nin boynuna bir "beşibiryerde" takmıştı. Kim bilir hangi çocuğunun hakkını yiyerek, öksüz ve yetim yeğenine ayırmıştı kıymetli altınını. Onu el kapısına verdiği için hep ezilik duyduğunu söylerdi halası. "Senin iyiliğin için, Mehparem. Bizimle birlikte yoksulluğun eziyetini çekmeyesin diye," derdi. Madem iyilik için veriliyordu, neden kendi çocuklarından birini vermemişti Reşat Bey'in konağına?

"Saraylıhanım seni seçti," demişti halası. "Bütün çocukların arasında, o seni seçti."

Mehpare'nin seçilmesi, onun halanın kızlarından daha güzel olduğu mânâsına mı geliyordu?

Halanın kızları da kendi gibi boylu poslu, kaşlı gözlü, hoş kızlardı. Seçilme nedenini çok düşünmüştü Mehpare. Sonunda bulmuştu; hayır, daha güzel, daha akıllı, daha terbiyeli olduğu için değil, çöpsüz üzüm olduğu için onu seçmişti Saraylıhanım. Kimsesizliği, acizliği yüzünden. Kötü muamele gördüğü takdirde şikâyet edeceği kimsesi, kaçıp gideceği bir yuvası, anası babası olmadığından. Ah tilki kadın! Ne var ki, Allah büyüktü. Madem onu "iyiliği için" başka eve yollamıştı halası, devran dönmüş ve nihayet "onun iyiliği" adına da bir şeyler olmuştu bu âlemde. Kimsesiz bir çocuk olarak yollandığı eve gelin oluyordu. Kimilerine göre, o evin küçükbeyini baştan çıkarmıştı, kimilerine göreyse küçükbey kimsesiz kıza âşık olmuştu. Kim ne derse desin, bir peri masalıydı bu. Mehpare bu masalın kahramanıydı.

Şu anda Saraylıhanım koluna bir burma altın bilezik takıyordu. Bu bileziği yıllar önce Reşat Bey Şam'dan getirmişti teyzesine. Ne kadar beğenmişti Mehpare. Göz yuvalarında birer yakutun bulunduğu, iki yılan başının birleştiği noktada kopçalanan o altın bileziği, parmağının ucuyla okşadığı günü hatırladı.

"Çok mu beğendin?" diye sormuştu Saraylıhanım.

"Çok beğendim."

"İnşallah ilerde sana kocan daha güzellerini alır."

Gözlerini kapamış, yüzü belirsiz bir kocanın, koluna böyle bir altın bilezik takmasını hayal etmişti. İşte şimdi o bilezik kolundaydı. Haftalarca, hatta aylarca içi titreyerek uyurken seyrettiği kocasının yüzü ise gözlerinin önünde o kadar belirgindi ki, onu bir daha hiç görmeyecek olsa, en ufak ayrıntısını, kirpiklerinin kıvrılışını dahi asla unutamazdı yaşadığı sürece.

Halası öksüz ve yetim yeğenini evlendiriyor olmanın sevinciyle zırıl zırıl ağlarken, Ömer Hoca davudi sesiyle holde dua okuyordu. Kemal kapının ardında hocayla birlikteydi. Dua faslı bittikten sonra, hoca soracak, Kemal, "Mehpare Hanım'ı Allah'ın emri, peygamberin kavli ve kendi rızamla aldım," diye cevap verecekti. Mihr-i müeccel ve mihr-i muaccel gibi ne olduğunu anlamadığı birtakım lafların geçtiği konuşmalar duyacak, kâğıtlar imzalanacak ve o andan itibaren karısı olacaktı Kemal'in.

"Kemal'in nikâhlı karısı olmak! Allahım, ey büyük Allahım, daha ne isteyebilirim senden? Kemalimi sağ salim bana geri getirmenden başka hiçbir dileğim yok. Ne altın bilezikler, ne beşibiryerdeler, ne para, ne pul. Varsın beni zebil etsinler, dövsün, aşağılasınlar. Bana vız gelir. Yeter ki sevgili kocamı bana bağışla, Allahım, her şeye katlanırım!"

Mehpare başı yerde, göz ucuyla odada oturanlara baktı. Biraz haksızlık etmiyor muydu bu insanlara? Evet, Saraylıhanım'ın dilinden epeyi çekmişti ama konaktakilerden hangisi nasibini almamıştı ki kadının sivri dilinden? Bu evin eşiğinden adımını attı atalı tek bir fiske yememişti Mehpare. Çocuklar onu has abla yerine koymuşlardı. Behice Hanım her zaman yumuşak, Reşat Bey şefkatle davranmıştı. Ara sıra Saraylıhanım'ın fırçasını yemişti, o kadar. Kendiydi, elin kadını beyime bizler kadar candan bakamaz, diyerek bir hemşire tutulmasına mâni olan. Kimse ondan bu kadar çok işi yüklenmesini istememişti. O, kendiliğinden koşuşturdukça, zaman içinde her işin ucundan tutmasına alışmışlar, sonra da her şeyi ondan bekler olmuşlardı. Evin yoksul kızı mertebesinden evin hizmetçisi mertebesine kaymaya başladıysa, kabahat kendindeydi, kimsede değil.

Nikâh kıyıldıktan sonra, Leman'la Suat başta olmak üzere, kadınlar Mehpare'yi öpmeye koşuştular. Halası, hala kızları, Behice, Gülfidan Kalfa, Azra Hanım, Zehra ve en sonra da oturduğu yerden öptürmek için elini uzatan Saraylıhanım sırayla tebrik beyan ettiler. Mehpare de büyüklerinin ellerini öptü. Kızların onu öpücüklere boğmasına, Behice ile Azra'nın sımsıkı sarılmalarına karşılık, Saraylıhanım gelininin alnına soğuk bir öpücük kondurmakla yetindi.

Mehpare daha sonra erkeklerin tebriklerini kabul etti. Reşat Bey'le hocanın ellerini öptü, hala oğlunun elini sıktı. Odaya en son giren Kemal, karısının önünde durdu, Mehpare onun da elini öpmeye yeltendi ama buna müsaade etmedi Kemal. Kızın ellerini avcuna aldı ve uzun uzun gözlerinin içine baktı. Mehpare bir şey söyleyeceğini zannederek bekledi. Hiçbir şey söylemedi kocası. Ne diyeceğini bilemez bir hali vardı.

Gümüş tepsideki nane kokulu limonataları Zehra getirdi. Bundan böyle, getir götür işlerini Zehra yapacaktı evde. Mehpare'nin rütbesi, "küçük gelin"e yükselmişti.

Behice, günün şartları daha iyisine elvermediği için, mütevazı bir düğün yemeği hazırlatmıştı. Düğün çorbası, etli pilav, iki değişik zeytinyağlı ve hoşaf yaptırtmıştı. Düğünlerin vazgeçilmezi zerdeyi yapmak için safran buldurmak mümkün olmamıştı. Limonataları ve tatlıyı, şeker bulunamadığı için, İbrahim Bey'in bir hafta önce yolladığı bal ile tatlandırmışlardı.

Kızlar yemekten sonra birlikte keman ve piyano çalmışlar, hala kızları da ut eşiliğinde şarkılar söylemişlerdi. Buna rağmen evde bir düğün coşkusundan ziyade, bir cenaze hüznü var gibiydi. Hala ile çocuklarının dışında, kimse fazla keyifli görünmüyordu. Erkekler nargilelerini fokurdatmak için selamlığa geçince, kadınlar da üst kattaki oturma odasında kendi aralarında sohbete koyulmuşlardı. Azra sedirde oturan Mehpare'nin yanına ilişerek, "Anadolu'ya gitmekten vazgeçmişsiniz Mehpare," dedi alçak sesle.

"Kemal Bey izin vermedi."

"Hani onu yalnız bırakmak istememiştiniz de, ben de sandım ki..."

"Ben çok istedim, lakin Kemal Bey kendisine katılmamı doğru bulmadı."

"Allah allah! Daha on gün önce mangalda kül bırakmıyordu Kemal Bey. Demek kahramanlıkları başkaları yaparsa mukaddes oluyor bu vazifeler."

"Başka bir durum var Azra Hanım," dedi Mehpare, "size şimdi izah edemeyeceğim, lakin sonra anlayacaksınız efendim."

"Neymiş?"

"Hususi bir mevzu. Benimle alakalı."

Azra göz ucuyla süzdü Mehpare'yi, sesini çıkarmadı.

"Kemal Bey ne zaman ayrılıyor evden?" diye sordu.

"Cuma günü."

"Reşat Bey biliyor mu?"

"O zaten biliyordu. Saraylıhanım da haberdardı ama bu kadar erken gideceğini sanmıyordu. Saatlerce ağladı, zor teselli ettik."

"Tevekkeli değil, gözleri şiş şiş. O halde ben de bu akşam vedalaşayım Kemal'le. Yarın çok erken ayrılacağım evden. Siz yeni evliler herhalde uykuda olursunuz ben giderken."

"Sizin Kemal Beyimle çiftlikte ya da Anadolu'da görüşebilme ihtimaliniz var. Asıl veda edecek olan benim... Ah... Kim bilir, biz bir daha ne zaman buluşacağız?" Gözleri yaş içindeydi Mehpare'nin.

"Ağlamayın Mehpare. Metanetinizi kaybetmeyin, kuzum. İnsan düğün gününde ağlar mı hiç?"

Mehpare gözünden süzülen yaşı sildi. "Haklısınız Azra Hanım," dedi, "siz ne zaman gidiyorsunuz?"

"Ben de haftaya inşallah."

"Allah yolunuzu açık etsin."

Erkekler sohbetlerini ve nargile keyiflerini tamama erdirip yukarı odaya gelince, Zehra ile kalfa selamlığı havalandırmak ve halanın oğluna yatak sermek için hemen aşağı kata indiler. Halayla kızlarını Mehpare'nin, Azra'yı Kemal'in odasında misafir edeceklerdi.

Azra'nın evde konuk olduğu zamanlarda yattığı geniş odaya çift kişilik bir yatak sererek zifaf odası hazırlamışlardı. Yeni evlilerin birlikte geçirecekleri sadece birkaç günleri vardı. Mehpare'nin ömrünün sonuna kadar hatırlayacağı, yaşama gücünün sebebi olacak, birkaç mutlu günleri. Konuklar, hep birlikte bir yarım saat kadar daha aralarında sohbet ettikten sonra, Reşat Bey, "Haydi bakalım çocuklar, artık yeni evlileri odalarına yollama zamanı geldi," dedi.

"Ben de pek yoruldum efendim. Müsaadelerinizi rica edeyim," dedi Behice misafirlerine.

Reşat Bey ve Behice odalarına çıktılar. Azra, Kemal'in yanına geldi. "Bu gece senin yattığın odada kalacağım. Eşyalarını karıştırırım diye korkmuyor musun?" diye sordu gülerek, "Çocukken ağabeyimle pek telaşlanırdınız kitaplarınızı, defterlerinizi karıştıracağım, aşk mektuplarınızı bulacağım diye."

"Ah Azra, o çocukluk ve ilkgençlik günlerimi nasıl özlüyorum, bilsen," dedi Kemal, "hayatımın en tasasız zamanlarıymış meğer. İnsan yaşarken kıymetini bilmiyor."

"O zaman benden sana söylemesi, karının kıymetini zamanında iyi bil, seni çok seviyor," dedi Azra.

"Biliyorum."

"O yüzden mi Anadolu'ya çıkmasına mâni oldun? Başına bir şey gelmesin diye?"

"Onun durumunda, evde kalması daha doğru olacak."

Azra, anlayışla gülümsedi. "Seni çapkın seni," demekle yetindi ve elini uzattı Kemal'e. "Ben yarın erkenden gideceğim. Uzun bir zaman görüşemeyebiliriz. Allahaısmarladık Kemal."

"Sana odana kadar refakat edeyim," dedi Kemal, "yukarda vedalaşırız."

Azra ve Kemal'in fısıldaşarak ve gülüşerek birlikte odadan çıkmaları karşısında, Mehpare'nin mahzunlaştığını gören Saraylıhanım, "Mehpare kızım, halanla kızları odalarına çıkarıversene, ne duruyorsun burada? "dedi, başıyla yukarı gitmesini işaret ederek, "yanına mum almayı da unutma."

Mehpare Saraylıhanım'a minnetle bakarak, halasına döndü.

"Buyrun halacığım."

"Sen kocanla git, Mehpare. Biz odamızı buluruz," dedi Dilruba Hanım.

"Ben mutfağa kadar inip su alacağım Mehpare Abla, sen en iyisi benimle gel, çünkü mutfakta ne nerede bilemem," dedi hala kızı. Mehpare çaresiz kalktı, kızla birlikte mutfağa inmeden önce, Saraylıhanım'ın elini öpüp başına koydu, diğerlerine de iyi geceler dileyip mutfağın yolunu tuttu.

"Mehpare Abla, nasıl becerdin yakışıklı adamın kalbini çelmeyi. Vallahi aferin sana!" dedi Meziyet, mutfağın kapısını sıkıca kapattıktan sonra, "Saraylıhanım'ın suratından düşen bin parça ama sen hiç aldırma!"

Kıpkırmızı oldu Mehpare.

"Haydi al suyunu da odana git, Meziyet," dedi küpün üzerindeki tülbenti kaldırırken.

"Niye kızdın öyle? Doğru söylemiyor muyum? Annem diyor ki, şimdi sen nazır evine gelin olduğuna göre, ben de iyi bir izdivaç yapabilirmişim."

"Geç oldu Meziyet. Yorgunum. Bunları yarın sabah konuşuruz."

"Yarın sabah biz dönüyoruz ama."

Mehpare içinden, isabet ediyorsunuz, diye geçirdi.

"Haa, anladım, tabii tabii, damat bey seni bekliyordur şimdi. Nasıl da düşünemedim. Haydi koş odana Mehpare Abla, damadı bekletme," dedi Meziyet.

Mehpare küpün ağzına tülbenti ve kapağını yerleştirip, kız başka şeyler sormadan aceleyle çıktı mutfaktan, hızlı hızlı merdivenleri tırmandı.

Kemal odalarına ondan önce gelmiş, zifaf namazını kılıyordu. Mehpare, yatağın ucuna oturup bekledi. Kemal'in namazı bitince seccadeyi katlamak için fırladı.

"Dur," dedi Kemal, "acele etme, kaldırırsın sonra." Cebinden bir elmas yüzük çıkardı.

"Bu benim annemindi Mehpare. Yüzünü hiç görmediğim anacığımındı. Nikâhta babam takmış ona. Anama yaramadı ama inşallah sana uğur getirir."

Mehpare yüzüğü aldı, öptü, parmağına geçirdi.

"Sana bir şey daha söylemek istiyorum... Ben cumaya gidiyorum biliyorsun."

"Evet beyim."

"Çocuğumuz doğarken yanında olamazsam..."

"Olursunuz beyim, olursunuz..."

"İnsanlık hali bu Mehpare, belki yolda olurum, belki uzakta olurum... Neyse, yanında değilsem, ona kız olursa anamın, erkek olursa babamın adını ver."

"Erkek olacak."

"O halde adını Halim koyarsın."

"Oğlumuzun adını kulağına siz okuyacaksınız, inşallah," dedi Mehpare. Gözlerinden süzülmeye başlayan yaşları görmemesi için arkasını döndü kocasına. "Şu düğmeleri açar mısınız beyim?" diye sordu titreyen sesiyle, "Elim erişmiyor da."

Mehpare'nin nikâh altında değilkenki cüretkârlığından, utanmazlığından eser kalmamıştı nedense. Ürkek bir ceylan gibiydi, Kemal'in yüzüne dahi bakamıyordu. Kemal elbisenin düğmelerini çözdü, kızın uzun saçlarını elleriyle toplayıp ensesini öptü. Ürperdi Mehpare, üzerindeki giysileri çabucak sıyırıp, çıplak yakalanmamak için, süratle yatağına koştu, yastığın altına konmuş geceliği üstüne geçirdi, yorganı boğazına kadar çekti.

"Yeni gelin nazı mı yapacaksın?" diye sordu Kemal gülerek, "yap bakalım, hakkındır." Yorganın ucunu kaldırıp o da süzüldü yatağa, kıza sarıldı, öpmek istedi. Yumuşak bir hareketle mâni oldu Mehpare.

"Bir müddet sadece böyle birbirimize sarılıp yatalım olur mu?" diye sordu, "Ne olur beyim, bir müddet üçümüz bir arada, hiç kıpırdamadan, böyle sarmaş dolaş yatalım."

***

Cuma sabahı, önce Cuma Selamlığı'na katılacak sonra da, Anadolu'dan gelen bazı haberleri değerlendirmek için birkaç kabine arkadaşıyla bir görüşme yapacak olan Ahmet Reşat, erken saatte taşlığa indiğinde, sokak kapısının yanına akşamdan hazır edilmiş valizi görünce hüzünlendi.

"Henüz uyanmadılar mı bizim muhabbetkuşları?" diye sordu.

"Az önce Mehpare'nin ayakyoluna gittiğini duydum. Uyanmışlardır," dedi, her zaman ayak altında dolaşan Saraylıhanım.

"Zehra'yı yollatsak da kapılarını tıklatsa."

"Reşat Bey oğlum, dün gece geç saatlere kadar oturdunuz Kemal'le, konuşmalara doyamadınız mı?"

"Veda edeceğim teyzeciğim. Ben eve dönmeden gidebilir. Arabanın ne zaman geleceğini bilmiyor ki?"

"Ne vardı evlenir evlenmez gidecek! Vatanı kurtaracakmış! Vatan burada duruyor işte. Ona mı kaldı vatanı kurtarmak? Kemal'in iştiraki olmazsa vatan kurtulamayacak sanki! Ne olacak, Allah'ın delisi işte! Yine gidecek, perişan olup dönecek evine..."

"Büyükanne, söylediklerinizi duyuyorum bilesiniz," diye seslendi Kemal, bir üst katın tırabzanlarından sarkarak. "Dayıcığım, bekleyin, ben de şimdi aşağı geliyordum." Basamakları ikişer üçer inerek geldi yanlarına.

"Geç yattıktı ya, uyuyakalmışım."

Saraylıhanım lafının kesilmesine kızgın, söylenmeyi sürdürdü:

"Ay, duyarsan duy. İşte yüzüne karşı bir kere daha söylüyorum. Kimlere karışıp ne işler çeviriyorsun belli değil. Gücüm yetse seni bir güzel evire çevire döverdim. Dayına düşüyor seni dövmek ama yapmıyor nezaketinden. İnsan üç günlük karısını bırakıp gider mi? Askere çağırıyorlar sanki! Hani çağırsalar, padişah iradesiyle gitsen, canım yanmaz. Kendi kendine gelin güvey olup başını belaya sokmaya gidiyorsun. Bak, yaralanıp da gelme yine. Çektiğimiz yeter senin elinden."

"Durun, nefes alın büyükanne," dedi Kemal, "tıkanıp kalacaksınız beni azarlarken."

"Tıkanacağım tabii. Ölümüm senin yüzünden olacak. Senin herzelerine üzülmekten."

"Teyzeciğim, haydi siz yukarı çıkın da ben rahat rahat helalleşeyim yeğenimle," dedi Reşat Bey.

"Ben buradayken helalleşin."

"Saraylıhanım, lütfen!"

Yaşlı kadın, Reşat Bey'in sesindeki ciddiyetten etkilenerek eteklerini toplayıp merdivenlere yöneldi. Yalnız kaldıkları zaman Kemal dayısının ellerini tuttu.

"Asıl ben helalleşeceğim sizinle. Hakkınız ödenmez dayı. Hakkımdaki her hayırlı şey sizin sayenizdedir. Şimdi de Mehpare'yi size gözüm arkada kalmadan emanet ediyorum."

"Onu kendi kızlarımdan ayırt etmeyeceğim Kemal."

"Bundan eminim. Sizi keşke hiç üzmeseydim... Keşke her şey bambaşka olsaydı..."

"Kemalim, her işte bir hayır vardır oğlum. Gözün arkada kalmadan git, kendine çok dikkat et ve bize sağ salim geri dön. Bak, şimdi yolunu gözleyen bir de zevcen var bu evde. Sakın tehlikeye atılma. Kendini kolla, e mi oğlum."

Ahmet Reşat sarıldı yeğenine. İki erkek bir müddet öyle kaldılar. Ayrıldıklarında her ikisinin de gözü yaşlıydı.

"Konuştuğumuz gibi dayı," dedi Kemal, "sizi haberdar edeceğim... Biliyorsunuz."

"Biliyorum. Merak etme. Her şey yoluna girecek. Sen geri döneceksin ve bu vatan tekrar bizim olacak. İyi günler göreceğiz oğlum."

Ahmet Reşat, Kemal'e gözlerinden akan yaşları göstermemek için hızla çıktı kapıdan. Bahçeyi geçerken cebinde mendilini arayıp buldu. Usulca gözyaşlarını ve burnunu sildi. Kemal'in ayrılmasıyla tamamen kadınlarla kalacağı bu konakta tek başına ne kadar çok sıkılabileceğini düşündü. Kemalsiz kalan evde kiminle dertleşecek, kiminle konuşacaktı memleket meselelerini? Sabah serinliğinde hızlı hızlı yürüyerek sokağın başına geldi. İngiliz üniforması giymiş birkaç Rum ve Ermeni, kolluk kuvvetleri olarak, caddede bir aşağı bir yukarı turluyorlardı. İçinden bir küfür savurup Sirkeci istikametine doğru ilerledi. Az ilerde, karşı kaldırımda değişik ülkelerden gelmiş bir tabur jandarma, tek sıra halinde yürüyordu. Elinde bastonuyla kazık gibi uzun bir İngiliz, belini kalın bir kemerle sıkmış, parlak siyah bıyıklı bir

Fransız, tüylü şapkası ve parlak kırmızı etekleriyle tuhaf bir kuşu andıran İtalyan, sade giyimli ve alçakgönüllü Türk polisinin yanında mağrur adımlarla ilerliyorlardı. Kalacak yer bulamayan Ruslar, saçak altlarında kendilerine uzanacak yerler yapmışlardı. Hapishaneler, kışlalar, imarethaneler ağzına kadar doluydu. Bütün mültecilere kalacak yer bulmaya imkân yoktu ki! Sokaklarda artık ölülere de rastlamak mümkündü.

Sirkeci'ye inince, limana demirli zırhlıları gördü uzaktan. İngilizler Anadolu'ya kaçırılan silahlara ve gönüllü askerlere mâni olabilmek için karakolları bastıktan sonra, İstanbul'u tam bir esir şehir haline getirmişlerdi. Ahmet Reşat, her işte bir hayır olduğuna inananlardandı. Şehzadebaşı Karakolu'ndaki faciayı gözleriyle görmeseydi ve Fehime Sultan'dan gelen mektup olmasaydı hâlâ padişahtan yana saf tutuyor olabilirdi. Bu hadiseler bakış açısını değiştirmiş, Anadolu'daki mücadeleden medet ummaya başlamıştı yeğeni gibi. Şimdi zayıf da olsa bir umut vardı. Bir mumun titrek aydınlığı gibi cılız, zayıf bir umut. Allah büyüktü! Anadolu'ya geçip muharebeye katılamayacaktı ama İstanbul'da, Maliye Nazırı sıfatıyla elinden ne geliyorsa yapacaktı.

Limanda demirli gemileri görmemek için başını öte yana çevirip hızlı hızlı yürüdü ve "Allahım," diye dua etti yürürken, "bizi bu zilletten tez vakitte kurtar. Kemalimi de kayır, ne olur. Onu bize bağışla. Yeni gelinine bağışla."

Her okuduğunda içine ferahlık veren dua, nedense yüreğini rahatlatmadı bu sefer. Sesinin Allah'a ulaşmadığını düşündü. Pekâlâ, o da öğle namazında mescide iner, orada ederdi duasını. Olmadı, ikindi namazında bir kere daha denerdi. Sonunda nasılsa duyacaktı onu Allah. Duyacaktı ve kurtaracaktı şehrini bu zilletten. Ve koruyacaktı yeğenini.

Kemal'i, Topkapılı Cambaz Mehmet'in teşkilatından bir arabacı almaya geldiğinde, akşam ezanı okunmak üzereydi. Ahmet Reşat henüz evine dönememişti. Bahçe kapısının önünde duran faytonu ilk fark eden, camdan sürekli dışarıyı kontrol etmekte olan Mehpare oldu. Bir çığlık fırladı dudaklarından.

"Hayrola, bir şey mi var diye sordu?" Saraylıhanım.

"Bir araba duruyor kapımızda," dedi Mehpare. Yüzü bembeyazdı.

"Gitme vakti geldi o halde," dedi Kemal.

Behice ve Saraylıhanım pencereye koşuşurlarken, Kemal aynı kattaki odasına gitti, geceden hazır ettiği maşlahı sırtına geçirdi. Bir gece önce, Mehpare maşlahının etek baskısını sökmüş, en dibinden teyellemişti. Böylece Kemal'in ayakkabılarının üzerine düşüyordu etekleri. Mehpare maşlahın eteğini bastırırken Kemal, kendisine elden getirilen ve yola çıkmak için kadın kıyafetine bürünmesini tembihleyen mektubu küçücük parçalar halinde yırttıktan sonra,

Mehpare'nin endişeli bakışları altında mangalda yakmıştı.

Evin kadınları ve çocukları Kemal'in peşinde sofaya çıktılar. Bir ağızdan sürekli bir şeyler soruyor, bir şeyler anlatmaya çalışıyorlardı. Kemal aşağı inmeye başlayınca bu kez de peşinden itiş kakış merdivenlerden inerek taşlığa dizildiler. Zehra ile Gülfidan Kalfa'ya o gün izin verilmişti. Evde Hüsnü Efendi'den başka hizmetkâr yoktu. O da kapının yanında, abus bir çehreyle dikilmiş, dudakları kıpır kıpır, sürekli dua okuyordu.

Kemal önce ağlayıp duran büyükannesinin elini öptü. Yaşlı kadın artık azarlamıyordu torununu, konuşacak hali kalmamıştı, sadece ağlıyordu. Kemal'i öpüp kokladıktan sonra karşısına geçti, uzun uzun dua etti ve yüzüne doğru üfledi. Saraylıhanım'ın duası ve veda faslı bitince sıra yengesine geldi. Behice, hastalığı sırasında verem zannettiği için evden uzaklaştırmak istediği Kemal'in gidişinden tuhaf bir suçluluk duyuyordu. Sımsıkı sarıldı Kemal'e, hıçkırarak ağlamaya başladı. "Bir suçumuz olduysa..." diyebildi.

"Yenge! Nasıl söz o! Asıl sizlere karşı kabahatli olan benim. Hep dert getirdim eve, hep hastalık... Sizi uğraştırıp durdum."

"Sana verdiğimiz emeği helal ettik Kemal," dedi Behice.

Leman ve Suat da Kemal'in kollarına asılmış, ağlıyorlardı. Suat amcasının kucağına tırmandı.

"Seni kucağıma almayalı beri iyice ağırlaşmışsın tavşan kız," dedi Kemal, "ne zaman büyüdün böyle?"

Behice zorlukla söktü kızı Kemal'in kollarından. İçlerinde en metin olanları Mehpare'ydi. Günlerdir gizli gizli ağladığından gözpınarları kurumuştu. Bir damla yaş yoktu gözlerinde. Kenarda durmuş, Kemal'in ailesiyle vedalaşmasını seyrediyordu. Kemal başını örttü, eldivenleri zorlanarak ellerine geçirdi, feraceyi yüzüne indirmeden önce Mehpare'yi kolundan tuttu, az ileri çekti, boynunu, yanaklarını, gözlerini öptü.

"Döneceğim Mehpare. Sakın üzme kendini. Oğlumuza iyi bak," diye fısıldadı.

En son ona kapıyı açan Hüsnü Efendi'yle kucaklaştı Kemal. Adamın gözlerinden süzülen yaşları görmezden gelerek feraceyi yüzüne indirdi, maşlahın önünü kavuşturdu, küçük valizini eline aldı ve kendini bekleyen arabaya doğru yürüdü.

Arabacının yanında pala bıyıklı bir başka adam daha vardı. Kemal'in kapıdan çıktığını görünce yere atladı, elinden valizi alıp yerine yerleştirdikten ve Kemal'in arabaya binmesine yardım ettikten sonra, o da arabaya tırmanıp karşısına oturdu.

Mehpare, Hüsnü Efendi'nin hazır ettiği kovadaki suyu yola çıkan arabanın arkasından dökmek için bahçeye koştu. Hüsnü Efendi'yle birlikte kovayı kaldırarak faytonun arkasından savurdular. Faşşş diye bir ses duydu Kemal.

Su yerde giderek büyüyen bir lekeye dönüşürken, faytonun küçük penceresinde Kemal'in eldivenli elini ona salladığını gördü Mehpare.

"Allah'a emanet ol, sevgilim," dedi ve Kemal'in yanındayken söylemeye cesaret edemediği bu sözü, ruhu, yüreği ve dudakları yanarak defalarca tekrarladı kendi kendine, "sevgilim, sevgilim, sevgilim..."

Araba sokağın ağzında, sola dönüp gözden kayboldu.

ÇİFTLİKTE HAYAT

Kemal uzun ve meşakkatli bir yolculuktan sonra, çiftlikte kendine tahsis edilen ranzanın altına valizini yerleştirip kitaplarını istiflerken, burada kalacağı günlerin çok uzamamasını temenni etti. Koğuşta ağır bir koku vardı. Pencereler açık olmasına rağmen, sigaraların dumanı tavanda adeta gri bir kapak oluşturmuştu. Aceleyle alınan abdestlerden sonra iyi kurulanmamış ayaklara giyilen kirli çorapların sebep olduğu bildik ayak kokularına, ter ve nefeslerde tüten sarımsak kokusu da karışıyordu. Erkeklerle dolu koğuşlarda yatmaya alışıktı ama onunla yatakhaneleri paylaşmış olanlar, kendi gibi konaklarda, köşklerde büyümüş, bürokrat ya da varlıklı esnaf çocuklarıydı. Onların sigara alışkanlıklarına rağmen nefesleri, ayakları kokmazdı. Çamaşırları temiz olurdu. Kemal, yıllardır hayatın içine karışamadan, bir İstanbul konağının asude havasında yaşamaya alışmış olmasına bir kere daha lanet etti ve orduya katıldığı günleri düşündü. İlk başlarda, aynı şimdi hissettiği gibi, garip bir pişmanlık duygusu sarmıştı ruhunu. Ama Doğu'ya hareket ettikten sonra, soğuk, beyaz ipekten bir pelerin gibi her türlü melaneti örtmüştü. O savaştan tek aklında kalan soğuktu. Soğuğa dayanmak, soğukla başa çıkmak, soğuğa yenilmemek, soğuğa esir düşmemek! Bu dumanlı, tıklım tıkış, havasız, dar ve uzun oda, soğuğu aratacak mıydı acaba ona?

Koğuşun havasızlığına asla alışamayacağını düşünen Kemal, bir saat sonra kokuyu ve dumanı artık fark etmediğini görünce şaşırdı. Tuhaf bir mahluktu insanoğlu. Belki de en büyük gücü, başka çıkar yol olmadığını hissettiğinde, araziye uyum sağlamasıydı.

Kemal kokuya ve dumana çabuk alışmıştı ama evinin rahatını bu kadar çabuk arayacağını düşünmemişti. Mehpare'nin varlığına rağmen, bir an önce kurtulmak için gün saydığı, nerdeyse hapishane addettiği konağa, şu an imkânı olsa koşa koşa geri dönerdi. Her sabah havalandırılan, tozu alınan, yerleri silinen tavan arasındaki düzenli, küçük odasını şiddetle özledi. Hiç tanımadığı kaba saba adamların arasında bir bitkinlik çökmüştü üstüne, başı ağrımaya başlamıştı. Oysa, ne büyük bir hevesle beklemişti buraya gelmeyi.

Yolculuğu da iyi geçmiş sayılırdı.

Bindiği fayton birkaç kez zabıtalar tarafından durdurulmuş, karşısında oturan şahıs aşağı atlamış ve arabacıyla birlikte soruları cevapladıktan sonra yola devam edilmişti. Kadın kıyafetinde hiçbir işe yaramadan oturuyor olmak zoruna gittiği için, ille de neden maşlah giymek zorunda kaldığını refakatçisine sormadan edememişti, Kemal. Bir din adamı kıyafetine bürünemez miydi mesela? Azra'nın evinde saklandığı gün çarşafa girmeye itiraz etmemişti ama birazdan ilk kez tanışacağı çiftlikteki erkeklerin arasına kadın kılığında katılmayı gururuna yediremiyordu.

"Son günlerde kadınlara sataşmalar oldu, büyük arbede çıktı, işitmediniz mi?" diye sormuştu adam.

"Hiç duymadım."

"Nereden duyacaksın beyim, matbuat sansür altında. Gâvur kendi kabahatini gazetede ilan eder mi hiç! Geçen hafta üç Fransız askeri kafaları çekmişler, Gülhane Parkı'nda dolaşan kadınlara sarkmışlar."

"Eee?"

"Eee'si şu: Heriflerin üçü de bıçaklandı. İçlerinden biri ağır yaralıydı. Geberdi mi artık bilemem."

"İyice azıttı bunlar, desene."

"Azıttılar beyim. Lakin kavga gürültüye mahal vermemek için, komutanları kadınlara bulaşmamalarını iyice tembih etmişler bu heriflere. Seni kadın kıyafetine sokmamızın sebebi de budur. Hadiseler henüz taze ya, feraceli meraceli olursan, kimse sana yanaşmaya cesaret edemez diye düşündük."

Kemal, bu açıklama üzerine feraceyi açmaya cesaret edemeyerek, çiftliğin iç avlusuna kadar o kıyafetle gitmiş ama arabadan inmeden önce çıkarmıştı üzerinden Saraylıhanım'ın maşlahını. Ulu ağaçların gölgesi altındaki bahçede yürüyerek, sarı kâgir konağa ön kapıdan girmişler, arka kapısından bir başka avluya çıkmışlar, yine bir başka bahçeden geçip, nihayet kalacağı binaya varmışlardı.

Fazla büyük olmayan bir koğuşta on yedi kişi birlikte kalıyorlardı. Kemal'in tanıdığı direnişçi arkadaşlarından hiçbiri ortalıklarda yoktu. Etrafı, pala bıyıklı, sakallı, poturlu, Saraylıhanım'ın tabiriyle "ayaktakımı" adamlarla doluydu. Koğuş arkadaşları, Kemal'in valizinden çıkarıp yastığının altına dizdiği ilaç kutularına alaylı alaylı bakmışlardı.

"Aydan aya sancıların mı tutuyor abi?" diye sormuştu içlerinden biri sırıtarak.

"Ben Sarıkamış'ta savaşırken böbreğimi zedeledim, ciğerlerimi üşüttüm. Her gün bir sürü ilaç almaya mecburum, arkadaşlar. Sıhhatli olmazsam sizlere pek faydam dokunmaz," dedi Kemal. Sarıkamış'ta bulunmuş olması, etrafındakilerin üzerinde bir üstünlük ve saygınlık sağlamasına neden oldu.

"Sarıkamış'ta mı çarpıştın?" diye sordu Dramalı.

"Çarpışmaya pek vakit bulamadan donduk kaldık maalesef."

"Herkes donarken sen nasıl sağ dönebildin lan?"

"Allah defterimi dürmek istememiş. Önce esir düştük, sonra da döndük işte."

"Pek genç görünüyorsun da."

"Görünüşe aldanmamalı," dedi Kemal.

Gerçekten de görünüşe aldanmamak gerekiyordu. Etrafındaki çoğu hamallıktan ve arabacılıktan gelme adamların, icabında ölümü göze alarak depolardan silah kaçırmaları, fazla ileri giden azınlık zabıtalarına derslerini vermeleri ve işgalcileri bezdirecek eylemleri gerçekleştirmeleri destansı bir tarih dilimi oluşturmaktaydı. Cesur Karadeniz uşakları, harbin başlarında takalarıyla Boğazlara yerleştirilen mayınları teker teker toplayıp Harbiye Nezareti'ne teslim etmişlerdi. Şimdi de Galata'da çalışan hamallar ve kömür taşıma işlerindeki ameleler, cephane ve silahların Anadolu'ya sevkedilmesinde eşsiz hizmetler veriyorlardı. Kemal, eğer İstanbul işgalcilere kan kusturuyorsa, bu adamların sayesindedir, diye düşünerek, etrafındaki adamlara ısınmaya çalıştı. Mahir onu ziyarete geldiği günlerin birinde, yeraltı faaliyetlerinin sadece hamal ve arabacılarla değil, onların idaresindeki hırsız ve yankesicilerle de yürütüldüğünü anlatmamış mıydı? Silah depolarını soyan ve çalıntı malzemelerin Anadolu'da çarpışan Millicilere ulaşmasını sağlayanlar, işte bu insanlardı. Onlara minnet borcu varken nasıl küçük görebilirdi bu insanları? Kemal elinde olmadan ürperdi, kendi koğuşunda hiç olmazsa hırsızların bulunmamasını temenni etti ve yatakhane arkadaşlarının mesleklerini soruşturmamaya o an karar verdi.

Kemal, koğuştakilerin geçmişlerini sorgulamasa da, çiftlikte kaldığı günler içinde, bulunduğu yeri idare edenler hakkında esaslı bilgi sahibi oldu. Mahir aracılığı ile örgüte girdiği günlerde, hücre sisteminden dolayı, teşkilat hakkında fazla bilgi edinememişti. Tek bildiği, Anadolu ile İstanbul arasında, insan ve silah aktarımı için bir nakil hattı kurulmuş olmasıydı.

Bu hattan sorumlu olan kişi de halk arasından çıkmış bir arabacı kâhyasıydı. O güne dek pek üstün gördüğü tahsilinin ve büyükannesinin iftihar vesilesi saydığı saray terbiyesinin, bulunduğu çevrede hiçbir anlamı kalmamıştı. Çalıştığı birimde, ağızdan ağıza aktarılan hikâyelerden hiç bilmediği bazı gerçekleri öğreniyor ve her yeni edindiği bilgiyle hayretten hayrete düşüyordu.

Kemal, çiftlikte, hayatta ne mutlak iyi, doğru, güzel, ne de mutlak kötü, yanlış, çirkin olmadığını öğreniyordu. Şu içinde bulunduğu teşkilat, eğer vatanın işgal altındaki en zor günlerinde vatana hizmet için çırpınıyorsa, bunu yıllar önce gönül verip sonra nefret ettiği İttihatçılara borçluydu. İttihatçıların kurduğu Teşkilat-ı Mahsusa pek çok ajan yetiştirmişti. İttihatçılar, Osmanlıları Birinci Cihan Harbi'ne sokup mahvolmalarına sebep olduktan sonra iktidardan düşmüşlerdi. Liderleri yurtdışına kaçmış, Teşkilat-ı Mahsusa dağıtılmış, üyeleri ise ya tutuklanmış, ya sürülmüştü. Teşkilatın ayakta kalması, sürgünden gizlice dönmeyi başarabilen bazı üyelerinin sayesindeydi. Şimdi Kemal'in de bir üyesi olduğu örgüt, yeniden yapılanmış, eski tecrübelerinin ışığında çalışmaya ve Kuvayı Milliye'ye arka çıkmaya başlamıştı. Şehrin her bir semtinde bir araya gelenler, çeşitli kahramanlıklar sergilemekteydiler ve hiçbir semt diğerinden geri kalmak istemiyordu. Mahallelerin kabadayıları, amca, dayı ve abi lakabıyla anılan erkekleri vatanperverlikte birbirleriyle yarışmaya hazırdılar. İstanbul'un gizli mukavemet yuvalarında, kayıkçılar, balıkçılar, hamallar, fırıncılar, arabacılar, işçiler, memurlar, esnaf ve aydınlar, yani bu savaşın bilinmeyen, isimsiz kahramanları, kurtuluş destanına giden yolu taş taş döşemekteydiler. Ve görüyordu ki, örgütün sivil giysilerle, çoğu kez de dini kıyafetlerle Anadolu'ya kaçırdığı askerler ve İstanbul'daki depolardan çaldığı savaş malzemeleri olmaksızın, kurtuluş savaşına girişmek mümkün olmayabilirdi. Çünkü İtalyanların ve hatta Fransızların depo amirlerine verilecek paralar, ha deyince bulunamıyordu. Zaman zaman depolardan silah çalmaya mecbur kalıyorlardı. İşte o soygunları başarıyla gerçekleştiren insanlardı bunlar.

Kemal'in gece yorgun argın ranzasına uzandığında, bir zamanlar lanet ettiği İttihatçılara, eğer o gün vatan için hayırlı bir iş gerçekleştirebilmişlerse hayır duası okuduğu da sık oluyordu. Yeniden örgütlenirken *Karakol* adını alan ve zaman içinde çok ad değiştiren teşkilat, sadece depolardan silah ve mühimmat çalmakla kalmıyor, halkın maneviyatını yükseltecek, işgalcilerinkini ise perişan edecek eylemler de hazırlıyordu sık sık.

Kemal, sokaklarda gerçekleştirilen bu eylemlere katılamıyor, o gün boyunca Anadolu'ya geçirilecek kimselerin sahte hüviyet cüzdanlarını ve izin vesikalarını tanzim ediyordu. Çünkü Müttefiklerin Pasaport Bürosu'ndan izin alınmaksızın, şehrin bir ucunda Anadolu Feneri'nden, diğer ucunda ise Pendik'ten öteye geçmek yasaklanmıştı. Kendi gibi güzel yazı yazabilen birkaç arkadaşıyla, tüccar, esnaf, doktor ve avukatlara aitmiş gibi görünen vesikaları, saatlerce elleri uyuşana kadar yazıyor ve damgalıyorlardı. Kemal daha hareketli ve tehlikeli eylemlerde yer almak için gün sayıyordu.

Bir akşam koğuştaki sohbete katılıp, depo baskınlarında ve sokak eylemlerinde yer alamadığı için sızlanmağa başladığında, Dramalı'dan azar bile işitmişti.

"Konuşana bak hele," demişti Dramalı, "sanki bizler onun işini becerebilirmişiz gibi, bize özeniyor. Herkesin elinden gelen iş başka. Beş parmağın hiçbiri bir diğerine benzer mi? İnci gibi yazıyı kim yazıyor? Sen! Bu vesikaları kim tanzim edecek? Yine sen! Bana yap deseler, yapabilir miyim? Yapamam! Benim elimden ancak kurşunu tam hedefe isabet ettirmek gelir. Eh, madem öyle, herkes sızlanmadan üzerine düşeni yapacak, beyim!"

Susmuştu Kemal. Koğuşuna yürüyüp ranzasına uzanmıştı. Az sonra bitmişti başında Dramalı, "Üzdük mü seni bey?" demişti.

"Yoo, üzülmedim. Haklısın Dramalı."

"Sen de haklısın Kemal Bey. Bunaldın burada. Bak ne diyeceğim, yakında şu Binit gâvurunu haklayacağız. Çok istiyorsan katıl aramıza."

"Polis Şefi Benett'i mi?"

"Haa, onu."

"Aman Dramalı, başınıza belayı musallat etmeyin. Yakalanırsanız yakarlar hepinizi."

"Yakalanmayacağız."

"Bu herifi gebertirseniz, yerine bir başkası tayin edilir. Lakin sizlere bir şey olursa silah depolarını kim basacak? Yapmayın, etmeyin arkadaşlar. Vazgeçin bu sevdadan."

"Gözün mü korktu yoksa, bey?"

"Gözüm korkmadı da, lüzumsuz buldum. Çirkefi üstümüze sıçratmanın âlemi var mı?"

"Biz lüzum gördük, bey."

"Pehlivan'ın haberi var mı bu yapacağınız işten?"

"Bey, sen konağında kuş sütüyle beslenirken, bizim Millicilere bu herifin reva gördüğü işkenceleri hiç duymamışsın anlaşılan."

"Konağımda kuş sütü ne gezer Dramalı? İstanbul'daki kıtlık konakları da vurdu, biz de herkes gibi sıkıntı çektik."

"Lafı dolandırma, bu herifi devireceğimiz gün yanımızda olmak istiyor musun, istemiyor musun, sen onu söyle."

Kemal, bu işe bulaştığına çoktan bin pişman olmuştu ama artık geri dönmesine imkân yoktu. İstemiyorum dediği an, tüm koğuşun saygısını yitireceğini biliyordu.

"Pekâlâ. Ben de gelirim sizlerle."

"Bu herifin dilinden anlar mısın sen?"

"Biraz İngilizce bilirim."

"İyi, onu niye gebertmek zorunda kaldığımızı, ona güzelce anlatırsın," demişti ranzanın üzerinden aşağı doğru sarkan Börekçi Hasan, "arkadaşlarımıza ettiği bin bir işkencenin hesabını ödetmek için geberteceğiz Binit'i."

"Benett'i."

"Aklıma 'bin tane it'ten geliyor da adı. Lakin tek bir Tophane itinin attığı tırnak olmaz bu herif. Bunu da böylece söylersin ona, tamam mı tercüman?"

"Tamam," demişti Kemal. Sonra da bir cinayete katkıda bulunacağı fikrinin getirdiği iç bulantısını bastırmak için, yastığının altından, Mehpare'nin başharflerini eliyle işlediği ve üzerine lavanta çiçeği serptiği mendilini çıkarıp kokusunu içine çekmişti.

Birlikte geçirdikleri son gecelerinde, üzüntüden bir yaprak gibi titreyen gencecik karısının gözyaşlarını sildiği mendili tekrar yastığın altına sokuşturdu.

Ne yapıyordu acaba sevgilisi şu anda? Menekşe kokulu saçlarını omuzlarına sermiş fırçalamakta mıydı, yoksa mışıl mışıl uyuyor muydu? Rüyasında Kemal'i görüyor muydu? Onu özlüyor muydu? Saraylıhanım'la başedebiliyor muydu? Hamile olduğunu anlamışlar mıydı acaba evdekiler?

Kemal, Bennett'e dersini vermeye fırsat bulamadan, ilk kez çiftliğin dışında bir göreve çağrılınca çok heyecanlandı. Akşam yemeği niyetine çıkan karavanadaki kuru fasulyeyi yeni bitirmişler, tabakları topluyorlardı ki, Kemal'e Eyüp Sultan Camii'ne götürüleceği haberi geldi.

"Biraz beklerler mi, abdest alayım?" diye sordu Kemal.

"Gittiğin yerde alırsın. Acele et."

Elindeki havluyu katladı, yatağının üzerine bıraktı, gömleğinin sıvamış olduğu kollarını indirdi, ceketini, fesini aldı, kendini çağıran Faik Molla'nın peşine takılıp çıktı.

Fransız kuvvetlerine bağlı Cezayirli askerler Eyüp yakınlarındaki Rami Kışlası'nda barındırılmaktaydılar. Talimde olduklarından, cuma namazını kılamamışlardı. İkindi namazı için Eyüp Sultan Camii'ne getirilecekler ve cami imamının öğütlerini dinleyeceklerdi. Camide cuma günleri, Fransızca bilen ve vaizin sözlerini Cezayirli erlere tercüme eden bir subayın hazır bulunması âdet haline gelmişti. Bu hafta, tercümanlık yapan subay hastalanmıştı. Tercümanlığı onun adına Kemal üstlenecekti. Kemal bu vazifeye zaten hazırlıklıydı. Çiftliğe gelmeden çok önce haberdar etmişti onu Mahir, üstleneceği görevlerden.

Kemal, namaz kılındıktan sonra, vaizin yanında, cemaatin önünde durdu ve dizlerinin üzerine çökmüş genç, esmer erkeklerin gözlerinin içine baktı. Kocaman siyah gözlerinde tarifsiz bir korku ve çaresizlik gördü. Bu zavallı insanların vatanlarına, kendilerinden çok daha bilgili, eğitimli ve zengin bir başka milletin askerleri gelmiş, topraklarını zapdetmiş, onları esir almış ve ruhlarına sahip çıkmışlardı. Şimdi karşısında, halının üzerine dizelenmiş Cezayirli genç askerler, belli ki zoraki giydikleri Fransız üniformalarının içinde kendilerini son derece rahatsız ve eğreti hissederek otururken, bir başka kıtadaki Müslüman ülkeye niçin savrulmuş olduklarını düşünüp, kaderlerine lanet ediyorlardı kuşkusuz.

***

Kemal, önceleri vaizin Cezayirlilerin, Müslüman kardeşlerine asla ateş etmemelerini öğütleyen sözlerini harfiyen çevirmekteyken, birden coştu. İmamın söylediği son cümleyi çevirdikten sonra susmadı, konuşmasını sürdürdü.

Onlar, şimdi karşısında oturmakta olan Cezayirli din kardeşleri, hiçbir husumet beslemedikleri Osmanlı kardeşleriyle, Fransızların menfaatleri için savaşmaya getirilmişlerdi. Oysa, bu savaştan kendi paylarına acıdan başka hiçbir şey düşmeyecekti. Ölecek, yaralanacak, kolsuz, bacaksız kalacaklardı. Niçin? Fransızlar daha zengin olsun, daha iyi yaşasınlar diye. Ya onlar, Cezayirli gençler? Cezayir'de oturan aileleri, kardeşleri, anneleri, babaları? Bu şehri, hatta bu ülkeyi işgal etmeleri sonucunda, onların hayatı değişecek miydi? Hayır! Müslüman Cezayirliler, Hıristiyan Fransızların emri altında yaşamaya devam edeceklerdi. Ne zamana kadar? Kimliklerini, dillerini ve dinlerini unutana kadar. Fransız efendileri sayesinde karınları doyuyor olabilirdi ama, tenlerinin esmerliği ve dinleri, onları kendi vatanlarında dahi hep ikinci sınıf adam olmağa mahkûm ediyordu.

Vaiz önce ne olduğunu anlamadan bekledi. Sonra Kemal'in söylediklerinin çok uzadığını görünce telaşa kapıldı. Kolunu çekiştirip susmasını işaret etti. Hiç oralı olmadı Kemal. Vaiz daha sonra Kemal'i sözle ihtar etti.

"Ne anlatıyorsunuz onlara? Susunuz. Başımızı belaya sokmayınız."

Kemal çaresiz sustu. Onu dinlemekte olan Cezayirlilerden şiddetli bir alkış koptu. Bazıları ağlıyorlardı. Kocaman kara gözlerinden yaşlar dökülüyordu esmer yüzlerine.

"Onlara ne dediniz?" diye bir kere daha sordu vaiz endişeyle.

"Onlara kendi hakikatlerini anlattım," dedi Kemal, "bizleri vurma emri verilirse, emin olun ki, burada oturanlardan hiçbiri ateş etmeyecektir."

"Sözlerimin dışına çıkmamalıydınız."

"Müsterih olun," dedi Kemal. "Ben benim olduğu kadar, sizin yüreğinizden geçenleri de söyledim. Hepimiz aynı millet tarafından esir alınmış insanlarız şurada. Onlar da, bizler de."

O akşam koğuşa döndüğünde, Eyüp Camii'ndeki konuşmasının haberlerinin kendinden önce çiftliğe vardığını öğrenince şaşırdı. Koğuş arkadaşları etrafını sarıp ayrıntılı bilgi istediler. Tam ranzasına oturup, kendini çevreleyenlere hararetli hararetli yaptığı konuşmayı anlatmaya başlamıştı ki, koğuşa dalan Pehlivan gökgürültüsü gibi gürledi:

"Bre kendini bilmez Kemal Bey! Biz seni oraya nutuk at diye mi yolladık, tercüme yap diye mi?"

"Ben tercüme de yaptım ama ben..."

"Sus! Bana anlatma! Biz senden ne istiyorsak sadece o kadarını yapacaksın, anladın mı?" Pehlivan, işaretparmağını Kemal'in kafasına dayayarak ittirdi. Kemal bembeyaz oldu. Ranzadan yere atladı.

"Dur bakalım Pehlivan, ileri gittin biraz."

"İleri giden sensin bey oğlu. Burada senin beyliğin sökmez, benim borum öter. Bu bölük benim idarem altındadır."

"Orduda değiliz."

"Sivil ordu burası. İtirazın varsa hemen konağına geri dön. Senin işini yapacak bir başkasını buluruz."

"Dönmesine dönerim de, bu kötü muameleye maruz kalmamın sebebini öğrenebilir miyim?"

"Sen şimdi orada marifet ettiğini zannediyorsun, değil mi? Etmedin. Sadece nazarları üzerine çektin. Sivrildin. Cami cemaati kahvelerde bu geceki herzelerini konuşmakta şu anda. Dua et de işgalcilerin kulağına gitmesin. Neticede sadece senin başın yanacak olsa umurumda değil, ama bizi de yakabilirsin. Bizim yaptığımız işte sivriliğe yer yoktur. Parlamaya, ünlenmeye hiç yer yoktur. Silik, hatta görünmez olacaksın. Bu iş er meydanında savaşmaya benzemez. Anladın mı bey oğlu?"

Kemal'in az önce bembeyaz olan yüzü bu sefer kıpkırmızı oldu.

"Bağışla Pehlivan," dedi, "hata etmişim, bilemedim."

"Horozlanma o zaman, gir yatağına zıbar, uyu."

Kemal ranzasına tırmandı, elleri başının altında, sırtüstü uzandı ve çiftliğin dışındaki ilk vazifesini, içi daralarak, nasıl yüzüne gözüne bulaştırmış olduğunu düşündü. Herhalde bir daha ondan çiftliğin dışında hiçbir iş yapmasını istemeyeceklerdi. Ömrü vesika tanzim etmekle geçecekti.

Korktuğunun başına gelmeyeceğini hemen ertesi günü öğrendi. Sabah giyinirken koğuşa gelen Pehlivan, "Vesika tanzim işini öğlene kadar bitirmeye bak, çünkü öğleden sonra civardaki kahvehanelerde bazı çalışmalar yapacaksın," deyince şaşırdı.

"Kahvehanelerde mi?"

"Hep camiye gidecek değilsin ya. Bu sefer de kahvehaneye gideceksin. Hangi kahvehanelere gideceğini sana biz söyleyeceğiz. Hilafet Ordusu askerlerinin devam ettiği bir-iki kahvehane tespit ettik. Yanında iki arkadaşın daha olacak. Kendinize nargile söyleyeceksiniz. Etrafınızdakilerle, bilhassa da askerlerle sohbete başlayacaksınız. Bir el pişti veya tavla dahi oynayabilirsiniz. Ahbaplık ilerledikçe, padişahın kendi isteği ile değil, İngilizlerin baskısı ile onları silah altına aldığını anlatmaya başlayacaksınız. Sanki üçünüz aranızda dertleşiyormuşsunuz da, onları da derdinize ortak ediyormuşsunuz gibi, hiç kavga etmeden, zorlamadan... Öylesine, dedikodu yapıyormuş, hasbıhal ediyormuş gibisine."

"Bize inanırlar mı?"

"Onları inandırmak sizin işiniz. Sizleri hep ağzı iyi laf yapan bey sınıfından seçtik. Senin amcan nazır değil miydi?"

"Dayım."

"İyi ya işte, güya dayından duyduklarını anlatacaksın. Yanındaki arkadaşlarının biri Hariciye kaleminde. Diğeri Saray'a yakın. Doğru malumatı sizler bilmeyeceksiniz de kim bilecek? Aranızda konuşaduracaksınız. Dertleşiyorsunuz. Bu işgale üzüm üzüm üzülüyorsunuz ama elinizden bir şey gelmiyor. Keşke İngilizlerin menfaati için savaşan bu Müslümanlar, saf değiştirseler de Anadolu'ya geçip Yunan'a karşı dursalar. Yunanlılar yavaş yavaş Balıkesir'i, Bursa'yı, İzmit'i, derken efendim Tekirdağ'ı işgal ediyorlar. Bunlar yalan mı? Herkesin bildiği şeyler bunlar. İzmir mizmir derken, sıra İstanbul'a da gelecek. Bilhassa Yunanlılar çok istemekte İstanbul'u. Bu gidişle alacaklar da. Buna gönül dayanabilir mi? İşler son kerteye dayanmadan bir şeyler yapmak lazım, öyle değil mi? Bu Osmanlı askerleri, İngilizlerin emri altında çatışıp duracaklarına, silahlarıyla Anadolu'daki din kardeşlerine iltihak etseler fena mı olur? Mesele budur işte, Kemal Bey! Sizler aranızda dertleşirken, konuşurken maksat onları düşünmeye sevketmek ve neticede gözlerini açmak. Ama bu işi dün akşamki gibi şiddetli bir heyecanla değil, usuletle, sükunetle yapmanız. Sizden istediğimiz budur."

"Sonra?"

"Sonra ne?"

"Tamam, bunları konuşacağız. Sonra ne olacak? Ya kandıramazsak?"

"Kandırmayacaksınız. Yüreklerine şüphe tohumları serpeceksiniz. Sohbetiniz ve kahveleriniz bitince, oradan çıkıp başka kahvehanelere gideceksiniz. Aynı konuşmaları oralarda da yapacaksınız. Siz gittikten sonra aynı kahvehanelere başka arkadaşlar gelecek, aynı şekilde konuşmaya devam edecekler. Ta ki bu askerler ikna olana kadar."

"Ya olmazlarsa?"

"Bardağın hep dolu kısmını göreceksin Kemal Bey! Ya olurlarsa?"

Kemal şaşkın şaşkın Pehlivan'a baktı.

"Seni akşama bir beyefendi kıyafetine sokmak için, buraya gelirken maşlahın altına giydiğin elbiseni ütülettim, fesini de kalıba koydurdum," dedi Pehlivan. "Ağzının iyi laf yaptığını dün gece gördük. Bu gece de ikna kabiliyetini göster bakalım, Kemal Bey."

Kemal o akşam dört kahvehane dolaşmış olarak, başı nargile içmekten hayli dumanlı, çiftliğe döndüğünde koğuşundakileri ayakta buldu. Kimi namaza durmuştu, kimi bir köşeye sinmiş, dua ediyordu. Önce onu beklediklerini sanarak neler yaptığını anlatmaya girişmişti ki, Kandıralı, eliyle sus işareti yaptı.

"Senin maceralarını sonra dinleriz bey. Sen şimdi bize katıl, dua et."

"Hayrola?" dedi Kemal, "Duaya ihtiyaç duyulan bir mesele mi var?"

"Hem de nasıl!" dedi Kandıralı, "Bu akşam Dramalı, Cambazlarla birlikte, Binit itini haklamaya gitti. Daha dönmediler. Onların sağ salim dönüşleri için dua ediyoruz."

"Beni de götüreceklerdi hani?"

"Olur mu bey! Binit itinin dolaştığı yerler bu gece gittiğin mekânlara benzemez, oralarda hemen tanınırsın. Binit senin gibi monbeylerin muhitinde dolanır."

"Sen benim nerelerde dolandığımı nereden biliyorsun Kandıralı?"

"Façandan belli oluyor nerelerde dolandığın. Sen Cadde-i Kebir'de eğlenenler takımından değil misin?"

Kemal, çok uzun zamandır evinden burnunu bile çıkaramamış olduğunu söylemeye üşendi. Yorgundu. Soyundu, ranzasına tırmandı. Hemen uykuya dalacağını sanıyordu ama heyecandan uyku tutmadı. O da diğerleri gibi, Bennett'i haklamaya çıkan ekibin dönüşünü beklemeye başladı. Dramalı'nın dönüşü sabah saatlerini buldu. Peşindekileri atlatmak için ters istikametteki mahallelere doğru kaçmıştı. Kâğıthane üzerinden dolanarak, dağları bayırları aşıp gelmişti. Canı sıkkındı. Adamı yaralamış ama öldürememişlerdi. Eh, öldüremeseler de, işkenceye maruz kalan arkadaşlarının intikamlarını almışlardı ya, vicdanı biraz da olsa rahatlamıştı.

"Bana söz vermiştiniz, lakin yanınıza katmadınız. Yediğiniz içtiğiniz sizin olsun, bari yaptıklarınızı anlatın," dedi Kemal.

"Nerdeyse iki aydır bu Binit itinin peşinde dolanıyordu adamlarımız," dedi Dramalı, "herif akşamcı, karılara da düşkün. Her akşam sefaya çıkar. O hangi gazinoya gitse, peşindeki adamlarımızdan biri de hemen onun yanındaki masalardan birine tüner, konuşmalarını dinler, hareketlerini izler. Büyükdere'de sık ziyaret ettiği bir meyhane vardır. Binit rakıya bayılır. Kuyulara sarkıtılmış, buzlukta yatırılmış buğulu rakı şişelerini, nefis mezeleri dizerler masasına, Rum dilberlerini de sağına, soluna oturturlar, gece yarısına kadar kafa çeker herif. Karılarla oynaşır. Sonra otomobiline biner, zifiri karanlık yollarda, Ayazağa yokuşundan yukarı vurur, Hacıosmanbayırı'ndan geçer, Şişli-Harbiye-Taksim güzergâhı üzerinden Kroker Otel'e geri döner. Odasına çıkıp hemen zıbarmaz. Şayet, geri geldiğinde baskınlarda ele birkaç Türk geçirilmişse, otelin mahzeninde onları kamçısıyla bir güzel benzetir, sonra yatar. Ahh ah, Kroker zindanının ağzı olsa da anlatsa. Arkadaşlarımıza neler ettiğini..."

"Bırak şimdi onu. Sen anlat!"

"Şimdi bu bizim teşkilatların reisleri bir araya gelerek bu herifin idam hükmüne karar vermişler. Pehlivan da tasvip etmiş."

Geçenlerde yemiş olduğu fırçanın intikamını almak istercesine, "Nazarları üstümüze çekecek olan hükmü verenlerden biri de demek sensin, ha Pehlivan?" diye sordu Kemal, yataklardan birine bağdaş kurmuş Pehlivan'a bakarak.

"Vatanperver arkadaşlara hâkim olmak her zaman mümkün değil, Kemal Efendi," dedi Pehlivan, "ara sıra gazlarını almak da lazım."

Lafı uzatmadı Kemal. Zaten herkes hikâyenin devamını dinlemek için meraktan ölüyordu.

Sazı yine Dramalı aldı eline.

"Şimdi bu herifin otomobili, Boğaz sefalarından sonra, otele dönüşlerde ışıklarını yakarak hep yokuşu tırmanır, ta uzaktan biliriz geldiğini. Başka da otomobil geçmez zati oradan, o saatlerde. Biz bu gece, yolun üzerindeki ağaç diplerine, ağaç üstlerine, çalılıklara, on beş gözcü yerleştirdik. Tepelere de gözcüler koyduk. Herifin otomobilini önce durduracaktık, sonra Deli Hamza, tabanca ile otomobili delik deşik edecekti. Yol kenarındaki büyük ağacı siper aldık. Hepimiz tarlalara yüzükoyun yattık. Ortalıkta çıt yok, yaprak kımıldamıyor. Allahtan karanlık, mehtapsız bir gece. Yıldızlar gökte nah böyle, elma gibi her biri. Biz nefes almaya korkuyoruz. Derken uzaktan herifin arabasının ışıkları göründü. Hızla dönemece girdi. Yol kenarındaki koca ağacı önceden testerelemiştik. Gövdesini elimizdeki iplerle zar zor ayakta tutuyorduk. Otomobil tam ağacın önünden geçerken devirecektik. Bir an meselesi anlıyor musunuz? Bir an meselesi! Bir saniye geç kalsak mahvoluruz, çünkü herifin muhafızları bizi delik deşik edebilir. Otomobil yaklaşınca bizimkilerden biri ıslık çaldı. Ağacı saldılar. Büyük bir çatırdı işitildi. Araba fren yaptı. Gırrrrç diye bir ses... Hâlâ kulağımda. Ağaç arabanın üstüne değil, tam önüne düştü. Bizimkiler arabayı yaylım ateşine tuttular. Binit'in muhafızları da kendi silahlarıyla etrafı taramaya başladılar. Benim yanı başımdaki Hüsam Çavuş elindeki bombayı bütün gücüyle arabaya fırlattı. Gâvurlardan birinin çığlığını, diğerinin haykırdığını duyduk. Deli Hamza yemini billah ediyor, Binit'in kanlar içinde sol tarafına yığıldığını görmüş. O karanlıkta nasıl gördüyse artık!!"

"Vay be!"

"Artık o andan itibaren, orası bir mahşer günü. Köpekler havlıyor, bekçi düdükleri birbirine karışıyor, bağıranlar, çağıranlar, koşuşanlar, ana avrat küfür edenler... Biz arkamıza bakmadan bayır aşağı kaçtık."

"Bennet öldüyse gazetelerde okuruz," dedi Kemal.

"Sansürlenmezse eğer."

"Sansürlense de kokusu çıkar, merak etme."

"Ölmemiş olmasını temenni ediyorum," dedi Pehlivan.

"Neden be Pehlivan? Bunca gayret boşa mı gitsin?"

"Ölmesin de, ettiği işkencelerin cezasını çektiğini bilsin. Bunu bilmek, ölümden beterdir."

"Haklısın. Eğer sağ kaldıysa hep ölüm korkusuyla yaşayacak demektir."

O gün koğuştakiler, uykuya ancak sabah namazından sonra dalabildiler ve çektikleri heyecanın bitkinliği ile akşama kadar uyudular.

KONAKTA

Ahmet Reşat, Nezaret'teki işlerini bitirir bitirmez, fazla oyalanmadan evine dönmeye başlamıştı. Kabinedeki nazırların çoğuyla arası yoktu. Onlarla giriştiği sonu gelmeyen ve hiçbir netice vermeyen ağız dalaşlarından usanmıştı. Zat-ı Şahanelerinden soğumuş olduğunu kimselere açamıyordu. Zaten Ankara'nın davasına yardımcı olabilecek bilgilerden uzak düşmemek için, Ahmet Reşat'ın özellikle suskun olması gerekiyordu. İçinde bulunduğu bu durum, ona taşıması zor bir utanç duygusu ve acı veriyor, kendini ikiyüzlü bir hain gibi hissetmesine yol açıyordu. Oysa bütün istediği, vatanının selameti ve istiklaliydi. Yollarda rastladığı işgal kuvvetlerinin askerlerine bir müddetten beri tahammül edemez hale gelmişti. Mesleki toplantılarda sık sık bir araya geldiği ecnebilere dahi ters bir laf etmemek için büyük gayret sarf eder olmuştu.

Günlük hayatın içinde bu sıkıntıları yaşarken, evinde de pek mutlu sayılmazdı. Çok tavuklu kümese kapatılmış bir horoza benzetiyordu kendini. Yakınlarında yarenlik edebileceği, dertleşeceği kimsesi kalmamıştı. Şehrin uzak semtlerinde oturan akraba ve dostlarına ulaşması, o günlerin şartlarında zordu. Evdeki sohbet ise tamamiyle yeni doğacak bebeye odaklanmıştı. Tatil günlerinde, orta katın sedirli odasına ne zaman girse, Saraylıhanım'la Behice'yi bebeğe isim ararlarken buluyordu.

"Yavrumuza elbette pederinizin adı olan Raif konacak, lakin bu ismin başına bir başka isim daha gelmeli. Şimdi artık çocuklara asri isimler takılıyor, Reşat Bey. Farz-ı muhal, Firuzan koyabiliriz. Ya da ne bileyim, Kenan veya Bülent."

"Pederinize çok ayıp olur, kızım. Bence oğlumuzun adı İbrahim Raif olmalı. Her iki tarafın da gönlünü hoş tutmalısınız," diye lafa karışıyordu Saraylıhanım. Behice itiraz ediyordu. Reşat Bey kadınların çekişmesinden kurtulmak için dışarı kaçarken, "Doğmamış bebeğe don biçiyorsunuz. Belki yine kızımız olur," demeyi ihmal etmiyordu.

"Hayır, bu sefer erkek olacak. Rüyamda gördüm!"

Behice'yi üzmemek için mantık yürütmüyor, "Hayırlısı neyse o olsun,"diyerek selamlığa iniyor, yazı masasını başına geçip, loş odanın sessizliğinde, Fransa'da bulunan Dahiliye Nazırı Ahmet Reşit'e memleketin halini anlatan uzun mektuplar yazıyor, kitap okuyor ve Kemal'den haber bekliyordu.

Uzun zamandan beri çiftlikten haber getiren olmamıştı. Kemal'in başına kötü bir şey gelse önce bizim haberimiz olur, diye teselli bulmaya çalışıyordu Ahmet Reşat. Yeğeninin evden ayrılışının üçüncü gününde, konağın kapısına gelen biri, gideceği yere salimen vasıl olduğuna dair havadis getirmiş, ondan bir müddet haber alamazlarsa merak etmemelerini de ilave etmişti. Geliş gidişler, malum, kolay olmuyordu. Bu nedenle Ahmet Reşat gönlünü ferah tutmaya çalışsa da, içi rahat değildi. İşte zor geçmekte olan bu günlerin birinde, yine çalışma masasının başında rakamlarla uğraşırken, elinde bir zarfla Hüsnü Efendi girdi içeri.

Ahmet Reşat, Hüsnü Efendi'nin uzattığı zarfı alırken, "Postacı mı getirdi?" diye sordu.

"Bir hanım getirdi, efendim."

"Kim?"

"Bilemem. Çarşaflıydı."

"Sormadın mı kim yolladı diye?"

"Bahçe kapısının çıngırağı çaldı. Gittim açtım, bir kadın bu zarfı uzatıyor. Kimden geliyor dedim, zarfın üzerini işaret etti, sizedir zahir diye aldım."

"Pekâlâ Hüsnü Efendi," dedi Ahmet Reşat, "Gidebilirsin."

"Efendim, o kadın gitmedi, kapıda bekliyor."

"Ne bekliyor?"

"Mektubun cevabını herhalde."

Ahmet Reşat, zarfın üzerindeki yazının Kemal'e ait olduğunu görünce, gelenin çarşaflı bir erkek olabileceğini tahmin etti. Ne kadar gayret ederse etsin, bazı gerçekleri Hüsnü Efendi'den saklayamayacaktı. Çaresiz, "Hanımı içeri al, çardağın altına oturt. İçecek bir şeyler ikram ediver. Az beklesin, mektubu okur, cevabını yazarım,"dedi.

"Hanımlar soracak olurlarsa..."

"Sakın ha! Hanımları karıştırma bu işe. Soran olursa, o kişinin seni ziyarete gelmiş bir akraban olduğunu söylersin."

Hüsnü Efendi çıkınca, zarfı açtı, mektubu yazıhanenin üzerindeki idare lambasının ışığının düştüğü noktaya uzattı ve okudu. Kemal, üzeri kapalı bir şekilde, afiyette olduğunu bildiriyor, evdekilere sevgi ve selamlarını gönderiyor ve sadede geliyordu. Bazı savaş malzemeleri temin etmişlerdi ama paralarını ödemekte güçlük çekiyorlardı. Kemal kaç paraya ihtiyaçları olduğunu, şifrelerle, şeker miktarları gibi yazmış, nereye ödeneceğine dair bazı ipuçları vermişti. Mektupta bir bölüm daha vardı ki, okuduktan sonra Ahmet Reşat'ın sırtından ter boşandı. Temin ettikleri silahları bir İtalyan gemisiyle Anadolu'ya ulaştırmak istiyorlardı. Yüklemenin yapılabilmesi için Liman Müdürü Pandikyan Efendi ile temas edilmesi gerekiyordu. Bu kişi çok güvenilirdi, Türk dostuydu. Ahmet Reşat'ın iç huzuru içinde başvurabileceği bir kişiydi.

Ahmet Reşat, şifrelerle yazılmış mektubu doğru anladığından emin olmak için üç kez daha dikkatle okuduktan ve bazı notlar aldıktan sonra, kâğıdı katlayıp cebine soktu, dışarı çıktı, bahçedeki mutfağa yürüdü. Evlerinde her yerde gözü kulağı olan Saraylıhanım gibi meraklı biri yaşarken mektubu yırtıp parçalamayı yeterli görmemişti. Hüsnü Efendi mutfağın taşlarını paspaslıyordu. Reşat Bey'i görünce seğirtti.

"Kadın gitti mi?" diye sordu Ahmet Reşat.

"Hanımlar görmesinler diye benim odaya buyur ettim. Orada bekliyor."

"İyi etmişsin," dedi mutfağa girerken.

"Bir arzunuz mu vardı efendim?"

"Ocak yanıyor mu?"

"Öğlen yemeği için az evvel yakmıştım. Henüz harlamadı. Kahve mi istemiştiniz? Şu nohut kahvemizden var. Taşlıktaki mutfakta yaptırayım efendim."

"Kahve istemiyorum Hüsnü Efendi. Şu ocağın kapağını indir bakayım."

Adam koştu, kuzinenin kapağını açtı. Ahmet Reşat eğilince yüzüne ocaktan gelen sıcaklık çarptı. Cebinden çıkardığı mektubu yırttıktan sonra, kâğıt parçacıklarını ocağın içine bırakıp kapağını kapattı. Doğrulunca, kapının ağzında ona hayretle bakan Saraylıhanım'ı gördü.

"Burada ne arıyorsunuz aslanım?"

"Kahve çekmişti de canım."

"İlahi Reşat Bey oğlum. Evin içindeki mutfak ne güne duruyor. Burada cezve bile bulunmaz. Burası kokulu yemekler, ızgaralar için kullanılmıyor mu? Kemal gideli beri size de oldu olanlar."

"Haklısınız teyze, çok dalgınım," dedi Ahmet Reşat, Hüsnü Efendi ile göz göze gelmemeye çalışarak selamlığa geri döndü.

Kemal'in silahlar için neden para istediğini anlayabiliyordu. Savaş malzemelerinin muhafaza edildiği depoların sık sık basılıp silahların Anadolu'ya kaçırılmasına mâni olamayan İngilizler, bir hafta önce, ellerinde kalan bütün silahları ve mermileri, Anadolu'da çarpışan Türklere yâr olmaması için toplayıp Adalar'ın açığında Marmara Denizi'ne boşaltmışlardı. İstanbul'da basılacak depo kalmadığı için, silah ihtiyacını başka yollardan halletmek zorunda kaldıkları açıktı. İtalyanlardan veya Fransızlardan silah satın almışlardı demek ki.

Pandikyan Efendi'yle temas kurmak, para temin etmekten çok daha zor olacaktı. Koskoca Maliye Nazırı, Liman Müdürü Pandikyan'ın bürosuna elini kolunu sallayarak gidemezdi. Adamı makamına da çağıramazdı. Dikkat çekerdi. Evine haşa! Bir yolunu bulup Pandikyan'a haber yollamalıydı ama nasıl? Fakat önce mektuba cevap yazmalı, Hüsnü Efendi'nin odasında bekleyen çarşaflıyı azat etmeliydi.

Yazı masasına oturup çekmeceden kâğıt çıkardı, mürekkep hokkasının kapağını açtı, kalemini batırıp bir süre düşündü. Kemal ona dayı diye hitap etmemişti. Muhterem efendim, diye başlıyordu mektup. O da yeğenine değil de, sanki bir ahbabına yazar gibi başladı mektuba. Üstü kapalı bir şekilde, evde herkesin sıhhat ve afiyetinin yerinde olduğunu belirttikten sonra, bazı taze haberler verdi. Şu sıralar, Doğu'dan

Kâzım Karabekir Paşa'nın Ermenilerden Sarıkamış'ı ve Kars'ı geri almak üzere olduğu haberleri geliyordu hükümete. Bunlar iyi haberlerdi. Kötü haberler de vardı: Yunanlılar işgal alanlarını genişleterek, Bursa'ya kadar gelmişlerdi. Ahmet Reşat mektubu bitirdi, imzaladı ve çarşaflı kadına vermesi için Hüsnü Efendi'ye teslim ettikten sonra, üzerini değiştirmek için odasına gitti. Millicilere taraf olduğunu gizlemeyen Bahriye Nazırı'yla hemen temas etmeliydi. Onlarla aynı safta olan diğer nazır arkadaşlarını bulmalıydı. Silahların ödenmesi için bir çare düşünmeliydiler.

Hilal-i Ahmer Cemiyeti'ne ödenen yardımların çoğu, Anadolu'da çarpışanlara gönderiliyordu. Hatta cemiyetin icabında kendine ait bazı mülkleri satarak milli orduya para temin ettiği de olmuştu. Herhalde kendi de aynı yola başvuracak, bir miktar parayı bu cemiyetin harcamalarına tahsis etmiş gibi çıkış yapacak ve Hilal-i Ahmer'i aracı olarak kullanacaktı. Damat Ferit, bir müddet daha Fransa'da kalacağı için, işi nispeten kolaydı.

Sonra da ne yapıp edip Pandikyan işini halletmeliydi. Ah ne kadar hayıflanıyordu tüm sırlarını paylaştığı meslektaşı ve kader arkadaşı Ahmet Reşit Bey'in şu sıralar yurtdışında oluşuna.

Ahmet Reşat, giyinirken kimsenin dikkatini çekmeden Pandikyan'a ulaşmanın yollarını düşünüp duruyordu. Birden aklına Fransız subaylarının ağzından laf kapabilmek için onlarla satranç oynadığı akşamların bazılarına Pandikyan Efendi'nin de katılmış olduğu geldi. Adama Hüsnü Efendi ile bir not gönderip, onu bir briç partisine çağırır gibi yapacaktı. Nereye çağırsaydı acaba? Bir ara kadim dostu Caprini Efendi'nin evinde buluşmayı düşündü. Sonra hemen vazgeçti. Yakın dost da olsalar karşı takımlardaydılar. Ne kadar güvenilebilirdi bir İtalyan'a? Birden akıl etti, Sirkeci'deki Şahin Paşa Oteli'nin bir odasında buluşabilirlerdi. Zengin taşralıların mekân tuttuğu, gireni çıkanı bol bir oteldi, kimsenin dikkatini çekmezlerdi.

Ahmet Reşat ve Pandikyan Efendi, Şahin Paşa Oteli'nin birinci katındaki bir odada ikindi vakti buluştular. Reşat Bey odayı önceden tutmuş, mektubuna Pandikyan'ı davet ettiği oda numarasını yazmıştı. Odaya bir çay semaveri ve ince belli çay bardakları getirtmişti.

Briç partisine katılacağını düşünerek gelen adam, çağrıldığı odaya girip de içerde sadece bir kişi görünce şaşkın şaşkın etrafına bakındı.

"Af buyurunuz Pandikyan Efendi," dedi Ahmet Reşat, "size yolladığım teskerede, tedbiri elden bırakmak istemedim. Buraya sizi kart oynamak için değil, baş başa görüşmek için çağırdım."

"Tahmin etmeliydim efendim," dedi Pandikyan, "lakin daha önceleri birlikte briç oynamış olduğumuz için, hani bir ihtimal..."

İki adam kısa bir süre bakıştılar. Davet sahibi, konuyu uzatmadı, "Sizin yardımlarınıza ihtiyacım var," dedi.

"Estağfurullah Reşat Beyefendi Hazretleri."

Ahmet Reşat, semaverden her ikisine de çay koydu. Pandikyan Efendi'yi koltuğa oturttu, kendisi yatağın ucuna ilişti.

"Pandikyan Efendi, ben sizin Devlet-i Âliyemizin ne kadar hatırşinas ve sadık bir tebası olduğunuzu bilmiyor değilim. Anadolu'daki istiklal mücadelesine yardımlarınız pek büyükmüş. İngilizlerin ellerindeki gizli ambarları, cephane ve silah miktarlarını, hatta bunların vapurlarla nerelere sevk edildiğini hep siz bildirmişsiniz gerekli yerlere."

"Haşa efendim. Haşa. Ben siyasetin dışındayım her zaman. Ben sadece bir memurum. Elimden gelen ancak formaliteleri kolaylaştırmaktır."

Ahmet Reşat, adamı ürküttüğünü anladı. İtimadını kazanması için bir şeyler yapması gerekecekti.

"Vatanın kurtuluşu davasına gönül koymuş yakınlarım var. Adınızı onlar verdiler. Zaten tanışıyorduk, malum... Buyurduğunuz gibi, birkaç kere briç oynamışlığımız var aynı masada." Ahmet Reşat sesini daha da alçaltarak, Karakol teşkilatından bir-iki isim verdi.

"Bendenizden ne beklersiniz?" diye sordu, duyduğu isimlerden dolayı rahatlayan Pandikyan Efendi..

"Bu limandan ilk kalkacak İtalyan gemisine bazı misafirleri bindireceğiz. Yükleri ağırcadır. Yükleme işleri için yardımınıza ihtiyaçları olacak."

"Önümüzdeki hafta içinde limandan hiç İtalyan bandıralı gemi kalkmıyor."

"Biraz acildir işimiz. Acaba biniş ücreti artırılırsa kalkar mı?"

"Bu parayla ilgili bir mevzu değildir. Bu aralar İtalyan gemilerini kullanmanızı tavsiye etmem. Geçenlerde İngilizler bir baskın yaptılar, zor durumda kalındı. Artık İtalyan gemilerini sıkı takipteler."

"Eyvah! Bu nakliyenin aciliyeti vardı. Malumunuz, Yunanlılar ilerlemekte..."

"Benim tavsiyede bulunacağım bir başka gemi var. Kaptanını tanırım."

"Hangi gemi, bilmemde mahsur var mı?"

"Ararat."

"İtimadımıza şayan mıdır?"

"Olmasa teklif eder miyim? Yeter ki fiyatta anlaşabilesiniz."

"Bu hususta bana ne zaman malumat verebilirsiniz?

"Hafta içinde..."

"Uzamasın. Yarın olamaz mı?"

"Yüklerin miktarı ve ağırlığını da siz öğrenebilir misiniz yarına kadar?"

İçinden yandık diye geçirdi Ahmet Reşat. Kemal yüzünden bu işe gittikçe daha fazla bulaşıyordu. Her adımda biraz daha derine battığı bir bataklığa girmiş gibiydi. Üstelik başkalarını da batırıyordu kendiyle birlikte. Ulak olarak kullanmakta olduğu Hüsnü Efendi'yi mesela. Hem Pandikyan'a istediği bilgiyi verebilmek, hem de silahları bir başka gemiye yüklemeye onay almak için adamcağızı çiftliğe göndermesi gerekecekti. Allahtan çiftlikte bazı sebzeler yetiştirilmekte, kümes hayvanları beslenmekteydi. Herhangi bir tatsızlık olduğu takdirde, tohumluk veya gıda maddesi almaya gittiğini söyleyebilirdi Hüsnü Efendi.

"Hemen öğreneceğim ve bu malumatı, size mektubu getiren aynı şahısla yollayacağım. Paranın temini hususunda bana itimat edebilirsiniz."

"Size itimat etmezsem, kime edeceğim efendim?" dedi Pandikyan. "Bendeniz de sizin itimadınıza şayan olduğum için inanın ki şeref duydum."

"Allah razı olsun, dostum."

"Beyefendi hazretleri, aynı geminin yolcusuyuz. Gemi batarsa hepimiz boğuluruz. Batmaması için ben şahsen, elimden geleni yapıyorum. Görüyorum ki siz de yapıyorsunuz."

"Bir kere daha üstüne basa basa ve kalbi söylüyorum, Allah sizden razı olsun," dedi Ahmet Reşat. Ayağa kalkıp elini Pandikyan'a uzatırken hislenmişti. Böylesi de vardı işte. Kimi Ermeni, üzerinde Fransız üniforması, yüzlerce yıllık kapı komşusuna kök söktürürken, kimi de nice has Müslüman'a taş çıkarırcasına elini taşın altına sokuyordu vatanın kurtuluşu için.

GÖREVE ÇAĞRI

Kemal, sabahın çok erken bir saatinde, daha kahvaltısını bile etmeden ana binaya çağrıldığını öğrenince şaşırdı. Hemen elini yüzünü yıkayıp üzerine temiz bir mintan geçirdi. Saçlarını ıslatarak iki yanına yapıştırmaya çalıştı. Ona haberi getiren adamın yanı sıra ana binaya yürüdü. Çiftliğe ilk geldiği gün götürülmüş olduğu üst kattaki odaya gideceğini zannederek merdivenlere yöneldi. Refakatçisi, "Yukarı çıkmıyoruz bey, böyle buyur," deyince, çıktığı iki basamağı indi, koridorun sonuna kadar hızlı hızlı yürüdüler. Adam koridorun sonundaki büyük ahşap kapıyı tıklattı, gir emrini duyunca kapıyı açtı, Kemal'e yol verdi.

Kemal kendini bir ordu komutanının odası gibi düzenlenmiş geniş bir odada buldu. Duvarın dibinde bir yazı masası, orta yerde ise üzeri haritalarla kaplı, geniş bir masa daha vardı. Masanın etrafında tanımadığı birkaç kişi haritalara eğilmiş, konuşuyorlardı. Aralarından sivil giyimli bir genç adam, Kemal'e bir asker selamı çakınca, o da ayaklarını birleştirerek, başıyla selamladı karşısındakini.

"Ben Erkan-ı Harp Yüzbaşısı Seyfi, buraya Ankara'dan bir geceliğine geldim. Bazı temaslarda bulunup hemen geri döneceğim."

"Bendeniz Kemal Halim."

"Buyrun, oturun." Yazı masasının karşısındaki iskemleyi işaret etti, kendi de masanın başına geçip oturdu.

"Hakkınızda epeyi malumatım var," dedi. "Bu malumatı çok güvendiğim arkadaşlarımdan aldım. Sadede geleyim. Sizin Sarıkamış tecrübeniz varmış."

"Tecrübe denebilirse tabii. Çarpışamadan donduk kaldık, biliyorsunuz."

"Muharebeye gönüllü gittiğinize göre gözüpek bir arkadaş olmalısınız. Sizin gibi insanlara şu anda çok ihtiyacımız var. Yunanlılar Trakya'da ilerliyorlar..."

"Beni silah altına mı alacaksınız?"

"Lüzum hasıl olursa onu da yaparız. Lakin şu sırada istihbarat bizim için çok önemlidir. Ankara ile cephenin haberleşebilmesi fevkalade önem taşıyor."

"Ah ne büyük yazık ki, posta idaremiz Müttefiklerin elinde," dedi Kemal.

"Pek öyle sayılmaz," diye lafa girdi masanın karşı tarafında duran kalpaklı adam, "elimizde bazı gizli telgraf hatları bulunuyor. İngilizler bizden telgraf şebekesinin şemasını istediler. Böyle bir şemanın olmadığını söyledik. Birkaç kişi hatları ezbere biliyordu, onlarla idare ediyordu işi dedik. Bizi o kadar hor görüyorlar ki, inandılar. Telgraf memurlarımıza, birkaç hattı kendileri için ayırtıp, Anadolu'ya giden bütün hatları kestirttiler. Daha doğrusu, kestirttiklerini zannediyorlar. Elimizde az da olsa hâlâ birkaç gizli hattımız var. Ama yetmiyor elbette. Kuryelere de ihtiyacımız oluyor."

Kemal oturduğu yerde kulak kesilmişti.

"Kemal Halim Bey, sizi hem telgraf işlerinde, hem de kurye ağı içinde kullanmak istiyoruz. Bazı çok gizli raporları ve planları telgrafla yollamak mümkün değil. Burada vesika tedarikinde çalıştığınızı biliyorum ama eğer kabul ederseniz..."

Kemal adama lafını bitirtmedi, "Ediyorum," diye atıldı, "kabul ediyorum efendim. Her türlü vazifeyi yerine getirmeye hazırım. Cepheye de gidebilirim."

"Sağlığınız cephe şartlarına müsait değilmiş. Lakin bu vazifede de yakalanarak işkence görme ve öldürülme ihtimali mevcut. İyi düşünün. Kuryeliği kabul ettiğiniz takdirde, Anadolu'ya geçişinizi mümkün kılacak vesikayı hazırlatacağız, Kemal Halim Bey."

"Ben hazırım. Yolculuk ne zaman?" diye sordu Kemal.

"Hafta başında yola çıkarsınız."

"Efendim, evime bir haber yollatabilir miyim yola çıktığıma dair? Nereye gittiğimi bilmeleri şart değil ama İstanbul'dan ayrıldığımı bilsinler."

"Yollatın. Ne yazık ki yüz yüze vedalaşmalar için vaktimiz dar. Zor günler geçiriyoruz. Yunanlıların ilerleyişine mani olmak için bir an önce ne lazımsa yapılmalıdır."

"Elbette. Ben istediğiniz gün ve saatte hazır olacağım."

Kemal konuşacak başka bir şey kalmayınca, herkesi başıyla selamlayıp çıktı. En çok istediği şey gerçekleşmek üzereydi. Bunca zaman, kadınların arasında mahsur kalıp dedikodularını dinlediği yetmemiş gibi, şimdi de nasibine, her akşam onun bir türlü katılmadığı baskınları konuşan bir koğuş dolusu erkeğin lafazanlığını dinlemek düşmüştü. Başkalarının hikâyelerini dinlemekten kurtuluyordu yakında. Onun da bir hikâyesi olacaktı. İlerde çocuklarına, torunlarına aktaracağı hatıraları, kahramanlık destanları, maceraları...

Fakat bir eziklik vardı yüreğinde. Dayısına, büyükannesine, kızlara veda etmeden gitmek... Mehpare'yi son bir kez öpüp koklamadan, saçlarında tüten menekşe kokusunu içine çekemeden... Zarar yok, dönüşünde koklardı doya doya. Ailesine bir veda mektubu yazmak üzere koğuşuna yollandı.

BULUŞMA

Hüsnü Efendi, sabahın karanlığında, kapının önünde atları kişneyip duran arabaya binmek için evden çıkarken, girişin hemen yanındaki elma ağacının ardından bir gölge fırladı.

"Amaniin! Kimsin be?" Elindeki bastonu kaldırdı, hırsız zannettiği kişiye indirmek üzere.

"Durun durun Hüsnü Efendi... Vurmayın... Benim ben."

"Aaaa, Mehpare Hanım! Ne arıyorsunuz siz burada, bu saatte?"

"Asıl siz nereye gidiyordunuz sabahın köründe?"

"İşim var."

"Daha güneş doğmadı Hüsnü Efendi, ne işi bu?"

"Mehpare Hanım, hemen içeri girin. Saraylıhanım sizi burada benimle görse, vallahi bilmem artık ne der, ne yapar!"

"Siz Kemal Bey'e gidiyorsunuz, değil mi?"

"İçeri girin küçükhanım. Size ne nereye gittiğimden!"

"Hüsnü Efendi, benim zevcimi görmeye gidiyorsunuz."

"Kim demiş?"

"Nereye gidiyorsunuz o halde?"

"Söyleyemem. Gizli vazife. Beyim emretti, gidiyorum işte."

Mehpare, Hüsnü Efendi'ye elinde tuttuğu Kuran'ı uzattı, "Kemal Bey'e gitmediğinize dair yemin ediniz ve Kuran'ı öpüp başınıza koyunuz o halde."

"Ne istiyorsunuz benden Mehpare Hanım? Derdiniz nedir?"

"Beni de götürün."

"Dünyada olmaz!"

"Kocamı görmek istemeye hakkım yok mu?"

"Beyfendiden izin alın."

Mehpare, adamın Kemal'i görmeye gittiğine emin olunca ısrara başladı.

"Sizde şu kadarcık insaniyet var ise eğer beni de yanınıza alırsınız."

"Alamam Mehpare Hanım." Hüsnü Efendi, Mehpare'nin kolunu sımsıkı tutan pençesinden kurtulmaya çalıştı.

"Hüsnü Efendi, kocam nikâhımız kıyıldıktan üç gün sonra ayrıldı evden. Onu belki de bir daha hiç göremeyeceğim. Belki şehit düşecek. Yalvarıyorum size."

"Taş çatlasa olmaz!"

"Ona söylemem gereken çok önemli bir şey var."

"Bana söyleyin, ben naklederim."

"Çok hususi."

"Hemen bir mektup yazın. Siz yazana kadar beklerim."

"Kendim söylemek istiyorum."

"Olmaz dedim ya."

Hüsnü Efendi kurtardı kolunu, arabaya yürüdü. Peşinden koştu Mehpare.

"Hüsnü Efendi, Allah rızası için... Ayağınızın altını öpeyim..." Gözlerinden sıra sıra yaş iniyordu, "bakın fena oluyorum... Bayılıyorum galiba..."

Hüsnü Efendi döndü, Mehpare'nin kül gibi olmuş yüzünü gördü, tam düşerken belinden yakaladı kızı. Mehpare'nin elindeki Kuran yere düşmüştü. Hüsnü Efendi lahavle çekerek Kuran'ı yerden aldı, öptü başına koydu ve Mehpare'ye verdi.

"Kitabınızı alıp hemen içeri girin Mehparanım. Belli ki hastasınız. Ayazda büsbütün üşütmeyin. Haydi."

"Hasta değilim. Bakın, size bir sır vereceğim. Hamileyim ben. Beyime bu güzel haberi kendim vermek istedim. O yakında Anadolu'ya geçecek. Ya döner, ya dönemez. Size yalvardım, lakin sizde hiç insaf yokmuş Hüsnü Efendi."

Adam çaresizlik içinde kıvrandı.

"Gidin, Reşat Beyefendi'den müsaade isteyin. Ondan habersiz götüremem sizi."

"O bilmeyecek. Sizinle gidip döneceğim. Dönüşte beni yolun başına bırakın, ben sizden ayrı giderim eve. Halama gitmiş olduğumu söylerim." Mehpare yeniden yapıştı Hüsnü Efendi'nin koluna. "Hüsnü Efendi, Kemal belki de çocuğuna ilk ve son kez dokunacak, benim karnımın üstünden. Ben ona bu müjdeyi veremeden ona bir şey olursa çok vicdan azabı çekersiniz."

Az sonra Mehpare, arabada Hüsnü Efendi'nin yanında oturmuş, sallana pullana giderlerken, adamcağız dayanamayıp, çiftliğe gitmek üzere olduğunu nasıl anladığını sordu.

"Ben her sabah uyandığım andan itibaren ta akşam olup da yatağıma yatana kadar, bütün gün kocamdan gelecek herhangi bir haberi beklerim. Bu sabah da erkenden kalkmış, pencerenin önündeki iskemleye oturmuş, Kuran okuyordum. Atların kişnediğini duyunca camdan baktım ki bir araba gelmiş. Bir şeylerin döndüğünü hemen anladım. Sizi bahçede görünce hemen çarşafımı kapıp koştum. O telaşla Kuranımı bırakmayı bile unutmuşum."

"Sizin yüzünüzden başım belaya girecek," dedi Hüsnü Efendi.

"Girmez. Ağzım sıkıdır benim. Geçen sabah gelen kadın da kaçmamıştı gözümden. Kimseye lafını ettim mi?"

"O kadını gördünüz demek!"

"Gördüm. Daha sonra beyefendi bizlere Kemal'in sıhhat ve afiyet haberlerini bildirince, o kadının zevcimden haber getirdiğine iyice emin oldum. Allah sizden razı olsun, Hüsnü Efendi, büyük sevap işliyorsunuz bizi buluşturmakla."

Hüsnü Efendi cevap vermediği gibi, yol boyunca da hiç konuşmadı. Çiftliğe Mehpare'yi de götürmekte olduğunu Reşat Bey öğrendiğinde başına gelecekleri düşünüyordu.

Kemal, sabahın erken saatlerinde işinin başına oturmuş, vesikaları düzenlemeye başlamıştı. Yine çok heyecanlı bir gece geçirmişlerdi. Bütün koğuş sabaha kadar uyumamışlardı. Bu kez de Pehlivan'ın başı çektiği on iki kişilik bir ekip, Okmeydanı'nda donanmaya ait barut fabrikasına girerek barutları aşırıp Haliç'teki Aynalıkavak Tersanesi'ne taşımıştı. İngilizler bir müddet önce, depolardan silah çalındığı gerekçesiyle birkaç fabrikayı mühürlemişlerdi. Barut fabrikası bu mühürlenen yerlerin arasındaydı. Direnişçiler şüphe uyandırmamak için, mühürlü kapıya hiç dokunmadan, fabrikanın içine damdan girmişlerdi. Damdaki kiremitleri sökerken bir kedi gibi sessiz ve mahir olmayı gerektiren bu eylemde, cambazların ekibine büyük iş düşmüştü. Kemallerin koğuşundan bu operasyona beş kişi katılmış, geride kalanlar dua ederek, kalpleri çarparak, heyecan içinde bekleşmişlerdi. Sabahın ilk ışıklarından az evvel dönen arkadaşlarının maceralarını dinlerken namaz saati gelmişti. Kemal, gözleri uykusuzluktan kıpkırmızı olmasına rağmen başarıyla tamamlanan baskının keyfi içinde, sahte evrakları hazırlama işine oturmuş, bir nakil vesikası yazmakla meşguldü ki, içeriye suratında yılık bir ifadeyle koğuş temizlikçisi girdi.

"Beyim, ziyaretçileriniz var."

Kemal hiç üzerine alınmadı.

"Beyim, ziyaretçiyi bekletmek ayıp oluyor ama..."

"Bana mı dedin Sülo?"

"Yoksa ziyaretçi beklemiyor musunuz?"

"Hayır."

"Yenge gelmiş, yenge! Yan bahçeye aldık. Bekliyor."

Kemal, herhalde yine kadın kıyafetine bürünmüş biri mektup getirmiştir diye düşünerek, uzun koridorun sonundaki kapıdan çıkıp yan bahçeye yürüdü. Uzakta, çınarın altında Hüsnü Efendi'yi seçer gibi oldu. Yanında uzunca boylu, çarşaflı biri daha vardı. Acaba Azra mı diye geçirdi içinden. Azra'nın Antep taraflarına gitmek üzere olduğunu biliyordu. Belki veda etmeye gelmişti. Biraz daha yaklaşınca tuhaf bir heyecana kapıldı. O kadın Azra değildi. Hızlanarak yürüdü. Kadın feracesini açınca, Kemal kalbinin duracağını zannetti.

"Aman Allahım, Mehpare!" Koşmaya başladı. Mehpare de ona doğru koştu, Kemal'in boynuna atıldı.

"Dur Mehpare... Gören olur... Dur, yapma." Kemal, kızın kollarını boynundan çözdü, ellerini tuttu. Yaprak gibi titriyordu karısı. Gözleri yaş içindeydi.

"Görsünler. Nikâhlı zevceniz değil miyim? Size kavuşmak ne güzel! Bilseniz ne fena rüyalar görüyordum. Allah'a şükür iyisiniz."

"İyiyim. Sen neden geldin buralara? Dayım biliyor mu geldiğini?" diye sordu Kemal.

"Hüsnü Efendi'nin peşine takıldım." Kemal'in elini karnının üzerine koydu. "Biz çok özledik sizi. Hüsnü Efendi'nin bu tarafa geleceğini tahmin edince, ana oğul onu göz hapsine aldık ve işte şimdi buradayız ikimiz de."

"Mehpare, sen sezgileri ne kuvvetli bir insansın. Beni her an bir başka şaşkınlığa düşürüyorsun," dedi Kemal, "ben de dün geceden beri seni nasıl görebilirim diye kıvranıyordum."

"Beni rüyanızda mı gördünüz yoksa, beyim?" Mehpare, kocasına cilvelenirken, yanı başlarında bitiveren Hüsnü Efendi hemen lafa girdi:

"Beyefendi size bir mektup yolladı. Çabucak okuyun ve cevaplayın küçükbey. Fazla vaktimiz yok." Mektubu kuşağından çıkarıp Kemal'e uzattı.

Kemal çınarın dibine çöktü, mektubu okudu. Ayağa kalkarken, "Cevap yazmaya içeri gidiyorum," dedi, "siz beni burada bekleyin."

Hızla uzaklaşan kocasının peşinden gitmeye yeltendi Mehpare.

"İçeri giremezsin, canım. Yabancıları hele de kadınları istemezler burada. Zaten ne cesaretle geldiğini aklım almıyor Mehpare. Ya takip edildinizse? Ya başınıza bir şey gelirse?"

"Takip filan edilmedik. Kaldı ki, ben sizi görmek için tehlikeye de atılırım, beyim."

"İki can taşıyorsun. Kendine dikkat etmelisin. Hüsnü Efendi deli olmalı, seni getirdiği için."

"Ona kızmayın sakın. Ben çok ısrar ettim. Hatta ona deyin ki, size yine haber getirecek olursa yanına beni de katsın. Haberli olursam, yiyecek ve temiz çamaşır da getiririm."

"Başka sefer olmayacak Mehpare. Bu hafta içinde ayrılıyorum buradan."

"Nee!!!"

"Dayıma anlatırsın, Garp cephesinde postacı olarak görev yapacağım."

"Ah, nasıl da içime doğmuş! Beyim, ben de gitmeliydim sizinle. Yanınızda olmalıydım."

"Neler diyorsun kuzum! Ben senin buraya gelmenden dahi endişe duydum." Bir an sustu Kemal, karısının iki elini ellerinin arasına aldı. "Mehpare, bakma böyle dediğime, aslında iyi oldu geldiğin," dedi, "seninle vedalaşamadan, helalleşemeden gitmek istemiyordum. Büyükanneme, dayıma, yengeme, kızlara da söyle... Ev halkına de ki, haklarını helal etsinler. Muharebeye katılacak değilim, lakin yapacağım iş ne de olsa tehlikelidir. Bana bir şey olursa dayıma emanetsin. Şimdi ona bir mektup yazıp göndereceğim seninle."

"Beni kimselere emanet etmeyin. Sağ salim dönüp gelin beyim. Ben sizi bekliyorum. Oğlum da bekliyor."

"İnşallah!"

Kemal karısının ellerini bırakıp iç avluya yürüdü. Mehpare, Hüsnü Efendi'nin yanına sendeleyerek döndü, çınara yaslandı. "Bu iyiliğinizi hiç unutmayacağım," dedi, "kocamı sayenizde bir kere daha görmüş oldum."

"Müjdenizi verdiniz mi?"

Mehpare ne müjdesi demek üzereyken hatırladı.

"Allah razı olsun sizden," dedi. Sessizce Kemal'i beklediler. Kemal biraz sonra elinde birkaç zarfla döndü. İkisini büyükannesiyle dayısına, diğerini Mehpare'nin tanımadığı birine yazmıştı. Mehpare zarfların üçünü de koynuna soktu.

"Haydi efendim, artık dönelim," dedi Hüsnü Efendi, "yolumuz uzun."

"Azıcık daha. Lütfen."

Mehpare Kemal'in koluna girip uzaklaştırdı genç adamı. Hüsnü Efendi az ilerde mırıl mırıl konuşan çifte önce duygulanarak bakarken, konuşmaları uzayınca huzursuzlanmaya başladı. Mehpare, Kemal'in ellerini karnının iki yanına bastırmıştı. Yanlarına gitmek istemiyordu ama etrafta kuşaklarından silahları gözüken iriyarı adamlar dolanıyorlardı. İlerdeki mazıların ardında talim yapan bir tabur vardı. Arkada kalan sarı boyalı binaya doğru yaralı olduğu her halinden belli olan iki büklüm birini taşıyorlardı. Bakışlarını nereye çevirse, görmemesi gerektiğine inandığı bir başka manzaraya tanık oluyordu. Rahatsız olmuştu. "Kemal Bey, haydi artık, yolumuz uzun," diye seslendi.

Mehpare ve Kemal el ele geldiler. Kemal onlarla dış avluya kadar yürüdü. Karısına sarıldı, alnından öptü, sonra Hüsnü Efendi'yle vedalaştı. "Mehpare Hanım'a çok dikkat et, sarsmadan götür e mi Hüsnü Efendi," dedi Kemal. Anlayışla baktı adam, konaktan çıktığından beri ilk defa, Mehpare'nin gelmesine izin verdiği için memnuniyet duydu.

Mehpare'nin ellerini Kemal'in kolundan sökmek kolay olmadı.

"Bana bir adres bırakmalısınız. Oğlumuzun doğumunu haber vermek isterim."

"Öğrenir öğrenmez yazarım."

"Bir daha buluşana kadar sevgili beyim... Yolunuz açık olsun."

Dönüş yolunda, Mehpare'nin yol boyunca ağlayacağını bilmiş gibi, Hüsnü Efendi bu sefer genç kadının karşısına değil, arabacının yanına oturdu. Saatler sonra semtlerine geldiklerinde arabayı durdurdu, Mehpare'ye yolun başında inip eve yürümesini söyledi.

"Doğruyu söylemeye karar verdim," dedi Mehpare.

"Beyefendi çok kızacak."

"Beyefendiye siz arabacının yanına bindikten sonra, size fark ettirmeden gizlice arkaya tırmandığımı söyleyeceğim. Bütün suçu üzerime alacağım."

"Sizinle kimse başa çıkamaz, küçükhanım," dedi Hüsnü Efendi. "Buyrun inin. Emanetleri bana verin, beyefendiye götüreceğim."

"Ben de sizinle geliyorum. Kemal Bey'in dayısına nakletmemi istediği şeyler var."

"Arabayı köprünün başında bırakacağım. Pazarlığımız oraya kadardı. Siz onca yolu yürüyemezsiniz."

"Yürürüm."

Genç kadının inadını bildiği için, dişlerinin arasından, "Ne halin varsa gör!" diye söylenerek, parasını ödemek üzere arabacının yanına geri döndü Hüsnü Efendi.

Mehpare ve Hüsnü Efendi, Maliye Nezareti'nin önüne vardıklarında, memurlar evlerine gitmek üzere dağılmaya başlamışlardı. Hüsnü Efendi, nazırın özel kalemine çıkarak bir ziyaretçi getirdiği haberini verdi. Mehpare'yle içeri girdiler. Mehpare taş merdivenlerin ihtişamına hayran olarak yukarı kata çıktı ve Reşat Bey'in makamının bekleme salonuna girdi. Kâtip kim olduğunu sorunca, "Geliniyim. Evden acil bir haber getirdim," dedi. Kâtip hemen ara odaya aldı genç kadını. Az sonra nazırın karşısındaydı.

Ahmet Reşat makamında Mehpare'yi görünce yerinden fırladı.

"Behice'ye bir şey mi oldu? Yoksa teyzem?.."

"Evdekiler gayet iyiler. Beni bağışlayın efendim," dedi Mehpare, "ben yine haddimi aşarak münasebetsiz bir iş yaptım. Bugün Hüsnü Efendi Kemal Bey'i görmeye giderken, onun haberi olmaksızın arabaya binip ben de zevcimi görmeye, çiftliğe gittim."

"Ne cüretle? Deli misin kızım sen?"

"Ona verecek bir haberim vardı efendim. İlla da bu haberi ona ben vermek istedim. Beni affediniz efendim."

"Neymiş bu önemli haber? Anadolu'ya geçmeye mi kalkışıyorsun yoksa? Benim iznimi alamayacağını bildiğinden, Kemal'e gittin, değil mi?" Masasından kalkmış, Mehpare'nin karşısında gelmiş, gözlerinin içine bakıyordu.

"Değil efendim. Ben efendim... Ben hamileyim efendim. Kemal Bey bunu ilk benden duysun istedim efendim."

Ahmet Reşat'ın kürekleri suya indi. Masasının başına dönüp oturdu.

"Emin misiniz kızım?"

"Eminim efendim."

"Allah tamamına erdirsin. Hayırlı uğurlu olsun. Kemal'i görebildiniz mi bari?"

"Gördüm. Size üç adet mektup yolladı." Koynundan mektupları çıkarıp masanın üzerine bıraktı. Ahmet Reşat, kendine ait olanı açmadan önce, Mehpare'yi bir kere daha azarlamadan edemedi.

"Çiftliğe gitmek istediğini bana bildirmeliydin Mehpare."

"İzin vermezdiniz efendim. Ben de size karşı gelemezdim."

"Kendini bu durumda bile tehlikeye atmaktan geri kalmadın. Senin de kocandan bir farkın yok! Tevekkeli değil, tencere yuvarlanmış, kapağını bulmuş!"

"Ben artık eve döneyim müsaadenizle, sizi meşgul etmeyeyim."

"Onca yolu gidip gelmişsiniz. Kim bilir ne kadar yoruldun. Bekle de bir araba bulduravım, birlikte döneriz artık. Mesai bitti zaten."

Ahmet Reşat mektubuna göz attıktan sonra, Mehpare'yi dışarı çıkartıp Hüsnü Efendi'yi odasına çağırttı. Mehpare kâtibin odasında bekledi. On dakika kadar sonra, Hüsnü Efendi aceleyle araba aramaya gitti. Uzunca bir zaman beklediler. Nihayet araba geldiğinde, Reşat Bey'le birlikte evlerine doğru yola çıktılar. Hüsnü Efendi mektuplardan birini kuşağına sokarak onlardan ayrıldı, ters istikamete doğru yürüdü.

Arabada giderlerken, "Kemal'i nasıl buldun? Çok zayıflamış mı?" diye sordu Reşat Bey.

"Onu çok iyi gördüm," dedi Mehpare, "Yüzüne renk gelmiş. Size yazmıştır efendim, cepheye gidiyormuş."

"Yazmış. Allah yolunu açık etsin."

Her ikisi de düşüncelerine odaklı, çok fazla konuşmadan konağa vardılar. Bütün gün evde olmayan Mehpare'nin Reşat Bey'le birlikte arabadan indiğini gören kadınlar, telaşla ve binlerce soruyla etraflarını sardığında, "Kızı rahat bırakın," dedi Ahmet Reşat. "Mehpare sabah benimle bilikte çıktı, Kemal'i görmeye gitti. Ona verilecek bir haberi vardı çünkü."

"Ne haberiymiş bu?" diye sordu Saraylıhanım, konakta bilgisinin dışında bir şeyler yaşanmış olmasının kızgınlığı içinde.

"Ben odama çıkıyorum. Mehpare anlatır size."

Mehpare orta katın sedirli odasına, peşinde kadınlar ve kızlarla birlikte girdi, camın önündeki sedire yerleşti. Kendinden açıklama bekleyen ev halkının arasında, yüzünü Behice'ye döndü ve alçak sesle, "Ben de sizin gibi, bir bebek bekliyorum, Behice Abla," dedi.

Saraylıhanım zaten bildiği haberi küçümseyerek, "Bu muydu haber?" diye sordu.

"Aaaa, daha ne olsun Saraylıhanım!" diye sitem etti Behice, Mehpare'yi öpmeye koşarken. Kızlar evleri yakında bebeklerle şenleneceği için memnun olmuşlardı. Her kafadan bir ses çıkıyordu. Anneleri bu sefer artık bir oğlan doğuracağına göre, keşke Mehpare'nin bebeği kız olaydı. Kız olursa adını Leman seçmeliydi. Leman, hemen bebeğe pembe takımlar örmeye başlayacaktı. İyi olacaktı doğrusu, çünkü doğacak erkek kardeşine mavi tulumlar örmekten bıkmıştı.

"Ne zaman doğacak?" diye sordu Behice.

"Nikâhlandıkları tarihten hesap edersiniz," dedi Saraylıhanım, "erken doğum olmazsa eğer..."

"Neden erken doğum olsun ki, sihhatli ve genç bir kadın o," dedi Behice.

"Kızım, bu işler belli mi olur? Sen de sıhhatli bir genç kadındın ama düşük yaptın işte, unuttun mu?"

Behice içinden, "Unutmama fırsat vermiyorsun ki, hınzır ihtiyar," diye geçirdi, "her fırsatta yüzüme kakacaksın erkek çocuğumu düşürdüğümü." Sonra, gururu yüzünden okunan Mehpare'ye döndü, "Ne zaman doğarsa doğsun, aralarında nasılsa bir fark olacak. Benimki ona ağabeylik yapar artık," dedi.

Saraylıhanım bir ara Mehpare'nin yanına yanaştı ve kimseye duyurmamak için fısıldayarak, "Kemal'e niçin gittin?" diye sordu.

Mehpare yüzü kızararak cevapladı: "Onu çok özlemiştim efendim."

"Doğru söyle! Hasta filan olmasın?"

"Vallahi değil. Hep rüyalarıma giriyordu. Dayanamadım. İyi ki gitmişim, onu çok iyi buldum."

"Bir dahaki sefere bana da haber ver e mi," dedi Saraylıhanım, "ben de seninle gelirim."

Mehpare, yaşlı kadına torununun çok yakında tehlikeli bir yolculuğa çıkacağını söyleyerek onu üzmek istemediği için, Reşat Bey'in konağının kadınları cıvıldaşarak konuşmaya devam ettiler. Kadınlar aralarında hâlâ keyifli sohbetler yapabiliyorlardı.

DOĞUM

Behice'nin ağrıları ekim ayının ilk haftasında, Ahmet Reşat Wrangel ordusunun sorunlarıyla boğuşurken tuttu. Kızıl Ordu'nun Rus çarını tahtından indirip Rusya'da idareyi ele geçirmesinden sonra, çar yanlısı bazı generaller, Kızıl Ordu'ya karşı bir iç savaş başlatmışlardı. Bu generallerden biri de Wrangel'di. Beyaz Ruslar, Wrangel'in komutasında bir süre zaferden zafere koşmuş, sonra aniden beklenmedik bir şekilde çözülmüşlerdi. Kırım'ın o yıl erken inen korkunç soğuğuna dayanamayarak dökülmeye, donarak can vermeye başlamışlardı. Yüz elli bin kişi kadardılar. Ordunun tahliyesine karar verilince, hayatta kalanlar, diğer Beyaz Ruslar gibi, Osmanlı topraklarına sığınmaya karar verdiler, çeşitli sari hastalıkları ve bitleriyle birlikte gemilere doluşup geldiler. Kışla ve hastaneler, kamplar ve kiliseler, gemi güvertelerinde siyah kaputlarıyla, ayakta ve göğüs göğüse yaptıkları meşakkatli yolculuklardan sonra, nihayet İstanbul'a ulaşan bu mültecilerle dopdoluydu. Yorgun şehir, Balkanlar'dan ve Kafkaslar'dan gelen büyük göçler yetmemiş gibi, şimdi de Wrangel'in başıboş askerlerini ağırlayacaktı.

Tam da o günlerde Rus donanmasına ait iki adet savaş gemisi Haliç Tersanesi'nde tamir görmekteydi. Millicilerin yeraltı teşkilatı, Wrangel'in emrindeki Rus askerlerinin, Yunan askerleriyle birlikte bu gemilere bindirilerek Karadeniz sahillerine gönderileceğine dair haber almıştı. Maksatları, Millicilerin Anadolu'ya deniz yoluyla kaçırdıkları silah ve insan yüklü takalara mâni olmak ve Karadeniz kıyılarını işgal etmekti.

Kemal'den dolayı artık iyice haşır neşir olduğu yeraltı örgütü bu bilgiyi ona sızdırınca, Ahmet Reşat kendini Bahriye Nazırı'nın odasında bulmuştu. Bahriye Nazırı'nın da, aynı kendi gibi, vicdanında, Anadolu'ya yardımcı olunması gerektiğine dair sesler duyduğuna emindi. İki Osmanlı nazırı, kafa kafaya verip bir hal çaresi aramışlardı.

Anadolu'da vatanın kurtuluşu için çarpışanlar, dört bir taraftan kuşatılmışlardı. İşgalcilerin yanı sıra, Ermeniler, Kürtler, Çerkezler, Rumlar, kısacası imparatorluğun tüm katmanları kendi devletlerini kurma peşindeydiler ve yetmezmiş gibi, bir de İstanbul Hükümeti'nin askerleriyle başa çıkmaya çalışıyorlardı. Bu kadar zor durumda olan Milliciler, mutlaka Wrangel tehlikesinden hemen haberdar edilmeliydiler. Sadece Mustafa Kemal ve askerleri değil, tüm Anadolu halkı,

Wrangel'in maksadını bir an önce öğrenmeliydiler ki, konukseverlikleri ile maruf bu alicenap halk, kötü niyetli askerlere kucak açmasın; Karadeniz'de yaşayan Türkler, Rus ve Yunan askerlerinin bir donanmayla Türk sahillerini zapta çıkacağından hemen haberdar olsunlar; yerli halk gafil avlanmasın, önlemlerini alsın.

İyi de, onlara bu haberi nasıl ileteceklerdi?

Bahriye Nazırı bu haberi gazetelerde duyurmayı önerdi. İyi fikirdi. Böylece bilgi aynı ağızdan vatan sathına yayılacaktı. Vakit kaybetmeden, kaleme aldıkları haberi bütün gazetelere elden gönderdiler. Ama işler istedikleri gibi gitmeyecekti, çünkü Müttefikler bu haberi hemen sansür edeceklerdi.

Ahmet Reşat, sabah erkenden makamına gelmiş, gazetelerde henüz sansürlendiğini bilmediği haberi aramaya başlamıştı ki, odacı evinden bir başka haber getirdi. Zat-ı Devletlilerinin kâhyası aşağıdaydı ve huzura kabulünü bekliyordu. Ahmet Reşat şaşırdı. Bu sabah bahçe kapısını ona Hüsnü Efendi açmıştı, bir isteği olsa söylemez miydi? Behice'nin doğumuna ise daha bir aydan fazla bir zaman vardı. Mutlaka Kemal'le ilgili bir terslik olmuştu. Yakalanıp tutuklanmış mıydı acaba yeğeni? Hüsnü Efendi'yi hemen odasına çağırttı. Kâhya telaşlı gözüküyordu.

"Hayrola! Bir terslik mi oldu?" diye sordu yüreği sıkışarak.

"Hanımefendi sancılandı," dedi Hüsnü Efendi, "Ben buraya gelmeden ebe hanıma koştum, onu konağa yolladım, sonra da sizi haberdar etmeye geldim."

Ahmet Reşat'ın beti benzi atmıştı. "Doğuma daha vakit vardı," diyebildi.

"Büyükhanıma göre doğum başlamış."

"Sen hemen eve dön Hüsnü Efendi, sakın evden ayrılma, sana ihtiyaç duyabilirler. Bizim çok önemli bir mütalaamız var şimdi, sonra da biriyle görüşmem lazımdı. Hay Allah! Neyse, işlerim biter bitmez geleceğim," dedi. "Bir ihtiyaç olursa beni hemen haberdar et."

"İhtiyaç hasıl olmadıkça sizi rahatsız etmem efendim," dedi Hüsnü Efendi. Efendisinin ne olur ne olmaz diye uzattığı bir tomar parayı alıp çıktı. Ahmet Reşat'ın canı çok fena sıkılmıştı. Doğumda karısının yanında olmak istiyordu ama az sonra Osmanlı Borçları İdaresi ile bir toplantısı, sonra da Imperial Ottoman Bank'ın müdürü ile bir randevusu vardı, tabii ki yine Osmanlı borçlarının ertelenmesini talep etmek üzere.

Bütün kadınlar çocuklarını gece sabaha karşı doğururlarken, Behice neden sabahın iş saatini seçmişti acaba? Onu zora koşmak için mi?

Toplantıya gitmek için odasından çıkmak üzere kapısını açtığında, Doktor Mahir ile burun buruna geldi. Ahmet Reşat gözlerine inanamayarak baktı. Hayal mi görüyordu?

"Mahir Bey! Doğru mu bu? Siz buradasınız!"

"Evet efendim. Kısa bir süre için buradayım. Şu tifüs ve kolera vakaları..." Mahir'i konuşturtmadı Ahmet Reşat.

"Dostum, sizi bana Allah yolladı. Vallahi Allah yolladı. Tifüs, kolera vakalarını sonra anlatırsınız bana. Hızır gibi yetiştiniz Mahir Bey. Behice sancılanmış. Ben yanına gidemiyorum. Akşama kadar çok önemli görüşmelerim var. Aklım evde. Allah rızası için, önemli bir vazifeniz yok ise bizim eve kadar gidin, benim de içim rahat etsin."

Mahir, "Hemen gidiyorum," dedi. "Yüreğinizi ferah tutun. Ne gerekirse yapacağım. Gönül rahatlığı ile işlerinizi görün. Siz gelmeden evden ayrılmam."

Her iki adam da alelacele merdivenlerden inip aksi istikametlere koştular.

Ahmet Reşat, günün sonunda evine bitkin bir halde dönerken kendini son derece suçlu hissediyordu. Tek tesellisi Mahir'i Behice'nin başına yollamış olmasıydı. Leman'ın doğumunun dışında, diğer doğumlarda karısının başında bulunamamıştı. Hele bir önceki doğum ölü bir bebekle sonlandığında, karısına manen yardımcı olamadığı için çok vicdan azabı çekmişti ama elinden ne gelirdi ki! Aynı şehirde bile değildiler. Halbuki bu gün, evine o kadar yakınken, yine gidememişti işte Behice'nin başına. İçinden doğumun henüz gerçekleşmemiş olması için dua etti. Belki de hâlâ sancı çekiyordu Behice. Zaten bebek doğmuş olsa, Hüsnü Efendi'yi ya da bir başkasını yollatıp müjdeyi verdirmezler miydi?

Nezaret'ten çıktıktan sonra araba bulamamış, sahanlığından salkım saçak insanların sarktığı çok kalabalık bir tramvaya atlamıştı zar zor. Divanyolu'nda inmiş, sokağının başına gelinceye kadar koşmuştu. Köşeyi dönünce yavaşladı, bir an durup soluklandı ve tekrar koşar adım evine yürüdü. Kapının sürgüsünü açtı, bahçeye girdi. Ev sessizdi. Bebek ağlaması filan duyulmuyordu bahçeden. Başını kaldırıp pencerelere baktı. Oturma odası karanlıktı. Yatak odalarının perdeleri çekiliydi ama selamlıkta ışık vardı. Herhalde Mahir onun eve dönmesini bekliyordu.

Bahçede yürürken, Hüsnü Efendi konağın kapısını açtı, içeri girmesini bekledi. Taşlıkta da kimseler yoktu. Doğum olan evlerde telaş, heyecan, coşku olurdu. İçine bir kurt düştü.

"Doğum oldu mu?" diye sordu korka korka.

"Öğlen saatlerinde," dedi Hüsnü Efendi.

"Neden bana haber vermediniz?"

"Hanımefendi istemedi."

Canı büsbütün sıkıldı Ahmet Reşat'ın. Selamlığın kapısını açtı, Mahir oturduğu koltukta, kitabı dizlerinin üzerinde, uyuyakalmıştı.

"Mahir Bey!"

Mahir yerinden fırlarken kitabını yere düşürdü.

"Bir şey mi oldu? Kötü bir şey oldu değil mi? Söyleyin bana? Behice iyi mi? Bebek yaşıyor mu?"

"Herkes iyi. Behice Hanım da, bebek de sıhhat ve afiyetteler."

"O zaman nedir bu sessizlik? Neden bana haber yollanmadı? Teyzem niye ortalarda değil? Kızlar nerede?"

"Behice Hanım yorgun. Bir müsekkin verdim, uyuyor."

"Diğerleri?"

"Odalarına çekildiler."

"Mahir, anlatın bana, doğum zor mu oldu? Nedir bu esrarengiz hava? Bebeğin bir zoru mu var, eli ayağı düzgün mü, Allahaşkına söyleyin."

"Reşat Bey, oturun şöyle. Hiçbir kötü şey yok... Yalnız..."

"Yalnız ne?"

"Yalnız herkes biraz sukutu hayale uğradı. Saraylıhanım'la Behice Hanım pek üzüldüler çünkü..."

"Çünkü ne?"

"Çünkü bebek yine kız geldi. Yani bir kızınız daha var."

"Sağlam, sıhhatli mi?"

"Elbette. Çok da güzel."

"Allahım, sana şükürler olsun," dedi Ahmet Reşat. "Ödüm patladı azizim. Bir terslik var zannettim. Nerede bebek şimdi?"

"Annesini uyandırmasın diye, Saraylıhanım bebeğin beşiğini Mehpare'nin odasına götürdü. Pek ağladı Behice Hanım. Pek mahzun oldu. Onu teselli etmeniz gerekecek. Biraz hırçınlık yaparsa kusuruna bakmayın. Lohusalarda olur böyle gelgitli ruh halleri. Sakın üstüne varmayın Reşat Bey."

"Kız doğurdu diye ona kızacağımı mı sanıyorsunuz? Beni hiç mi tanımadınız Mahir Bey?"

"Estağfurullah efendim. Evin hanımları o kadar üzüldüler ki, siz illa da erkek bekliyorsunuz zannettim. Leman Hanım'ın bile canı sıkıldı. Bebeğin bütün çeyizini mavi işlemiş."

"Deli mi bunlar?"

Ahmet Reşat kapıyı açıp dışarı seslendi. Kalfa koşarak geldi, elini öpüp tebriklerini sundu.

"Saraylıhanım'a, Mehpare Hanım'a ve kızlara haber verin, hepsi oturma odasında toplansın," dedi evin beyi, "Gülfidan Kalfa, bu ne biçim iş, tıs çıkmıyor. Doğum olan ev böyle mi olur? Lohusa şerbeti hazırladınız mı?"

"Elbette."

"İkramı yukarı odada yapın. Zehra'ya da haber verin, hazırlıklara yardım etsin. Allah'ın gücüne gidecek," dedi Reşat Bey, "evden cenaze çıkmış gibi, ne bu Allahaşkınıza?"

Az sonra, orta kata kucağında kundakla Mehpare geldi. Battaniyeleri aralayıp uyuyan bebeğin yüzüne baktı babası.

"Aman Allahım!" dedi Ahmet Reşat, "Ne kadar minik bu!"

"Biraz erken doğdu," dedi Mahir. Reşat Bey'in endişeli yüzünü görünce atıldı. "Hiç önemli değil. Yakında toparlar. Pek şeker bir şey."

Bebeğin erken doğmasına için için sevinen Mehpare, yüzünde kocaman bir gülümsemeyle, "Altın gibi saçları var, bakın," dedi, "tenini görseniz, bembeyaz, süt gibi, burnu hokka, dudaklar sanki kalemle çizilmiş. Pek güzel bir kız maaşallah!"

"Madem bu kadar güzel bir yüzü var, adı Sabahat olsun," dedi Ahmet Reşat.

"Şansı da güzel olur inşallah," diyerek içeri girdi Saraylıhanım. Teyzesinin elini öptü Reşat Bey, "Erkek olmadı diye üzülmüşsünüz, öyle mi teyzeciğim?" diye sordu.

"Aman ben ne üzüleceğim, üzülen sen olmalısın, sürecek olan soy seninki," dedi Saraylıhanım, hırçın bir sesle. "Behice uyandı, seni yanına istiyor."

Ahmet Reşat, bebeği Mehpare'nin kollarından aldı, bağrına bastı, yavaş yavaş merdivenleri çıkmaya başladı. Leman'la Suat paldır küldür aşağı iniyorlardı.

"Biraz dikkatli olun hanımlar, kardeşinizi uyandıracaksınız," dedi yavaşca.

"Ah beybaba! Yine kız oldu, biliyorsunuz, değil mi?" diye sordu Leman.

"Ben kızlarımdan çok memnunum efendim. Gayet iyi oldu."

"Adını ne koyacağız?"

"Adı, valideniz itiraz etmez ise Sabahat olacak."

"Sabah rüzgârı mı demek?"

"Hayır. Sabahat, yüz güzelliği, sima letafeti demek. Sizler gibi, bu kardeşiniz de çok güzel olacak. Şimdiden belli."

"Biz güzel miyiz beybaba?" diye kıkırdadı Suat.

"Güzelsiniz ama güzellik yetmez, akıllı, malumatlı ve iyi huylu da olun," dedi Ahmet Reşat.

Behice, işlemeli yastıkların üzerinde, bembeyaz bir manolya gibi bitkin yatıyordu. Gözleri ağlamaktan şiş ve kıpkırmızıydı. Ahmet Reşat'ı görünce, "Yine beceremedim, bey," dedi zayıf bir sesle, "sizi yine sukutu hayale uğrattım."

"O nasıl laf Behice Hanım! Bana güzeller güzeli bir kız daha verdiniz. Dünyalar benim oldu. Bakın şunun yüzünün inceliğine, zarafetine. Daha şimdiden altın rengi saçları var. Belli ki size benzeyecek. İsmini, yüzünün güzelliği için, Sabahat koydum, itirazınız veya başka bir tercihiniz var mı?"

"Ben Raif İbrahim'i bekliyordum, kız ismi hazırlamamıştım," dedi Behice.

"O ismi bir dahaki sefere koyarız."

"Allah bana bir erkek evlat nasip etmeyecek."

"Allah'ın işine karışılmaz, hanım. Hayırlı damatlar nasip eder inşallah. Şimdi, bu güzel kızımız ailemize de, milletimize de uğurlar getirsin." Kızını karısının kollarına bıraktı Ahmet Reşat.

"Çok halsizim bey, uyur kalırım, düşer kollarımdan. Sabahat'i Mehpare'ye verin, emzirme zamanı gelene kadar o meşgul olsun, e mi."

Ahmet Reşat karısının alnına bir öpücük kondurup bebeği tekrar kollarına aldı. "Siz uyuyun, dinlenin güzelim," dedi, "yarın bizim hocayı çağırırız, bir güzel okur kızımızı."

Odadan çıktı, merdivenleri inerken burnunu bebeğin ipek gibi yumuşak boynuna dayayıp kokladı. "Minicik Sabahat Hanım," dedi, "kız olduğun için valideni üzdün, lakin ben seni tıpkı bir erkek evlatmış gibi itina ile tahsil ettireceğim, tuttuğunu koparan bir kız olacaksın inşallah." Sonra merdivenlerin basamaklarına oturdu, kucağındaki kızının kulağına dua ile adını okudu, üfledi.

İkinci katın sofasında Leman piyanoya oturmuş, başında dikilen Mahir'e yeni öğrendiği bir aşk şarkısını çalıyordu.

"Doğru dürüst bir şey çalsana kızım," dedi oradan geçmekte olan Saraylıhanım, "nedir bu böyle tangır tungur. Musikiye benzer bir şey değil çaldığın."

"Bu bir şanson, nene."

"Şamşommuş! Çal kızım bir rast makamı. Mahir Bey de dinlesin güzel güzel."

"Siz neneme bakmayın efendim. O her şeye itiraz eder," dedi Leman, nenesinin bilgisizliğinden mahcup olarak.

"Bunlar zamane çocukları," dedi Saraylıhanım, "yaşlıya hürmeti de bilmezler. Allah selamet versin, kızlarını böyle şımartıyor işte Reşat Bey. İnşallah bir gün dizini dövmez!"

Saraylıhanım'la kızlarının çekişmelerinden kurtulmak için selamlığa inen Ahmet Reşat, orada Mahir'le baş başa kaldıklarında, "Saraylıhanım zamana ayak uyduramıyor, azizim," diye dert yandı teyzesinden, "değişikliklere direniyor ve hırsını kızlardan çıkarıyor. Halbuki bizler zamanında değişmeyi ve asrileşmeyi becerebileydik, başımıza bütün bu belalar gelmeyebilirdi. Her şeye karşı direndik. Asrımıza ayak uyduramadık. İnkişafımızı kendimiz yapamadığımız için, bizi değişmeye borç almak zorunda kaldığımız memleketler zorladı. Eh, zorlamayla da ancak bu kadar olur…. Olmaz yani."

"Ne halkımız, ne de padişahlarımız hürriyet fikrine meyyal değillerdi. Padişahların itirazını anlıyorum. Kim ister elindeki iktidardan imtina etmek?"

"Avrupalılar yapmaktalar, efendim! Bütün kralların parlementoları, meclisleri var. İktidarlarını parlementolarıyla paylaşıyorlar. Bir biz beceremedik bu işi."

Uzun bir süre memleket meselelerini konuştular. Çıkmaza girmiş imparatorluğun çaresizliği her ikisinin de üzdüğü için, bir müddet de başları eğik, suskun oturdular. Sonra, "Biliyor musun Mahir Bey," dedi Ahmet Reşat, "en büyük şansımız İngilizlerle Fransızların birbirlerini sürekli kıskanması. Aralarındaki rekabet bizim işimize yarıyor. Her mevzuda hemfikir olsalardı, yanmıştık azizim."

"İtalyanların da Yunanlıları kıskanması ekmeğimize yağ sürüyor. Yoksa, Anadolu'ya silah kaçırırken, İtalyanlardan bu kadar yardım göremezdik."

"Ben İtalyanları oldum olası severim, azizim, çok iyi dostlarım vardır aralarında," dedi Ahmet Reşat. "Bakın ne diyeceğim, bu gece bizde kalın. Size buraya bir yatak serdiririm."

"Evin telaşı var. Şimdi bir de benim yatağımla filan uğraşmasınlar," dedi Mahir.

"Bu saaten sonra ne tramvay, ne de vapur işler. Başka çareniz yok."

"Lafa dalınca böyle oldu işte," dedi Mahir. "Konuşacak ne çok şey birikmiş."

"Gülfidan'a hemen haber vereyim de yatmadan şuraya yatağınızı sersin."

Ahmet Reşat çıkınca Mahir, aralarında konuştuklarını düşündü. Bin bir dertle uğraşan Ahmet Reşat'ın canını, anladığına göre, bir de son günlerde ortaya çıkan Wrangel meselesi sıkmıştı. Anadolu'da canlarını dişlerine takmış, düşmanla baş etmeye çalışan insanlara her bir köşeden yeni yeni belalar çıkıyordu. İpini koparan, kendini Osmanlı topraklarına atıyordu. Elbette! Kurt dumanlı havayı severdi. Osmanlı ülkesinde ise göz gözü görmüyordu toz dumandan.

Ahmet Reşat odaya kalfayla birlikte döndü.

"Biz üst kata çıkalım azizim," dedi, "burayı sizin için hazırlayacaklar."

"Siz de yorgunsunuz efendim. Yatmak istemez misiniz?"

"Daha değil. Onca şey konuştuk, ben İstanbul'a niçin geri dönmüş olduğunuzu öğrenemedim daha. Herhalde Behice'ye doğum yaptırmaya gelmediniz!"

Güldü Mahir, "Hayır efendim. Kışlada kolera salgını başlayacak da, tedbirini almaya geldim," dedi.

"Kolera salgını mı başladı?"

"Öbür gün başlayacak."

"Nasıl salgın bu Mahir Bey, emirle mi başlıyor?"

"Bu sefer öyle olacak efendim. Emirle başlayacak ve bütün kışlaya sirayet edecek."

"Allah allah!"

"Böylece kışla hemen boşaltılacak. Yani subaylar kışlayı boşaltmak zorunda kalacaklar ki, her yeri ilaçlayabilelim. Depoları da ilaçlayacağız elbette. Burada bulunmamın nedeni, kışlaları boşaltacak hastalığın tespitidir. Kışlada bir hayli ağır vaka olduğunu tespit ve rapor edeceğim ki, lüzumlu tedbiri de alabilelim. Bilmem anlatabildim mi efendim?"

"Çok iyi anladım Mahir Bey," dedi Ahmet Reşat. "Sabahat'in doğumunu ve kolera salgının muvaffakiyetle durdurulabilmesini birer ıhlamur içerek tesit edelim, diyorum. Sonra da yatar, mışıl mışıl uyuruz."

"Harika olur."

"Gülfidan Kalfa, bize ıhlamur kaynatıverir misin bir zahmet? Yatağı sonra yayarsınız," dedi Ahmet Reşat. Mahir'le birlikte üst kata çıktılar. Oturma odasına girerken, sofadaki piyanoya kaçamak bir göz attı Mahir. Leman'ın bugün piyano çalarken sırtına aldığı eflatun şal, piyanonun önündeki taburede yere doğru sarkıyordu. Mahir şalı toparlayıp piyanonun üzerine bıraktı ve elini burnuna götürerek Leman'ın şalına sinmiş limon kolonyasını belli etmeden içine çekti.

BASKIN

Kemal, cesaret isteyen tehlikeli işlere bulaşmak varken, vesika düzenlemek ve Milliciler adına propaganda yapmaktan sıkılmaya başladığı için, cepheye yollanacağı günü iple çekiyordu. Bir ikindiüstü, ranzasında pineklerken, ana binaya çağrıldığı haberi verilince, alelacele giyinerek, artık yolunu iyi bildiği odaya sevinçli adımlarla yürüdü. Herhalde Anadolu'ya gönderilme zamanı gelmişti.

Odada onu bir baskın gecesinin mimarları bekliyordu.

Kemal, çiftliğin komutanı olarak bildiği ve Binbaşı diye hitap ettikleri şahsın dışında, masanın etrafında oturan adamların hiçbirini tanımıyordu. İçeri girince Binbaşı ona eliyle yer gösterdi. Kemal oturdu.

"Kemal Bey," dedi Binbaşı, "bu gece iki adet motorumuz Karamürsel'e geçecek. O motorlardan biriyle sizi de o mevkiye sevk etme kararı aldık. Sonra kara yoluyla Ankara'ya gidecek, orada telgraf hattı kurma üzerine bir ders görecek ve birkaç gün içinde Ege'ye vasıl olacaksınız."

"Evet efendim."

"Bu izah ettiğim çalışmanın haricinde, sizden bir istirhamımız var."

"Estağfurullah."

"Madem bu motorlardan birinde zaten bulunacaksınız, bu gece bize büyük yardımınız dokunabilir."

"Nasıl?"

"Bu gece, burada gördüğünüz Mustafa ve Ahmet kaptanlar, idarelerindeki motorlarla Haliç'teki Karaağaç cephaneliğinden tedarik edecekleri silah ve cephaneleri, Anadolu'da muharebe eden arkadaşlarımıza nakledeceklerdir."

Kemal, Binbaşı'nın iki yanında oturan ve her hallerinden Karadeniz uşakları oldukları belli olan kaptanları başıyla selamladı.

"Silahların taşınması sırasında, elbette vatanperver, ehil ve en önemlisi, son derece ketum kimselerle çalışmak istedik. Sizi de bu yüzden münasip gördük. Biz sizden silah ve cephaneleri taşımanızı istemiyoruz. Lakin bu iş deruhte edilirken, çok muntazam kayıt tutmak gerekecek. Silah miktarlarını, taşımacı arkadaşlar o telaşla koştururken, kayıt altına alamazlar. Sizin bu geceki baskında motorlardan birinde bulunarak, bu vazifeyi deruhte etmenizi, mazallah bir aksilik meydana geldiği takdirde ise işgal polisini onların lisanını konuşarak oyalamanızı ve size öğreteceğimiz hikâyeyi nakletmenizi isteyeceğiz."

"Hayhay efendim."

"Bu baskın tehlikeli bir iştir. Sonu ölümle bitebilir."

"Elbette."

"Kabulünüz mü?"

"Evet."

"Sarıkamış'a gönüllü katılmış bir gazimize yakışan cevabı almış bulunuyorum," dedi Binbaşı. "Siz, fanila gibi iç çamaşırı ve bez ticareti yapan bir tüccarsınız. Adınız Gaffur Abdullah. Anadolu yakasına İstanbul'dan bu saydığım malları götürüyor, oradan da İstanbul'a zerzavat ve hububat getiriyorsunuz. Ticaret yapan bir firmanız var. Vesikanız hazırdır, yanınızda taşıyacaksınız. Şimdi koğuşunuza gidip toparlanın, sonra da şu yan odaya geçin ve sizin için hazırladığımız kıyafeti giyin. Yol boyunca kaptanlarımız size lüzumlu malumatı verecekler."

Kemal koşar adım koğuşuna döndü, eşyalarının arasından sadece Mehpare'nin onun için işlediği mendili ve ilaçlarını yanına aldı, kitaplarını alt ranzada yatan Hemşinli Osman'a emanet etti ve koğuş arkadaşlarıyla vedalaştı. Sonra tekrar ana binaya gitti, giyeceği kıyafetin bulunduğu odaya geçerek üzerini değişti. Binbaşının odasına gidip odadakileri ve Binbaşı'yı asker selamı ile selamlayarak çıktı.

Mustafa ve Ahmet kaptanlarla birlikte önce bir atlı arabaya binerek, sahilde bir iskeleye vardılar. İskelede onları bekleyen tekneye geçip Ahırkapı'ya doğru yola çıktılar.

Sert bir rüzgâr esiyordu. Denize pek alışık olmayan Kemal'i takanın yalpalaması sersem etti. Allahtan hava kararmaya başladığından, yüzünün sapsarı kesildiği belli olmuyordu. Kemal, öğürmemek için büyük bir gayret sarf ediyordu. Ondan hizmet bekleyen insanların önünde kusarak rezil olmaktan o kadar korkuyordu ki, gözlerini bir noktaya dikip kımıldamadan durmayı denedi. Bir yerlerden böyle yapılması gerektiğini duymuşluğu vardı.

Bir saat sonra hava iyice kararınca deniz düşer, Kemal de kendine gelir gibi oldu. Her iki kaptan sırayla konuşarak, Kemal'e o gece gerçekleştirecekleri baskını ayrıntılarıyla anlatmaya başladılar. Uslu bir öğrenci edasıyla dersini dinlemeye başladı Kemal.

Cihan Harbi'nin sonunda, Osmanlı'nın savaşı kaybetmekte olduğu anlaşılınca, İttihatçılar şehrin muhtemel işgaline karşı pek çok ambara silah ve cephanelik depolamışlardı. Haliç'teki Karaağaç ambarında da beş yüz sandık cephane olduğu biliniyordu. Anadolu'daki Yunan işgalini durdurmak için şimdi bu sandıklara ihtiyaç hasıl olmuştu. Allah'ın izniyle bu gece cephaneyi Anadolu'ya nakledeceklerdi. Korkulacak bir durum yoktu, çünkü Karaağaç cephaneliğinin ambar memuru Nazmi Bey, teşkilatın adamlarındandı ve bu gece yapılacak baskından haberdardı.

Ahırkapı'ya vardıklarında yine bir arabaya binerek Haliç'e gideceklerdi. Orada, motorlar onları bekliyor olacaktı. Ahmet Kaptan'ın motoru, baskıncılarla önden gidecek, Kemal, Mustafa Kaptan'ın motoruna binerek, Ahmet Kaptan'ı takip edecekti.

Bulantısının durması şerefine, kendine ikram edilen tütünden bir nefes çekti Kemal. Allah kahretsin, tütün değil zehirdi sanki!

Mustafa Kaptan'dan sonra, Ahmet Kaptan'ın da anlatacakları vardı. Kemal yine kulak kesildi.

Bu gece baskını yapacak ve o çok ağır silahları taşıyacak kırk kişiyi bulmakta zorluk çekmişlerdi. Öyle her önüne gelenle olmuyordu bu işler. Yanlarına katacakları adamlar, cesur, kuvvetli, eline çabuk ve ağzı sıkı olmalıydı. Kolay değildi yani bu vasıfta insanları ha deyince bulmak. İtimada şayan beş ayrı kaptan arkadaşa bu vasfa haiz kişileri araştırıp bulmalarını söylemişlerdi. Allah yardım etmişti de tez bulunmuşlardı bu akşamki baskına katılacak olanlar.

Kaptanlar, Rumeli ve Anadolu yakaları arasında normal sefer yapan yolcu vapuru kaptanları kadar sakin ve kendilerinden emindiler. Onların sükunetinin adeta sirayet ettiği Kemal, ayıp olmasın diye sonuna kadar içtiği zehir zıkkım sigarayı denize fırlattı.

"Şimdi bu arkadaşlara, bir aksilik çıkarsa kullanmaları için tabanca ve kama dağıtacağız. Size de bir tabanca vereceğim, Kemal Bey. Allah kullanmayı nasip ettirmesin ama her ihtimale karşı üstünüzde bulunsun," dedi Mustafa Kaptan. "Af buyurun, biliyorsunuz değil mi kullanmasını?"

"Biliyorum," dedi Kemal. Bir beşikte sallanır gibiydi, gözkapakları kapanıyordu. İçinden, "Beni mahcup etme Allahım," diye dua etti ve beş yıl önce, Sarıkamış'a giderken ne kadar daha genç ve sağlıklı olduğunu düşündü. Köprülerin altından çok sular akmıştı. Artık ne sağlıklıydı, ne de yirmilerini süren bir gençti. Deniz tutması ise berbat bir şeydi. Kendini bilmenin ve altından kalkamayacağı işlere kalkışmamasının zamanının geldiğini düşündü. Bu geceyi ve ona tevdi edilen vazifeyi alnının akıyla sona erdirirse, evine dönüp, Mehpare'nin kolları arasına sığınıp, hayatını sadece yazı yazarak kazanacak ve maceradan uzak duran, akıllı uslu bir koca, sevecen bir baba olacaktı, dayısı gibi.

Ahırkapı'da tekneden inip kendilerini bekleyen arabalara bindiler ve Haliç'in kıyısında bir rıhtıma geldiler. Her iki motor da hazırdı. Ağaçların diplerinden, binaların kapılarından sessizce çıkan insanlar, üçer beşer kişilik gruplar halinde birdenbire bitiverdiler yanlarında. Hepsi de ne yapacağını çok iyi biliyordu. Belli ki bu tür pek çok baskında birlikte çalışmışlardı. Yüzleri örtülü erkeklerin çoğu, yine bir kedi sessizliği içinde, birinci motora doluştular. Bazısı Kemal'in bulunduğu motora bindi. Her iki motorun başaltına ve kıç ambarlarına çömelerek sindiler. Motorlar yavaş yavaş sahilden ayrıldı. Kimseden çıt çıkmıyordu. Nefes alışları dahi duymak mümkün değildi. Egzoz boruları denize verilmiş, motorlar sesleri boğulsun diye havlularla sarılmıştı. Herkes dikkat ve kulak kesilmiş, konuşmadan, öksürmeden, hapşırmadan bekliyordu. Kemal, deniz tutmasını çoktan unutmuştu. Gözleriyle bir pars gibi etrafı tararken, sadece kalbinin atışlarını duyuyordu.

Karaağaç mevkiinden siyah suları yara yara geçtiler. Ambarın iskelesine yanaştılar. İskelede nöbet tutmakta olan nöbetçi, "Destuur! Yanaşmayın iskeleye!" diye haykırdı.

"Yabancı değiliz arkadaş... Sana geleceğimizi haber vermediler mi?" diye sordu Mustafa Kaptan.

"Vermediler. Yaklaşmayın sakın!"

"Nazmi Bey'e haber etsene arkadaşım. Bekliyor bizi."

"Yaklaşmayın dedim." Nöbetçi silahını doğrulttu.

"Allah allah! N'oluyor be düşmanmışız gibi? Sen silahını bana değil, hakiki düşmana doğrult. Ayıp ediyorsun ama."

Ahmet Kaptan arkada kalırken, Mustafa Kaptan'ın motoru iskeleye yanaştı.

"Bak arkadaşım, adın ne senin. Gir bak motora. Tertemiz. İngilizler kâğıt çıkarmışlar cephane temizliği için. Malum, hırsızlıklar oluyor ya hep, başa çıkamıyor herifler... Bari denize dökelim de Osmanlı'nın işine yaramasın demişler. O niyetle geldik. Yükleyip az ilerde... Yani derinde sallayacağız sulara, ne onlara, ne de bize yaramasın onca fişek mişek. Gönül istemez ama biz de emir kuluyuz." Kaptan konuşurken, ağır ağır yanaşmış, eliyle iskeleyi yakalamıştı.

Kemal, nöbetçinin gerisinde, uzakta kımıldayan gölgeler gördü. Nöbetçi yüzü denize dönük olduğu için arkasına olup bitenleri fark etmemişti. Kimdi onlar?

"Mustafa Kaptan, baksana..." diyecek oldu, Kaptan hemen atıldı, Kemal'in kolunu sıkarken bir yandan da konuşuyordu:

"Kemal Bey, bir el ver bakayım, sen tut şu motoru şurda," demesiyle Mustafa Kaptan atlayıverdi iskeleye. Nöbetçiyle konuşmasını karada sürdürdü. Karanlığın içinden çıkıverenler iyice yaklaşmışlardı. Kemal her iki eliyle iskelenin demirine bütün kuvvetiyle asıldı. Motor yavaş yavaş suda kayarak kıyıdan açılıyor, Kemal motorla iskele arasında, etten bir köprü gibi uzadıkça uzuyordu. Suya düşme noktasında, başaltından çıkan bir denizci, uzanıp güçlü kollarıyla yakaladı iskelenin tahtasını, motoru yeniden yanaştırdı iskeleye.

"Kollarım koptu," dedi Kemal.

"Kopmasa da uzamıştır abi. Alışık değilsin bu işlere galiba."

"Denizci değilim ben... Aaa, neler oluyor?" Kemal motoru iskeleye yakın tutmaya çabalarken, diğer motordan sessizce karaya atlayıveren adamlar, her biri ne yapacağını gayet iyi bilerek, nöbetçi onbaşıyı dertdest etmiş, ağzını bir mendille tıkamış, arkadan kollarını bağlıyorlardı. Yine tıpkı motorda gelirken olduğu gibi çıt çıkmıyordu. Mustafa Kaptan'ın motorundan da, Kemal'in sağından, solundan birer gölge gibi insanlar atlıyordu karaya. Kemal karanlığın içinde, ayak ucuna basa basa depoya doğru uzaklaşanları, ayrıca duvarın üzerinde İngiliz nöbetçileri ayaklarından çekerek düşürüveren başkalarını gördü.

Dört kişi de Kemal'in bulunduğu motora yaklaşıyordu.

"Verin elinizi de atlayın karaya?" dedi içlerinden biri.

"Siz kimsiniz?" diye sordu Kemal.

"Biz bu baskını hazırlayan takımdanız. Burada sizleri bekliyorduk. Gelin."

Kemal kendine uzatılan eli tutup karaya atladı ve denizden kurtulduğu için şükretti.

"Mülazim Nazmi kapıları açtı, bizimkiler içerdeler şimdi. Sandıkları sayarak teslim alacak olan sizdiniz, değil mi? Çabuk olun, haydi."

Adamlardan ikisi motorun başında beklerken, Kemal diğer ikisini takip etti. Ambara dalan tayfalar, yine hiç konuşmadan, hiç vakit kaybetmeden büyük bir süratle sandıkları elden ele geçirerek motora ulaştırıyorlardı. Kemal, elindeki deftere karanlıkta ne yazdığını görmeden, sürekli not alırken, yolda tanıştığı Jandarma lakaplı iriyarı genç, ağızları bezlerle tıkalı ve kolları iplerle bağlı askerlere namlusunu çevirmiş, gözleri bir aşağı bir yukarı gezerek, en ufak hareketi kaçırmadan muhafızlık yapıyordu. Nöbetçiler, sahile yakın kayıkların, takaların geçişlerini haber verdikçe iş duruyor, baskıncılar yere yatarak bir an hareketsiz kalıyor, sonra yine arı gibi çalışmaya başlıyorlardı.

Kemal birkaç büyük çuvalın ağzını açtırtmış, cephanelikler için hazır etmişti. Mülazim Nazmi Efendi'nin yardımıyla, önem sırasına göre, fişekler bir çuvala, diğerleri bir başka çuvala, kurşunlar da ebatlarına göre değişik torba ve sandıklara atılıyordu. Dolan sandık ve çuvallar hemen motorlara yükleniyordu.

Depodan alınacak malzemeler tamamlanınca, kaptanların emri ile, esir aldıkları adamları da önlerine katarak motorlara doluştular ve bu kez çok sessiz olmaya fazla aldırmadan, karanlığın içinde köprüye doğru yol almaya başladılar.

Elleri bağlı, ağızları tıkalı esirlerin tümünü Ahmet Kaptan'ın başaltına yerleştirmişler, başlarına muhafızlar dikmişlerdi. Kaptanlar aralarında bu insanları ne yapacaklarını konuşuyorlardı.

Mustafa Kaptan, onları uzaklarda, ıssız bir sahilde kayaların üzerine indirmeyi teklif etti.

"Bence onları Karamürsel'e götürün ve Kuvayı Milliye'ye teslim edin. Yol boyunca, onlara İngilizlerin değil, vatanın has evlatlarının tarafında olmaları lüzumunu telkin ederiz," dedi Kemal.

"İkna olurlar mı?" diye sordu Ahmet Kaptan.

"Büyük bir ihtimalle olurlar. Ben bu yolculuğa çıkana kadar, Senegallisinden Cezayirlisine, Müslüman Hintlisine kadar çok insana hep bu nevi telkinlerde bulundum. Geldiğim yerde işim buydu. Muvafakiyetle neticelenmeyen ikna mesaim yok denecek kadar az. Bu çocuklar Türk üstelik."

"Birkaç tane de İngiliz var aralarında."

"Hay allah! Onları niye aldık?"

"Salaydık da haber mi etselerdi eşkalimizi, motorlarımızı? Başımız hemen belaya girerdi."

"Haklısın da, bunları bir de yol boyunca beslemek lazım. Gâvurlar bizimkiler gibi açlık çekmeye alışık değildir."

"En kötü havada dahi en fazla iki gece sürecek bir yolculukta, hiçbir şey yemeseler de açlıktan ölmezler, merak etmeyin," dedi Kemal.

Uzun tartışmalardan sonra, hep birlikte Karamürsel'e kadar gidip ellerindeki adamların hepsini Kuvayı Milliye'ye teslim etmeye karar verdiler. İngiliz askerleri için pazarlık yapılabilirdi mesela.

Haliç'te mola verip motorlardan birini branda bezleri, perdelik kumaş ve iç çamaşırı kutularıyla, diğerini zerzevatla doldurdular. Baskını yapanların çoğunu evlerine dağılmaları için indirdiler. Tekrar yola düzüldüklerinde, motorda kalanlar Haliç'ten yükledikleri malları silah torbalarının üzerine istiflediler.

Şimdi maceranın ikinci kısmı başlıyordu.

Deniz dümdüz ve kapkaranlıktı. Özellikle seçilmiş gecede ay yoktu.

Kemal, deniz yolculuğuna çok çabuk alıştığını, hatta bu işten hoşlandığını düşünmeye başlamıştı. Fışır fışır fışır... Aklına dayısı ile Marmara'da çıktıkları sandal gezintileri geldi. Elini uzatır, suyun içine sokardı, ta ki eli suda kalmaktan buruşup ihtiyar eline dönene kadar. Sonra neşe içinde bağırırdı:

"Bakın dayı, ben de sizin gibi ihtiyar oldum!"

Dayısı gülerek başını okşardı, "Hem ihtiyar, hem berhüdar olursun inşallah," derdi.

Sizin gibi ihtiyar oldum, dediği dayısının o günlerde daha yirmilerini sürdüğünü düşününce elinde olmadan gülümsedi.

"Neşeniz yerine geldi ama asıl tehlike şimdi başlıyor Kemal Bey," dedi kaptan. "Unkapanı Köprüsü'ne yaklaşıyoruz."

Kemal'in gülümsemesi dudaklarında dondu kaldı.

Unkapanı Köprüsü'nden hiçbir engele takılmadan geçip Karaköy Köprüsü'ne doğru ilerlediler. Köprü giriş çıkışlarının kontrolleri bu mevkide yapılıyordu. Karanlıkta bile Kemal, kaptanın yüzündeki endişeyi okuyabiliyordu.

"Motorda arama yaparlar mı?" diye sordu.

"Eğer teşkilatımıza mensup memurlar ümit ettiğimiz gibi nöbette iseler, hayır."

"Değilseler?"

"O zaman işimiz biraz zor."

Köprüye yaklaştılar. Köprü girişinde bir adam elindeki fenerle işaret veriyordu. Mustafa Kaptan keskin bir ıslık çaldı. Köprü üstündeki karaltı, benzeri bir ıslıkla cevap verdi. Motor yavaşladı. Kaptan kontrol yerine yakın gitmeye başladı. Kemal kalbinin atışlarını duyuyordu. Deniz üzerinde seyir, Sarıkamış'ta rüzgâra karşı buz üzerinde donarak yürümek kadar eziyetli değildi ama, ölümün her zamankinden çok daha yakınında durduğunu biliyordu şu anda. En ufak falsoda üzerlerine kurşun yağacaktı. Yazık olacaktı. Öldüklerine değil, hepsi ölümü göze almış insanlardı, baskında elde ettikleri silahları, yerlerine teslim edemeden ölecekleri, onca emek boşa gideceği için yazık olacaktı. Kemal, içinden işlerin yolunda gitmesi için bir dua mırıldanmaya başladı. Eğer ölecekse bir işe yarayıp öyle öleydi. Sarıkamış'ta haybeye giden canlar gibi, bir kurşun olsun atamadan, boşu boşuna ölmeyeydi. Bunları düşünürken tok bir ses duydu.

"Parola?"

"Hilal."

"İşaret?"

"Menzil."

"Geç. Yolun açık olsun."

"Eyvallah."

Köprüden geçip hızla Marmara'nın koynuna daldılar. Uzun bir süre gittiler. Kemal motorun kıçında, üst üste atılmış ağlara sırtını dayamış, çektiği heyecandan yorgun, karanlık denizi seyrediyordu. Mustafa Kaptan, Kemal'in yanına geldi, elini omzuna koydu, "Artık bir yaramazlık olmaz! İnin aşağı da biraz kestirin," dedi.

"Yok, iyiyim burada."

"Hava patlayacak olursa... ki öyle bir koku alıyor burnum, aşağıda kalamazsınız Kemal Bey, mideniz bulanır. İyisi mi, hazır sütliman giderken uykunuzu alın."

Kemal, sağ yanında uzanan kara parçasının lacivert mürekkeple çizilmiş gibi duran ışıksız görüntüsüne baktı. Uzaklarda tek tük ve çok cılız birkaç ışık vardı o kadar. Seyre değer bir şey bulamayınca, kendine söyleneni yapmak üzere doğruldu. Gerilen sinirleri boşaldığından beri üzerine bir bitkinlik gelmişti. Motorun kıç tarafına geçip bulduğu ilk münasip köşeye büzüldü, içi geçti.

Telaşlı sesler, koşuşmalar, "Büyük bir ateş yakalım," diye bağrışmalar, inen çıkan, aceleci ayak sesleri... Tuhaf bir rüya görüyordu Kemal. Gümm diye düşen ağır bir sandığın gürültüsüyle gözünü açtı. Nerede olduğunu toparlayamadı hemen. Koğuşta, ranzasında mı yatıyordu? Alışkanlıkla başını kollayarak doğruldu. Boğucuydu hava. Ayaklandı, el yordamıyla yürümeye çalıştı. Rüyasındaki tuhaf sesler devam ediyordu. Üç basamaklı merdiveni çıktı ve ağarmaya başlamış yıldızsız göğe baktı.

"Sabah şerifleriniz hayırlı olsun," dedi Mustafa Kaptan, "tüfek sandığını düşürdüler taşırken, uyandırdılar sizi." Kemal'in zihninde darmadağın duran parçalar yerlerine oturdu.

"Menzile vardık mı?"

"Vardık hayırlısıyla. Epey uyudun Kemal Paşa."

"Uykuda paşalığa mı terfi ettim?" diye sordu Kemal gülerek.

"Bahriye paşalığına."

Motorda onlarla kalan tayfalar, getirmiş oldukları çuvalları, sandıkları yine bir karınca çalışkanlığı içinde sahile taşıyorlardı. Sahilde bekleyenlerin arasından da sandıkları taşımak için motora atlayanlar, yardıma koşanlar vardı.

"Diğer motor nerede?" diye sordu Kemal.

"Henüz gelmedi, bekliyoruz."

"Biz geleli ne kadar oldu?"

"Bir saate yaklaştı."

"Amma da uyumuşum Mustafa Kaptan. Keşke uyandıraydınız beni. Diğer arkadaşlar neden bu kadar geciktiler acaba? Başlarına bir şey gelmiş olmasın?"

"Peşpeşe geliyorduk. Darıca'dan sonra gözden kaybettim... Bozulmuş olabilirler."

"Allah korusun."

"Belki iskeleyi ıskaladılar," dedi silahları dışarı taşıyan tayfalardan biri.

"Kaymakam da öyle düşündü de, işaret vermek için ateş yaktırıyor kıyıda. Hoş, aydınlanıyor yavaş yavaş ortalık."

Kemal motordan dışarı çıkınca ürperdi. Hafif bir rüzgâr çıkmıştı. Tayfaların taşıdıkları malzemeler bir kenarda dağ gibi yığılı duruyordu. Cebinden karanlıkta yazdığı defterini çıkardı, babalardan birinin üzerine ilişti, okumaya çalıştı. Yeterince ışımamıştı gün henüz. Vazgeçti. Kocaman bir ateş parladı az ilersinde. Kaymakamın, mevzilerini bildirmek için yaktırdığı ateşti bu. Kemal, rıhtımın üzerinde bir ileri bir geri dolanıp durdu. Gökyüzü artık süratle aydınlanıyordu. Defteri yeniden cebinden çıkarıp bu kez iyi kötü görebildiği malzeme listesini kontol etmeye başladı.

İkinci motor geciktikçe asaplar bozuluyordu. Kemal'in bulunduğu tekneyle gelen bütün malzemeler rıhtımda bekleyen arabalara taşınmış, onlardan boşalan yerlere zerzevat sandıkları yerleştirilmişti. Kemal'in güya ticaretini yaptığı branda bezleri, perdelik kumaşlar ve fanila kutuları da rıhtımda kenara istif edilmişti.

Mustafa Kaptan, Kemal'in yanına geldi, "Yolcu yolunda gerek Kemal Paşa," dedi, "bizim artık ayrılmamız lazım."

"Bir an evvel gidin, arkadaşlar bir yerde bozulup kalmışlarsa, yardımcı olursunuz," dedi Kemal.

"Bahriye paşası olduğun belli oluyor." Keh keh güldü Mustafa Kaptan. "Bozulmuşlarsa bu derin denizde demir tutturamazlar Kemal Bey, sürüklenmişlerdir kim bilir nereye."

Kemal kendini aptal gibi hissederken, kaptan elini uzatıp veda etti.

Mustafa Kaptan'ın motorunun palamarları çözüldü, pata pata diye sesler çıkartarak suda açığa doğru kaymaya başladı ve sabahın ilk ışıklarıyla yer yer koyu sarıya, yer yer kırmızıya boyanan denizde giderek miniminnacık bir nokta oldu motor. Kemal, onu şehrine bağlayan son ilmeği de böylece çözdüğünü düşündü. İstanbul'a ait teknenin gözden kaybolmasıyla, şimdi artık tamamen gurbetteydi. İçinde hem acayip bir boşluk, hem de bir hafiflik hissederek, güya ticaretini yaptığı fanila kutularından birinin üzerine ilişip sayımını yapmak için ikinci motoru beklemeye başladı sabırla.

İkinci motorun gelişinden öğlen saatlerine doğru ümitlerini kesmeye başladılar. Güneş ufukta iyice yükselmişti. Karamürsel kaymakamı ve yanındakiler, motorun denizlerde kontrol yapan İngiliz hücumbotlarından birine yakalandığından emindiler. Herkesin yüzünden düşen bin parça oluyordu.

"Öyle bir ihtimal belirdiğinde silahları denize dökeceklerdi," dedi Kemal, teselli vermek istercesine. Sonra hemen hatırladı ki, silahları denize dökmekle de paçayı kurtaramazlardı, çünkü silahların çoğu Kemal'in bindiği motora yerleştirilirken, esir alınan askerler Ahmet Kaptan'ın motoruna bindirilmişlerdi. İnsanları da denize dökecek değillerdi ya!

"Burada rüzgârı yiyerek bekleşeceğimize kasabaya dönelim," dedi kaymakam, "belki İstanbul'dan bir haber gelir."

Umutsuzluğun son kertesinde, rıhtımdan ayrılmak üzerelerken, ufukta bir nokta gibi göründü ikinci motor. Yürekleri ağızlarında beklediler. Evet, gelenler onlardı. Darıca önlerinde motorları bozulmuş, arızayı düzeltmek için çok zaman harcamışlardı.

Rıhtımda bekleyenler motoru sevinç tezahüratlarıyla karşıladılar. Silahlar boşaltıldı, esirler silahları almaya gelen Kuvayı Milliye komutanına teslim edildi.

Bir baskın daha başarıyla sonuçlanmıştı.

İngilizlerin bu baskına karşılığı pek şiddetli oldu. Tutukladıkları pek çok kimseyi işkence ederek konuşturmaya çalıştılar. İstanbul Hükümeti'ni tehdit ettiler ve hava karardıktan sonra köprülerin altından, hangi boyda olursa olsun, her türlü deniz vasıtasının geçmesini kesinlikle yasakladılar.

31 ARALIK 1920

Dilruba Hanım akşam yemeğinden sonra, oturma odasında çene çalan kızlarına katılmadı. Abdestini aldı, namazını kıldı, yatağına girip geç saatlere kadar Kuran okudu. Sonra Kuranını başucuna bırakıp duasını etti, gece göreceği rüyanın hayırlara vesile olmasını temenni ederek istihareye yattı.

İki hafta önce, Muallasını arka sokaktaki komşunun oğluna istemişlerdi. Kendi hallerinde, dürüst, iyi insanlardı isteyenler. Yıllar önce anneler aynı mahalle bakkalından alışveriş ederlerken tanışmışlar, birbirlerinin evine sabah kahvesine, bayram ziyaretlerine gidip gelmişler, börek ve reçel tarifleri alıp vermişler, iyi anlaşmışlardı. Tanıdığı ve sevdiği bu aileye kızını vermemezlik edemiyordu; ama Dilruba Hanım'ın anne yüreği, Beyazıt'taki bir konakta, uzaktan da olsa vükeladan bir akrabası bulunduğunu unutamıyordu. Bir gün denk düşer de Reşat Beyefendi, kalemindeki genç katiplerden bir-ikisine, evlenme çağında akrabaları bulunduğunu fısıldayıverirse, hangi kâtip istemezdi nazırın helal süt emmiş genç akrabalarını eş olarak almayı. Himayelerine verdiği Mehpare evin küçükbeyini ayartabildiyse, kendi kızlarının nasibine de küçükbeyin münevver arkadaşlarından birileri düşerdi elbet. Mualla ve Meziyet, o zaman Beşiktaş'ın bu mütevazı sokağındaki boyaları dökülmüş ahşap evden kurtulur, konaklara gelin giderlerdi.

Yaklaşık kırk yıl öncesinde babası tarafından satın alındığında, elbette böyle harabe değildi üç katlı ev. Beyaza boyalı, kırmızı kiremitli, cumbalı, şirin bir İstanbul eviydi. Dilruba Hanım çocuktu henüz. 93 Harbi'nin ertesinde, Kafkaslar'daki korkunç kıyımdan kaçarak gelmişlerdi İstanbul'a, pek çok Çerkez ailesi gibi. Etek uçlarına, astarlarına, saçlarına saklayarak kaçırabildikleri altınlarıyla bu evi almışlardı. Yeni yurtlarında huzurlu bir yaşam kurmayı hayal etmişlerdi. Ne var ki, Osmanlı'nın çökme, çözülme devrine rast gelmişti gelişleri. Ailenin erkeklerini savaşlarda, kadınlarını doğumlarda, çocuklarını sari hastalık salgınlarında kaybetmişlerdi. Yoksullaşmış, mutsuzlaşmışlardı. Yine de Allah'a şükretmek lazımdı. Hiç olmazsa bu vatanda canları ve ırzları tehlikede değildi ve ikbal görmüş akrabaları vardı icabında ellerinden tutacak. Eğer kızlardan biri, iyi bir izdivaç yapacak olursa, Recep'e dahi münasip bir iş ayarlanabilirdi devlet kapısında.

Dilruba Hanım, hediyesi elinde, kızları peşinde, Behice Hanım'ın son doğumunu tebrike konağa gittiğinde ve doğum ziyaretlerini kabulde zorlanan ev halkına yardım için yatıya kaldığında, Saraylıhanım'a da çıtlatmıştı bu düşüncesini.

Saraylıhanım, Reşat Bey için, 'Bugünlerde burnundan soluyor, çöpçatanlık yapacak hali hiç yok,' demişti, ama ilerde, Mehpare'nin doğumunda, yine birkaç gece kalmak üzere konağa geldiğinde, inşallah, konuyu Reşat Bey'e fısıldayacağına söz vermişti. Saraylıhanım severdi çöpçatanlık yapmayı.

Dilruba Hanım, Mehpare'nin doğumuna kadar, mevki sahibi ve muhtemelen daha zengin bir damat adayı için kızı bekletsin mi, yoksa komşunun oğluna mı versin, karar verememişti. Hayat ona, hazır sular akarken elleri yıkamanın akıllıca bir iş olduğunu pek çok tecrübeyle öğretmiş bulunuyordu. Ayrıca, Mualla'nın adının mahallede "kendini beğenmiş"e çıkmasından da korkuyordu. Kısmet ayağa kadar gelir ama tepersen kaçıverirdi. Bütün bunları düşünüyordu da, aklına kızının isteğini sormak hiç gelmiyordu. Onu kocaya verirlerken kimse de ona danışmamıştı. Çocuklara eş seçmek, büyüklerin, akrabaların, hatta komşuların işiydi. Şimdi bu büyük mesuliyetin altında ezilir, kararını veremezken, bakalım rüyaları ona nasıl bir yol gösterecekti?

Dilruba Hanım, derin uykusundan art arda işitilen patlama sesleriyle uyandı. Rüyasında kızlarına çifte düğün yapmakta olduğu için, duyduğu gürültüyü davul sesleri zannederek, yüzünde mutlu bir gülümsemeyle dikildi yatağında. Ama hayır, onu uyandıran ses, davul sesi değil, bomba sesiydi ve hiç durmuyordu. Yataktan o kadar çabuk fırladı ki, bir an başı döndü, düşecek gibi oldu. Sendeleyerek pencereye yürüdü, perdeyi araladı. İki katlı evlerin damları üzerinden görünen gökyüzü kıpkızıl bir ışıkla aydınlanmıştı. Yakınlarda bir yerde yangın çıkmıştı demek! Sokaklar, şaşkın ve çaresiz, sağa sola koşuşan insanlarla dopdoluydu. Bombalar patlamaya devam ediyordu. Düşmanlar sokaklarını mı basmıştı? Evlerine mi gireceklerdi? Öldürecekler miydi onları? Yağmalayacaklar mıydı? Dehşet içinde dışarı fırladı ve aynı gürültüye uyanmış, yanına koşan kızlarıyla çarpıştı. Kızlar korkudan tir tir titriyorlardı.

"Neler oluyor anne? Bombalanıyor muyuz? Nedir bu gürültü?"

"Ağabeyiniz nerde? Recep nerde?"

"Dönmemiş henüz."

"Bu saate kadar nasıl dönmez? Allahım, oğluma bir şey mi oldu? Vuruldu mu, ne oldu?"

"Allah korusun anne, ağzından yel alsın."

"Çabuk giyinin kızlar, çarşaflanın," diyebildi yine pencereden bakarak, "bakın, herkes kaçıyor. Biz de kaçalım."

"Bu saatte nereye gideceğiz anne?"

"Reşat Bey'in konağına gideriz. Oraya sığınırız. Vükela evidir, hiç olmazsa emniyette oluruz."

"Nasıl gideriz oraya kadar?"

"Belki bizi Sirkeci'ye atacak bir sandal buluruz. Olmadı, yürürüz. Haydi çabuk olun. Gidin, giyinin. Recep'e nereye gittiğimizi yaz, sofadaki konsolun üzerine bırak, e mi Meziyet... Haydi çabuk ol."

Patlamalar art arda, kulakları sağır edercesine devam ederken, Dilruba Hanım odasındaki sandığından, içinde kasa niyetine altınlarını ve evin tapusunu sakladığı teneke kutuyu çıkardı, el yordamı ile çekmelerin birinde anahtarını buldu, kutuyu açtı, ve bir an etrafına bakınarak, kullanabileceği bir şey arandı. Sonra aceleyle yataktaki yastıklardan birinin kılıfını çekip kutudaki birkaç parça mücevherini ve altınını yastık kılıfının içine boşalttı, ağzını sımsıkı düğümleyip, kılıfı uzun bir kuşakla beline bağladı, mantosunu giydi, üzerine çarşafını aldı.

"Hazır mısınız kızlar?" diye seslendi.

"Hazırız anne."

"Recep'e..."

"Yazdım anne, yazdım, konsola bıraktım," dedi Meziyet.

Dilruba Hanım ve kızları, patlama sesleri arasında itiş kakış merdivenden inip sokak kapısını açtılar, dışarı süzüldüler. Sokak ana baba günüydü. Evlerden fırlamış insanlar, birbirlerine korku içinde neler olduğunu soruyor, kadınlar bağrışıyor, çocuklar avaz avaz ağlıyor, köpekler havlıyor, bekçiler düdüklerini öttürüp duruyorlardı. Pencerelerden salkım salkım insanlar sarkıyordu. Herkes bir ağızdan bağırdığı için hiçbir şey anlaşılamıyordu.

Dilruba Hanım kızlarına, "Elimi sımsıkı tutun, sakın bırakmayın," diye yüksek sesle bağırdı, o gürültüde kendini duyurmak için, "birbirimizi kalabalıkta kaybedersek, Beşiktaş Vapur İskelesi'nde buluşuruz, e mi!"

Halk, sokağın anacaddeye açılan ağzına doğru koşuyordu. İtiş kakış, birbirlerini ezerek, düşenlerin üzerine basarak gidiyorlardı. Dilruba Hanım, o telaş içinde ayakkabılarını giymeyi unuttuğunu fark etti. Şıpıdık terliklerle hem yürüyemiyor, hem de ayakları üşüyordu. Kızların ellerini bırakmamaya çalışarak, belindeki torbayı kontrol etti, yastık kılıfı bağladığı yerde duruyordu. İçi rahatladı. Patlamalar kısa aralıklarla devam ediyor, gökyüzü her patlamada önce kıpkırmızı oluyor, sonra çeşitli renklere bürünüyordu. Mavi, sarı, turuncu ve mor ışıklar çakıyordu başlarının üzerinde.

Yaşlı bir adam, "Kıyamet kopuyor," diye haykırdı. "Bomba filan değil, kıyamet bu!"

İnsanlar büsbütün galeyana gelerek, çığlıklar içinde koşmaya başladılar. Arkasındaki kişi, Dilruba Hanım'ın çarşafına basınca kadın sendeledi, düşecek gibi oldu, başındaki örtü kayıp yere düştü. Eğilip alması imkânsızdı. Nasılsa hep birlikte ölmek üzereydiler. Konu komşuya rezil olacağım diye bir endişesi kalmamıştı. Örtüyü düştüğü yerde bırakıp kızlarını çekiştirerek yürümeye devam etti. Karşı istikametten gelen, kalabalığın gittiği yönün tersine zorlanarak yürümeye çalışan biri vardı. Kollarını yanlara açmış, üstlerine üstlerine geliyordu. Adam tam karşılarına gelip, aniden Dilruba Hanım'ı ve kızlarını göğüsleyiverince, "Amaniiin!" diye haykırdı kadın.

"Anne! Nedir bu haliniz, saçınız başınız açık!? Nereye gidiyorsunuz Allahaşkına?"

"Aaa, Recep! Oğlum! Kıyamet kopuyor, görmüyor musun? Gökyüzü bin bir renk aldı. Kaçıyoruz işte."

Dört kişi birden sokağın orta yerinde durunca, arkadan gelenler ilerlemek için onları iteklemeye, dirseklemeye başladılar. Recep güçbela annesini ve kardeşlerini yolun kenarına çekti. Bir kapı dibine sığındılar.

"Anne, delirdiniz mi siz? Çabuk yürüyün evinize, haydi!"

"Oğlum, bombalar patlıyor, duymuyor musun? Reşat Beylere gidelim, oraya sığınalım."

"Ne bombası, ne kıyameti?" diye sordu Recep.

"Görmüyor musun? Herkes kaçıyor işte!"

"Biz evimize dönüyoruz," dedi Recep, "İnşallah kapıyı çekmeyi unutmamışsınızdır. Yoksa çoktan evi boşaltmıştır hırsızlar."

Tam o esnada bir büyük patlama daha oldu.

"Bak, gördün mü nasıl bombalıyorlar?" dedi Meziyet.

"Kızlar, o bomba değil, o bir havai fişek, deniz kıyısına kadar gidebileydiniz, fişekleri görebilecektiniz," dedi Recep, yüzünde gülmekle ağlamak arası tuhaf ifadeyle. "Gâvurlar yeni yıla girişlerini tesit ediyorlar. Beşiktaş önlerine demirledikleri bir kruvazörden yarım saaten beri havaya havai fişekler atıyorlar. Yürüyün evinize, haydi!"

"Aaa, ne diyorsun oğlum, sen?" diye geveledi Dilruba Hanım, "havai fişek kışın atılmaz ki!"

Dilruba Hanım, terliğinin teki ve başörtüsü kaybolmuş, saçları dağılmış, beline bağladığı torba kayarak kalçasının üzerine kadar inmiş, soğuktan donmuş, perişan bir vaziyette evine doğru yürümeye çabalarken, bu gece yattığı istihareden gerekli dersi aldığını düşünüyordu. Allah onu önce kıyamet günü sandığı bir mahşerde ölümle burun buruna getirmiş, sonra hayata iade etmişti. Evin kapısını eğer sıkıca çekmişse ve hırsızlardan korunabilmişse, fazla uzatmadan yarın Mualla'yı isteyen aileye rızasını bildirecekti. Hayırlısı neyse o olsundu.

Ahmet Reşat, odasında gözlüğü gözünde, camın önünde durmuş, gün ışığından istifade ederek, elinde tuttuğu mektubu okuyordu. Bitirince mektubu katladı, ceketinin cebine koyup, kadınların toplandığı orta kata indi.

"Gülfidan'a söyle de hepimize birer kahve yapsın, ağız tadıyla içelim, Mehpare Gelin," dedi.

"Kalfanın elleri soğanlıdır şimdi, ben hemen size pişirip getireyim efendim," dedi Mehpare, "lakin lütfen beni mazur görün, içim pek kaldırmıyor, kahve içemiyorum."

"Saraylıhanım'la Behice Ablana pişir o halde. Onlar içer."

"Bana da yapma Mehpare, kahvenin fazlası sütüme zarar," dedi Behice. Aslında, kahveyi sadece konuklarına ve Reşat Bey'e içirebilmek için tasarruf yapıyorlardı kadınlar. Tasarruf sadece kahveye ilişkin de değildi. Bebek bekleyen Mehpare'nin iyi beslenmesi için, yemeklerde hep canı çekmemiş gibi yaparak, et piştiği günler, kendi payını ona ve kızlarına bırakıyordu Behice. Önceleri gelininin naz yaptığını zanneden ve yemeklere burun kıvırmasına kızan Saraylıhanım, durumu fark ettiğinden beri Behice'ye daha iyi davranır olmuştu.

Mehpare, Reşat Bey'le Saraylıhanım'ın kahvelerini yapmak üzere çıktı odadan.

"Hayrola Reşat Bey oğlum, nereden çıktı şimdi bu kahve ikramı?"

"Maksat sohbet olsun, kahve bahane," dedi Ahmet Reşat.

"Siz ne zamandır biz hanımlarla sohbete oturur oldunuz Reşat Bey?" diye sordu Behice.

"Sohbet edecek mevzu olunca neden oturmayayım?"

"Bir mevzu mu var?"

"Var ya."

"Ay öldürmeyin meraktan, söylesenize Allahaşkına."

"Mehpare gelsin de," dedi Reşat Bey.

"İlahi Reşat Bey oğlum! Mehpare'nin duyması şart mı?"

"Şart," dedi Ahmet Reşat, "çünkü söyleyeceklerim onun zevcine dair."

"Aaaa, aslanımdan haber mi geldi? Ayol söylesene oğlum. Meraktan çatlayacağım şimdi. İyi miymiş? Sıhhat afiyette miymiş? Cepheye varmış mı?"

"Hepsini söyleyeceğim. Hele Mehpare gelsin de..."

Elindeki sedef tepside bir kahve fincanı, bir de çay bardağı ile içeri giren Mehpare, kahveyi Ahmet Reşat'a uzattı, sonra yaşlı kadının yanına yürüdü. "Siz bol şekerli içersiniz ya kahveyi, size, şeker kalmadığı için, çay yaptım efendim," dedi, "çayınıza bir kaşık bal koydum."

Saraylıhanım çayını alırken, "İbrahim Bey'in son yolladığı bal ne kadar bereketliymiş, bitmedi mi daha?" diye sordu.

"İdareli kullandık. Var daha."

"İyi. Otur şuraya da dinle kızım, bak Kemalimden haber varmış."

Mehpare'nin dizleri titredi. Sedirde, uzattığı bacaklarının üzerinde, hafif hafif bebeğini sallayan Behice'nin yanına ilişti.

"Kemal bu mektubu Ankara'dan yazmış," dedi Ahmet Reşat, "oraya bir yaylı ile ancak iki günde vasıl olabilmiş. Güya kumaş ticareti yapan bir tüccarmış gibi hüviyet hazırlamışlar ona, hiçbir mâni ile karşılaşmadan, gayet kolayca gitmiş. Aman, ayaklarım karada olsun da, yağmura, doluya, hatta kara dahi razıyım diye yazıyor. Anlaşılan o ki, deniz seyahatini hiç sevmemiş."

"Ah yavrum," dedi Saraylıhanım, "çocukluğundan beri hiç arası yoktur denizle. Hatırlıyor musun Reşat Bey oğlum, üç yaşındayken fırtınaya tutulmuştuk Ada dönüşü. Tahteşşuruna işlemiş zahir."

Mehpare içinden, yaşlı kadının susmasını ve Kemal'in havadisleri bitene kadar hiç konuşmamasını diledi. Reşat Bey, mektubu özetlemeyi sürdürdü.

"Ankara'da bir taş mektep mi ne varmış. Orada kalmışlar bir müddet. Kemal'e telgraf çekmesini, okumasını ve ayrıca telgrafhaneler kurmasını öğretmişler. Sonra yanına teller ve telgraf fincanları vererek onu Ege taraflarına yollamışlar."

"Eee?"

"Sanırım Yunan'ın işgal ettiği mahallerde telgrafhane kuracak ve Ankara ile irtibat sağlayacak."

"Aman Allahım, o ne anlar telgraftan?" diye haykırdı Saraylıhanım. "Yavrumun başını derde sokacaklar. O telleri direklere çekerken yükseklerde başı dönüp düşecek..."

"İlahi valideciğim," dedi Behice, "Kemal çekecek değil ki direklere telleri. O işleri başkalarına yaptırırlar."

"Hanımlar," dedi Ahmet Reşat, "aranızda münakaşa etmeyi bırakın da bana kulak verin. Bir havadisim daha var ki, çok hoşunuza gidecek."

"Neymiş?"

"Kemal Ankara'da kiminle karşılaşmış, bilin bakalım?"

"Kiminle, kiminle?"

"Gazi Paşa ile mi?" diye sordu Mehpare.

"Bilemediniz."

"Haydi, çatlatma bizi meraktan, oğlum."

"Ankara'da Azra Hanım'la karşılaşmışlar."

"Aaa!" Fırlamasına mâni olamadığı nidayı durdurmak için eliyle ağzını kapattı Mehpare.

"Azra'nın orada ne işi varmış?" diye sordu Saraylıhanım. Ayağa kalkıp Reşat Bey'in burnunun dibine kadar gelmişti, "Ne işi varmış oralarda?" diye tekrar etti.

"O da telgrafçılık öğrenmeye gelmiş."

"Garp cephesine mi geçecekmiş?" diye sordu Azra'yı sevmesine rağmen kocasıyla buluşmasını kıskanan Mehpare, taraz taraz bir sesle.

"Hayır. O Maraş taraflarında çalışıyormuş. Öğreneceğini öğrenmiş, yine Maraş'a dönmüş."

Mehpare, rahat bir nefes aldığını göstermemek için zorlanırken, Behice, "Deli mi ne bu Azra," diye söylendi.

"Kadın değil de bir erkek Fatma. Allah kızlarımızı korusun," dedi Saraylıhanım.

"Başka haber var mı efendim beyimden?" diye sordu Mehpare.

"Mektubu vereyim de kendin oku kızım. Ama çok yeri rumuzlarla yazdığı için pek anlayamayacaksın."

Mehpare bir hamlede kendini Reşat Bey'in yanında buldu. Elinden adeta kaptı mektubu.

"Sana da iki mektup var, Mehpare kızım," dedi Ahmet Reşat.

Üç kadın da yüzlerinde şaşkınlıkla baktılar.

"Biri Kemal'dendir. Ya öteki kimden?" diye sordu Saraylıhanım.

Reşat Bey cebinden çıkardığı zarfları Mehpare'ye uzattı. Kız, Kemal'in yazısını tanıyınca yırtarak açtı zarfı.

"Öteki mektup kımdenmiş asıl? Söylesene kızım!"

Mehpare yaşlı kadından kurtulmak için öteki zarfı da yırttı, mektubun sonundaki imzaya baktı, "Azra Hanım bana bir mektup yazmış," dedi, "müsaade ederseniz odamda okuyacağım mektupları."

"Böyle yerli yersiz yollanan mektuplar hiç de hayra alamet değil," dedi Saraylıhanım.

Mehpare, yaşlı kadının ima dolu sözlerini duymazlığa, Behice'nin yüzündeki, mektubun kendine değil ona yollanmış olmasının verdiği incinmiş ifadeyi de görmezden gelerek bir koşu odasına çıktı. Parmaklarını Kemal'in el yazısının üzerinde okşar gibi gezdirdi. Sonra kâğıdı, sevdiğinin elleri değmiş olduğu için, içi titreyerek öptü ve kendine yazılmış olan mektubu okumaya başladı.

Ev halkına selamlarla başlıyordu mektup. Saraylıhanım'dan Sabahat'e kadar herkesin hal ve hatırının sorulmasına aceleyle göz gezdirdikten sonra, Kemal'in Ankara'da Azra'ya tesadüf etme faslını dikkatle, tekrar tekrar okudu. Hayır, onu korkutacak en ufak bir ipucu yoktu mektupta. Kemal bütün samimiyeti ile, eski arkadaşına rastlamış olmasının sevincini paylaşıyordu karısıyla. Zaten iki gün içinde Azra, Maraş'a geri dönmüştü, Kemal de kendine verilen vazifeyi ifa etmek üzere Ege'de, mektupta adını vermediği bir kasabaya geçmek üzereydi. Sevgili kocası, rüyalarında makus kaderlerinin değişeceğine dair işaretler gördüğünü ve en fazla bir yıl sonra mutlaka kavuşacaklarına inandığını yazıyordu. Yüreğini ferah tutsundu Mehpare ve kendine, bebeklerine çok itina etsindi.

Mehpare gözyaşları içinde okuduğu mektubu bitirince, Reşat Bey'e yazılan mektubu da okumaya koyuldu. Dayısına gerçekten de bazı rumuzlar kullanarak, yapacağı işe dair daha ayrıntılı bir mektup yazmıştı Kemal. Azra'nın mektubuna sıra, Kemal'inkiler defalarca okunduktan sonra geldi.

"Cefakâr ve fedakâr Hemşirem Mehpare Hanım'a," diye başlıyordu mektup. Azra önce Ankara'da Kemal'le tesadüf etmesini anlatıyordu. Onu pek iyi ve sıhhatte görmüştü. Mehpare'nin kocasının sağlığı için endişelenmesine hiç lüzum yoktu. Yaptığı işlerden haz ve gurur duyuyordu ve hatta İstanbul'da iken hep hasta gibi olmasının sebebini, evde kapalı kalmasına ve bir işe yaramamasının getirdiği iç sıkıntısına bağlıyordu.

Sonra bir önemli haber veriyordu Mehpare'ye. Çok önemli bir haber.

Geçen sonbahar, birlikte Şayeste Hanım'ı dinlemeye gittikleri gün, evlerine dönerlerken, Azra kalbinin uzun zamandır boş olduğunu ve bir erkeği tıpkı Mehpare'nin Kemal'i sevdiği gibi delice sevmeyi arzuladığını itiraf etmişti. Mehpare de yüreğinde duyduğu bir sesin yakında birini seveceğini fısıldadığını söylemişti. Mehpare'nin hissi hakikat olmuştu. Azra, Maraş'ta tanıştığı bir binbaşıya âşıktı. Bu sırrı Ankara'da karşılaştıklarında Kemal'e de itiraf etmişti ve şimdi Mehpare ile paylaşıyordu. Kimsenin bilmemesini tercih ettiği aşkını dünya âleme avaz avaz haykırmak geliyordu içinden ama Mehpare söz vermeliydi bunu bir sır olarak saklayacağına. İlerde bir gün, inşallah İstanbul'da buluştuklarında, kim olduğunu da söylerdi, sağ kaldığı takdirde.

Sağ kaldığı takdirde! Bu cümle yüreğine ateş gibi düştü Mehpare'nin.

Yatağın kenarına oturup ellerini açtı ve, "Ne olur, hepiniz sağ kalın," diye dua etti.

Mektupları teker teker yeni baştan okumaya hazırlanırken dış kapının çıngırağını duyunca pencerenin önüne gitti. Şaşırdı. Halası ve kızları önde, elleri kolları paketlerle dolu olan Recep arkada, konuşa gülüşe bahçeye giriyorlardı. Hiç haberi yoktu geleceklerinden. Mektupların hepsini yastığının altına sokarak aşağı koştu.

Dilruba Hanım, hem Mualla'ya söz kestiklerinin haberini vermeye, hem de on gün kadar önce başlarına gelen olayın heyecanını hâlâ muhafaza ettiği için, çektiği üzüntü ve endişeyi konak halkıyla paylaşmaya gelmişti. Gâvurların yeni bir yıla girdikleri gece yaptıkları muazzam gürültüyü, mahalle halkının sokaklara dökülüşünü, ayakkabısını kaybedişini anlatırken, kızları ve oğlu sık sık lafını kesiyor, o geceki taklidini yapıyorlardı.

Leman, Suat ve Behice gülmekten kırılırken, Saraylıhanım, fazla gülmek ayıp olduğu için, kendini sıkarak ciddi bir yüz ifadesi takınmaya çalışıyordu. Mehpare'nin aklıysa tamamen yastığının altında bıraktığı mektuplardaydı. Yukarı çıkıp sayfalarına Kemal'in parmaklarından sindiğine inandığı kokuyu koklamak, mektupları tekrar tekrar okumak, kendi dünyasına dönmek istiyor, ayıp olur diye misafirlerin yanından ayrılamıyordu.

Hikâyesini birkaç kere anlatıp ev halkını iyice eğlendirdikten sonra, Dilruba Hanım, "Kızım, sen sakın ikiz bekliyor olma?" diye sordu Mehpare'ye, "Karnın pek büyük, maşallah."

Mehpare bu soruya alışık olduğu için gülümsemekle yetindi.

"Bizim ailede ikiz yok ama belki Mehpare'nin anne tarafında olabilir. Duymuşluğunuz var mıydı efendim?"

Saraylıhanım, Dilruba Hanım'a münasip bir cevap vermeye hazırlanırken içeri kalfa girdi.

"Aşağıda biri varmış, beyefendiye elden bir haber getirmiş," dedi.

Reşat Bey kapıya koşarken Mehpare'nin yüzü bembeyaz oldu, Saraylıhanım eliyle kalbini tuttu. Kadınlar, endişeyle Reşat Bey'in geri gelişini beklediler. Yıllardan beri her gelen haberin hep felakete dair olduğuna öylesine alışmışlardı ki, akıllarına iyi şeyler gelemiyordu. Az sonra, merdivenlerde Reşat Bey'in ayak sesleri duyuldu. Mehpare, içinden, "Merdivenleri hızlı hızlı çıktığına göre, haber kötü olmamalı," diye geçirdi. Bilmişti, kapıda duran ve elindeki telgrafı sallayan Reşat Bey'in yüzü gülüyordu.

"Dilruba Hanım ayağınız uğurlu geldi. Kemal bize taze havadis yollamış. Garp cephesinde, İnönü denen bir mevkide Millici ordumuz, Yunanlılara karşı mukavemet etmeye nihayet muvaffak olmuş. Hem de

Yunan'ın yirmi bin tüfeğe karşılık, elinde ancak altı bin tüfeği olmasına rağmen."

"Kimin önüne ne olmuş?" diye sordu ağır işiten Saraylıhanım.

"Kime ne olduğunu bilmiyorum ama valideciğim, Reşat Beyimin yüzü aylardan beri ilk defa gülüyor," dedi Behice, "demek ki çok çok iyi bir şey olmuş!"

ŞUBAT 1921

Akşam saatleriydi. Çocuklarla hanımlar yemekten yeni kalkmışlardı. Mehpare mutfakta, yine gecikmiş olan Reşat Bey'e, eve gelince yemesi için bir tepsi hazırlıyordu.

Saraylıhanım, her zaman yaptığı gibi burnunu sokmadan edemedi ve tabağa börek yerleştirmekte olan Mehpare'ye yukardan seslendi:

"Mehpare kızım, Reşat Bey oğlum böreği patatesli sevmez, ona maydanozludan ayır, e mi."

"Öyle yaptım efendim," dedi Mehpare.

Mehpare'nin hareketleri iyice ağırlaşmış, ayakları da şişmişti ama beyefendinin maaşı muntazam ödenemediğinden, Zehra'ya yol vermek zorunda kaldıkları için kalfaya mutfakta yardımcı olmaya çalışıyordu. Zavallı Gülfidan Kalfa iyice yaşlanmıştı artık. İleri yaşı ve aşırı kilolarıyla merdivenleri inip çıkması kolay olmuyordu. Hoş, koca karnıyla Mehpare de merdivenlerde eskisi gibi uçamıyordu.

Mehpare'nin karnı o kadar büyüktü ki, Suat'la Leman, bebeğinin ikiz olduğuna emindiler. İkizler erkek oldukları takdirde, birinin adı çoktan hazırdı. Leman, ablalık hakkını kullanarak, ikinci oğlanın adını, Halim'e uysun diye, Selim takacaktı.

Mehpare bütün bu konuşmaları, boynunu bir yana eğip tevekkülle dinliyor, hiç lafa karışmıyordu. İkiz doğurmadığını gördüklerinde, kızların uğrayacağı düş kırıklığını tahmin edebiliyordu da, zamanından önce doğacak bebeği, Reşat Bey'le Behice Hanım'ın nasıl karşılayacaklarını bilemiyordu. Parmak hesabı mı yaparlardı acaba? Yüzüne vururlar mıydı? Yoksa cin fikirli Saraylıhanım, onları kandırabilecek bir masalı çoktan hazır mı etmişti?

Mehpare tepsiye kuru erik hoşafı ve bir kupa da ayran koyunca, tepsiyi taşlıktaki mermer masanın üzerine bıraktı. Reşat Bey gelince, keyfi nasıl isterse öyle yapardı artık. İster selamlığa girer, ister tepsiyi alır, orta kata çıkardı.

Bugün alışverişe giden olmamıştı. O yüzden gazete de gelmemişti evlerine. Hüsnü Efendi bir yakınını kaybettiği için, cenazeye katılmak üzere, birkaç günlüğüne köyüne gitmişti. Sabah evden ayrılırken, Reşat Bey'den, Nezaret'e alınan gazetelerden birini akşam eve getirmesini rica etmişti Mehpare. Kemal'le ilgili herhangi bir haber bulunabilir diye her gün dikkatle inceliyordu gazeteleri.

Behice, Saraylıhanım'ın ısrarıyla, yaşlı kadınla birlikte kilere inmiş, çuvallarda ne kadar erzaklarının kaldığını kontrol ediyordu. Şeker çoktan tükenmişti. Yağ az kalmıştı. Unun çuvalın dibine çökmüş kalıntılarını iyice eledikten sonra, bugünkü böreği pişirmişlerdi. Beypazarı'ndaki babasına bu gece mektup yazıp hububat, yağ ve çökelek göndermesini rica edecekti Behice.

Tırabzanlara tutuna tutuna yukarı çıkmaya başladı Mehpare. Kızlar sofada piyano ve keman çalıyorlar, aralarında şarkı söylüyorlardı.

"Sen de bize katılsana Mehpare Abla," dedi Leman, "udunu getirirsen de hep birlikte alaturka geçeriz."

Mehpare itiraz etti. Belinde hafif bir ağrı vardı. Odasına çıkıp uzanacaktı. Tam ikinci kata varmıştı ki, dış kapının çıngırağını duydu. Tekrar aşağı inmeye üşendi. Kapıyı Gülfidan açsın diye düşündü, bu sefer de o açsın, bakalım.

Mehpare odasına girince pencereye yürüyüp dışarı baktı. Kalfa, paytak bir ördek gibi sağa sola yalpalayarak bahçe kapısını açmaya gidiyordu. Duymuştu demek çıngırağı. Evin hanımları, kulaklarının ağır işittiğini öne sürerek çağrılara ve kapılara cevap vermemesine alışmışlardı ve ne zamandır emektarlarının bu küçük hilesini görmezliğe geliyor, yüzüne vurmuyorlardı. Kalfa kapıyı açıp Mehpare'nin daha önce hiç görmediği iki yabancı adamla konuşmaya başladı. Adamların el kol hareketlerinden ve asık yüzlerinden, hoş şeyler anlatmadıkları aşikârdı. Mehpare, pencerenin önünden ayrılıp yatağına oturdu. Elini kalbine bastırdı. Yüreğinde bir ağırlık, içinde bir sıkıntı vardı. Sıkıntısı sadece yüreğinde de değildi. Sabahtan beri sadece bir tabak pilav yemiş olduğu halde, gün boyu geğirip durmuştu. Canı hiçbir şey çekmemişti. Başörtüsünü çıkardı, göğsünün üzerindeki ağırlığı azaltmak istercesine bluzunun düğmelerini çözdü, komodine uzanarak başucundaki şişeden eline kolonya döküp şakaklarına ve göğsüne sürdü, ayağından terlikleri fırlattı, tam yatağına uzanacaktı ki, şeytan dürtmüş gibi kalktı ve yeniden pencereye yürüdü.

Şimdi, kalfa gitmiş, bahçe kapısında duran yabancı adamların yanına Saraylıhanım'la Behice gelmişlerdi. Adamlardan biri elleriyle uzakları işaret ederek bir şeyler anlatıyordu. Mehpare, Behice'nin iki eliyle dizlerini dövdüğünü, Saraylıhanım'ın da hafifçe sallanarak öne doğru eğildiğini ve dizüstü çimenlere düştüğünü gördü. Adamlar, yaşlı kadının kollarına girerek ayağa kaldırmaya çalıştılar.

Mehpare terliklerini giymeyi unutarak fırladı, merdivenlerden aşağı uçtu, ortalarına aldıkları Saraylıhanım'ı koltukaltlarından tutmuş, sürükleyerek eve getirmekte olan adamlara doğru başı örtüsüz, düğmeleri çözük, çıplak ayaklarıyla koştu. Behice adamların peşinden geliyor ve hiç durmadan konuşuyordu:

"Valideciğim, rica ederim valideciğim, yalvarırım sakin olun valideciğim, Mehpare duymamalı valideciğim, yoksa maazallah, bebeğine bir şey olabilir, elinizi ayağınızı öpeyim valideciğim..."

Mehpare, yaşlı kadını sürükleyerek eve yaklaşmış olan adamların önüne fırlayıp, "Kemalime ne oldu?" diye haykırdı. Karşısındaki dört kişi, sanki bir fotoğraf karesinde donmuşlar gibi, hiç konuşmadan, hiç hareket etmeden öylece kalakaldılar. Mehpare onlara, onlar da Mehpare'ye baktılar. Sonra Mehpare elerini onlara doğru uzattı ve kapının önündeki mermerlere, yumuşak bir hareketle düştü, yığıldı kaldı.

"Aman Allahım, inşallah karnını çarpmamıştır," diye bağırarak, yerde yatan kızın başına çöktü Behice. Kalbini duymak için başını göğsüne dayadı.

Mehpare'nin bacaklarından beyaz mermeri hare hare lekeleyen kanlı bir sıvı akıyordu.

Behice dehşet içinde, "Bebeğini düşürüyor," diye haykırdı,

"Düşürmüyor. Doğuruyor," dedi, adamların yardımıyla yarı ayakta duran Saraylıhanım. Behice çaresizlik içinde bağırmaya başladı:

"Yardım edin! Beyler yardım edin! Allahaşkına yardım edin! Eve girin, kalfaya, kızlarıma haber verin. Ebe çağırsınlar. Doktor çağırsınlar, haydi, çabuk, durmayın, bakmayın, koşun! Koşun!"

Behice'nin isteğini yerine getirmek için adamlar Saraylıhanım'ı çimenlere bırakıp eve daldılar. Saraylıhanım tek başına yerden kalkamadığı için, çimlerde bir köpek gibi dört ayak sürünerek Mehpare ile Behice'nin yanına geldi, başörtüsünü dertop edip Behice'ye uzattı, "Bunu Mehpare'nin belinin altına koy, kızım," dedi, "bacaklarını da bük, yanlara aç."

Behice robot gibi yaptı dediğini. Saraylıhanım biraz daha süründü yerde, Mehpare'ye yaklaşıp üzerine doğru eğildi ve yanaklarına elinin tersiyle şiddetli iki tokat patlattı. Mehpare gözlerini açıp boş boş baktı. Saraylıhanım, tane tane konuşmaya başladı:

"Mehpare, kızım, doğum yapıyorsun. Şu anda doğacak çocuğundan başka hiçbir şey düşünme. Sadece onu düşün. Bebeğini düşün. Oğlun olacaktı değil mi, oğlunu düşün, haydi kızım. Nefes al, ver. Nefes al, ver. Derin derin. Haydi yavrum. Bir daha. Bir daha."

Adamların haberdar ettiği ev halkı, içerden koşarak geldiler ve bir ağızdan konuşarak, bağırıp çağrışarak Mehpare'nin başına üşüştüler. Kalfa çırpınıp duruyor, kızlar ağlaşıyorlardı.

"Mehpare'yi eve götürmeliyiz," dedi Behice, "burada üşür."

Adamlar eğilip Mehpare'yi karga tulumba taşımaya davrandılar. Şimdi artık Mehpare kendine gelmiş, çığlık çığlığa bağırıyordu. Torunlarının kollarına girerek zar zor ayağa kaldırdığı Saraylıhanım, adamların peşinden gidiyor ve, "Hanımı eve girer girmez sağ taraftaki selamlığa yatırın," diye talimat veriyordu. Onlar eve girince, Behice şaşkın ördek gibi etrafında dolanan Leman'a döndü. "Kızım, önce hemen koş ebe hanıma haber ver, sonra da sağ tarafımızdaki komşumuz Belkıs Hanımlara git. Vaziyeti nakledersin. Uşaklarını vakit kaybetmeden beybabana yollasınlar. Artık bir kupaya atlar, Nezaret'e kadar mı gider, ne yapar bilemem. Ama mutlaka beybabana olup biten haber verilecek. Hemen gelsin ve Mahir Bey'i de haberdar etsin," dedi.

"Üzerimi değişeyim... Üzerime çarşaf..."

"Lafımı ikiletme Leman! Fırla hemen. Acil vaka var. Başlatma beni çarşafından. Koş!"

Leman, her zaman nazlı ve nazik olan, teşrifata da pek meraklı annesine hayretle baktı ve saçlarını eliyle düzeltip hemen kapıya yöneldi. Allahtan, ebe hanımla kapı komşusuydular.

Leman çıktıktan sonra, Behice bu sefer zır zır ağlayan Suat'a sert bir sesle, "Neden ağlıyorsun?" diye sordu.

"Mehpare Ablam ölüyor."

"Ölmüyor. Doğum yapıyor."

"Ya ölürse?"

"Saçmalamayı bırak da bir işe yara kızım. Bak zavallı Sabahat'i benim odamda unuttuk. Git, kardeşinin başını bekle."

"Ben Mehpare Abla'nın başında olmak istiyorum. Kardeşimi kalfa beklesin."

"Kalfa doğuma yardımcı oluyor. Su kaynatıyor, bez hazırlıyor. İşleri var."

"Ama anneciğim ben..."

Behice'nin eli, hayatında ilk defa kalktı kızına, "Suat, kardeşinin başına git, dedim. Balkon kapısını aralık bırakmıştım, beşiğe kedi filan atlamasın. Bak ona bir zarar gelirse, şu iki gözünü, vallahi billahi, Allah yarattı demem, ellerimle oyarım!"

Suat hayatının ilk tokadını yememek için ve yine ilk kez kendine buyrulan bir işe hiç itiraz etmeden kös

kös eve yürüdü. Mehpare'nin çığlıkları bahçeyi aşıp sokakta yankılanıyordu.

Ahmet Reşat ve Mahir, eve ancak birkaç saat sonra gelebildiler. Ahmet Reşat bir encümen toplantısında olduğu için, içeri girip haber verememişler, toplantının sona ermesini beklemişlerdi. Bildiği, sadece Mehpare'nin doğumunun başlamış olduğu idi. Demek çocuk vaktinden çok evvel, hesaba göre, nerdeyse beş aylık doğuyordu ve ölümü kesindi. Kader neden bu ailenin çocuklarına hep erken doğum nasip ediyordu böyle? Sakınan göze çöp batar misali, hamilelerinin üzerlerine fazla titredikleri için mi?

Ahmet Reşat, çocuğunun ölü doğduğu haberini Kemal'e nasıl vereceğini düşününce kulakları yanmaya başladı. Kafası zonkluyor, ensesine demir bir çubuk saplanmış gibi hissediyordu. Kendini çabuk toparlayıp, kaleme bakan hademelerden birini Mahir'in evine, diğerini çalıştığı hastaneye gönderdi. Mahir, Allahtan o sırada Avrupa yakasında çalışmaktaydı. Onu kim nerede bulacaksa, hemen alıp konağına getirmesini tembih etti. Kendi de aceleyle fırladı. Caddede kupa bakındı, göremeyince önünden geçen tramvaya atladı ve talebeler gibi bir eliyle kapı demirlerine asılmış, bir ayağı basamakta giderken, herhangi bir tanıdığa rastlamamayı diledi. Divanyolu'nda tramvaydan atlayıp evine doğu koşmaya başladı. Sokağın başına geldiğinde, Mahir'i arabacıya parasını öderken buldu.

İlk lafı, "Çocuk yaşamaz herhalde. Ölmüştür değil mi?" diye sormak oldu.

"Hele bir eve girelim de," dedi Mahir, "yedi aylık doğanları yaşatmak mümkün artık."

Bebeğin yedi ayı dahi doldurmamış olduğunu söylemeye mecali yetmedi Ahmet Reşat'ın.

Hiç konuşmadan hızlı hızlı yürüyüp eve vardılar. Kapıyı Behice açtı. Gözleri kıpkırmızı, yüzü kireç gibiydi. Ahmet Reşat, fesini çıkarırken sordu:

"Bebek yaşıyor mu, Behice?"

"Bebek yaşıyor," dedi Behice, sonra hıçkırarak kocasının kollarına atıldı.

"Mehpare? O iyi mi?"

Hıçkırıkların arasında yanıtladı Behice: "İyi... Olabildiği kadar."

"Ben yukarı çıkıp bakayım ikisine de," dedi Mahir. Elindeki körüklü doktor çantasıyla merdivenlere yönelirken, Behice yine hıçkırıkların arasında, "Mahir Bey, Mehpare selamlıkta yatıyor," diyebildi.

Mahir selamlığın kapısını açtı. Sedirlerin birine çarşaf serilmişti ve Mehpare o dar sedirde, hiç kımıldamadan, bir ölü gibi hareketsiz yatıyordu. Sedirin yanında duran beşikte, pamuklara sarılı, prematüre olduğu belli olan miniminnacık bir bebek vardı. Sesi o kadar güçsüz çıkıyordu ki, ağlaması zar zor duyuluyordu. Ebe, Mehpare'nin ayak ucunda, yerdeki minderde oturuyor ve Kuran okuyordu. Doktoru görünce toparlandı. "Erken doğum yaptı," diye fısıldadı, "buhran geçiriyor. Oğlunu görmek istemedi."

Mahir, önce Mehpare'nin yanına gidip, "İyi misiniz Mehpare Hanım?" diye sordu. Gözlerini açmadı kız.

"Mehpare Hanım... Mehpare... Ben doktor Mahir. İyi misiniz yavrum?"

Yine yanıt alamayınca, Mehpare'nin uyuduğuna hükmederek, bu kez bebeğin yanına gitti, eğildi, bebeği kucağına aldı, sedire yatırıp muayene etmeye başladı. Muayenesi bitince bebeği beşiğine bıraktı. Başında dikilen ebeye, "Yaşama şansı büyük," dedi.

Bebeğin bir on gün kadar hastanede gözetim altında tutulmasının iyi bir fikir olacağını, müsaade ettikleri takdirde, annesiyle birlikte bebeği, yakın arkadaşlarının çalıştığı Beyoğlu'ndaki İtalyan Hastanesi'ne götürmeyi teklif ettiğini söylemek üzere, yukarı kata çıktı. Oturma odasının kapısını açıp başını içeri uzattı, bir koltukta yığılı Ahmet Reşat'ın yüzünü ve halini görünce Mehpare'yi ve bebeği unuttu. Adeta fısıldayarak, "Reşat Bey!" diyebildi.

Saraylıhanım, camın önündeki sedirde bağdaş kurmuş, ellerini kucağında kavuşturmuş, hiç durmadan bir öne bir arkaya sallanıyordu ve Mahir'in tam duyamadığı, anlayamadığı bir cümleyi tekrar edip duruyordu. Mahir önce yaşlı kadının ne dediğini anlamaya çalıştı, sonra bu anlamsız mırıldanmayı çözmekten vazgeçip çantasını yere bırakarak gözleriyle odayı taradı. Behice Hanım'la Suat odada değildiler. Babasının başında duran ve kolonya ile şakaklarını, sıvanmış kollarını ovan Leman'ın yüzü de babasınınki gibi yemyeşildi. Leman, babasını bırakıp Mahir'in yanına geldi ve çok gizli bir şey söyleyecekmiş gibi kulağına eğilerek, usulca, "Mahir Bey, bugün çok acı bir haber aldık, Kemal Amcamı kaybetmişiz," dedi.

Mahir, Leman'ın yüzüne bakakaldı. Kız, bir gün içinde on yaş birden büyümüş gibiydi ve Saraylıhanım'ın sallanarak, gözyaşları içinde hiç susmadan söylediği laflar artık şimdi bir mânâ ifade ediyordu: "Ziyaret edebileceğim bir mezarı dahi yok!"

KANADI KIRIK KUŞLAR

Azra, titrek ve cılız ışığın aydınlığında yazmakta olduğu mektuba, gözyaşlarının sürekli damlayıp mürekkebi yaydığını görünce yazmayı bırakıp arkasına yaslandı. Bir süre gözlerini kapatıp bekledi. Sonra hıçkırıklarını tutmaya boş verip avazı çıktığı kadar ağlamaya başladı.

Maraş'ta, bir kenar mahallenin dar sokaklarından birinde, kış aylarında bir türlü ısıtamadığı, yaz mevsiminde ise susuzluktan aklını oynatma noktasına geldiği ilkel evinde, masasının başında yazı yazarken, gezginci bir tiyatro dekorunda rol yapan kötü bir oyuncu gibiydi. Sabah olmasına rağmen pancurları açmamış, giyinmemiş, saçlarını taramamış, geceliğinin üzerine aldığı şalı sol omzundan aşağı kaymış, bir geceyi daha uykusuz geçirdiği gözlerinin altındaki mor halkalardan besbelli, bir hüzün abidesi gibi duruyordu iliştiği masada. Perişan haliyle bile, içinde bulunduğu odaya yakışmıyordu.

Buralara kadar vatan aşkına geldiğini zannetmişti. Oysa, meşakkatle geçen ayların sonunda, kendi kendiyle yüzleşmeye nihayet cesaret ettiği şu günlerde, vatan için değil, sadece bomboş hayatına bir heyecan katmak için gelmiş olduğunu fark ediyordu.

Ne kadar çok kıskanmıştı, şu anda içi burkularak taziye mektubu yazmaya çalıştığı Mehpare'yi. Bunu şimdi, şu satırları yazmaya çalışırken fark ediyor ve şaşıyordu. Cemiyetin içinde kendinden çok daha aşağıda bir yerde duran, Reşat Beyefendi'nin evine sığınmış yoksul akraba rolündeki bu dünyadan habersiz genç kadını sevmiş, onunla arkadaş olmuştu ama, önce kendi tadamadığı bir aşkı yaşayabildiği ve onun sevgili çocukluk arkadaşını avcuna hapsedebildiği için, sonra da Allah'ın kendinden esirgediği doğurganlığı ona cömertçe sunduğu için kıskanmıştı da.

Kemal konuşmalarının satır aralarında, hep Mehpare'nin onu kıskandığını ima ederdi halbuki. Makul olanı buydu. Azra eğitimli, zengin, saygın ve başına buyruktu. Mehpare'nin öykündüğü ve olamadığı her şeydi. Kemal rica etmişti, eğer Mehpare ara sıra küstahlık noktasına varan çıkışlar yapacak olursa, sırf bu nedenle ona hoşgörü göstersin diye.

Mehpare, konağı topladıkları o günün haricinde hiç küstah çıkışlar yapmamış, hep saygı göstermişti Azra'ya. O Azra ki, Mehpare ile yerini hemen değiştirmeye hazırdı. Ama Tanrı, kaderlerini tayin etmeyi kullarına bırakmıyor, onlar adına kendi çiziyordu herkesin istikbalini.

Kader, Mehpare'yi önce Reşat Bey'in konağında Kemal'in koynuna sokmuş, sonra nikâhına vermiş, şimdi de kocasına doyamadan dul bırakmıştı.

Boşuna mı kıskanmıştı o halde Mehpare'yi?

Hayır, Mehpare'nin bir evladı vardı kucağında. Ve ölünceye kadar hasretini çekeceği bir büyük aşkı vardı.

Azra'nınsa hiçbir şeyi yoktu.

Necdet'le aileleri uygun gördüğü için evlenmişler, akıl ve menfaat evliliği yapmışlardı. Birlikte en mutlu oldukları anı hatırlamaya çalıştığında, yüzüne sevgiden çok şefkatle bakan, uysal, ela gözleri geliyordu kocasının. Yan yana müzik dinledikleri, bahçede kestanenin altındaki şezlonglara uzanıp, okudukları kitapları tartıştıkları huzurlu anlar geliyordu.

Ya şehvet anları?

Şehvet anları, eğer varsa Necdet'e ait zamanlardı. Kocasının diri ve güçlü gövdesinin altında, ipek geceliğinin eteklerini, dantelleri bozulmasın diye beline kadar iyice sıvamış, bacaklarını yanlara açmış, biraz sıkıntıyla yatarken, erkeğin alnından yüzüne düşen ter damlacıklarından tiksinir, belli etmeden silmeye çalışırdı. Odadaki ışık o anda yeterliyse, gözlerini takip ederdi Necdet'in. Yarı aralık kapaklarının altında kaymaya başladılarsa, bu eziyetin sonuna geliyorlardır. İşte o zaman biraz gayret gösterirdi sonucu hızlandırmak için, ah, oh diye haz sesleri çıkarırdı. Acaba kendini kocasına aşkla sunamadığı ve ondan hiç haz alamadığı için mi çocukları olmamıştı?

Kemal'in Mehpare ile birlikte konaklarına saklanmaya geldiği gün, kızın Kemal'e bakışlarındaki şehveti yakaladığında şaşırmıştı Azra. Besbelliydi ki Mehpare, bir odada karşı karşıya oturup dururlarken dahi, Azra'nın kocasına en yakın anında hissedebildiği duygulardan çok daha fazlasını duyumsuyordu Kemal'e. Gözleriyle her hareketini takip ediyor, konuşurken ağzının içine düşüyordu. Dikkatle izlemişti onları. Kemal'in her fırsatta kızın eline, koluna, saçına veya kazaraymış gibi göğsüne, kalçalarına dokunmalarını yakalamıştı. Kızın da sürekli Kemal'in ya gözlerine ya da ağzına baktığını ve bu bakışlarda hep çok özel anlar tahayyül ettiğini fark etmişti. Kemal'e bakmadığı zamanlarda da, dalıp dalıp gidiyor ve herhalde hep Kemal'i düşünüyordu Mehpare.

Kıskanmıştı. Onları değil, var olduğunu çok iyi bildiği ama hiç yaşayamadığı bir hali kıskanmıştı.

Şimdi, kalemini mürekkebe batırmış, bir taziye mektubu yazmaya çalışırken, ne diyeceğini bilemiyordu.

"*Çok müteessirim canım kardeşim. Sana sabırlar diliyorum. Kocan vatan için şehit oldu. Bununla iftahar et. Oğlunla teselli bulmaya çalış.*" Buruşturup atıyor kâğıdı, başka bir sayfaya yeniden başlıyordu.

"*Sevgili, talihsiz hemşirem Mehpareciğim,*

Sana Kemal ile birlikte geçirdiğimiz son iki günümüzü anlatsam teselli bulur musun? Ankara'da, her ikimiz de yeni bir marifet ediniyor olmanın ve bu marifeti düşmanı yurdumuzdan sökmek için kullanacağımızı bilmenin heyecanı içindeydik. Kemal çok bahtiyardı. Sevdiği kadınla evlenmişti, bebeğinin doğumunu bekliyordu, kendine verilen çok mühim vazifeyi seve seve yapıyor ve kendi tabiriyle 'nihayet bir işe yarıyordu'. Yunan'ın ilerlemesini durdurduktan sonra, evine gururla dönecekti. Yunan'ı nasıl durdurabileceğimizi o anda her ikimiz de bilmiyorduk, lakin bu işe baş koyan bizler, bütün benliğimizle bir mucizeye inanıyorduk...

Mehpare, Ankara'da o gece Kemal'le sabaha kadar konuştuk. Çocukluğumuza döndük. Her ikimiz de çok hislendik, hatta ağladık. Kaybettiklerimize, yaşayamadıklarımıza, hatalarımıza..."

Hayır olmaz, bunları yazamaz Mehpare'ye. Bir kâğıt daha buruşturulup çöpe...

Yeniden başlıyordu.

"...Bu menfur hadisenin nasıl olduğunu illa da öğrenmek istiyormuşsun. Ne faidesi var, bilmiyorum ama, işte yazıyorum: Kemal, elinde telgraf fincanlarını taşıdığı çantayla, Eskişehir yakınlarında zabıtaya yakalanınca, çantayı açtırtmamak için direnmiş. Bir gezginci tüccar olduğunu söyleyip evrakını göstermiş, adamları başından savmaya çalışmış. Çantayı açması için ısrar etmişler. Sonunda çaresiz, kabul etmiş. Çantayı açar gibi yapmış ve bütün gücüyle az ilereki uçurumun dibine fırlatmış.

Yunanlı zabıtalar önce bakakalmışlar aşağıdaki dereye düşen çantaya, sonra hemen silahlarına davranıp bütün kurşunlarını boşaltmışlar o ince, uzun gövdesine..."

Bunları niye yazıyorum sana Mehpare? Deli miyim ben?

Bir sayfa daha buruşturularak çöpe gidiyor.

Hayır, sadece bir taziye mektubu olmamalı bu. İçinden aşkını da itiraf etmek geliyor Azra'nın. İhtiyacı var buna. Anlatmak, paylaşmak ve belki de ancak bu şekilde söküp atarak kurtulmak istiyor, yaşadığı aşkın kâbusundan. Şiddetle istiyor bunu.

"... ve işte ikinizde gördüğüm ve gıpta ettiğim aşkı, sana daha önce yazdığım gibi, ben de buldum sonunda Mehpare, lakin yine beceremedim. Çünkü aynen senin Kemal'e âşık oluşun gibi, umutsuzca ve şehvetle sevdiğim adam... Bu adam... Bu adam...

Sen bana yazdığın mektupta, aşkı bulduğumdan dolayı benim için ne kadar sevindiğini bildirmiştin. Benim için hiç sevinme kardeşim. Bu aşk, sevinilecek bir aşk değil..."

Azra, oturduğu sandalyeyi devirerek kalktı. Odanın içinde yaralı bir aslan gibi dolandı. Bu adamı ve bu aşkı ne yapacak? Onun günlerdir ısrarla tekrarladığı teklifini kabul edebilir mi? Kaçabilir mi onunla?

Bütün geçmişinin üzerinden bir sünger geçirerek, annesini, akrabalarını ve dostlarını kırarak, üzerek, rezil ederek... Vatanını terk edebilir mi?

Dün gece yine çok gizlice buluştuklarında, Jean Daniel evine bulundukları yörenin köylüsü kıyafetinde geldiğinde ve onu her gördüğünde aklı başından uçtuğu için, perdenin sımsıkı kapalı olduğunu kontrol etmeyi bile unutarak kollarına atıldığında... Onun bedeni altında ezildiğinde... Onun dudakları her tarafında gezinirken çıldırdığında... Ve nihayet kollarında hazdan doygun, tükenmiş yatarken, onunla birlikte gideceğine hep söz veriyordu. Sonra sabah olunca, serinkanlı düşündüğünde ve işte şimdi oturmuş, Mehpare'ye başsağlığı mektubunu yazarken, köklerini toprağından sökmenin hiç de kolay olmadığını anlıyor, gözlerinden damlayarak mürekkebi dağıtan yaşlar Kemal'in ölümü için mi, yoksa kendi için mi, bilemiyordu.

Belki en doğrusu, Jean Daniel'in de Kemal gibi, kendi davası için savaşırken ölmesiydi. Böylece tamamen kurtulurdu bu yasak ve ölümcül aşktan. Ah, neler düşünüyor böyle? Kendi huzuru için sevgilisinin ölümünü dilemek! Canını Kemal için her an vermeye hazır Mehpare'nin tırnağı bile olamaz o! Azra odanın içinde hem bir aşağı bir yukarı yürüyor, hem de karşısında biri varmış gibi, gözlerini aça aça, ellerini kollarını kullanarak konuşuyordu.

"Mehpare, ne talihli kadınsın, bilsen! Hayatın boyunca seveceğin bir hayale sahipsin. O tamamen seninken kaybettin onu. Sırf bu nedenle hep senin olarak kalacak Kemal. Senin yaşlandığını, yıprandığını, eskidiğini göremeyecek. Halbuki ben, bir Fransız subayının peşine takılıp, vatanımı ve ailemi geride bırakıp gider de bir gün ihanete uğrarsam... Bir gün terk edilirsem... Yaktığım köprüleri nasıl aşar da geri dönerim? Kime dönerim?"

Azra, masanın üstünde duran sürahiden eline su dökerek yüzüne çarptı. Giyotin pencereyi yukarı kaldırıp tahta pancurları açtı. İçeri dolan sabah güneşiyle gözleri kamaşınca patiska perdeyi aşağı çekti, pencerenin önünde durup temiz havayı teneffüs etmeye çalıştı. Göğsü daralıyordu ama birazdan giyinip çıkması lazımdı. Vilayete gidecek, Türk kumandanların Fransızlara yazmış olduğu yazıların düzeltmelerini yapacaktı. Yunanlıların, Müttefik devletlerin sözünü dinlemeyerek, Anadolu içinde ilerlemeye başlamalarıyla, Fransızların ve İtalyanların Türklere karşı duruşu giderek değişiyordu ve bilhassa mart ayında, Sovyetler Birliği ile Ankara Hükümeti arasında imzalanan anlaşmadan sonra, köprülerin altından sular çok değişik akmaya başlamıştı.

Ah, keşke Kemal hayatta olup bu gelişmeleri görebileydi. Keşke! Ne var ki, hayatı keşkelerle yaşamak mümkün olmuyordu ve yüreğinin derinlerinde bir yerde, biliyordu Azra, onun yaşamı artık hep keşkelerle geçecektir. Giderse, bir gün keşke kalaydım, kalırsa da her gün, keşke gideydim diyerekten.

Bir sigara sarıp yaktı. Bitirdikten sonra, kendini biraz toparlamış olarak, tekrar masaya çöktü ve Mehpare'ye yazacağı taziye mektubuna yeniden başlamak için bir temiz sayfa daha koydu önüne.

EYLÜL 1922

Sevgili Hemşirem Mehpareciğim,

Bu mektubu sana İzmir'den yazıyorum. Bundan sonra mektuplarını, sana bilahare bildireceğim yeni adresime yollarsın. Son gelen mektubunu büyük bir dikkatle okudum. Istırabının ve hasretinin hiç dinmeyeceğini inan ki ben de çok iyi biliyorum, lakin artık acı hakikati kabullenmeye çalış. Benim sevdiğimi elimden ölüm almadı ama ayrılığın acısı da ölüm acısı gibi keskin, Mehpare. Üstelik beni hayata bağlayacak bir yavru da yok kollarımda.

Sevgili hemşireciğim, sen İstanbul'da Halim ve Sabahat'i büyüterek, ben de yerleşmeyi düşündüğüm İzmir'de bir mektepte vazife alarak hayatlarımıza devam edeceğiz. Başka çaremiz yok. Bizim memle-

ketimizin kadınları hep böyle yaşadılar. Dua edelim de çocuklarımız bizlerden daha bahtiyar olsunlar.

İnan bana kardeşim, bu patırtı gürültünün arasında, senden gelen mektuplar, verdiğin havadisler, sırf sizlere dair olduğu için içimi açıyor, bana şehrimden kokular, renkler getiriyor. Benimse sana verebileceğim haberler hep çatışmalara, vuruşmalara dair.

Biliyorsun, geçtiğimiz teşrinievvel Fransa ile aramızdaki harp hali son buldu. Adana ve civarını Fransız askerleri tahliye ettiler. Jean Daniel, buradan giden askerlerin başında memleketimizden ayrıldı. İzdivaç teklifini geri çevirdiğim ve onunla birlikte gitmediğim için bana kırgın gitti. Beni unutması ve hayatına devam etmesi için, mektuplaşmamızı da istemiyor. Fransa'ya dönünce evlenmeyi ve çocuk sahibi olmayı arzu ediyordu. Bu harbin içinde olmasaydık, belki mümkün olabilirdi. Vatanımı işgal etmiş bir ordunun subayı ile evlenmeyi kendime neden yediremediğimi o hiç anlayamayacak. Olsun, ben yaşadıklarımdan pişman değilim. Şimdi benim de senin gibi, her hatırladığımda yüreğimi titretecek ve ölünceye kadar unutmayacağım bir aşkım var. Jean Daniel'i nefes aldığım müddetçe seveceğim.*

O daha Maraş'tayken, Ankara'dan başka bir mevkiye sevk edilmemi talep etmiştim. Benim Garp cephesine yollanmam, Yunan Kralı Kostantinos'un ordularına Ankara'ya yürüme emri vermesine denk düştü. Yollar, vasıtalar ve vagonlar askerler, yaralılar ve kaçanlarla doluydu. Bu sebeple yolculuğum çok eziyetli geçti ama çektiğim ezaya değdi. Çünkü Sakarya'da yaşadığımız zaferin sevincini, bura halkıyla birlikte tesit etme imkânım oldu.

Önce bir müddet Eskişehir'de kaldım. Ağustos ayında Milli ordumuzun büyük taaruzu başlarken, beni cephe gerisindeki seyyar hastanelere hastabakıcı olarak aldılar.

Ne iyi etmişiz de, İstanbul'da Hilal-i Ahmer'in derslerine gitmişiz. Sargı sarmasını, pansuman değiştirmesini, iğne yapmasını öğrenmemiş olaydım, ne yapardım acaba? Benim gibi İstanbul'dan gelmiş birkaç hanımla birlikte tam yedi hemşire, top tüfek gürültüleri ve ateş altında burada günlerce ve neredeyse hiç uyku uyumadan çalıştık. Yirmi gün süreyle arka arkaya yapılan taaruzlarda, seyyar hastanelerde, mutfaklarda hizmet ettik, ağaçlardan meyve, tarlalardan sebze topladık, sargı bezi hazırlamaktan ameliyat hemşireliğine kadar, elimizden ne geliyorsa yaptık. Allah'ın da yardımıyla, bütün taaruzlardan hep muzaffer çıkarak bugünlere geldik.

Reşat Beyefendi'ye haberi çoktan gelmiştir ama bir de ben yazmış olayım, Yunan Kumandanı General Trikopis ve maiyeti, geçen hafta esir edildiler. Sokaklarda sevinçten ağlayarak, birbirimizi kucaklayarak, şarkılar türküler söyleyerek dolaştık. Sonra hep birlikte İzmir'e doğru yola çıkan kolordularımızın peşine takılarak bu güzel şehre geldik. Gelir-

ğimizde şehir alev alev yanıyordu. Biz kadınları limana indirmediler. Orada çok fazla kargaşa varmış. Biz Manisa'nın çıkışında bir köyde bekledik. İzmir'e ancak iki gün sonra gidebildik. Bana inanacak mısın bilmiyorum ama, ben ilk kez İzmir'e bir tepeden bakarken, hissettim ki, bir yanımda Ali Rıza, diğer yanımda Kemal vardı. Onlar da benimle birlikte sevinç gözyaşları döküyorlardı. Bir hiç uğruna ölmemişlerdi kardeşlerim. Her bir can, kurtuluşa giden bu yolda bir adımdı.

Mehpare, bu senin acına bir teselli olamaz ama Kemal'in kurmaya muvaffak olduğu telgraf telleri şimdi zaferimizi yurdumuzun dört bir yanına haber veriyor, canım.

Bu ay sonuna kadar, Garbi Anadolu'yu Yunanlılardan temizleyeceklermiş. Ben İzmir'de Karantina semtinde, İngilizce hocalığı yapacağım mektebe yakın bir küçük ev tutmaya hazırlanıyorum. Validemi de yanıma aldıracağım. Yazın hava boğucu oluyormuş ama yaz mevsimi haricinde bu şehrin havası pek latif. Yazları da mektepler tatil olunca İstanbul'a geliriz. Herhalde o koca konağın bir kısmını kiraya veririz. Sizleri görme fırsatım olur.

İstanbul'un da yakında bir gün düşman ordularından temizleneceği çok konuşuluyor. O gün orada, sizlerle birlikte olmak isterim.

Lütfen bana arayı açmadan yine yaz, Halim ve Sabahat'tan, Behice Hanım'dan, Reşat Beyefendi'den, kızlardan haberler ver. Leman piyanosunu ilerletti mi, Suat uzadı mı, güzelleşti mi? Bütün bunları pek merak ediyorum. Saraylıhanım'ın Kemal'in kaybından sonra aklının pek yerinde olmadığını validemden öğrendim. Çok üzüldüm. Allah şifasını versin.

Hepinizi büyük Allahıma emanet eder, büyüklerin ellerinden, küçüklerin gözlerinden öperim.

Her zaman seni düşünen arkadaşın,

Azra

Mehpare mektubu okuduktan sonra, katlayıp önlüğünün cebine koydu. Üst kattan Saraylıhanım'ın sesi geliyordu.

"Kemal'in ıhlamurunu kaynattın mı Mehpare?" diye bağırıyordu ihtiyar.

Merdivenlerin başına geldi, "Kaynattım. Birazdan getiriyorum," diye seslendi.

Bazı günler Saraylıhanım'ın zihni iyice bulanık oluyor, Kemal'i hâlâ hayatta sanıyordu. O zaman ev halkı hiç bozuntuya vermiyor, yaşlı kadının gönlünü hoş tutmak için, Kemal gerçekten de hayattaymış gibi davranıyorlardı. Bu hal, hoşuna gitmeye başlamıştı Mehpare'nin. Kemal'in yaşadığını tahayyül etmekten o da sonsuz memnuniyet duyuyordu.

Behice, Mehpare'nin de Saraylıhanım gibi davranmaya başladığını fark edince kocasını uyarmış, Reşat Bey de durumu Mahir'e anlatmıştı.

Mahir, Mehpare'nin davranış biçiminden çok rahatsız olmuştu. Saraylıhanım'ın böyle yapması yaşı icabıydı ama Mehpare'yi hemen müşahade altına almalıydılar. Ünlü bir asabiyeci ile temas edilmiş, Mehpare bin bir bahane ile doktora sevk edilmişti.

Ölüm acısı ile doğum heyecanını aynı süreçte yaşamak, hiçbir kadın için kolay değildi. Mehpare Hanım'ı hatıralarından uzakta bir yerde tebdil-i havaya göndermek mümkün olabilir miydi acaba?

Evdekiler hal çaresi aramışlardı. İki bebeği birden emzirmekte olan Mehpare'yi bu kargaşada kim, nereye götürebilirdi? Behice'nin aklına, Mehpare'yi çocuklarla birlikte Beypazarı'na yollayabilecekleri geldi. Kendi de onlarla birlikte gider, babasını görür, sonra o, İstanbul'a geri dönerdi. Mehpare'ye bir-iki ay çiftlikte kalmak, temiz hava almak ve taze gıdalarla beslenmek iyi gelebilirdi.

Konuyu Mehpare'ye açtıkları zaman şaşırdılar. Kız, kendinden beklenmedik bir inatla itiraz ediyordu. Hiçbir yere gitmeyecekti. Kocasının kokusunun sindiği ve hatırasının canlı kaldığı odalardan kimse söküp alamazdı onu.

"Mehpare, yavrum, bunu senin iyiliğin için istiyoruz," demişti Reşat Bey. "Bu evde sık sık aklı şaşan yaşlı teyzemle kapanıp kalman doğru değil. Ölenle ölünmüyor kızım, kendini düşünmüyorsan, oğlunu düşün. Senin onun iyiliği için sıhhatli olman lazım."

"Ben sıhhatliyim efendim."

"Ruhen de sıhhatli olman lazım."

"Ruhen de sıhhatliyim ben. Kemal yaşıyormuş gibi davranmamın sebebi, Saraylıhanım'ı mesut etmektir. Hem bana da çok iyi geliyor o yaşıyormuş gibi yapmak."

"İşte tehlike burada. O öldü. Yaşıyormuş gibi yapmaman lazım."

"Pekâlâ! Bir daha yapmam!"

Mahir'in, "üzerine varmayın" tavsiyesiyle, ısrar etmemişlerdi. Mehpare de hakikaten bir daha Kemal yaşıyormuş gibi davranmamış, Saraylıhanım'a oyununda eşlik etmemişti. Ve şimdi, cezvede kaynattığı ıhlamuru bardağa dökerken, Mehpare kendi kendine gülümsüyordu. Evdekiler onu deli zannediyorlardı. Varsın öyle zannetsinlerdi. Merdivenlerde Saraylıhanım'ın ayak seslerini duydu.

"Niye aşağı iniyorsunuz canım, ben getiriyordum ıhlamuru."

"İçine bal koydun mu göğsünü yumuşatsın diye?"

Alçak sesle, "Koydum, koydum," dedi, "haydi gidin siz, burada görmesinler sizi."

Ayaklarını sürüyerek uzaklaşan ihtiyarın arkasından baktı. Halim'in doğumu esnasında, ebe gelene kadar duruma hâkim olan, sonraki haftalarda konağı çekip çeviren otoriter kadın, Halim'in sıhhatine kavuşması ve hastaneden eve dönmesiyle, artık vazifesi bitmişçesine kendini tamamen bırakmış, ismiyle müsemma tam bir deli saraylıya dönüşmüştü.

Behice'yle kızlarının Saraylıhanım'a tahammülü giderek azalırken, Mehpare'nin ona olan sevgi ve şefkati her geçen gün artıyordu. Biliyordu ki, Kemal'in ölümüyle yüreğine düşen kızgın kor, aynı şiddetle bu ihtiyarın yüreğini de harlıyordu. Birbirlerini anlıyorlardı onlar. Bu evden ancak Saraylıhanım'a, Allah gecinden versin, emri hak vaki olursa çıkardı. O zaman da Beypazarı'na değil, İzmir'e yerleşeceğini yazan Azra'nın yanına giderdi. Eğer o hâlâ yalnızsa ve bir arkadaşa ihtiyacı varsa.

İki kanadı kırık kuş birlikte uçarlardı.

FİRAR
17 KASIM 1922

Osmanlı Hükümdarı Sultan Vahdettin Han, on yedi gün var ki, padişah değildi.

1922 yılının 1 Kasım gecesi, saltanatın lağvedildiği kendine tebliğ edildiğinden beri, sarayında sadece Halife sıfatıyla oturuyordu.

Halife sıfatını muhafaza ederek, Yıldız tepelerinden, her kubbenin altında bir ecdadının yattığı yedi tepeli İstanbul'a bakarken, halifesi olduğu ve yardımına koşacaklarını umduğu Arap devletlerinin hıyanetine mi yanıyordu, yoksa yıllardır yanlış oynanmış taşlara, göz göre göre yapılmış hatalara mı, bunu anlamak mümkün değildi. Çünkü mutat suskunluğu büsbütün artmış, artık hiç konuşmaz olmuştu. Derin bir keder içinde olduğu, yüzünün çizgilerinden omuzlarının çaresizliğini anlatan duruşuna kadar, her halinden belliydi.

Osmanlı'yı sona erdiren karar kendine tebliğ edildiğinde pek şaşırmamıştı.

Milli Hükümet'in temsilcisi Refet Paşa'yı, Sultan'ın başyaveri Kabataş'ta, "Hoş geldiniz efendim. Zat-ı Şahane'nin size ve temsil ettiğiniz Milli Hükümet'e selamı şahanelerini iblaya memuruz," diyerek karşıladığında, Refet Paşa'dan şu cevabı almıştı:

"Zat-ı Hilafetpenahilerine karşı duyduğum hürmet ve teşekkürü lütfen kendilerine arz ediniz."

Sultan Vahdettin, bu cümleden padişahlığının son bulduğunu anlayabilecek akla sahip bir kişiydi. Bundan sonra olabilecekleri hesaplarken, yakın tarih içindeki ihtilalleri düşünüyor ve ölümün soğuk elini alnında hissetmesine mâni olamıyordu.

Fransız Kralı XVI. Louis'nin kafası, aile fertleriyle birlikte giyotinle uçurulmuştu. İngiliz Kralı I. Charles balta ile öldürülmüş, Rus Çarı ailesiyle beraber kurşuna dizilmişti. Bunlar Sultan'ın aklına ilk anda geliveren cinayetlerdi. Başkalarını hatırlamak için zorlamadı kendini. Sona erdirilen impartorluklarda, o an tahtlarda oturan kişilerin ortak kaderiydi öldürülmek. Vahdettin'in pek çok atası ve akrabası da cinayete kurban gitmemiş miydi?

Kimi oğlunun, kimi analığının, çoğu erkek kardeşinin, hatta biri babasının emriyle öldürülmüştü. Erk ve ölüm kol kola dolaşırlardı tahtın çevresinde. Madem kaderine böyle yazılmıştı, tevekkülle kabullenmeliydi ölümü. Bu ileri çağda, herhalde onu Genç

Osman gibi vahşi ve gayriinsani usullerle halletmeyeceklerdi. Kurşuna dizer ya da ipe çekerlerdi.

Fakat ortalıkta böyle bir işin hazırlığını gösteren hiçbir işaret de göremiyordu. Sabırla beklemekten başka yapabileceği hiçbir şey yoktu. Bekliyordu. İntihar etmeyi hiç, kaçmayı henüz düşünmüyordu.

Sonra, fikrinin değişmesine sebep olan o müessif olaydan haberdar edildi.

İşgal yıllarında ve istiklal mücadelesinin sürdürüldüğü dönemde, Ankara Hükümeti'ne son derece muhalif, saltanat yanlısı bir gazete olan *Peyam-ı Sabah*'ın başyazarı Ali Kemal Bey, Beyoğlu'nda bir berberde tıraş olurken, Gizli Teşkilat'ın adamları tarafından kaçırılmış, bir arabayla Kumkapı'ya götürülmüş ve bir motora bindirilerek İzmit'e sevk edilmişti.

İzmit'te dahi fikir ve görüşlerinde ısrarcı olmuş, "Türk milleti felakete sürüklenmiştir. Bu zafer geçicidir," diyerek savunma yapmıştı.

Bu iriyarı ve etrafa meydan okuyan yazara, halk galeyana gelerek sopalar ve taşlarla saldırmış, onu korumakla görevli tabura ise, kumandanları Nurettin Paşa tarafından gerekli koruma emri verilmediği için linç edilerek öldürülmüştü.

Cuma Selamlığı yaklaşıyordu. Vahdettin, onu kalabalıklara salarak, böyle bir linç olayı ile ortadan kaldırmalarının da mümkün olabileceğine vehmedince ürperdi. Halkın arasına karışmamalıydı. Dört yıl düşman çizmesi altında inim inim inlemiş insanların, çektiklerinin hesabını hükümdarlarından sormaya hakkı vardı. Keşke Sultan Vahdettin'in de halkına, kendi çektiği acıları, tuttuğu yolun dışında hiç başka çıkar yol göremediğini, nasıl bir azapla kaderine katlanmış olduğunu anlatmaya fırsatı olaydı.

Keşke Milli Ordu'nun kazandığı zaferi, Allah'ın bir mucizesi olarak kabul ettiğini, muzaffer askerlere en az onlar kadar minnet duyduğunu anlatabileydi. Ama biliyordu ki, böyle bir fırsatı asla olmayacaktı. Halkın arasından fırlayacak bir deli, ahaliyi peşinden sürükleyebilir ve maazallah... Düşünmek dahi istemiyordu, makamına hiç yaraşmayacak öyle bir müessif manzaranın tekrarını.

Cuma Selamlığı'ndan önce kaçma kararı aldı.

Acele yaptırdığı ağız arama, yurtdışına kendiliğinden çıkmasının Milli Hükümet tarafından da tasvip gördüğü yolundaydı. Kimse kan dökülmesini, kargaşa çıkmasını ve halifeye zarar gelmesini istemiyordu. Ankara'dakiler, linç olayından dolayı mütessirdiler. Tekrarını istemiyorlardı. Belki en iyi çözüm buydu, halifenin emniyet içinde sınırdışına çıkarılmasıydı.

Ahmet Reşat, 17 Kasım günü, Yıldız Camii'nin önünde, vükelaya ayrılan bölümde, tören kıyafetini giymiş olarak yerini aldı ve Cuma Selamlığı'na katılacak olan halifeyi diğer yüksek rütbeli zevat ile birlikte beklemeye başladı.

Sarayın hassa askerleri, renkli kıyafetleri ve beyaz eldivenleriyle, zabitleri, yaldızları, kalpakları ve parıldayan çizmeleriyle, hazırolda durmuş, padişahı getirecek arabayı bekliyorlardı. Araba gecikmişti.

Ezan okundu. Epey bir zaman daha geçti.

Beygirler, binicilerinin altında uzun zamandır beklemekten sıkılıp huzursuzca kıpraştılar, yerlerinde tepinmeye başladılar.

Ahmet Reşat, diğer nazırlarla birlikte, bir daha Cuma Selamlığı'na hiç gelmeyeceğini bildiği padişahını, sanki birazdan gelecekmiş gibi saygıyla bekleyişini sürdürürken etrafındaki halka baktı.

İstanbul'un cefakâr, çilekeş ve kandırılmış halkına.

İçinden, cami avlusunu dolduran bu insanları teker teker öpmek ve her birine yağmur altında bekleşeceklerine evlerine gitmelerini tavsiye etmek geçiyordu.

Çünkü biliyordu ki, İstanbullular, Cuma Selamlığı'nda bekleşirlerken, Sultan Vahdettin VI. Mehmet Han, General Harrington'un himayesinde hazırlanmış bir kaçış planıyla, tam da o sıralarda vatanını terk etmekteydi.

Sabahın erken saatlerinde, hükümetin beş eski nazırı ve üç eski sadrazamı Yıldız Sarayı'na gitmişlerdi. Önce haremde ailesiyle ve yakınlarıyla vedalaşan Sultan, sonra selamlığa geçmiş, kendini geçirmeye gelmiş zevata veda etmişti. Üzerinde resmi üniforması, göğsünde yerli ve yabancı nişanlarının çoğu, burnunda muhtemelen gözyaşlarını saklamak üzere koyu duman rengi gözlüğü ile, derin bir keder içinde ellerini sıkmış, titrek bir sesle konuşmuştu.

Vedalaştığı sadrazam ve nazırlar, kendi arabalarına binerek cami avlusuna hareket ettikten beş dakika sonra, kendini ve maiyetini götürecek olan, perdeleri indirilmiş iki otomobilden birine binip Malta Köşkü'nün Beşiktaş kapısından çıkarak, İngiliz askerlerinin karşılıklı dizilerek nöbet tuttuğu caddeden akıp Dolmabahçe Sarayı'na gidecekti.

Dolmabahçe Sarayı'nın harem dairesinde kısa bir süre istirahat ettikten sonra, sarayın rıhtımından İngiliz bayrağı çekili motora binecek ve kaderinin ona oynadığı kötü oyunun son perdesini yaşamak üzere, onu beklemekte olan Malaya adlı harp gemisine ulaşacaktı.

Yanında iki karısı, gözdesi, oğlu Ertuğrul, hususi doktoru Reşat Paşa, Başyaveri Çerkez Paşa ve esvapçıbaşısı gibi özel işlerini gören birkaç sadık adamı vardı. Hep birlikte tam on iki kişiydiler. Muhtemelen, Malaya zırhlısının güvertesine iki sıra halinde dizilmiş İngiliz bahriyelileri, bandonun çaldığı Sultani Marşı ile Sultan'ı şu anda selamlamakta idiler.

Ahmet Reşat, göğüs cebinden çıkardığı köstekli saatine aceleyle göz attı. Evet, şu sıralarda, Sultan'ın bindiği gemi demir alıyordu herhalde. Saati cebine geri koydu. Başını öne eğerek ve ellerini göğsünün üzerinde kavuşturarak, kimseye belli etmeden selam verdi, ona ve atalarına şerefler bahşetmiş imparatorluğun son hükümdarına. Başını kaldırdığında gözlerinde yaşlar vardı ve içi Kemal'in ölümünden beri ilk kez bu kadar yaralıydı, bu kadar keskin bir acıyla yanıyordu.

Ahmet Reşat, artık beklemekten vazgeçen ve homurdanarak dağılmaya başlayan halkın arasına karışarak, dış kapıya doğru yürüdü. Serpiştiren yağmur hızlanmıştı. Buna memnun oldu, çünkü elinde olmadan, hatta farkında dahi olmadan, onun da gözlerinden yaşlar yuvarlanmaktaydı. Kendini o anda Gırnata'nın son Hükümdarı III. Abdullah'a benzetti. Hükümdar, bir tepenin üzerinden seyrettiği alev alev yanan şehrinin sokaklarını dolduran İspanyol askerlerini gördüğünde ağlamıştı ve yanı başındaki annesi, ona söylediği şu sözlerle tarihe geçmişti:

"Ağla, ağla, şimdi sana ağlamak yakışır. Erkekler gibi müdafaa edemediğin bu şehir için şimdi kahpeler gibi ağla!"

Ağlamakta geç kalmıştı Ahmet Reşat. Sevgili Kemal'i ve Kemal'in arkadaşları gibi canla başla, erkekler gibi müdafaa edememişti şehrini. Ama o gençlerin sayesindedir ki, İstanbul tekrardan onun şehri olmak üzereydi. Küstah yabancılar, yaldız kordonlu rengarenk üniformalarıyla dolaşmayacaklardı bu şehrin sokaklarında ve hiçbir Osmanlı subayı... Af buyurun, hangi Osmanlı? Osmanlı mı kalmıştı? Bir zamanlar Osmanlı'ya ait olan çok geniş mülkten elde kalan bir avuç toprakta, Türk subayları, o horoz kibriyle dolanan heriflerin karşısında selama durmak mecburiyetinde kalmayacaklardı bundan böyle.

"Buna da şükürler olsun," dedi içinden.

***

Ahmet Reşat hiçbir vasıtaya binmeyerek, ta Beyazıt'a kadar yürüdü. Evinin kapısının önüne geldiğinde, hem manen, hem de bedenen tükenmişti. Anahtarını kullanmaya üşenip çıngırağı çaldı. Kapıyı açan Hüsnü Efendi'yi başıyla selamlayıp, hiç konuşmadan eve yürüdü. Kapının önüne geldiğinde, kapı hemen açıldı. Behice, bitkin görünen kocasının redingotunu çıkarmasına yardım etti, fesini aldı ve gözleriye selamlığı işaret etti, "Caprini Efendi bir saattir içerde sizi bekliyor," dedi, "Kont Caprini Efendi."

"Allah allah! Ne istiyor acaba?"

"Pek anlayamadım. Bir liste mi varmış neymiş... Sizi mutlaka görmek istedi. Ayol siz de neden böyle geciktiniz bugün Reşat Bey?" diye sordu Behice.

VEDA

Ahmet Reşat, erken sabahın tülü andıran sisinde, sulardan yükselmiş bir masal şehir gibi duran İstanbul'un göğe uzanan minarelerine içi titreyerek baktı. Bir daha hiç görememesi çok muhtemel bu manzarayı beynine nakşetmek ister gibi, gözlerini kırpmadan, dimdik durdu denizin kenarında. Sonra iyot kokan serin havayı ciğerlerine çekti ve gözlerini kapatarak şehri dinledi. Beş duyusu ile algılamak istiyordu İstanbul'u. Minareleri, kubbeleri ve denizinin değişken mavisini gözleriyle, yosun, tuz ve kömür kokan havasını burnuyla, tramvay gıcırtılarından vapur düdüklerine, satıcı seslerinden martı çığlıklarına kadar her sesini kulağıyla hafizasına nakşetmek ve asla unutmamak istiyordu.

Az uzağında duran Mahir'in yanına yaklaştığını sezince, boğazına takılan tarazın sesine yansımaması için hafifçe öksürdü ve yanı başına gelen arkadaşına,

“Yokluğumda sizden aileme göz kulak olmanızı isteyemem, lakin elinize doğan iki yavrunun sıhhatleriyle alakadar olursanız, beni bahtiyar edersiniz, Mahir Bey,” dedi.

“Müsterih olun efendim. Elim sadece o yavruların değil, bütün ailenizin üzerinde olacak. Buradaki işim sizin avdetinizden önce bitecek olursa, taşraya gitmeyip İstanbul’da bir hastaneye tayin talep edeceğim. Kabul etmezlerse istifa ederim.”

“Olur mu öyle şey! Benim ne zaman döneceğim belli değil. Belki hiç dönemem. Mesleğinizi benim aileme hamilik yüzünden mahvedemezsiniz.”

“İcap ederse bir muayenehane veya bir küçük eczane açarım. Siz dönene kadar aileyi asla yalnız bırakmam.”

“Size böyle bir mesuliyet yüklemeye hakkım yok. Eliniz üstlerinde olsun, kâfidir. Behice Hanım hesaptan pek anlamaz. Belki o hususta ona yardımcı olursunuz. Ah, keşke Kemal sağ olaydı...”

Ahmet Reşat sesinin titremesine mâni olamayınca sustu.

“Reşat Beyefendi... Nasıl söyleyeceğimi bilemiyorum... Pek utanıyorum ama mecburum konuşmaya, zira başka vakit yok...”

“Buyurun Mahir Bey.”

“Aramızda yaş farkı olduğuna müdrikim, lakin sizin yokluğunuzda, hanımlara laf getirtmemek, çıkabilecek dedikodulara mâni olmak için, Leman Hanım’ın desti izdivacını talep etsem... Sizin avdetinizde nikâhlanmak üzere, aramızda hemen bir nişan yapsak..."

"Mahir, aileme mukayet olmanızı istemek başka şey, bu başka şey. Böyle bir fedakârlığı niçin yapasınız? Hem sonra, Leman daha çocuk."

"Leman Hanım on altı yaşında. Siz dönene kadar on yedisine basar. Biz bekleriz."

"Kendinizi bizim için feda edemezsiniz."

"Reşat Beyefendi, ben kendimi feda etmiyorum ki, ben Leman Hanım'a hayranım."

"Yaaa!"

"Sakın yanlış anlamayın. O artık bir genç kız ve ben onu çok beğeniyorum. Hadiseler böyle tezahür etmeseydi, asla size açılamazdım. Hayranlığım içimde sır olarak kalırdı. Lakin şimdi vaziyet değişik. Evinizi erkeksiz bırakmamak lazım."

"Ben kızımın büyüdüğünü hiç fark etmemişim. İşimden gücümden, memleket meseleleriyle uğraşmaktan evlatlarıma bakmaya dahi vakit bulamamışım. Hayatı kaçırmışım Mahir. Şimdi de bakın, hayat beni, bir suçluymuşum gibi, yaban ellere kaçırıyor..." Ahmet Reşat, gözleri dolarak uzaklara baktı.

"Cevabınız müsbet mi efendim? Beni damatlığa kabul ediyor musunuz?"

"Sizden daha münasip bir damat düşünebilir miyim Mahir? Benim en yakın dostumsunuz. Nesillerdir süren hukukumuz var. Lakin bu hususu zevceme ve kızıma da danışmam lazım. Evlenecek olan Leman'dır."

"Eğer onlar da kabul edecek olurlarsa bu akşam nişan takabiliriz, siz gitmeden önce."

"Ben şimdi eve dönüp bu hususu ailemle görüşeyim. Eğer herhangi bir itiraz olursa dostluğumuza halel gelmez, değil mi?"

"Asla. Ben yine ailenizle ilgilenirim, siz dönene kadar İstanbul dışına çıkmam."

"Olmaz öyle şey. Önce ben kızımla görüşeyim de... Ona göre, sonra konuşuruz."

"Behice Hanımefendi'nin ve Leman Hanım'ın kararlarından beni haberdar eder misiniz Reşat Beyefendi?"

"Elbette. Hüsnü Efendi hastaneye mektubumu getirir."

"Evde bekleyeceğim. Evim size daha yakın," dedi Mahir.

"Pekâlâ. Ben biraz daha yürüyeceğim sahilde. Öğlen namazından sonra mektup elinizde olur Mahir Bey."

Mahir, Ahmet Reşat'a veda edip Sirkeci istikametine doğru pelerinini savurarak hızlı adımlarla yürümeye başladı. Yürüyor muydu, uçuyor muydu, kendi de bilmiyordu.

Mahir gözden kaybolunca Ahmet Reşat kıyıdaki iri taşlardan birinin üzerine oturdu, uzaklara baktı. Güneş henüz yükselmemiş olduğu için denizin rengi koyulaşmamıştı. Buz mavisinin üstünde, karşı kıyıdaki bulutların arasında çırpınıp duran güneşin kızıl ışıkları oynaşıyordu. Tarihi yarımada, geçmişinin tüm ihtişamı, günahları ve sevaplarıyla sarıp sarmalıyordu Ahmet Reşat'ı. Onun doğup büyüdüğü, ait olduğu, daracık sokakları nehirler gibi denize dökülen, kızıl asmalarla nefti selvilerin, mor erguvanların süslediği mütevazı evleriyle, ıssız, geniş meydanlarıyla, İslam ve Hıristiyan mahalleleri birbirine bağlayan köprüsüyle, yaşlı, mağrur ve emsalsiz bir şehirdi bu. Yarın bu saatlerde bir İtalyan gemisi ile şimdi bulunduğu sahilin önünden yavaşça akarak, camilerin kalem kalem göğe uzanan minarelerine, eski sarayın kubbelerine son kez bakarak, geride evini, ailesini, bütün akraba ve dostlarını bırakarak sürgüne gidecekti. Leman'ı telli duvaklı bir gelin olarak göremeyecek, torunlarını kucağına alamayacaktı. Suat'ın genç kızlığa adım atışlarına, Behice'nin güzel gözlerinin, dudaklarının etrafında çizgiler oluşmasına, Sabahat'le Halim'in yürümeye, konuşmaya başlamasına, teyzesinin bu dünyadaki son yıllarına, kısacası hayatında mânâsı, önemi olan hiçbir şeye tanık olamayacaktı. Onca tahsil, imparatorluğun üç kıtasında emeğini cömertçe akıttığı memuriyeti, pek önemsediği liyakat nişanları, sadakatle bağlandığı, hizmet ettiği Sultanı... Ahhh, o zayıf yüzünde içine çökmüş gözlerini kimseyle göz göze gelmemek için hep kapalı tutan ve birkaç gün önce bir İngiliz muhribiyle tıpkı bir vatan haini gibi sessizce kaçtığı için suçladığı Sultanı ki, yarın da kendisi tıpkı onun gibi bir yabancı gemiye binerek çekip gidecekti, nesi var nesi yoksa her şeyini bu şehirde bırakarak, minarelere can veren müezzinlerin yanık sesleriyle okudukları ezanı bir daha hiç duymamak üzere.

Oysa ne o suçluydu, ne onunla birlikte aynı gemiye binerek kaçacak olan kabine üyeleri, ne de Sultan.

Sultan, yüzlerce yılın birikmiş hatalarını zayıf omuzlarına tek başına yüklenmiş bir zavallıydı. Yüzyılların talanı, dolanı, rüşveti, cehaleti, oburluğu, kayırmacılığı, yobazlığı, din adına yapılan binlerce hata, fesat ve vurgun ve Avrupa devletlerinin arsız iştahası Vahdettin'in elinde patlamıştı, hem kendini, hem etrafını yakarak.

Gitmişti Sultan. O da gidecekti. Kendi kendine bir kere daha sordu? Niçin gidiyordu, niçin?

Yaban ellerde kimliğini, sıfatını yitirmiş bir hiç olarak yaşamaya çalışmak için... Sırf nefes alıp vermek için... Yiyip, içip, yatıp uyumak için.

Yiyip içmek mi?

Hangi parayla ve nereye kadar? Ailenin iratlarından elde edeceğini umduğu üç-beş kuruşla ömür sürdürmek... Ya uzun yaşarsa? Ya medet umduğu mülklerine el konulursa, ki bu tehlike şu anda dahi mevcuttu, neyle geçinirdi o ve ailesi? Henüz kundakta iki bebe, biri çok yaşlı, diğeri çocuk altı kadın ve başlarında belki Mahir! Mahir'i Allah göndermiş olabilir miydi ailesini koruması, kollaması için? Gerçi kayınpederi vardı taşrada, ailesini teslim edebileceği, ama İbrahim Bey çok yaşlıydı kasabasını bırakıp büyük şehre yerleşmek için. Behice ve kızlarını ise hayal bile edemiyordu Beypazarı'ndaki çiftlik evinde.

Yüzeyindeki kızıl titreşimlerin giderek azaldığı suya baktı. Görünmez bir el, ebru yapar gibi, kızıl ve sarı tonlarla gidip gelen keskin çizgiler çekiyor ve bu çizgiler bir anda yumuşayıveriyorlardı. Şimdi yürüyüverseydi şu denize. Üstünde oturmakta olduğu kocaman taşı kucaklayarak yürüyüverseydi. Az ötede, renkli sulara gömülerek yavaş yavaş batsaydı. Tıpkı terk etmeye hazırlandığı imparatorluğu gibi batsaydı. Çok mu vazgeçilmezdi bir can? Allah nasılsa bir gün almayacak mıydı o canı?

Ahmet Reşat kalktı oturduğu taşın üzerinden. Sarhoş gibi sendeleyerek, rengi artık hızla koyulmaya, lacivertleşmeye başlayan sahil boyunca yürüdü. Omuzları çökmüş, boynu paltosunun içinde kaybolmuştu. Umutları, beklentileri, geleceği de kaybolmuştu. Bundan böyle ailesine kederden başka hiçbir şey veremeyecekti. Üzüntü, endişe, Allah korusun, kim bilir, belki de utanç. Kızlarına vatan haininin çocukları diyeceklerdi birileri. Vatan haininin zevcesi, vatan haininin teyzesi, vatan haininin akrabaları diyeceklerdi sevdiklerine. Kemal'i azarladığı ve suçladığı o korkunç günü düşündü. "Adımı vatan haininin dayısına çıkarttın benim! Yıkıl git karşımdan!" demişti karşısında çaresiz duran yeğenine.

"Allahım," diye geçirdi içinden, "Allahım, ben ne suç işledim de sana karşı, bana böyle bir yazgı yazdın, Allahım? Ben nasıl taşıyacağım bu kefareti?"

Ailesinin selameti için, bütün kalbiyle kızının Mahir'in evlenme teklifini kabul etmesini diledi.

Mahir, Hüsnü Efendi'nin uzattığı zarfı elinden alır almaz, adamın uzaklaşmasını beklemeden açtı mektubu. Aceleyle son satırlarına göz attı.

"Hüsnü Efendiii," diye seslendi merdivenleri inmeye başlayan adamın arkasından. Duraladı Hüsnü Efendi, yukarı bakarak, "Buyur beyim," dedi.

"Gelsenize." Ceplerini karıştırıp bulduğu bozuk paraları olduğu gibi boca etti tekrar kapının önüne gelmiş olan adamın avcuna. Şaşkın şaşkın baktı Hüsnü Efendi.

"Bir siparişiniz mi var?"

"Yok. Bahşiş verdim."

"Beyim, çok para bu."

"Güzel haber getirdin bana efendi. Evdekilere ikindi okunur okunmaz konağa geleceğimi söyle."

Adam gider gitmez içeri koştu, ilk önüne gelen sandalyeye oturdu ve mektubu sindire sindire okudu. Leman teklifini kabul etmişti. Behice Hanım'la Saraylıhanım'ın da itirazları yoktu, bilakis pek sevinmişlerdi. Akşam yemeğine bekleniyordu.

Mektubu katlayıp cebine koydu, Kapalıçarşı'ya gitmek üzere hazırlanmaya başladı.

Mahir konağa vardığında, kalfa onu her zamanki gibi selamlığa değil, doğrudan üst kattaki oturma odasına çıkardı. Sofadaki masaya alafranga bir sofra kurulmuştu. Ortada henüz kimseler yoktu. Mahir kocaman lokum kutusunu konsolun üzerine bıraktı, pencerenin önündeki sedire oturup dışarı baktı. Sokak karanlıktı. Yolun başındaki sokak lambası dahi yanmıyordu. Karanlık günlere, kendi karanlığıyla eşlik ediyor gibiydi sokak. Oysa Mahir'in içi apaydınlıktı. Bunca sıkıntı ve kederin ortasında adeta utanıyordu mutluluğundan.

Ahmet Reşat odaya girince ayağa fırladı.

"Azizim, içim çok rahat etti. Kızımın da meğer sizde gönlü varmış. Ne zaman büyüdü de bir erkeğe gönül düşürecek yaşa geldi Leman, hayretler içinde kaldım," dedi. "Gözümün önündeki evladımın gelişmesine bigane kalmışım, ne yazık!"

Mahir kıpkırmızı oldu. Leman'ın onda gönlü olduğunu söylüyordu Reşat Bey. Başka şeyler de söylüyordu ama duymuyordu Mahir. Kalbi deli gibi çarpıyordu.

"...evet, ne diyorsunuz bu fikrime Mahir Bey? Artık evde erkek kalmadığına göre, selamlığa da lüzum kalmadı. Diyordum ki, nikâhtan sonra İstanbul'da kalmak ve hususi muayenehane açmak isterseniz, bizim selamlığı kullanabilirsiniz."

"Nikâh için dönüşünüzü bekleriz efendim."

"Dönüşüm olmayabilir. Aile arasında nikâh kıyar, düğün için biraz bekleyebilirsiniz. Leman hiç olmazsa on yedisinden gün alsın."

"İnanıyorum ki, düğünümüzde hep birlikte olacağız."

Ahmet Reşat, içini çekmekle yetindi. Az sonra içeriye Saraylıhanım, Behice ve Suat geldiler. Mahir, Leman'ın hâlâ gözükmemesine üzülerek, ayağa kalkıp selamladı hanımları, Suat'ı yanaklarından öptü.

"Aaa, zahmetler etmişsiniz Mahir Bey." Behice lokum kutusunu Mahir'den alıp kalfaya uzattı. "Gümüş şekerliğe boşaltın lokumları lütfen." Yine Mahir'e döndü, "Mehpare, Leman'ın saçlarını maşalıyordu. Birazdan gelirler," dedi, geçti yerine oturdu.

"Ay vallahi Mahir Bey, Saraylıhanım müşahade etmişti sizin Leman'a meylettiğinizi ama ben hiç ihtimal vermemiştim. Neyse, hayırlısı olsun. Bizim de başımızda bir erkeğimiz bulunur böylece. Sahipsiz kalmayız beyim dönene kadar."

"Ben her zaman emrinizdeyim efendim," dedi Mahir.

"Estağfurullah Mahir Bey."

"Müsaade ederseniz, bu akşam Reşat Beyefendi'nin huzurunda nişanımızı takalım."

"Biraz aceleye gelmiyor mu bu iş?" diye sordu Saraylıhanım, "Kemalimi de bekleseydiniz keşke."

"Beyefendi yarın gidiyorlar da o yüzden acele ediyoruz," dedi Mahir.

"Kızlarımın mürüvvetlerini görmek bir daha nasip olmayabilir teyze," dedi Ahmet Reşat.

"O nasıl söz Reşat Bey, böyle kötüye yormayınız lütfen. Birkaç ay sonra döneceksiniz. Suçsuzluğunuz ispatlanacak...." Behice'nin gözleri dolmuştu.

"Suçlu muyum ki suçsuzluğum ispatlansın?" diye sitem etti Ahmet Reşat. "Bir insanın bağlı olduğu müesseseye ihanet etmemesi suç mudur?"

"Reşat Bey, siz kaybeden tarafta oldunuz. Bu yüzden suçlusunuz. Mesele bundan ibarettir. Kemal hayatta olaydı, o kazanan tarafta olacaktı," dedi Behice.

"Kemal hayatta ayol. Birkaç haftaya kalmaz, çıkar gelir, görürsünüz."

Saraylıhanım'ı duymazdan geldiler.

"Mesele pek de öyle değildir efendim," dedi Mahir, "Reşat Beyefendi Sultan'a cephe almadı ama memleketin kurtuluşu için, kazanan tarafa çok yardımcı oldu... Tabii ki el altından. Lakin Sultan'ın kaçacağını hiçbirimiz düşünemedik."

"Sultan'a kaçması ima edildi," dedi Ahmet Reşat.

"Olsun. Kaçmayabilirdi."

"Kim olsa kaçardı. Biz de kaçmıyor muyuz?"

"Siz sultan değilsiniz."

Behice lafı değiştirmek için, "Mahir Bey, askeriyede eskiden beri sultanları sevmezlermiş. Nedendir bu?" diye sordu.

"Eskiden beri değil efendim, Abdülhamit'ten beri sevmezler. Haksızlar mı?"

Ahmet Reşat cevap vermeye hazırlanıyordu ki, içeri Leman ve Mehpare girdiler. Leman'ın maşa çekilmiş uzun saçları buklelerle omuzlarına dökülüyordu. Gözlerine hafifçe sürme çekmişti. Üzerinde açık lila rengi, yakası dantelli bir elbise vardı. Mahir, kapının ağzında duran ve kendine gülümseyen kızın güzel yüzünden gözlerini alamıyordu. Odada her kim varsa silinmiş, bir tek Leman kalmıştı sanki ve etrafına ışık saçıyordu.

Ahmet Reşat da Mahir gibi, kızının daha önce fark etmediği çekici güzelliğine, dişiliğine hayretle ve hayranlıkla baktı. Leman'ı kundağıyla kucağına aldığı ilk anı hatırlayınca gözleri doldu, yüreği sızladı. Kızının genç kızlığa geçişini, vazife aşkı yüzünden kaçırmıştı. Şimdi de vazifesinin başına ördüğü çorap yüzünden diğer evlatlarının büyüdüğünü görmekten mahrum kalacaktı.

"Hoş geldiniz efendim."

Leman'ın sesiyle kendilerine geldiler. Mahir kızın ona uzattığı elini dudaklarına götürdü. Leman, hayatında ilk kez eli öpüldüğü için biraz şaşkın ama çok memnundu. Güzelliği ile Mahir'i büyülediğinin, diğerlerine de artık büyümüş olduğunu kabul ettirdiğinin farkındaydı ve ilgi odağı olmaktan hoşnut görünüyordu.

"Artık herkes burada olduğuna göre, yemeğe geçebiliriz," dedi Behice.

Mahir ayağa kalktı. "Bu sabah, Leman Hanım'a izdivaç teklif etmek için sizlerin muvafakatlarınızı almıştım," dedi. "Şimdi huzurlarınızda Leman Hanım'a bizzat izdivaç teklif ediyorum." Leman'a dönüp gözlerinin içine baktı. "Beni zevciniz olarak kabul eder misiniz?" diye sordu.

Saraylıhanım, büyükleri dururken bir de kızların kendilerine evlenme teklif etmek de nereden çıktı şimdi dercesine sinirli sinirli kıpırdandı. Asriliğe düşkün bir zıpır daha katılıyordu aileye demek ki! Bir an hiç kimse konuşmadı. Leman mahcup mahcup önüne bakıyordu. Mahir'in yüreği ağzına gelir gibi oldu.

Leman nihayet, "Pederim uygun görmüşlerse..." dedi alçak sesle.

"Ya siz Leman Hanım?"

Leman az daha nazlandıktan sonra, "Evet efendim," dedi.

"O halde nişanlanmamıza müsaade eder misiniz efendim?" diye sordu Mahir, Ahmet Reşat'a.

"Etmişler ya işte," dedi Saraylıhanım. "Kemal de sizi pek sever zaten."

Mahir gülümsedi, cebinden bir elmas yüzük çıkardı.

"O halde, bu nişan hayırlara vesile olsun."

Mahir yüzüğü Leman'ın parmağına taktı. Cebinden bir ikinci yüzük daha çıkardı ve Leman'a uzattı. Leman gümüş halkayı elleri titreyerek Mahir'in parmağına geçirdi. Saraylıhanım, bir kızın nişanlısına yüzük taktığını ilk kez görüyordu. Bu işleri aile büyükleri yapmalıydı. Deli miydi neydi bu adam!

"Leman Hanım, ablam Şahber Hanım'la birlikte, en kısa zamanda, aile yadigârı mücevherimiz ve nişan bohçamızla tekrar sizi ziyarete geleceğiz. Beni mazur görün, yarım günde ancak bu kadar hazırlanabildim," dedi Mahir.

"Pek de güzel hazırlanmışsınız işte efendim. Haydi şimdi sofraya buyurun," dedi ve önden yürüyerek odadan çıktı Behice. Tam sofraya yerleşmek üzereydiler ki, yukardan bir bebek ağlaması duyuldu. Mehpare yerine oturamadan fırladı.

"Halim bebek mi ağlıyor?" diye sordu Mahir.

"Hayır, bu Sabahat'in sesi. Meme saati geldi de," dedi Leman.

Behice'nin yerinden kıpırdamadığını görünce Mahir, "Behice Hanımefendi, biz siz dönene kadar bekleriz..." diye mırıldandı, "ben artık yabancı sayılmam..."

"Zaten yabancımız değildiniz Mahir Bey," dedi Behice. "Benim gitmemin lüzumu yok. Sabahat'i de Mehpare emziriyor, eksik olmasın. Benim sütüm kâfi gelmedi de."

"Zavallı Mehpare, sabahtan akşama kadar göğsünden bebek eksik olmuyor," dedi Leman. "Üstelik bebeklerin her ikisi de pek obur."

"Mehpare Ablam tıpkı inek gibi oldu," diye atıldı Suat.

"Suat! Pederiniz yarın yolculuğa çıkıyor olmasa sizi hemen odanıza yollardım. Bir daha konuştuğunuzu duymayacağım!" dedi Behice. Utançtan kıpkırmızı olmuştu.

"Mahir Bey kardeşim, siz dış görünüşüne bakıp kızlarımı büyüdü zannediyorsunuz ama gördüğünüz gibi, onlar daha çocuklar," dedi Ahmet Reşat.

"Münasebetsiz çocuklar," diye ekledi Saraylıhanım. Leman'ın gözleri doldu.

"Ne mutlu bana ki, çocuk saflığında bir eşe sahip olmak üzereyim," dedi Mahir.

"Haydi, bu akşam bu sofrada hep güzel şeylerden bahsedelim," dedi Ahmet Reşat. "İlerde, bütün ailemle bir arada olduğum bu son yemeği hatırlayıp bahtiyar olmak istiyorum."

"Niçin son yemek olsun? Daha nice yemekler yiyeceğiz hep birlikte," dedi Behice. Kocasının kaçma kararını almasıyla, kırılgan ve nazlı bir kadından, her türlü meşakkati sineye çekmeye hazır, güçlü, dirayetli birine dönüşüvermişti sanki. Karısına minnetle baktı Ahmet Reşat.

Bütün gayretlerine rağmen, sofraya gece boyunca hüzün hâkim oldu. Hepsi bu akşamın bir son yemek olduğunun bilincindeydiler. Mehpare hiç konuşmuyordu. Kemal'in ölümünden beri, gerekmedikçe konuşmaz olmuştu. Behice kederini saklamaya çalışsa da durgundu. Güya bir nişan yemeği idi bu ama Ahmet Reşat ve Mahir sadece memleketin ahvalinden ve sultansız kalan imparatorluğun başına nelerin gelebileceğinden konuşuyorlardı. İmparatorluğun mu?

"Artık Osmanlı'yı bu şekilde anmaktan vazgeçelim," demişti bir ara Ahmet Reşat. "İmparatorluğumuzu kaybettik, bir avuç vatan toprağı kaldı elimizde. İnşallah Mustafa Kemal Paşa bu arsız ve açgözlü devletlere onu kaptırmamaya bizden daha iyi muvaffak olur."

Yemekten sonra, Mahir hemen müsaade istedi. Ertesi sabah çok erken kalkılacaktı, malum.

"Mahir Bey, yarın siz hiç zahmet buyurmayın. Ben sessizce ayrılacağım evden. Arkadaşlarla rıhtımda buluşacağız," dedi Ahmet Reşat.

"Size veda için mutlaka rıhtımda olacağım efendim."

Ahmet Reşat müstakbel damadını bahçe kapısına kadar geçirdi. Leman orta katın penceresinde, hızlı adımlarla uzaklaşan nişanlısına el sallamak için boşuna bekledi. Mahir, konaktan ayrıldıktan sonra Leman'ı bir kez daha görmek için pencerelere bakmadan yürüyüp gitmişti karanlığın içinde, çünkü o anda aklında sadece Ahmet Reşat'ın sonu meçhul sürgün yolculuğu vardı.

Ahmet Reşat odaya geri gelince Leman'ı pencerenin önünde buldu.

"Sen niye odana çıkmadın yavrum?" dedi, kızının saçlarını okşayarak.

"Beybabacığım, neden gidiyorsunuz? Kimse bana doğru dürüst izahat vermiyor. Madem ki nişanlandım, artık çocuk da sayılmam. Lütfen?"

"Otur karşıma Leman," dedi Ahmet Reşat. Sesi yorgundu. Baba kız sedire karşılıklı yerleştiler.

"Bir liste var Leman. Bu listede adı olanlar, vatana hıyanet etmiş kabul edilenlerdir. Listeyi görmedim, lakin son kabinede bulunanların ve Sevr Muahadesi'ni imzalayanların adlarının listede olduğu muhakkaktır. Ankara Hükümeti, bu listede adı olanlara idam fermanı çıkartıyormuş."

"Beybaba!" Leman elini ağzına götürerek çığlığını bastırdı.

"Metanetinizi hiç kaybetmeyeceksiniz kızım. Sen annene, nenene ve kardeşlerine sahip çıkmalısın. Çok sakin olmalısın. Ben bütün ailemi sana ve Mahir Bey'e emanet ederek, gönlüm rahat gidiyorum. Bizlerin vatan haini olmadığımız anlaşılacak ve geri döneceğiz. Sen hayatını memleketine hizmet ederek geçirmiş, şerefli bir adamın kızısın. Bunu hiç unutma."

Leman hıçkırıklarla sarsılarak başını babasının göğsüne dayadı. Ahmet Reşat, bir müddet ağlamasına müsaade etti kızının, sonra yumuşak bir sesle, "Haydi gel şimdi odalarımıza çıkalım. Annen seni böyle ağlarken görmesin," dedi.

Leman toparlandı. Ellerinin tersiyle, gözlerine ilk kez sürdüğü ve şimdi yaşlarla yüzüne bulaşmış olan sürmeleri sildi. Gözyaşlarının yol yol siyah çizgiler çektiği masum yüzüyle, maşalanmış saçlarıyla, ne bir kadına, ne de bir çocuğa benziyordu. Sevgili amcasının ölüm haberi yüreğini hâlâ yakarken, ani bir kararla nişanlanıyor ve aynı gece babasının idam fermanını öğreniyordu. İri gözlerinde bütün bu acıları nasıl taşıyacağını bilemediğini ifade eden bir şaşkınlık vardı. Ahmet Reşat, hayatın yükünü tek bir cümleyle omuzlarına bırakıverdiği on altı yaşındaki kızına derin bir teessür ve sevgiyle baktı.

Mehpare, Halim'i emzirip altını temizledikten, onu yatağının ayak ucundaki beşiğine yatırdıktan sonra, bu kez sağ tarafında duran süslü beşiğe eğildi. Sabahat sımsıkı kapalı yumuk gözleriyle, huzurlu bir uykudaymış hissi veriyordu ama minik dudakları, görünmeyen bir memeyi emermiş gibi kıpır kıpırdı. Bu, çok yakında uyanıp ağlayacağının işaretiydi. Elindeki ıslak pamukla sağ memesinin ucunu sildi ve eğilip küçük kızı kucağına aldı Mehpare. Bebek, gözlerini hiç açmadan, bir hayvan gibi koklayarak ve boynunu uzatarak, aradığını hemen buldu ve sütannesinin memesini şapır şupur emmeye başladı. Bebeğin tüy gibi saçlarını sevgiyle okşadı Mehpare. Diğer kızları da çok sevmişti. Hele de dilbaz ve yaramaz Suat'ı. Ama şu kollarında tuttuğu bebecik, tıpkı kendi Halim'i gibi, babasını hiç tanıyamadan yetim kalmaya namzetti. Baba sevgisini, baba şefkatini, baba otoritesini, baba korkusunu, hatta baba kokusunu hiç bilmeden büyüyecekti. Bir babanın varlığına güvenmenin keyfini tadamadan, tıpkı ona yapılmış olduğu gibi, biraz acınarak, biraz horlanarak, azıcık tepeden bakılarak... Ahh!

Konağa geldiği ilk yıllarda ne kadar gıpta ederdi Leman'la Suat'ın Reşat Bey'e şımarmalarına. Konak halkının, daha sokağın başına saptığında, geldiğinden haberdar olup kendilerine çekidüzen verdikleri beyefendiden sadece kızları korkmazdı. Paldır kültür merdivenlerden aşağı koşar, onları kucaklamak için iki yana açtığı kollarına atılırlardı.

"Où est mon petit cadeau?" diye sorardı Suat ve Fransızcasına birkaç kelime daha ilave etmiş olmasının mükafatını her seferinde alırdı. Saraylıhanım'ın bu duruma hep itirazları vardı. "Kızlarınızı çok şımartıyorsunuz Reşat Bey oğlum. İlerde bir gün kocaya gittiklerinde sıkıntı çekerler sonra," derdi.

"Ben kızlarımı kocaya vermeyeceğim teyzeciğim. İç güveysi alacağım damatlarımı," diye yanıtlardı Reşat Bey. Sonra gözleri, merdiven dibinde ya da kapı aralığında, mahzun gözlerle kızlarıyla kucaklaşmasını seyreden küçük Mehpare'ye takılırdı. "Mehpare'yi bile kolay kolay vermem önüme gelen koca namzetine."

Mehpare'nin boğazına bir tıkaç oturur, göz pınarları yanardı. Nasıl da samimiyetle isterdi Reşat Bey'in öz kızı olmayı. Reşat Bey'in kızı olmasına imkânı yoktu ama, kadere bakın ki, onun gelini olmuştu. Yetmemiş, kızının sütannesi olmuştu. Koynundan Kemal'i alan Allah, onun yerine bağrına basması için iki masum bebecik vermişti ona. Şimdi, güneşin henüz ufuk çizgisinde belirmemiş olduğu bu erken sabah saatlerinde, ki en makbul ibadetin bu saatlerde edildiği söylenirdi, Allahıyla bir pazarlık yapsa, Sabahat'i değil bir daha emzirmemeye, hiç kucaklamamaya, ipek tenine dokunmamaya yemin etse, babası saydığı Reşat Bey'i alıkoyabilir miydi evlerinde?

Yirmi dakikadır memesini emen bebeyi, kucağında dik tutarak sırtına vurdu, geğirtti. Uykusunu açmamak için altını değiştirmeden beşiğine yatırıp pencerenin önüne gitti, perdeyi araladı. Bahçe kapısının önünde bir kupa duruyordu. Birazdan Ahmet Reşat, elinde küçük bir valizle evden çıkacak, bu kupaya binecek ve karanlığa karışıp gidecekti. Onun da, Kemal gibi, gittiği yeri, çekeceği acıyı, bir gün düşeceği toprağı hiç bilemiyeceklerdi geride kalanlar. Mehpare hıçkırığını bastırmaya çalışırken, merdivenlerdeki gıcırtıyı duydu. Biri kimseyi uyandırmamaya dikkat ederek, parmak uçlarında merdivenleri iniyordu. Reşat Bey olmalıydı.

Evden ayrılırken alayiş istememişti. Herkes uykudayken tek başına ayrılacaktı evden. Ev halkı mutat saatlerinde uyanacak ve hiçbir şey olmamış gibi gündelik yaşamlarına devam edeceklerdi. Böyle olsun istiyordu... Rica ediyordu... Bu evdeki -elbette dönene kadar ki- son arzusunu yerine getirmeliydiler.

Mehpare, merdivenlerdeki ayak sesinin zemin kata vardığına emin olunca, üzerine sabahlığını giyip fırladı, basamakları hızla inerek mutfağa koştu. Mutfağın kapısında duraladı. İçerde, yarı karanlıkta Behice, beyaz geceliğinin içinde bir hayalet gibi yumuşak hareketlerle, onun yapmak istediği işi yapmaktaydı. Mehpare mutfağa süzüldü, el yordamı ile bulduğu tasa musluktan su doldurdu. Behice'yle birlikte mutfaktan çıkarlarken, Saraylıhanım'la karşılaştılar. Üç kadın da hiç konuşmadan, sokak kapısından çıkıp, ellerinde su dolu taslarla ön bahçede dış kapıya yürümekte olan Ahmet Reşat'ın sessizce peşinden gittiler. Ahmet Reşat, peşindeki kadınları ya sahiden duymadı ya da duymazlığa geldi ki, kupanın kapısını açan arabacıyı başıyla selamlayıp hemen arabaya bindi. Bir gece önce, sabaha kadar kollarında ağlayan karısının acıdan kasılmış yüzüne, kan çanağına dönmüş gözlerine bir kere daha bakmaya ve bir kere daha vedalaşmaya gücü yoktu. Arabacı yerine tırmandı, kamçısını sıska beygirin kıçına şaklattı. Kupa sarsılarak hareket eder etmez, her üç kadın da dudaklarında sessiz dualarla ellerindeki su dolu tasları arabanın arkasına savurarak boşalttılar.

"Su gibi git, su gibi dön, beyim," diye haykırdı Behice.

Behice'nin kederli sesi, tekerleklerin parke taşı üzerinde çıkardığı gürültüye karıştı gitti.

Araba yolun ucunda anacaddeye döner dönmez, artık kendini taşıyamayan Behice tüm ağırlığını kollarına girdiği Mehpare'yle Saraylıhanım'a bırakarak, bulunduğu yere çöktü ve hıçkırmaya başladı.

Mahir, liman binasının önünde asabi adımlarla bir aşağı bir yukarı dolaşırken, karşı kaldırıma yanaşan arabayı görünce telaşla koşturdu, arabacının elindeki küçük valizi kaptı.

"Mahir... Niye zahmet ettiniz! Keşke gelmeseydiniz," dedi Ahmet Reşat.

"Ne mümkün Reşat Bey! Size veda etmeden olur mu hiç?"

"Arkadaşlardan gelenler oldu mu?"

"Birkaç kişi geldiler efendim. Bakın Cemal ve Hazım beyefendiler şu köşedeler."

"Gördüm. Onlara selam verip geleyim."

Ahmet Reşat, Mahir'in yanından uzaklaşmışken birden döndü, geri geldi, "Siz de benimle geliniz Mahir, sizi dostlarıma damadım olarak tanıştırmak isterim," dedi.

Mahir'in hüzünlü yüzüne kocaman bir gülümseme yayıldı. Birlikte az ilerde kümeleşen kalabalığa doğru yan yana yürüdüler.

Llyod Tristino Acentesi'nden yollanan bir görevli, İtalyan vapuruyla Brindizi'ye gidecek olan malum yolculara gerekli evrakı getirdiğini bildirince, rıhtımda bir köşede sohbet eden ve derin kederleri soluk yüzlerinden belli olan son Osmanlılar, adamın peşinde, liman binasından içeri girdiler. Hükmü kalmamış imparatorluğun sakıt nazırları, Saray'a yakınlığı ile bilinen pek çok kişinin dostu olan Kont Caprini'nin tanzim ettiği belgelerle yurtdışına seyahat edeceklerdi.

Sultan Vahdettin'in İngiliz muhribiyle kaçışının ardından Ankara Hükümeti'nin bir idamlıklar listesi hazırladığı duyulunca, ki bu listede son kabine bütün nazırlarıyla mevcuttu, Kont Caprini kendisi aramıştı eski dostu Ahmet Reşat'ı. Hem de Beyazıt'taki konağına bizzat giderek.

Son kabine üyelerinin ve mebuslarının çoğu, birkaç gün önce, İngiliz bandıralı Egypt vapuruna binerek Mısır'a doğru yola çıkmışlardı. Geride kalanların arasında, Ahmet Reşat'ın yanı sıra, kontun yardımcı olmak istediği başka dostları da vardı. İki gün sonra İstanbul'dan Brindizi'ye bir vapur kalkacaktı. Ahmet Reşat ve arkadaşları, bu yolcu vapuruna binemedikleri takdirde, tren yoluyla kaçmak zorunda kalacaklardı ki, o zaman her değişik ülkede kimlik kontrolünden geçmeleri gerekebilirdi. Bu, tehlikeli olurdu.

Karar çabuk alınmıştı. Bir gün sonra, İtalyan vapuruyla Brindizi'ye gidecek olanlara, zamansızlıktan dolayı pasaportları ellerine ancak gemiye binmeden hemen önce, limanda teslim edilecekti.

Ahmet Reşat ve arkadaşları, İtalyan memurla birlikte binadan içeri girince, Mahir limanda demirli duran geminin kıç tarafına doğru yürüdü. Gemi, git git bitmiyordu. Denizin üzerine inşa edilmiş kocaman bir apartman gibiydi. Ancak geminin sonuna ulaşınca karşı sahili görebildi. Yenicami'nin oralarda hâlâ tek tük ışıklar yanıyordu ve şehir alacakaranlıkta homurtularla uyanmaya hazırlanıyordu. Mahir, ilk tramvayların raylar üzerindeki gıcırtılarını, hale dönmekte olan takaların motor gürültülerini ve balıkçıların yorgun seslerini bastırarak yükselen sabah ezanını duydu. Gözlerini yumarak, huşu içinde müezzinin yanık sesini dinledi ve Allah'a, Ahmet Reşat'a yardımcı olması için yakarmaya başladı.

Bir el omzuna dokununca gayriihtiyari sıçradı.

Reşat Bey, yanı başında durmuş, "Veda zamanı geldi," diyordu.

Mahir, artık iyice ağaran ışıkta bu kadar yakından bakınca dostunun ne kadar yorgun ve perişan olduğunu gördü. Gözlerinin çevresi uykusuzluktan mosmordu. Yakışıklı yüzünün çizgileri aşağı doğru sarkmıştı, rengi yeşile çalıyordu. Yine de dimdik duruyordu ve sesi her zamanki gibi tok ve gürdü.

"Mahir, ailemi size emanet ediyorum. Leman'ı el üstünde tutacağınıza eminim. Nikâhı beni bekleyerek geciktirmeyiniz. Size teklifimde ısrarcıyım. Damadım olacağınız için sizi askeriyeden azlederlerse, evimin selamlığını muayenehane olarak kullanmanızı şiddetle tavsiye ediyorum."

"Teşekkür ederim. Gönlünüzü ferah tutun efendim. Gözünüz sakın arkada kalmasın. Sizin aileniz artık benim de ailemdir."

"Belki biraz ileri gidiyorum ama, Mehpare ve Halim de ailemin fertleridir Mahir, onları Behicanım'la Sabahat ve Suat'tan ayrı düşünmeyiniz lütfen."

"Ne münasebet efendim."

"Hakkınızı helal ediniz."

Mahir'in dudakları titremeye başladı. Ahmet Reşat uzun parmaklı, biçimli elini, omzuna koydu müstakbel damadının, diğeri ile kolunu sımsıkı tuttu, onun kahverengi dürüst bakışlarından güç almak ister gibi, gözlerinin içine baktı. Sonra hiçbir şey söylemeden arkasını döndü ve gemiye çıkan daracık merdiveni hızla tırmandı.

Mahir, kocaman geminin dibinde, omuzlarında mesuliyetini yüklendiği kadınların ve çocukların ağırlığı ile kalakaldı. Yanı başında vapur merdivenine tırmanmakta olan diğer yolcuları fark etmedi bile. Gözleri ta yukarlarda, kalabalığın arasında Ahmet Reşat'ı araştırıyor, bulamıyordu.

Ahmet Reşat, geminin arka güvertesinde küpeşteye dayanmış, denize, kubbelere ve minarelere bakıyordu. Martılar beyaz kanatlarını suya değdire değdire, çığlık çığlığa yem aranmaktaydılar. Birazdan güneşin ışıkları kubbeleri altın rengine boyayacaktı. Uyanacak ve oradan oraya koşuşturan hamalları, satıcıları, memurları, öğrencileri, balıkçıları ve artık İstanbulluların, heyhat, kanıksamaya başladığı düşman askerleriyle, kıvıl kıvıl yaşamaya başlayacaktı şehir. Vapur, tuhaf ve hayvani bir sesle İstanbul'a veda edip manevraya başladığında onun şehri geride kalacaktı.

Çok kısa bir zaman önce bir İngiliz muhribine binerek kaçan Sultan'ı ayıpladığını, içi burkularak düşündü. Yirmili yaşlarından itibaren bütün ömrünü devlet hizmetine sunmuş, namuslu, dirayetli, çalışkan bir vatan evladı, şimdi sanki bir hainmişçesine, bir suçluymuşçasına, yurdunu yabancılardan aldığı bir pasaportla terk ediyordu. Ucu çok sivri bir hançer yüreğine saplanıyor ve sağa sola çevriliyordu göğüs kafesinde. Yüreğindeki acı, utanç ve isyan dayanılır gibi değildi. Dün sabah, kocaman bir taşla denize yürümeyi hayal etmişti. Şimdi de yüksek geminin kenarında, kendini bir an sulara bırakmayı hayal etti. Başını bir yere çarpıp bayılmadığı takdirde, insiyaki olarak yüzmeye başlar mıydı acaba, denize düştüğünde? Bir kez de öyle rezil olur muydu? Ertesi günün gazetelerinde büyük puntolarla, 'İntiharı bile beceremeyen sakıt Maliye Nazırı Ahmet Reşat!' diye yazarlardı. Behice ne yapardı olanları duyunca? Teyzesi ne yapardı?

Elini cebine soktu sigara tabakasını çıkartmak için. Parmakları tabakasının yanındaki sert cisme değince irkildi. Tuhaf, bu cebinde sadece tütününü taşırdı halbuki! Cebinden çıkardığı şey, bir mendile sarılıydı. Bir köşesine karısının baş harfleri olan "BR"nin simle işlenmiş olduğu, bohça gibi düğümlenmiş ipek mendili heyecanla, elleri titreyerek açtı. Behice'ye zifafta taktığı aile yadigârı yüzgörümlüğü, elmas taşlı kuş broş avcunda parıldıyordu. Kısacık bir not vardı kuşun ağzına sıkıştırılmış minik kâğıtta.

"Biliyorum ki yanınıza aldığınız para kâfi değildir, ihtiyaç halinde, hiç tereddüt etmeden kuşu satın. Kalbim her zaman sizinle," yazıyordu.

Gözleri doldu. Bir an önceki düşüncesini hemen kovdu kafasından. Sevenleri varken canını alabilecek kadar cesur değildi ve Allah'ın ona emanet ettiği cana hıyanet edemeyecek kadar dindardı. Bu yüzden, dilini bilmediği bir yabancı ülkede yaşamaya gayret edecekti, emaneti teslim kendine buyrulana kadar. Belki bir iş bulurdu, bir tercümanlık işi. İyi derecede Fransızcası, Farsçası, biraz İtalyancası vardı. Belki de muhasebecilik yapardı. Bir koca imparatorluğun maliye nazırına, herhalde hesaplarını emanet edecek bir tüccar çıkardı bir köşeden. Çalışır, ihtiyaçlarını karşılar, ailesiyle mektuplaşır, çocuklarının hayatlarını uzaktan takip ederek, onları ve İstanbul'u özleyerek, hasretle yanarak yaşardı. Kuşu belki bir gün karısının göğsüne bir kere daha takardı.

Birden vapurun bacasından, hayvani bir tınıyla, vhuuup diye kulakları sağır eden ve rıhtımdan ayrılışı bildiren o tuhaf ses duyuldu. Elleriyle küpeştenin tahtasını sımsıkı kavradı Ahmet Reşat, vapurun düdüğünün kendi sesini bastıracağından emin, etrafındakilerden hiç utanmadan tüm gücüyle haykırdı:

"Elveda İstanbul! Elveda şehrim!"

MEKTUP

Haziran 1924, Bükreş.

Pek değerli zevcem, Behicem.

Son mektubunuzda doğumunu bildirdiğiniz Sitaremin haberini sevinç gözyaşları dökerek, ancak yanınızda bulunamadığım için hayli müteesir bir ruh hali içinde aldım. Farsi dilinde yıldız manasına gelen adı, ömrünün ve talihinin hep parlak kalmasına vesile olsun. Sıhhatli, hayırlı, uzun ömürlü bir evlat olmasını Cenab-ı Hak'tan istirham ediyorum.

Şu günlerde gurbete intikalimin ikinci yılına yaklaşırken, kalbim hüzün ve ıstırapla doluyor. İşte ben, otuz beş sene, kemali iffetle memleketime ettiğim hizmetlerin mükafatını böyle gurbette gezmekle geçiriyorum. Biricik torunumun, Sitaremin veladetini dahi ancak bir güzel havadis olarak mektupla idrak edebiliyorum.

Diğer havadislerinize gelince, Mahir Bey'in zabitlikten istifa haberine hiç üzülmedim. Tekaüdiyeti kabul olunur ise, o da İstanbul'a avdet eyleyeceğinden, inşallah hayırlı olacaktır. Bundan sonra artık memuriyet-i resmiyenin tadı kalmamıştır.

Aslolan birer rısk değil mi, Cenab-ı Hak onu dahi İstanbul'da aileme ihsan eyler.

Behicem, benim de sizi pek göreceğim geldi, lakin kaldığım yerin bir dereceye kadar levazımı var ise de, hanelerinde istirahat edemeyeceğinizden ve kışları pek şiddetli geçtiğinden, gönlüm buraya gelmenize rıza eylemiyor. Mesela abdesthaneleri haneden ayrı ya da aralık bir mahalde, bir kulübe halindedir. Bu gibi şeylerden dolayı buraya gelmenizi ve rahatsız olmanızı arzu etmiyorum. Belki teşrinde birlikte Roma'ya giderek bir kış geçiririz. Yahut ben Peşte'ye giderim, sizi orada intizar eylerim. Eğer Peşte'de münasip ve ucuzca bir hane bulur ve ucuza hayat temin edebileceğimize kanaat getirir isek, oraya hareket ederiz. Hiçbir şeyi keder etmemenizi tekrar tekrar rica ederim. Her şeyde bir hayır olduğundan, bunda dahi bir hayır vardır, bundan hiç şüphe etmeyiniz. Yeter ki Cenab-ı Hak cümlemizin sıhhat ve afiyetini ihsan buyursun. Şimdiye kadar pek müreffeh bir hayat geçirdik. Bundan sonra dahi Cenab-ı Hak'kın bizi mahrum etmeyeceğine imanım vardır. Sağ olalım, çok şeyler göreceğiz.

Benim İstanbul'a avdet edeceğim katiyen tahakkuk eylediği takdirde, oraya hareketimiz hakkında, muhabere ile bir karar ihzar eyleriz.

Şimdilik sabırlı olmaktan başka çaremiz yoktur.

Muhterem teyzeme, Mehpare'ye ve siz can pareme Allahtan iyilikler, sabırlar diliyorum. Canım kızım Suat'a ve bahusus medar-ı iftiharım, kerimem Leman'a, damadım Mahir Bey'e muhabbet ve selamlarımı bildirin. Sabahat ile Halim'in gözlerinden öperim. Allah minik torunum Sitareme uzun ve hayırlı ömür ihsan eylesin.

Sevgili ve mütehassir zevciniz

Reşat.